中外名家精品荟萃

昔日重现

冯化平 ◎ 主编

小说

内蒙古出版集团有限责任公司
内蒙古文化出版社

图书在版编目(CIP)数据

昔日重现 / 冯化平主编 . —呼伦贝尔：内蒙古文化出版社，2010.4

（中外名家精品荟萃：5）

ISBN 978-7-80675-802-1

Ⅰ.①昔…Ⅱ.①冯…Ⅲ.①文学欣赏—世界Ⅳ.① 106

中国版本图书馆 CIP 数据核字（2010）第 061013 号

昔日重现
XIRI CHONGXIAN

冯化平　主编

责任编辑	乌日乐
装帧设计	博凯设计
出版发行	内蒙古文化出版社
地　　址	呼伦贝尔市海拉尔区河东新春街4－3号
直销热线	0470－8241422　　邮编　021008
排版制作	北京鸿儒文轩文化传播有限公司
印刷装订	三河市华东印刷有限公司
开　　本	710mm×1000mm　1/16
字　　数	230千
印　　张	20
版　　次	2010年5月第1版
印　　次	2022年4月第2次印刷
印　　数	5001—8000 册
书　　号	ISBN 978-7-80675-802-1
定　　价	58.00元

版权所有　侵权必究

如出现印装质量问题，请与我社联系。联系电话：0470-8241422

前言

　　一篇不超过1500字的文章，将一篇普通小说应该具有的一切概括出来，长篇、中篇、短篇小说都做不到，微型小说做到了。它袖珍，却麻雀虽小五脏俱全；它短小，却往往立意新颖、情节严谨、结局新奇，自成一体，有着广泛的读者群和家喻户晓的美誉。

　　因其短小，在构思和行文时才更讲究字句的凝炼，不允许文章中有赘词冗句。它的创作，是将时间、场所、人物压缩到一个小舞台上尽情展现，它的创作犹如做一件微雕的工艺品，精巧之间尽显功力。在某种程度上，微型小说就是一种敏感，从一个点、一个画面、一个对比、一声赞叹、一瞬间之中，捕捉住了小说的——一种智慧、一种美、一个耐人寻味的场景，一种新鲜的思想。也正是因为这些，微型小说自出现至今，一直深受读者的喜爱。

　　现在，对于广大读者来说，一个微型小说的饕餮盛宴就展现在眼前，我们推出的《中外名家精品荟萃》书系，其中就包括微型小说作品。我们的目的就是为了使人们在紧张的生活之余，撇开那些尘嚣的文字垃圾，将全身心沉浸在好书的海洋，汲取好书的思想精华。

　　在这套书系中，包罗了近百年来中外广泛流传的名家名作。它们的作者大都是在历史上享有崇高地位，曾经影响过文坛的大师、巨匠、泰斗。这些作品经受住了时间的考验和历史的洗礼，作者的思想高度和精神内涵在岁月中不断沉淀，最终成为最美丽的琥珀。

　　这些微型小说经过整理，共分四部分，具体包括《昔日重现》、《蓦然回首》、《智慧锦囊》和《哲理精粹》。所选的文章都具有很强的故事性和可读性，展现了名家们的经典构思。这些小说是大师们思想、想象和精神内涵的沉淀，体现了他们的创作魅力。虽然情节简单，但正如契诃夫所说："故事越单纯，那就越逼真，越诚恳，因而也就越好。"

　　这些小说选文精短美妙，有些甚至就是"小不点"，曾经在历史的长河中被遗忘在角落。现在我们将其收集、整理、汇集，让它们重新绽放出生命的光辉，因此具有很强的收藏价值。文章在组织编排的时候是按照一定的逻辑思维分章编织串珠，更体现了其凝练、结晶、群星熠熠闪烁的特色，真正展现了传世文学精品的流光溢彩。

这套书系读者群相信一定非常庞大，学生、上班族，文学爱好者、一般读者都可以阅读和收藏。阅读它们能使我们站在大师的肩上，感受文学艺术的最高境界，直接欣赏水平和阅读品味。

我们在编辑本套书系的时候，尽管选文广泛，涉及面广，也得到了权威专家的指导，但仍然感到资料有限，才疏学浅，因此难免出现选文不周、挂一漏万。疏忽大意的地方，敬请各位读者指正批评。

目 录

某国秘密故事

> 警察队长让苏铁化装成乞丐执行秘密任务。苏铁在执行任务中发现乞丐要钱很容易,他提出辞呈要当乞丐。哪料到,他正中了队长的计谋。

头发的故事 ………………………………………	[中国]鲁　迅(2)
田寡妇看瓜 ………………………………………	[中国]赵树理(6)
陈小手 ……………………………………………	[中国]汪曾祺(8)
善狗与恶狗 ………………………………………	[中国]王　蒙(10)
老人和鸟儿 ………………………………………	[中国]贾平凹(12)
一千元 ……………………………………………	[美国]欧·亨利(15)
避雷针 ……………………………………………	[美国]马克·吐温(19)
庄园恐怖夜 ………………………………………	[美国]爱伦·坡(22)
雨中的猫 …………………………………………	[美国]海明威(25)
一个悲剧 …………………………………………	[美国]杰克·伦敦(28)
出　名 ……………………………………………	[俄国]契诃夫(33)
第一次登台演出 …………………………………	[前苏联]H.伊萨耶夫(35)
错　误 ……………………………………………	[前苏联]左琴科(37)
鬼魂、少女和黄金 ………………………………	[英国]艾登·钱伯斯(39)
养老金 ……………………………………………	[法国]莫泊桑(43)
玩　笑 ……………………………………………	[法国]莫泊桑(47)
真的故事 …………………………………………	[法国]莫泊桑(49)
广告的受害者 ……………………………………	[法国]左　拉(53)
最后一课 …………………………………………	[法国]都　德(55)

艾美儿	……………………………………	[日本]星新一(59)
某国秘密故事	………………………………	[土耳其]阿·涅辛(62)
黑　信	…………………………………	[捷克斯洛伐克]雅·哈谢克(65)

小说恐怖梗概

> 在咖啡店，青年作者只是向出版家讲读还没写完的小说，就在他们准备离开咖啡店时，却发现店内所有人都给他们跪下求情，希望放他们一条生路。

花　狗	…………………………………	[中国]萧　红(68)
毒　蛇	…………………………………	[中国]石评梅(71)
一笔圆	…………………………………	[中国]刘绍棠(74)
在远离北京的地方	……………………………	[中国]孟伟哉(76)
红　灯	…………………………………	[中国台湾]罗燕如(78)
经纪人的罗曼蒂克	……………………………	[美国]欧·亨利(80)
余波中的鬼魂	…………………………………	[美国]欧·亨利(82)
误　会	…………………………………	[美国]马克·吐温(87)
被盗去的情书	…………………………………	[美国]爱伦·坡(89)
胸中的蛇	………………………………	[美国]霍　桑(93)
被打开的密函	…………………………………	[美国]爱尔斯·爱辛格(102)
谋杀房东	………………………………	[加拿大]李·柯克(106)
魔术师的报复	…………………………………	[美国]托·索斯(110)
买空气	…………………………………	[美国]阿特·布奇沃德(112)
横　祸	…………………………………	[俄国]契诃夫(114)
丈母娘——辩护律师	…………………………	[俄国]契诃夫(117)
无罪的女佣	……………………………………	[法国]莫泊桑(119)
猫的天堂	………………………………	[法国]左　拉(123)
屠杀不朽的人	…………………………………	[法国]让·雷维奇(126)
报　复	…………………………………	[日本]都筑道夫(130)
超　车	…………………………………	[日本]星新一(133)
坟墓掩盖了医生的罪过	………………………	[土耳其]阿·涅辛(135)
小说恐怖梗概	…………………………………	[捷克斯洛伐克]雅·哈谢克(138)

目 录

辩护律师 ……………………………	［保加利亚］埃林・彼林(140)
程序控制的丈夫 …………………	［前南斯拉夫］伊・布德洛(143)
默 哀 ……………………………	［匈牙利］莫尔多瓦(145)

报告重要机密

> 绿星人十四号到达地球准备进攻地球人,他却发现地球人正在自取灭亡,于是向队长发了一分重要的机密报告。

白 光 ……………………………	［中国］鲁 迅(148)
汾河的圆月 ………………………	［中国］萧 红(152)
长安寺 ……………………………	［中国］萧 红(155)
尾 巴 ……………………………	［中国］汪曾祺(157)
金星人的挫折 ……………………	［美国］阿布克华德(159)
失 败 ……………………………	［俄国］契诃夫(161)
公民证 ……………………………	［俄国］契诃夫(163)
澡 堂 ……………………………	［前苏联］米海尔・佐希切柯(165)
装电话 ……………………………	［前苏联］马里纳特(167)
敞开着的窗户 ……………………	［英国］萨 基(169)
老婆婆的故事 ……………………	［美国］霍 桑(172)
夏尔爵士和电报 …………………	［法国］米歇尔・葛利索里亚(178)
怪 梦 ……………………………	［法国］莫洛亚(183)
怪 药 ……………………………	［日本］星新一(185)
特 技 ……………………………	［日本］星新一(187)
乞丐世界 …………………………	［日本］御园彻(189)
消逝的记号 ………………………	［日本］都筑道夫(191)
行骗的裤子 ………………………	［匈牙利］哈太衣(193)
不可饶恕的过失 …………………	［匈牙利］依・沃尔克尼(195)
明天的报纸 ………………………	［匈牙利］厄尔凯尼(198)
慈善款 ……………………………	［捷克斯洛伐克］雅・哈谢克(199)
女仆安娜的纪念日 ………………	［捷克斯洛伐克］雅・哈谢克(202)
报告重要机密 ……………………	［新加坡］南 子(205)

情话突然消失

> 受伤返家的士兵在打电话时无意中结识了一位女士,从此,他们开始了长达一年多的电话情缘。但有一天,士兵却联系不上这位女士,她和她的电话都突然消失了。

加尔东尼市场	〔中国〕朱自清	(208)
一个清清的早上	〔中国〕徐志摩	(210)
尼姑庵	〔中国〕马宝山	(213)
猫的主人	〔中国〕丛维熙	(215)
山羊兹拉特	〔美国〕艾·辛格	(217)
开小差	〔美国〕约·斯坦培克	(221)
商 机	〔美国〕亨利·斯莱萨	(224)
机器人查尔斯	〔美国〕唐·巴塞尔姆	(226)
买乐谱	〔俄国〕契诃夫	(229)
暴风雪	〔俄国〕普希金	(233)
生病的故事	〔前苏联〕左琴科	(242)
回 报	〔俄罗斯〕格·叶·雷克林	(246)
大公无私的判决	〔英国〕帕 克	(250)
情话突然消失	〔英国〕詹姆斯·米尔尼	(252)
瞎 子	〔法国〕莫泊桑	(255)
换头记	〔日本〕星新一	(258)
缺拇指的姑娘	〔日本〕山本雅一	(260)
老两口	〔日本〕都筑道夫	(263)
离婚的条件	〔罗马尼亚〕拉·巴拉斯基	(265)
向往乡村的鞋匠	〔西班牙〕布拉斯科	(268)
才华横溢的狮子	〔阿根廷〕莱·H.派克	(270)

来自正方体的声音

> 蚂蚁探险队员打开一个巨大的立体的盒子,从盒子里突然传出求救的声音,探险队员却毫无反应。

小春天气 ………………………………………	[中国]郁达夫(274)
电线杆子的喜剧 ………………………………	[中国]苏叔阳(276)
来自正方体的声音 ……………………………	[美国]纳尔逊·邦德(278)
私有财产 ………………………………………	[美国]威·德米勒(281)
劝诱推销 ………………………………………	[美国]布赫瓦尔德(283)
遗　嘱 …………………………………………	[美国]布拉克福德(285)
变色龙 …………………………………………	[俄国]契诃夫(288)
一根琴弦 ………………………………………	[前苏联]卡邱申科(291)
女人的福气 ……………………………………	[俄罗斯]索洛杜布(294)
一个幸运的贼 …………………………………	[法国]莫泊桑(298)
残破的钞票 ……………………………………	[日本]村田浩一(301)
被开玩笑的劫匪 ………………………………	[西班牙]塞　拉(304)
美丽的邻居 ……………………………………	[印度]泰戈尔(306)

某国秘密故事

警察队长让苏铁化装成乞丐执行秘密任务。
苏铁在执行任务中发现乞丐要钱很容易，
他提出辞呈要当乞丐。
哪料到，他正中了队长的计谋。

头发的故事

——[中国] 鲁 迅

> 双十节这天，N先生来到我家，
> 与我说起关于剪辫子的种种情形，
> 见我没有说什么，
> 便戴上帽子留下最后一句话离去了。

星期日的早晨，我揭去一张隔夜的日历，向着新的那一张看了又看说：

"阿，十月十日，——今天原来正是双十节。这里却一点没有记载！"

我的一位前辈先生N，正走到我的寓里来谈闲天，一听这话，便很不高兴的对我说：

"他们对！他们不记得，你怎样他；你记得，又怎样呢？"

这位N先生本来脾气有点乖张，时常生些无谓的气，说些不通世故的话。当这时候，我大抵任他自言自语，不赞一辞。他独自发完议论，也就算了。

他说："我最佩服北京双十节的情形。早晨，警察到门，吩咐道'挂旗！''是，挂旗！'各家大半懒洋洋的踱出一个国民来，撅起一块斑驳陆离的洋布。这样一直到夜，——收了旗关门；几家偶然忘却的，便挂到第二天的上午。

"他们忘却了纪念，纪念也忘却了他们！

"我也是忘却了纪念的一个人。倘使纪念起来，那第一个双十节前后的事，便都上我的心头，使我坐立不稳了。

"多少故人的脸，都浮在我眼前。几个少年辛苦奔走了十多年，暗地里一颗弹丸要了他的性命；几个少年一击不中，在监牢里身受一个多月的苦刑；几个少年怀着远志，忽然踪影全无，连尸首也不知那里去了。

"他们都在社会的冷笑恶骂迫害倾陷里过了一生，现在他们的坟墓也早在忘却里渐渐平塌下去了。

"我不堪纪念这些事。

"我们还是记起一点得意的事来谈谈罢。"

N忽然现出笑容，伸手在自己头上一摸，高声说：

"我最得意的是自从第一个双十节以后，我在路上走，不再被人笑骂了。"

"老兄，你可知道头发是我们中国人的宝贝和冤家，古今来多少人在这上头吃些毫无价值的苦呵！"

"我们的很古的古人，对于头发似乎也还看轻。据刑法看来，最要紧的自然是脑袋，所以大辟是上刑；次要便是生殖器了，所以宫刑和幽闭也是一件吓人的罚；至于髡，那是微乎其微了，然而推想起来，正不知道曾有多少人们因为光着头皮便被社会践踏了一生。

"我们讲革命的时候，大谈什么扬州十日，嘉定屠城，其实也不过一种手段。老实说，那时中国人的反抗，何尝因为亡国，只是因为拖辫子。

"顽民杀尽了，遗老都寿终了，辫子早留定了，洪杨又闹起来了。我的祖母曾对我说，那时做百姓才难哩，全留着头发的被官兵杀，还是辫子的便被长毛杀！

"我不知道有多少中国人只因为这不痛不痒的头发而吃苦，受难，灭亡。"

N两眼望着屋梁，似乎想些事，仍然说：

"谁知道头发的苦轮到我了。

"我出去留学，便剪掉了辫子，这并没有别的奥妙，只为他太不便当罢了。不料有几位辫子盘在头顶上的同学们便很厌恶我；监督也大怒，说要停了我的官费，送回中国去。

"不几天，这位监督却自己被人剪去辫子逃走了。去剪的人们里面，一个便是做革命军的邹容，这人也因此不能再留学，回到上海来，后来死在西牢里。你也早已忘却了罢？

"过了几年，我的家景大不如前了，非谋点事做便要受饿，只得也回到中国来。我一到上海，便买定一条假辫子，那时是二元的市价，带着回家。我的母亲倒也不说什么，然而旁人一见面，便都首先研究这辫子，等到知道是假，就一声冷笑，将我拟为杀头的罪名；有一位本家，还预备去告官，但后来因为恐怕革命党的造反或者要成功，这才中止了。

"我想，假的不如真的直截爽快，我便索性废了假辫子，穿着西装在街上走。

"一路走去，一路便是笑骂的声音，有的还跟在后面骂：'这冒失鬼！''假洋鬼子！'

"我于是不穿洋服了，改了大衫，他们骂得更厉害。

"在这日暮途穷的时候，我的手里才添出一支手杖来，拼命的打了几回，他们渐渐的不骂了。只是走到没有打过的生地方还是骂。

"这件事很使我悲哀，至今还时时记得哩。我在留学的时候，曾经看见日报

昔日重现

上登载一个游历南洋和中国的本多博士的事,这位博士是不懂中国和马来语的,人问他,你不懂话,怎么走路呢?他拿起手杖来说,这便是他们的话,他们都懂!我因此气愤了好几天,谁知道我竟不知不觉的自己也做了,而且那些人都懂了。……

"宣统初年,我在本地的中学校做监学,同事是避之惟恐不远,官僚是防之惟恐不严,我终日如坐在冰窖子里,如站在刑场旁边,其实并非别的,只因为缺少了一条辫子!

"有一日,几个学生忽然走到我的房里来,说,'先生,我们要剪辫子了。'我说,'不行!''有辫子好呢,没有辫子好呢?''没有辫子好……''你怎么说不行呢?''犯不上,你们还是不剪上算,——等一等罢。'他们不说什么,撅着嘴唇走出房去。然而终于剪掉了。

"呵!不得了了,人言啧啧了;我却只装作不知道,一任他们光着头皮,和许多辫子一齐上讲堂。

"然而这剪辫病传染了!第三天,师范学堂的学生忽然也剪下了六条辫子,晚上便开除了六个学生。这六个人,留校不能,回家不得,一直挨到第一个双十节之后又一个多月,才消去了犯罪的火烙印。

"我呢?也一样,只是元年冬天到北京,还被人骂过几次,后来骂我的人也被警察剪去了辫子,我就不再被人辱骂了。但我没有到乡间去。"

N显出非常得意模样,忽而又沉下脸来:

"现在你们这些理想家,又在那里嚷什么女子剪发了,又要造出许多毫无所得而痛苦的人!

"现在不是已经有剪掉头发的女人,因此考不进学校去,或者被学校除了名么?

"改革么,武器在那里?工读么,工厂在那里?

"仍然留起,嫁给人家做媳妇去。忘却了一切还是幸福,倘使伊记着些平等自由的话,便要苦痛一生世!

"我要借了阿尔志跋绥夫的话问你们:你们将黄金时代的出现预约给这些人们的子孙了,但有什么给这些人们自己呢?

"阿,造物的皮鞭没有到中国的脊梁上时,中国便永远是这一样的中国,决不肯自己改变一支毫毛!

"你们的嘴里既然并无毒牙,何以偏要在额上贴起'蝮蛇'两个大字,引乞丐来打杀?……"

N愈说愈离奇了,但一见到我不很愿听的神情,便立刻闭了口,站起来取帽子。

我说，"回去么？"

他答道，"是的，天要下雨了。"

我默默的送他到门口。

他戴上帽子说：

"再见！请你恕我打搅，好在明天便不是双十节，我们统可以忘却了。"

田寡妇看瓜

——［中国］赵树理

> 土地改革前，
> 田寡妇为防秋生偷瓜要整日看守瓜园，
> 土地改革后，秋生反要田寡妇随便去他地里取。

南坡庄上穷人多，地里的南瓜豆荚常常有人偷，雇着看庄稼的也不抵事，各人的东西还得各人操心。最爱偷的人叫秋生，因为自己没有地，孩子老婆五六口，全凭吃野菜过日子，偷南瓜、摘豆荚不过是顺路捎带。最怕人偷的是田寡妇，因为她园地里的南瓜豆荚结得早——南坡庄不过三四十家人，有园地的只是王先生和田寡妇两家。王先生有十来亩，可是势头大，没人敢偷；田寡妇虽说只有半亩，可是既然没人敢偷王先生的，就该她一家倒霉，因此她每年夏秋两季总要到园里去看守。

1946年春天，南坡庄经过土地改革，王先生是地主，十来亩园地给穷人分了；田寡妇是中农，半亩园地自然仍是自己的。到了夏天，园地里的南瓜豆荚又早早结了果，田寡妇仍然每天到地里看守。孩子们告诉她说："今年不用看了，大家都有了。"她不信，因为她只到过自己园里，王先生的园在哪里她都不知道。

也难怪她不信孩子们的话，她有她的经验：前几年秋生他们一伙人，好像专门跟她开玩笑——她一离开园子就能丢了东西。有一次，她回家去端了一碗饭，转来了，秋生正走到她的园地边，秋生向她哀求："嫂！你给我个小南瓜吧！孩子们饿得慌！"田寡妇没好气，故意说："哪里还有？都给贼偷走了！"秋生明知道是说自己，也还不得口，仍然哀求下去，田寡妇怕他偷，也不敢深得罪他。看看自己的嫩南瓜，哪一个也不舍得摘，挑了半天，给他摘了拳头大一个，嘴里还说："可惜了，正长哩。"她才把秋生打发走，王先生恰巧摇着扇子走过来。王先生远远指着秋生的脊背跟她说："大害大害！庄上出了他们这一伙子，叫人一辈子也不得放心！"说着连步也没停就走过去了。这话正投了她的心事，她一辈子也忘不了，因此孩子们说"今年不用看了"，她总听不进去。不管她信不信，事实总是事实。有一天，她中了暑，在家养了三天病，园子里没丢一点东西。后来病好了虽说还去看，可是家里忙了，隔三五天不去也没事，隔十来天不去也没事，最后她把留做种子的南瓜上都刻了些十字作为记号，就决定不再去看守。

快收完秋的时候，有一天，她到秋生院里去，见秋生院里放着十来个老南瓜，有两个上边刻着十字，跟她刻的那十字一样，她又犯了疑。她有心问一问，又没有确实把握，怕闹出事来，才又决定先到园里看看。她连家也没回就往园里跑，跑到半路恰巧碰上秋生赶着个牛车拉了一车南瓜。她问："秋生！这是谁的南瓜？怎么这么多？"秋生说："我的！种得太多了！""你为什么种那么多？""往年孩子们见了南瓜馋得很，今年分了半亩园地，我说都把它种成南瓜吧！谁知道这种粗笨东西多了就多得没有样子，要这么多哪吃得了？种成粮食多合算！""吃不了不能卖？""卖？今年谁还缺这个？上哪里卖去？园里还有！你要吃就打发孩子们去担一些，往年光叫我吃你的啦！"他说着赶着车走了，田寡妇也无心再去看她的南瓜了。

陈 小 手

——［中国］汪曾祺

被男性产科医生陈小手接到世上的婴儿不计其数，他在为团长的老婆顺利接生后，不但没领到钱，却被满肚子委屈的团长一枪打死。

我们那地方，过去极少有产科医生。一般人家生孩子，都是请老娘。什么人家请哪位老娘，差不多都是固定的。一家宅门的大少奶奶、二少奶奶、三少奶奶，生的少爷、小姐，差不多都是一个老娘接生的。老娘要穿房入户，生人怎么行？老娘也熟知各家的情况，哪个手长的女佣人可以当她的助手，当"抱腰的"不须临时现找。而且，一般人家都迷信，哪个老娘"吉祥"，接生顺当。老娘家都供着送子娘娘，天天烧香，谁家会请一个男性医生来接生呢？我们那里学医的都是男人，只有李花脸的女儿传其父业，成了全城仅有的一位女医生。她也不会接生，只会看内科，是个老姑娘。男人学医，谁会去学产科呢？都觉得这是一桩丢人没出息的事，不屑为之。但也不是绝对没有，陈小手就是一位出名的男性的产科医生。

陈小手的得名是因为他的手特别小，比女人的手还小，比一般女人的手还更柔软细嫩。他专能治难产。横生、倒生，都能接下来（当然也要借助于药物和器械）。据说因为他的手小，动作细腻，可以减少产妇很多痛苦。大户人家，非到万不得已，是不会请他的。中小户人家，忌讳较少，遇到产妇胎位不正，老娘束手时，老娘就会建议："去请陈小手吧。"

陈小手当然是有个大名的，但是都叫他陈小手。

接生耽误不得，这是两条人命的事。陈小手喂了一匹马，这匹马浑身雪白，无一根杂毛，是一匹走马。据懂马的行家说，这马走的脚步是"野鸡柳子"，又快又细又匀。我们那里是水乡，很少人家养马。每逢有军队的骑兵过境，大家就争着跑到运河堤上去看马队，觉得非常好看。陈小手常常骑着白马赶着到各处去接生，大家就把白马和他的名字联系起来，称之为"白马陈小手"。

　　同行的医生，看内科的、外科的，都看不起陈小手，认为他不是医生，只是一个男性的老娘。陈小手不在乎这些，只要有人来请，立刻跨上他的白马走，飞奔而去。正在呻吟惨叫的产妇听到他的马脖子上的銮铃的声音，立刻就安定了一些。他下了马，即刻进了产房。过了一会儿（有时时间颇长），听到哇的一声，孩子落地了。陈小手满头大汗，走了出来，对这家的男主人拱拱手："恭喜恭喜！母子平安！"男主人满面笑容，把封在红纸里的酬金递过去。陈小手接过来，看也不看，装进口袋里，洗洗手，喝一杯热茶，道一声"得罪"，出门上马。只听见他的马的銮铃声哗铃哗铃……走远了。

　　陈小手活人多矣。

　　有一年，来了联军。我们那里那几年打来打去的，是两支军队。一支是国民革命军，当地称之为"党军"；相对的一支是孙传芳的军队。孙传芳自称"五省联军总司令"，他的部队就被称为"联军"。联军驻扎在天王寺，有一团人。团长的太太（谁知道是正太太还是姨太太）要生了，生不下来。叫来几个老娘，还是弄不出来。这太太杀猪似地乱叫。团长派人去叫陈小手。

　　陈小手进了天王寺。团长正在产房外面不停地"走柳"，见了陈小手，说：

　　"大人，孩子，都得给我保住！保不住要你的脑袋！进去吧！"

　　这女人身上的脂油太多了，陈小手费了九牛二虎之力，总算把孩子掏出来了。和这个胖女人较了半天劲，累得他精疲力竭。他迤里歪斜地走出来，对团长拱拱手：

　　"团长！恭喜您，是个男伢子，少爷！"

　　团长龇牙笑一下，说："难为你了！——请！"

　　外边已经摆好了一桌酒席。副官陪着。陈小手喝了两盅。团长拿出二十块现大洋，往陈小手面前一送：

　　"这是给你的！——别嫌少哇！"

　　"太重了！太重了！"

　　喝了酒，揣上二十块现大洋，陈小手告辞了："得罪！得罪！"

　　"不送你了！"

　　陈小手出了天王寺，跨上马。团长掏出枪来，从后面一枪就把他打下来了。

　　团长说："我的女人，怎么能让他摸来摸去！她身上，除了我，任何男人都不许碰！这小子，太欺负人了！日他奶奶！"

　　团长觉得怪委屈的。

善狗与恶狗

——［中国］王　蒙

> 两条狗，顾德与拜德，
> 一性善，一性恶，
> 善狗未得善终，
> 恶狗也未得善终。

保斯喂养着两只狗，一名顾德，一名拜德。顾德性善，见了人就欢叫起舞，摇尾吐舌，令人愉快；拜德性恶，见了人就龇牙吠咬，咬住就不撒嘴，不在被咬者的骨头上留下清清楚楚的牙印决不罢休。保斯几次给拜德讲看清楚对象再咬的道理，拜德就是不听，它只知道咬，有咬无类。保斯怒，将拜德关入后院，准备向动物保护协会申请特准：以人类公敌罪给拜德静脉注射空气，送它上天。

孰料，那天晚上闹飞贼，顾德见贼人从房顶飞跃而下，道是贵客，便欢呼踊跃，跳蹦绕圈，发出昵喃声音，去舔贼人的皮鞋帮，被贼人飞起一脚踢到了狗鞭。顾德惨叫卧地，不能起立。贼人由于不熟悉地形，误开了后院关得严严的门。拜德一声狼嗥，狗毛耸立，不分青红皂白，见贼就咬，咬上就不撒嘴，咬倒了还在咬，一直咬到众家丁前来将贼抓获。

主人喜，决定每月给拜德额外奖赏牛肉20公斤，羊排骨20公斤，猪头肉20公斤，并在拜德脖子上系了一根红丝带。对顾德则十分失望，饥一顿饱一顿，有一搭没一搭，扔给它一点残渣剩饭，平常根本不用正眼看它。顾德由于被踢中了要害，从此无精打采，耷耳垂尾，偶尔叫几声，发发怀善不遇的牢骚。

拜德自恃功高，见人就咬，见人就叫，见肉就夺，不可一世。

它连续咬了几次过往行人与邮递员、花匠、厨师，都被保斯庇护，赔钱了事。后来，拜德又多次咬伤了客人。保斯渐恼，把拜德训斥了一回，并减少了伙食补贴标准。谁想得到，几天后，没有吃上可口的骨头，拜德不快，干脆窜到街中心去咬人，其中一名是儿童，一名是市长的小姐，一名是大法官本人。保斯大怒，顺手拿起一根木棍打了拜德一棒子，谁想到拜德果然发了恶性，扑向主人，咬了主人的迎面骨，留下深深的两个狗牙印子。害得保斯大喊"反了反了"，去医院清洗包扎敷药处理，并打破伤风针与预防狂犬病针剂。

从医院回来，保斯吩咐人将拜德锁起，再用绳子五花大绑，把拜德吊到了树上，准备处以绞立决——按照该国法律，只要有两个人证签字画押，咬主人的狗可以立即处决。

行刑时，保斯突然改变了主意，下令赦免拜德，只是用锁链将其锁起，关入后院，下令每天喂它面包屑200克——半饥半饱，反正不会饿死。"只怕将来还有用得着它的时候呢。"保斯对管家说。

老人和鸟儿

——[中国] 贾平凹

> 经历了洪水的老人得了恐慌病儿，
> 长年卧床不起，
> 孝顺的儿女为其捉来了鸟儿解闷，
> 却依然不能解除老人心中的恐慌。

这个山城，在两年前的一场洪水里被淹了，三天后水一退，一条南大街便再没有存在。这使山城的老年人好不伤心，以为是什么灭绝的先兆，有的就从此害了要命的恐慌病儿。

但是，南大街很快又重建起来，已经撑起了高高的两排大楼，而且继续在延长街道，远远的地方吊塔就衬在云空，隐隐约约的马达声一侧耳就听见了。

新楼前都栽了白杨，一到春天就猛地往上抽枝。夜里，愈显得分明，白亮亮的，像冲天射出的光柱。鸟儿都飞来了，在树上跳来跳去地鸣叫，最高的那棵白杨梢上，就有了一个窠。从此，一只鸟儿欢乐了一棵树，一棵树又精神了整个大楼。

老人躺在树梢上的那个窗口内的床上。长年那么躺着，窗子就一直开着。一抬头，就看见远处的吊塔，心里便想起往日南大街的平房，免不了咒骂一通洪水。

老人在洪水后得了恐慌病儿，住在楼上后不久就瘫了。他睡在床上，看不到地面，也看不到更高的天，窗口给他固定了一个四方空白。他就唠叨楼房如何如何不好：高处不耐寒，也不耐热。儿女们却不同意，他们庆幸这场洪水，终于有了漂亮的楼房居住。他们在玻璃窗上挂上手织的纱帘，在阳台上栽培美丽的花朵，阳光从门里进来可以暖烘烘地照着他们的身子，皮鞋在水泥板地面上走着，笃笃笃地响，浑身就有了十二分的精神。

"别轻狂，那场水是先兆，还会有大水呢。"老人说。

"不怕的！水还能淹上这么高吗？"

"这个山城要灭绝的……"

儿女们说不过他,瞧着他可怜,也不愿和他争吵。每天下班回来,就给他买好多好吃的、好穿的,但一放下,就不愿意守在他床前听他唠叨。

"我要死了。"他总是这么说。

"爸爸!"儿女们听见了,赶忙把他制止住。

"是这场洪水逼死了我啊!"

有一天,他突然听到一种叫声,一种很好听的叫声。什么在叫、在什么地方叫?他从窗口看不到。

这叫声天天被老人听到,他感到越发恐慌,一天天消瘦下去,眼眶已经陷得很可怕了。

"爸爸,你怎么啦,需要什么吗?"儿女们问。

叫声又起了,嘤儿嘤儿的。

"那是什么在叫?"

儿女们趴在窗口,就在离窗口下三米远的地方,那棵白杨树梢下的鸟窠里,一只红嘴鸟儿一边理着羽毛,一边快活地叫着。

"是鸟儿。"

"我要鸟儿。"

"要鸟儿?"

儿女们面面相觑,不知道该怎么办。

"我要鸟儿。"老人在说。

儿女们为了满足老人,只好下楼去捉那鸟儿。但杨树梢太细,不能爬上去。他们给老人买了一台收音机。

"我要鸟儿。"老人只是固执。

有一天,鸟儿突然飞到窗台上,老人看见了,大声叫着,但儿女们都上班去了,鸟儿在那里叫了几声,飞走了。

老人把这事说给了儿女,儿女们就在窗台上放一把谷子,安了小箩筐,诱着鸟儿来吃。那鸟儿后来果然就来了,儿女们一拉撑杆儿,鸟儿被罩在箩筐里。

他们做了一个精巧的笼子,把鸟儿放进去,挂在老人的床边。

那个窗口从此就关上了。老人再不愿意看见那高高的吊塔,终日和鸟儿做伴,给鸟儿吃很好的谷子,喝清净的凉水,咒骂着洪水给鸟儿听。鸟儿在笼子里一刻也不能安分,使劲地飞去、鸣叫。老人却高兴了,儿女们回来便给讲了好多他童年的故事。

一天夜里,风雨大作,老人的恐慌病又犯了,彻夜不敢合眼,以为大的灾难又来了。天明起来,一切又都平静,什么都不曾损失,只是那个杨树上的鸟窠,

昔日重现

好久没有鸟去编织,掉在地上无声息了。

老人的病好些了,还是躺在床上,不住地用树枝拨弄笼中的鸟儿。

"叫呀,叫呀!"

鸟儿已经叫得嘶哑了,还在叫着。儿女们却庆幸这只鸟儿给老人带来欢乐。

一千元

——[美国] 欧·亨利

> 在事务所工作的理查德·沃林
> 把叔叔留给自己的一千元钱无偿送给了善良的穷小姐海顿，
> 这份爱心为他赢来了巨额遗产和海顿小姐对他的爱。

"给，这是你的一千元。"律师表情冷淡，他对眼前这个年轻人不抱有任何好感。

理查德·沃林笑着接过薄薄的一叠钞票。"一千元？这么少，怎么个花法，可真叫人为难。当然，我可以找个高级旅馆像王子那样住上几天；我也可以辞去事务所工作，而去干我愿意干的事——画画儿，我可以画上几个星期。可是，我以后怎么办呢？我把事务所的职位丢掉了，钱也花光了。如果这笔钱的数目少一点，那我就可以为自己购置一件漂亮的新外套或一台收音机，再或者请朋友吃一顿；如果数目大一点，我就可以辞去事务所的工作，去画画儿。然而这笔钱这样嫌多，那样又嫌少，这该怎么办？"

"你一定要把你叔父的遗嘱弄明白，"律师说，"遗嘱中说明了他去世以后如何处置他的财产。我必须请你记住一点：你叔父说过，你把钱用掉之后，必须马上交给我一个书面报告，要确切地说明你是怎样花这笔钱的。这是你叔父的遗愿，在遗嘱上写着。希望你按照他的嘱咐去做。"

"当然，我会按照他的遗愿做的。"年轻人回答道。

理查德·沃林，这个年轻人不坏，也不傻。他就是不乐意在事务所工作。他真正喜爱的是绘画，而且画得不错，但是靠画画儿挣不来钱。在以前，不论什么时候，他那阔叔叔一给他钱，他就花了。因此那位阔叔叔说："他是个小傻瓜，不知道如何花钱。"

理查德·沃林到他的朋友老布雷逊那儿去，发现他拿着报纸，快睡着了。

"我刚从我叔叔的律师那里来，"理查德说，"我叔叔只留给我一千元，等我用掉了，还得告诉律师我是怎么用的。一个人有了一千元，不多也不少，但我不

昔日重现

知道该怎样消费它。"

"我原来以为你叔叔是个大阔佬，至少有五十万元呢。"

"不错，"理查德说，"可他没留给我。他给他的每一个仆人一百元和一枚金戒指，给我一千元。我想，他把其余的钱都给了医院或者诸如此类的单位……你说，一千元能干些什么？"

"难道他的钱再没有别人可给了吗？他没有其他亲属吗？"布雷逊接着问。

理查德停了半响后回答："有一个玛丽·海顿，是我叔父的一个朋友的女儿。她住在我叔叔家里，她跟仆人们一样，也得到一百元和一枚金戒指。但愿也给我一百元和一枚金戒指就好了，那我就可以和我的朋友们一块儿美美地吃一顿，完事大吉。好了，千万不要把我当做傻瓜，告诉我，一个人拿了一千元该怎么办？"

老布雷逊摘下眼镜擦起来。

"至于这一千元钱，怎么说呢？有的人可用来买一所住宅，不过是所小房子，而对他来讲就是一所住宅啦。另一个人也许会去请一个好医生给他的妻子看病。另外，这笔钱也够一个聪明的孩子在走读的学校里读几年书，但要是在蒙特卡洛，这点儿钱几秒钟之内就会输个精光。这笔钱还可以买一幅好画儿，或者一颗光彩夺目的宝石，也可以为一本不太厚的学术著作付印刷费……"

"好了，好了，别说了，我不是来听你讲这些的，告诉我，要是你，该怎么处理这些钱？"

"你可做的只有一件事，那就是把钱送给一个穷人，他会恰到好处地使用这笔钱，因此获得幸福。而你就当什么事都不曾发生过，像往常那样生活下去。"

在布雷逊住宅外面，理查德·沃林正在琢磨："把钱送给一个善于花钱的人，他能从中得到幸福。我可以为一个多情的俏佳人买一颗宝石，那位在剧院唱歌的克拉拉·莱恩长得漂亮，可是她戴的宝石戒指价值好几千元，她不可能从一枚只值一千元的戒指上得到什么幸福；我可以把钱送给事务所的看门人，他曾说过，有了钱之后，要开一家酒店，可这可算不上把钱用在恰当的地方；我还可以把钱送给坐在广场上乞讨的那个瞎子，不过人们给他不少钱了，他在银行里的存款肯定超过一千元了，他不需要这笔钱。"

想着想着，理查德跳上一辆公共汽车，回到了律师事务所。

"你能告诉我，"理查德问道，"除了一百元和一枚金戒指，我叔叔是不是还留给海顿小姐别的什么东西？"

"没有。"律师回答。

理查德转身来到了叔叔家。海顿小姐还在那儿。她正坐着写信，一看到理查德进来，忙把信纸翻过去，还把手放在上面。

"我从律师那儿得知，"他对海顿说，"我叔叔除了留了那份遗嘱外，还有个附件，是事后想起来补充的。这是我叔叔给你留下的一千元。你查点一下，看对不对。"他把钱放在桌子上。

"哦！"海顿小姐惊呼了一声。

"我以为……"他说，"我想……"他说不下去了，凝视着她那亲切可爱的面孔和一双和善的眼睛。接着他环顾这个漂亮的房间，真是富丽堂皇。他不禁想起了他自己的那所离城很远的破旧的寓所。向她求婚是不理智的，她不会幸福的。他赶紧走了。

理查德一返回律师事务所，就在一张纸上写道："考虑到不会有人能更好地使用这笔钱，并从中得到更多的幸福，理查德·沃林把一千元赠给了他认为这世界上最美丽最可亲的海顿小姐。"

他走进律师的房间。

"我已经把那一千元花出去了，"他说，"我还写了一个条子，说明我是怎么花的……今天天气可真好，春光真的很明媚！"

律师没有接条子，他站起身走出了房间。过了一会儿，他拿着一大张纸回来了。

他庄重地说："沃林先生，这份文件是你叔父交给我的，他嘱咐我，一定要在你用完一千元并书面报告给我你是如何使用这笔钱以后，再宣读这份文件。文件上说，如果你把这一千元钱都用在做善事，表现出你的无私上，你会再获得十万元。但是，如果你把钱胡花乱用了，这十万元就给他朋友的女儿玛丽·海顿。我现在就看你写的是什么。"

律师伸手去拿条子，理查德动作早了一步，他抓起条子塞进了口袋。

他说："不必念了，我在赛马场上把大部分钱输掉了，剩下的钱都吃光喝掉了。"

"你很愚蠢，年轻人，你太愚蠢了！"律师遗憾地说。

"我要见沃林先生，"玛丽说，"他就在这个办事处工作，我有封信要给他。"

理查德从他办公的那个房间走出来，看见玛丽·海顿等着要见他。

"理查德，"她说，"你来看我的时候，我正在给你写信。现在我把它完成了，你最好看看。"

理查德·沃林展开信。

亲爱的理查德：

现在你叔叔已经去世，我就没有任何顾虑了，愿意干什么就干什么。我知道，你想要我嫁给你，但你不愿求婚，原因在于你认为自己很穷，怕我不愿意。亲爱的理查德，我不怕——如果你也不怕跟一个爱着你的穷女人结婚的话，那我

昔日重现

们结合吧!我知道,你爱我。

玛丽

"我已经告诉律师,你做了什么事。"玛丽说,"因此,除了那一百块钱和那枚戒指以外,我一无所有,同当初一样。"

避 雷 针

——［美国］马克·吐温

> 避雷针推销人为了推销自己的商品，竟一而再、再而三地打扰我，我极力成全他。可我没有想到，经他精心装点的房子40分钟内竟遭到了764次雷击。

我所攻读的是一门严肃的学科——政治经济学，在每天的上午，我总是搬来一堆书，准备写作，由于此项工作要用去我几乎所有的时间，所以，我极不愿有人打扰我。

这天，我同往常一样，开始了写作，但是刚刚写了"政治经济学乃是一切善政之基础……"几个字，我的工作就被打断了，说是楼下大门口有一个陌生人有事要见我。我从楼上下来，问他有什么事，同时竭力不让我的政治经济学的思绪跑掉。我虽焦急万分，他却不慌不忙。

他说他途经这里，发现我的房子上需要装几根避雷针，因此冒昧来打扰。

我说："我知道，你的意思是什么？"他说没有别的，只是他很愿意帮我装。

我尽力装出是一个会当家的好手，漫不经心地回答说："我早就想装上那么七八根避雷针了，只是由于……"陌生人听了这话倒是一怔。

我私下认为，即使他看出了我不懂装懂，他也一定不会点破的。只听见他说，在全城所有主顾中他最乐意为我效劳了。

我说那你就看着办吧，说完正想走，他又把我叫住，说是需要知道到底想装多少"针"，装在房子的什么位置上，杆子要求哪种质量。

我告诉他装8根"针"，全装在房顶上，杆子哪种好用哪种。

他说他供应的普通的一种是每英尺20美分，铜质的是25美分，镀锌的螺旋状杆要30美分。

我说用螺旋状杆。他又接着说，要想把事情干漂亮，不管任何人看了都一致感到羡慕，都异口同声地说有生以来从未见过这样对称布局的一组避雷针，那么

昔日重现

他认为至少要用上400米。

我急着回去继续我的文章,所以,我立刻回应他,说按他的意思办,我终于摆脱了他,继续从事我的政治经济学。但是当我费了半个小时才使我的思路收拢时,我的工作又被他打断了。

我又再次面对着装避雷针的人,他还是一副镇静自若的样子,我则相当地烦躁。

他站在那里,像在品评鉴赏似地朝着我房顶上的主烟囱方向眺望。他说:"眼前这景致简直会使人产生新的乐趣。"接着又说,"你能否告诉我,可曾看见过比单独一个烟囱上就装有8根避雷针更美的景色吗?"

我回答他,在我的印象中还不曾有过。他说他认为,天下除了尼亚加拉瀑布外,再没有比这更为壮观的自然风光了。只不过有一点稍显不足,那就是还应在屋顶周围再分散装上8根避雷针。

我跟他说我的时间很紧,让他再装8根避雷针,添加500英尺螺旋状杆。

这一次,我估计足足花了一个小时才把被打断的思路拉回来。但是装避雷针的人又传话上来要找我。

他说他是万般无奈之下,没有办法才不得不打搅我的。因为他这个人做事非常追求完美,而且一丝不苟。刚才干完活,累得要命,正想停下来休息,一抬头发现原先的计算出了一点点问题。他说,如果这样,万一雷暴到来,光凭这16根避雷针是无论如何也不能保证这所最心爱的房子完整的。

"好了!好了!你不要再打扰我了,让我安静安静吧!"我说,"如果行得通,你装它150根,在厨房里装一根,牲口棚上装一打,那只母牛身上装一对!厨师脑袋上也装上一根!你把你的材料全用上,爱装什么装什么,但愿不要再来打扰我!"

当他再一次见我时,我对他说:"不要再说了,报报账吧。900美元可以吗?那么街上集合了这么多人干什么?怎么?原来是看避雷针!难道他们从未见过避雷针?是没有见过一座房子上装了这么多避雷针吗?这有什么好看的?少见多怪!但我还应下楼照看着点。"

在随后的24小时内,我这座房子竟成了全城的一大奇观和人们议论的话题。房子所在的街道,日夜都被看热闹的人群挤得水泄不通。

这种情况一直持续到第二天。因为这时来了一阵雷暴雨,雷电直冲着我的房子打下来。过了5分钟,周围半英里内再也看不到一个观众了,但是在同样的距离外,所有高楼大厦的每个窗口和屋顶上却都挤满了人。

说来也情有可原。因为好像是几十年内积聚起来的全部流星和烟火都倾泻到我这孤立无援的房顶上来了。

当时的计算结果显示，我的房子在 40 分钟内竟遭到了 764 次雷击。雷电是这样迅速地一个接着一个沿着螺旋状杆打到地里去，使人们都来不及搞清楚雷是怎么打下来的。

　　我敢说，从人类诞生以来，这种事绝对是第一次发生。好在可怕的围困总算解除了，因为这时笼罩在我们头顶的云层里肯定再也没什么可抛的了。

　　我顺便要告诉大家一声，在雷电袭击我房子的时刻，我是没有办法继续写我那还没完成的政治经济学了。

庄园恐怖夜

——［美国］爱伦·坡

应儿时伙伴之邀，我来到他的庄园。

在这座恐怖的庄园里，他的妹妹梅德琳死而复活，

我的伙伴却因惊吓而死。

最后，庄园也奇迹般地被湖水吞没。

靠近年终，天越发黑暗起来，乌云压顶。我就在这样的一天，骑着马在乡村公路上前行着。夜幕降临时，厄舍庄园出现在我的面前。我在庄园旁边的寂静昏暗的湖边下马。湖水映出庄园及其四周树木的倒影，黑乎乎一片。倒影中有些东西使我感到害怕，尽管我说不清那是什么。

我仰起脸，看了看这座老房子，房子是由石头砌成的。房子的正面好像有一道裂缝，从墙顶向下一直延伸到水边，消失在黑色的湖水中。

我这次来，主要是冲着我儿时的伙伴罗德里·厄舍来的，我们已经有好些年没有见面了，他的情况我也所知不多。但是，他最近给我写了封信，要我到这里来。我的朋友会见我的那个房间黑漆漆的，但是我还是感觉到了他的巨大变化。他病恹恹的，而且目光中透露出一种狂乱的神情。他神色慌张，常常忙活一阵，随后便突然安静下来。他对我说，他患了一种无法治愈的疾病。

依我看，最为严重的是，他充满了恐惧，甚至对房子也表现出一种不可抑制的恐惧。他认为，在某种程度上这座房子主宰了他的思想。恐惧已经成了他生活的一部分。

在所有的事情中，他最怕的就是死。他说，他的妹妹梅德琳快要死了，他将成为他家里最后一个人了。他害怕在她离世后孤独地死去。

梅德琳也住在这座房子里，但在她死之前，我与她仅仅见过一面，话也未曾说过，那时我看到她慢慢地从一个房间走到另一个房间去了。

在厄舍告诉我他妹妹死亡的有关情况之前，我们一直在研究一本很怪异的书，这本书是在某个被遗忘的教堂发现的。书上讲述了一种叫做"守望死者"

的习俗。

在梅德琳死后的一天,厄舍突然告诉我,他不准备即刻埋葬他妹妹。也许由于神经错乱,他打算亲自守望死者!不过,他对自己作出的决定给我说了两条充足的理由:首先她被埋葬的地方距离很远;其次,她的病非同寻常,大夫可能会在她下葬之前寻问有关问题。于是,我和厄舍将她的遗体抬到了楼下的一个小房间里。她穿着雪白的长礼服静静地躺在冰冷的石板上。锁上门后,我和厄舍转身离去了。

从此,我的朋友越发变得古怪了。他的一举一动、一呼一吸都带着恐惧。我也变得恐惧起来,甚至整座房子都使我心惊肉跳。

一周的时间转眼过去了,有一天夜里,突然狂风大作,令人毛骨悚然。但风停时,我却仍能听到那声音。我也弄不清那声音是哪里发出来的,但我心里很害怕。

在这个狂风肆虐的夜里,厄舍敲开了我的房门。"你没看到它吧?"他问我。他打开窗户,风呼地卷了进来。他野人似地仰望着夜空。他似乎看到了我无法看到的东西。

"快把窗户关上吧!"我说,"天气太冷。这有一本书,我读给你听,让我们一块儿来度过这个恐怖之夜。"

这本书一点儿意思也没有,但是除此之外,我没有第二本书。我开始给厄舍读了起来。"有人拉倒了门,发出木头破裂的声音。"我猛地停止朗读。我仿佛听到房里什么地方响起了同样的声音。我对自己说这是风在吼。书中的故事已经使我注意到了这一点。

我又接着给厄舍读下去,故事中,那人闯进房里,发现房里有一只大动物。他击打那只动物,它大声叫唤起来。我又一次停了下来,因为我又听到了和故事中相同的声音。我看了看我的朋友,他似乎快要睡着了。"那些声音真的存在吗?"我问自己,停了一会儿,我又读了起来。故事中,一大块铁掉在了地板上。我一读到这句话,就听到我们下边什么地方发出如同铁掉在地板上的声音。

我一下子跳了起来。厄舍仍然坐在椅子上,他向两边慢慢地动了动。他没有看我。突然,他开始说话了,不过,他不是对我说话,而是在自言自语。

"听,那声音,我听见了,真的,很久很久以前,我就已经听见了。但是,我不能说。我们是把她活着锁起来的!很久了,我就听到了她的动静,我好害怕!就像书中的故事一样。那些声音就是她发出的。啊!我该去哪儿呀?她会问我为什么要那么快就把她放在那儿。她现在就要来了。我听见她上楼的脚步声了。我听到她咚咚的心跳声了!"

突然,他从椅子上跳起来,大声喊道:"我告诉你,她现在就站在那边!"

昔日重现

厄舍说着将手指向我的房门口。这时，门慢慢地打开了。初时，我以为门是被风吹开的，哪知，我看到有个人站在门口，是梅德琳·厄舍。她的雪白的礼服上血迹斑斑。她一定是从楼下锁着的房里出来时把自己弄伤了。

她在门口站了片刻，随后开始向门里走来。最后，她气息奄奄地倒在她哥哥的身上。他们兄妹是一起倒地的，厄舍因惊吓而死。

我冲出房间，冲进暴风与黑暗中。而后，我看到我脚下的地上有一道奇异的光在闪烁着。我转过身想看一下那道光来自什么地方，因为房里昏黑一片。一轮血红的满月破云欲出，悬在空中。我看清楚这道光是透过房子墙壁裂缝射过来的，我第一次看到房子时那道裂缝很小，但现在显然加宽了。在我看它的时候，它还在变宽。转眼之间，狂风骤起，一轮满月和盘托出。房子的四壁正在倾倒。随之而来的是巨浪怒涛的声音——我脚边的黑色的深湖静静地、不可阻挡地将厄舍庄园揽在了自己的怀抱里。

雨中的猫

——［美国］海明威

一对美国夫妇住在一个海边小旅馆里。
一个雨天，妻子发现窗外一只在躲雨的小猫，
出去却没有找到。
正当妻子大失所望之际，猫却出现在门口。

这旅馆里的二楼住着一对美国夫妇，他们来来往往进出房间，碰到了不少人，但没有一个认识的。他们的房间面对着海，也面对着公园和战争纪念碑。公园里有棕榈树和绿长凳。天气晴朗时，总有个艺术家带着画架来这画画。艺术家们喜欢棕榈树的长势和面向公园与海的旅馆的明快色彩。而意大利人不辞辛苦地从远方跑来瞻仰这里的战争纪念碑。碑是用钢做的，在雨中闪烁着光。天正下着雨。雨水从棕榈树上滴下来。砾石路上积水成池。海水在雨中突然变成一条长线，从沙滩下去，又涌上来，在雨中再化成一条长线。汽车从战争纪念碑边上的广场开过去，广场对面的咖啡店门口站着一个侍者，他若有所思地望着广场发呆。

那位美国妻子正向窗外看着。他们窗口下面刚好有一只猫蜷伏在一张滴水的绿桌子底下，尽力把自己围得严严实实的，以免被雨淋湿。

"我要把那只猫抓上来。"美国妻子说。

"我去。"她丈夫在床上说。

"不，我去。可怜的小猫想在桌子底下躲雨呢。"

丈夫听了，重新躺下看起书来，但说了句：

"别淋湿了。"

妻子下楼去了。当绕过柜台时，旅馆的老板站起来向她点头致敬。他的办公桌在远离柜台的一侧，他是个老头，个子挺高。

"下雨了！"那位美国妻子说。她对这个旅馆的老板挺有好感。

"是的，是的，太太。天气太坏了，太坏了。"旅馆老板说。

昔日重现

他站在那阴暗的房间里远远的办公桌后面。那位美国妻子之所以对他抱有好感,有几方面原因:她喜欢他那种任劳任怨的死板的严肃态度;她喜欢他的举止端庄;她喜欢他点头哈腰、毕恭毕敬的样子;她喜欢他那当老板自以为是的神态;她喜欢他那很沧桑的脸孔和一双大手。

他们都向门外看去,雨下得更大了。一个穿着橡胶披风的男人正穿过空荡荡的广场到咖啡店去。她绕到右边。她想她是否可以沿着屋檐下面走过去。这时,有人从后面给她打开了一把伞。这是照料他们房间的女侍者。

"太太,要注意,不要让雨淋着。"她微笑着,讲的是意大利语。不用说,是老板派她来的。

她在女侍者的陪同下,走到他们窗子下面。桌子在那里给雨水冲洗得绿闪闪的,可是猫不见了。她突然很失望。女侍者望着她。

"您在寻找什么?"

"刚才那只猫。"美国妇女说。

"猫?"

"是的,可它现在却不在了。"

"猫?"女侍者笑了,"雨中的猫?"

"对,"她说,"在桌子底下。"又说,"啊,我太想要它了。想要只小猫。"

她说英语时,女侍者绷着脸。

"回吧,太太,"她说,"我们该进去了,否则您会淋湿的。"

"那好吧。"美国妇女说。

她们顺着砾石路往回走,进了门,女侍者在门外合了伞。

当绕过柜台时,旅店老板又一次表示了自己的恭敬。她内心感到这是小事,也是麻烦事。老板使她觉得这事虽小,却实在是挺重要的。她一时感到这简直太重要了。她走上楼梯,开了房门。乔治还在床上看书。

"那只猫呢?"他放下书问道。

"跑了。"

"跑了?往哪儿跑了?"他目光从书本上移开。

她坐在床上。

"我十分想拥有这只猫,"她说,"我不知道为什么这么想要它。我要那只可怜的小猫。让一只可怜的小猫在雨中淋着我可受不了。"

乔治继续看书。

她起身,坐在梳妆台的镜子面前,用手镜照着自己,端详着侧面,先看一边,再看一边,然后细看头部和脖子后面。

"我把头发留起来,你说好不好?"她问他,又看着侧面。

乔治抬起头来,看见她脖子后面剪得短短的像个男孩。

"这个样子挺不错的,我很喜欢。"

"这个样,我可烦死了。"她说,"像个男孩,我可烦死了。"

乔治换了个姿势。她开始讲话以来,他目光一直没离开她。

"你看上去十分美丽。"他说。

她把镜子放在梳妆台上,走到窗口往外看。天渐渐黑了。

"我要把头发往后梳,又紧又滑,在后面打个大结子,我能感觉到。"她说,"我要只猫坐在我怀里,我摸摸它,它就喵喵地叫。"

"是吗?"乔治在床上说。

"我吃饭时要用自己的银器,我要蜡烛,我要把它点燃,我要在镜子前面捋头发,我要一只小猫。另外,我要为自己添置几件新外套。"

"好了,不要说下去了,还是看看书吧!"乔治说,他又去看书了。

他的妻子又望向窗外。天很黑了,雨水仍不停地打在棕榈树上。

"无论如何我要一只猫。"她说,"现在我就要一只猫。如果我不能有长头发或什么好玩的,我能有只猫也挺不错。"

乔治没听到,他正在专心看他的书。广场上的灯开始亮起来。

有人敲门。

"进来。"乔治说,他放下书本,抬起头来。

门口站着女侍者。她贴身紧抱着一只龟纹的大花猫。猫从她身上跳下来。

"打扰你们了,"她说,"老板叫我把这只猫给太太送过来。"

一个悲剧

——［美国］杰克·伦敦

> 卡西迪太太每次遭丈夫痛打后，
> 都会得到自己想要的礼物，而且夫妻关系更胜从前。
> 这种生活让从没挨过丈夫打的芬克太太十分羡慕。
> 她决定效仿，但结果却令芬克太太伤心不已。

故事发生在哈莱姆区，芬克太太来到一楼卡西迪太太家闲聊。

"你看美不美？"卡西迪太太说。

她得意洋洋地转过脸来让芬克太太瞧。芬克太太吓了一跳，只见卡西迪太太一只眼睛已睁不开了，周围一大圈青紫；嘴唇开了个口子，还有点淌血；颈项两边都有红红的手指印。

"啊！你的丈夫怎么能这样对待你，我的丈夫从不这样。"芬克太太说，不让羡慕之情外露。

"要是我的丈夫一星期不打我一次，我会很难受。"卡西迪太太宣称，"他打我是因为心中有我，你说是不是？不过这一次可打得不轻，我现在眼前还冒金星。不过这星期剩下来的几天里，他会成为城里最讨人喜欢的人。他要为此补偿我，至少要买两张戏票，因为我另一只眼睛还能看戏。另外，他一定还会给我买一件绸衬衫。"

"可我认为这样不好。"芬克太太得意地说，"我丈夫绝对是个大丈夫、真君子，决不会抬起手来打我。"

"好了，别唱高调了，玛吉，"卡西迪太太一边搽金缕梅止痛水，一边笑着说，"你这是忌妒。你丈夫过于冷冰冰、慢吞吞，当然不会打你。他回到家里只会在一旁坐着，手里拿着份报纸做体操——是不是这么回事？"

"我先生回到家确实要看看报，"芬克太太点头承认，"不过他从来没有打过我一下，只在读报中享受，这我承认。"

卡西迪太太像一个心满意足的幸福主妇似地笑了。她带着科尼莉亚现宝的神情，拉开和服式晨衣的领口，显示出另一处秘而不宣的伤痕：酱紫色的一大片，边缘呈橄榄色和橙红色。

芬克太太败下阵来，眼神变得黯淡下来，对卡西迪太太既忌妒又钦佩。一年以前，她同卡西迪太太都还是独身，她俩是城里一家纸箱厂的一对要好的朋友。现在她同她的先生正好住在卡西迪太太同她的先生的头顶上的一层套房，因此她不好跟卡西迪太太装模作样。

"当你丈夫打你的时候，你感觉痛吗？"芬克太太好奇地问。

"当然！"卡西迪太太发出一声快乐的高叫。"可话又说回来了，你碰到过一座砖头房子倒下来压着你的事吗？噢！对了，正是这么一种感觉——就像他们正在将你从废墟里刨出来。杰克的一记左手拳意味着两张日场戏票同一双新牛津鞋，而他的右手拳，嗯，那就得到科尼岛去玩一趟，加上半打网眼丝袜作为补偿。"

"但是，他打你的理由是什么？"芬克太太眼睛睁得大大地问道。

"傻瓜！"卡西迪太太疼爱地说，"说什么理由，因为他喝醉了酒。通常是星期六夜里。"

"可无论如何，你总得给他个由头。"芬克太太不肯罢休。

"哪有什么由头，这么说吧，我们不是夫妻吗？杰克喝得醉醺醺地回来，而我又在家里，不是吗？他想发泄，不打我又能打谁？你说是吧？有时候是因为晚饭还没有准备好，有时候是因为晚饭早已准备好。什么原因杰克并不在乎。他只不过是喝醉了，后来他记起他是结了婚的人，就跑回家来，打我一顿。每到星期六晚上，我都把家具挪开，特别是那些有棱有角的。这样，当他动手的时候我不会磕破脑袋。他一记左手拳把我打得跌倒在地！有时候我倒地不起，他也就不再继续了，不过，要是我觉得这个星期想到哪里去玩玩，或者需要买件新衣服，我就跳起来让他再打。昨天夜里的情况就是这样。杰克知道我想要一件黑色绸衬衫，想了一个月了，我以为单是一只眼给打肿了不一定就能到手。你等着瞧，玛吉，我跟你赌一块冰淇淋，今天夜里，我一定会拥有一件漂亮的黑色绸衬衫。"

芬克太太一下子陷入沉思。

"我家马蒂从来不打我一下。"她说，"正如你刚才所言，他一下班就闷声不响地回家，一句话也不说。他从来不带我上街逛逛，在家里老是坐在椅子里消磨时间。他也买东西给我，但是每次总是闷闷不乐的，因此我也不稀罕那些东西。"

卡西迪太太伸出一只胳膊抱住她的好朋友。

"我很同情！"她说，"可是，不是人人都能找到一个像杰克那样的丈夫。假如大家都像他，婚姻就无缺憾了。你听说过那些心怀不满的妻子吧？她们缺的就是一个男人回到家里，每星期踢断她一根肋骨，然后用接吻和巧克力奶油冰淇淋

昔日重现

来补偿。这样的生活才是她们需要的。我要的是一个有主人派头的男人,喝醉了揍你一顿,没有喝醉抱你一阵。我从不想与那种没有魅力的男人交往。"

芬克太太叹了口气。

正在这时,门突然被打开,紧接着一阵响动在过道传来,是卡西迪先生回来了,只见他两只胳膊都夹着包裹。玛米飞身向前吊住他的脖子。她那只完好无损的眼睛里闪烁着爱情的光芒,与那个被追求她的人打昏并拖到茅屋里来的毛利女郎醒过来时眼中闪烁的光毫无二致。

"噢,亲爱的!"卡西迪先生高声大叫。他丢开包裹,用力地抱着她举了起来。"我买了巴纳姆·贝利剧场的票;如果你打开那个有绳子的包裹,你一定会发现那件绸衬衫——哦,晚上好,芬克太太——我才见到你,对不起。老马蒂近来好吗?"

"他近来不错,噢,谢谢你的问候。"芬克太太说,"我得上楼去了,马蒂快回来吃晚饭了。明天我将你要的花样带下来给你,玛米。"

芬克太太上楼来到自己的房间,伤心地哭了起来。这是一种说不出什么名堂的哭泣,这种哭泣只有女人才懂,没有什么特殊原因,只会让人觉得滑稽可笑。这是女人伤心时短暂而绝望的哭泣。难道他对她根本不关心?他们从不拌嘴,他回到家里就懒洋洋地东靠靠,西靠靠,一副忧郁、痛苦的样子,他倒是个蛮不错的供应商,可是他忽略了生活中的香料,无法使生活变得有滋有味。

芬克太太感觉生活中的船要停泊了,好没意思,她的船长的活动范围介于葡萄干布丁和吊床之间。他要是时不时走过来拍拍船帮或者在后甲板上顿顿脚该多好!她多么希望有一次开心的航行,在快乐岛的几处港口逗留。而现在,她的这个美好愿望看来是无法实现了。她同她的练拳对手在平平淡淡的若干回合中,没留下一处伤痕可以给人看,她厌烦透了。在这方面,她一度痛恨过玛米。看那玛米,时时带着伤口和青肿——礼物和接吻是她的止痛药膏——同她那好斗的、粗暴的、可爱的伴侣正进行着一次难忘的开心的航行。

芬克先生七点钟回家。他恨透了家务事,也不喜欢在安乐舒适的家门以外闲逛。他是坐有轨电车上下班的人,他是吞食了猎物的蟒蛇,他是倒下来就躺在那儿不动的大树。

"晚饭怎么样?合不合口味?"芬克太太问马蒂。

"唔!不错,很好吃。"芬克先生咕哝了一声。

吃过晚饭,马蒂单穿着袜子,找了张报纸,坐在那里看。

起来吧,新时代的但丁,为我歌唱地狱里最安全的角落,好让那光穿袜子坐在屋内的先生有个好去处。耐心的姊妹们由于亲属关系或者责任心通常会无任何怨言,不管他的袜子是丝的、棉纱的、莱尔线的,还是羊毛的,难道除了一言不发，就不能写出新的一章？

第二天是劳动节，卡西迪先生和芬克先生一整天不要上班。工人们得意洋洋地参加游行，或者聚在一起取乐。

芬克太太一早就把花样给卡西迪太太送过来了。玛米已经穿上了新的绸衬衣，连她那只挨了打的眼睛都勉为其难地放射着节日的光芒。杰克的忏悔是慷慨大方的，他们已经订了美妙的计划，包括逛公园、野餐、喝比尔森啤酒。

芬克太太是充满复杂的心情回到自己房间的。玛米是多么幸福，虽然这种幸福使她伤痕累累，但也是有补偿的。这种幸福能让玛米一人独享吗？马蒂·芬克同杰克·卡西迪肯定不相上下，难道他妻子就永远不挨揍也得不到爱抚吗？芬克太太突然想到一个让她自己都感到窒息的主意。她要让玛米瞧瞧，她的丈夫也会动拳头，事后说不定比杰克更为情意绵绵。

对芬克一家来说，劳动节过得同平时的假日一样正常。厨房里的洗衣槽里，两个星期的脏衣服已经浸泡了一夜。芬克先生单穿着袜子坐着看报。难道劳动节就是在劳动中过去吗？

妒火在芬克太太的心中升高，而升得更高的是一个大胆的决定。如果她的先生想揍她——如果他一直不想表明自己是个男子汉大丈夫，有他的特权，不想表明对夫妻关系的兴趣，她就得刺激他尽他的本分。

芬克先生点着烟斗，用穿着袜的脚趾轻轻地擦着另外一只脚的脚踝。他很满意目前这种生活状态，就像一块未溶化的羊油嵌在布丁里面，这就是他的平稳的极乐世界——舒舒服服地坐着，从报纸了解外面精彩的世界，耳听妻子洗衣服时肥皂水的溅泼声，闻着已收拾进去的早餐和即将摆出来的午餐的美味。他满意极了，他心里又怎么会冒出打老婆的念头。

芬克太太开了热水龙头，将搓衣板插进洗衣槽。这时，卡西迪太太开心的笑声传了过来。这笑声像是一种嘲弄，是向楼上从未挨过揍的新娘卖弄自己的幸福。芬克太太该采取行动了。

她突然像个泼妇似地转向那个看报的人。

"你这游手好闲的懒鬼，"她大叫道，"我整天不休息，忙得焦头烂额来服侍你这个没出息的东西！你到底是人还是离不开厨房的狗？"

马蒂惊愕地抬起头，一时间他弄不清楚到底发生了什么事。芬克太太怕他不会动手，因为还没有惹得他上火，就跳上前去，朝他脸上狠狠地一拳，同时对他感到一阵热爱，那是她好些时日都没有感到的。"你站起来，马蒂·芬克，拿出你的魄力！"啊，她想就要感到他拳头的分量了，只为了表示他关心她，只为他心中还有她。

芬克先生跳了起来，因为玛吉另一只手猛地一挥击中他的下巴。在这可怕而

昔日重现

又幸福的时刻,她闭上了双眼,等候他的回击,快来吧!她念着他的名字,她向盼望中的一击迎过去,为这一击她等得好辛苦。

在下面一层的套房里,卡西迪先生正满脸愧色地替玛米的那只眼睛搽粉,准备出游。从楼上传来女人的洪亮的声音,毫无疑问是家庭冲突发出来的声音。

"马蒂同玛吉在吵架?"卡西迪先生猜测,"想不到他们也来这一手。我要不要跑上去,问他们要不要纱布卷儿?"

卡西迪太太一只眼珠亮得像钻石,另一只至少像浆糊。

"哦!哦!"卡西迪太太突如其来地含含糊糊地应着,"噢,你先别去,让我——让我先去看个明白。"

她快步登楼。她的脚才踏上上一层楼房的过道,芬克太太就从厨房门口猛地奔了过来。

"啊,玛吉,"卡西迪太太压低嗓音愉快地叫道,"怎么?他打你了?啊,他打你了?"

芬克太太奔过来,脸贴着好友的肩膀,伤心地哭泣。

卡西迪太太捧着玛吉的脸,轻轻地抬了起来,看见她满脸泪痕,红一阵,白一阵,可是在她那又白又红、带着雀斑的柔软的漂亮脸蛋上却找不到被打的痕迹。

"告诉我,玛吉,"玛米求她,"让我进去看看,究竟是怎么回事?他打你了吗?他怎么动的手?"

芬克太太的脸又一次失望地埋到她好友的怀里。

"求求你,看在上帝的面上,不要进去。"她哭泣道,"不要告诉任何人,更不要声张。他没有打我,一下都没有,他——他在,啊,上帝,他正在洗那堆脏衣服。"

出 名

——[俄国] 契诃夫

米佳·库尔达罗夫深夜闯进父母家，神情亢奋。
全家人十分震惊，
米佳把一份报道自己发生交通事故的报纸交给了父亲。

夜里 12 点钟，米佳·库尔达罗夫疾风般地冲进父母的住宅，转眼间跑遍了每个房间，神情十分激动。那时父母已经上床休息了，妹妹还躺在被窝里读着一本小说的最后一页，几个上中学的弟弟也已经睡着了。

"你怎么了？发生了什么事？"双亲惊奇地问道，"告诉我，孩子，你怎么了？"

"噢，先别问！我怎么也没料到！没有，我怎么也没料到呀！这……这像做梦一般，太出人意料了。"

米佳哈哈大笑起来，坐到安乐椅上，他兴奋得站也站不稳了。

"这怎么可能？你们想像不到！"

妹妹跳下床来，把一条被子披在身上，走到哥哥跟前。几个弟弟也醒了。

"发生了什么事？你脸色不好呀！"母亲又一次关心地问道。

"我没什么，真让人高兴，好妈妈！要知道，现在整个俄罗斯都知道我了！真的！以前只有你们知道这世界上有个十四等文官米佳·库尔达罗夫，而现在呢，整个俄罗斯都知道了！好妈妈！哦，太不可思议了！"

米佳跳起身来，又跑遍了每个房间，然后又坐下来。

"到底发生了什么事情？给我们说清楚吧！"

"你们不问世事，从来不看报纸，也不注意众所周知的事情，可是报纸上有那么绝妙的东西啊！只要有什么事情发生，马上就会公诸于世，什么也瞒不住。我是多么幸福啊！啊，上帝呀！原先只有知名人士上报、出名，而现在我也上报了，我出名了！"

"你说什么？在什么报纸上？"

昔日重现
Xi Ri Chong Xian

父亲脸色变得苍白起来，母亲望着圣像，在胸前画了个十字，弟弟们跳下床来，都穿着一个式样的短睡衣，走到哥哥跟前。

"不错！报导我！现在整个俄罗斯都知道我了！您，好妈妈，把这份报纸收起来作个纪念吧！没事拿出来读读。你们请看！"

说着米佳从口袋里掏出一张报纸，递给父亲，用指头戳戳蓝铅笔画过圈的地方。

"看一看吧！"

父亲戴上眼镜。

"快点呀！"

母亲望着圣像，又在胸前画了个十字。父亲咳嗽了声，念起来：

"12月29日晚上11点钟，十四等文官米佳·库尔达罗夫……"

"听见了吗？我出名了，快，不要停下来，接着念。"

"……十四等文官米佳·库尔达罗夫走出坐落在小勃龙纳亚街的科兹欣啤酒馆时，已醉得不成样子……"

"我这是和谢缅·彼得罗维奇在一块……一切细节都写到了！接着念吧！念下去！听着！"

"他已走不稳路了，突然，他跌倒了，正倒在停于该处的一位马车夫的马蹄子底下，马车夫是尤赫诸夫斯基县杜雷基纳村的一个农夫。受惊的马从库尔达罗夫的身上跳过去，拖着的雪橇从他身上辗了过去，车上面坐着莫斯科的二等商人斯捷潘·鲁科夫。马在大街上狂奔，但终于被几个看管院子的人拦住了。起初库尔达罗夫人事不省，被送至警察局，医生给他作了检查，说他的后脑勺受到撞击……"

"那是碰在车辕上所造成的。好爸爸，别停下来，继续念！"

"……他后脑勺受的撞击系轻度的震荡。警察对事件的发生经过作了记录。受伤者已予以治疗……"

"他们叫我用凉水冷敷后脑勺。没有了吧？对，事情的经过就是这样。现在全俄罗斯都传开了！快拿过来！"

米佳接过报纸，郑重叠好，放进了口袋。

"我得让马卡罗夫看看去，还要给伊丽尼茨基一家人看看，还有娜塔莉娅·伊万诺夫娜、阿尼西姆·瓦西利伊奇，我都要让他们知道，我去了，回头见！"

米佳戴上别着帽徽的制帽，又兴奋地、疾风般地冲出了家门。

第一次登台演出

——［前苏联］H. 伊萨耶夫

> 由于剧中主角突然发病，
> 我被迫临时上场。
> 舞台上，我与另一主角配合得一团糟，
> 却赢得了观众雷鸣般的掌声。

一位在本世纪非常有名的戏剧演员讲述了自己第一次登台演出的过程。

"我初次登台演出是在外省，当然，那个剧的名字我现在已经忘记了。剧本是我们剧院老板的弟弟写的。

"在剧中，我扮演一个小角色。我整个的戏就是走进商人梅尔卢佐夫家的客厅并且说：'先生，普罗科普·普罗科普耶维奇来了。'梅尔卢佐夫回答说：'请。'接着，我就出戏了，上场的该是悲剧演员藻霍夫，他扮演梅尔卢佐夫的一个股东。

"我的那句台词已被我背得滚瓜烂熟了。演出前一整天，我都在田野里向大自然寻找灵感。演出开始了，我迈着发抖的脚步来到前台，我小声说：'先生，普罗科普·普罗科普耶维奇来了！'梅尔卢佐夫说：'请。'我转过身，我自己都不知道是如何来到后台的。刚到后台一下子就倒在助理导演的身上了。可他严肃而明明白白地对我说：'喂，老弟，你听好，悲剧演员藻霍夫，就是你刚才报告说他来了的梅尔卢佐夫的那个股东生病了……你瞧，他睡得像死人一样。现在只有一个应变办法，刚才你在台上讲的话反正观众谁也没听见，你告诉梅尔卢佐夫说，你来了……他懂！'

"助理导演不由我说什么，就把我推向前台。我又出现在梅尔卢佐夫的客厅里。我走近茶炊，恭恭敬敬地说：'先生，我是普罗科普·普罗科普耶维奇，我来了。'接着傻乎乎地给自己倒了一杯茶。场内一片寂静。谁也没有看出什么破绽。梅尔卢佐夫非常焦急，他猛然站起来在舞台上走圈子，两眼发出炯炯光芒。他大声喊叫，因为他不知道到底发生了什么事，他该如何做。

昔日重现

"然后,他走到我身边,气愤的脸都抽搐了。他问:'喂,怎么样?和我合伙买条货轮?'

"他那副要吃人的样子令我非常害怕,我又怎能不跟他'合作'?我吓得脸色苍白,手里的茶杯也掉在地上了,我赶紧站起来说:'好!'

"梅尔卢佐夫听后一下坐到椅子上,好像挨了一颗子弹似的。本来第一幕结尾和整个第二幕他都要劝我同他合伙买货轮,而我本应不同意这种做法,直至最后,我都要拒绝他。我现在突然表示同意,梅尔卢佐夫简直一点儿办法都没有了。他的妻子、正剧演员基尔金娜想赢得时间挽回局面,便介绍我同他们的女儿娜斯坚卡认识。我早对娜斯坚卡一见钟情,因此,趁这个千载难逢的机遇我把椅子靠拢她身边。

"这时候梅尔卢佐夫镇静下来了,他建议沿伏尔加河往下游走。我当然没有意见,表示同意。梅尔卢佐夫又一屁股坐到椅子上去了。因为戏剧的主要冲突是梅尔卢佐夫要乘刚买的轮船沿伏尔加河往下游走,而我,即普罗科普·普罗科普耶维奇却与他意见相反,坚持要往上游去。

"现在我把梅尔卢佐夫要和我绝交的主要王牌无情地打掉了,他现在真的是毫无办法了。在这难堪的寂静中,我在想对娜斯坚卡说什么话好呢。但是她的母亲抢在我的前面了。

"她说:'普罗科普·普罗科普耶维奇,您看,娜斯坚卡长得那么漂亮,做一个未婚妻该有多好……'

"我的脸一下子变得苍白。幕落。

"在后台,梅尔卢佐夫走到我跟前,狠狠地提起我的西服领子说:'你信不信,如果你再讲话,我会掐死你。'

"当第二场开始的时候,梅尔卢佐夫悲痛地告诉观众,刚买的船在离萨拉托夫不远的地方沉没了,他也因此破产了。全场观众看着我,期望我讲两句关于我的生意的事,可是我什么也没有说。

"梅尔卢佐夫来到妻子和女儿跟前,又向她们重说了一遍刚才向观众说过的关于轮船沉没的话。以后的剧情是:梅尔卢佐夫的妻子回娘家了,他女儿——娜斯坚卡进了修道院,而破了产的梅尔卢佐夫沦为乞丐到处流浪。这时,我突然感到,舞台上就剩下我一个人了,舞台后面也没人了。

"我面色苍白,站起来离开茶炊,神情凄惨地向观众伸出一只手,用颤抖的声音问道:'先生们!现在我该怎么办呢?'

"台下响起了雷鸣般的掌声。幕落。

"第二天,当地的省报写道:我们欣喜地发现一个悲剧天才在昨天的演出中初露锋芒。这讲的就是我。"

错 误

——［前苏联］左琴科

> 列宁让值班秘书送来一份农业人民委员会委员的名单，
> 却说成"我要农业人民委员会的全体委员"。
> 于是秘书给各位委员打电话，
> 等急了的列宁把秘书长叫了进去，
> 知道原因后，承认了错误。

一天，列宁在克里姆林宫办公，他想看一看农业人民委员会委员的名单，然后再增添几名成员。

列宁按了一下铃。秘书处一位值班女秘书进来了。

列宁对她说：

"我要农业人民委员会的全体委员。"

值班女秘书急急忙忙地出去了，心里很纳闷。

因为昨天列宁刚和农业人民委员会的全体委员开过会，怎么今天又要召集他们呢？

值班女秘书拿出名单，挨个儿打电话通知各位委员立即到列宁办公室里来。

委员很多，要给全体委员打通电话，至少要花费半个小时。

那位值班女秘书手忙脚乱，不停地拨电话。

十几分钟过去了。突然，值班室响了三下铃声，这是列宁请秘书长去办公室。

秘书长弗季叶娃同志赶紧走了进去。

列宁严厉地对她说：

"我真不明白，我要一份农业人民委员会委员的名单，已经过去十五分钟了，名单还没给我送来。你们秘书处的人到底在干什么？"

弗季叶娃同志回到秘书处才弄清楚，原来出了个不愉快的误会。值班女秘书没把委员名单送给列宁，而是正在通知全体委员来开会。

这时，值班女秘书才知道列宁要的是委员名单，而不是见委员本人，心里十分懊恼，一下子就大声哭了起来。她觉得自己出了这么大的差错，一定会受批评的。

弗季叶娃拿着一份名单进了办公室。她笑着把刚才发生的事情告诉了列宁。在她看来，当列宁知道这个喜剧性的误会以后，一定也会觉得很可笑。

可是，她抬眼一看：列宁并没有笑，他紧蹙眉头，显得很不满意。

列宁若有所思，自言自语地道：

"我刚才说的那句话难道这么不确切？……是的，我是这么说的，'我要农业人民委员会全体委员'……"

弗季叶娃同志对列宁说：

"列宁同志，请您原谅。我们的那位女秘书没有经验，她不久前才到这里工作的。"

列宁说：

"她做得很对，是我错了，我没有说清楚。这是我的错误。"

后来，弗季叶娃把列宁的话告诉了女秘书。我们这位年轻的女秘书听说后，擦掉眼泪，破涕为笑。

她向秘书长说了过去的一件事情：

"去年，我在一个办事处当打字员。有位首长说错了一句话。您猜猜，他是怎么处理的吗？他把我狠狠地训了一顿，说我打错了字，还说要撤我的职。我觉得太委屈了，整整哭了一天一夜……刚才我哭得毫无道理，我不知道列宁这样公正！"

弗季叶娃同志说：

"不，这不仅是公正的问题，承认自己的错误而不委过于人，这是最高尚的品德，是最难能可贵的。不过，哭是不能解决问题的，在任何情况下都应该勇敢坚强。"

这时，得到通知的委员陆续到了。当他们知道白跑一趟时，心里都不太高兴。

其中一位委员说：

"我心里不高兴，并不是因为白跑了一趟，我遗憾的是今天看不到列宁了。"

其他委员的想法也都是如此。后来，委员们便各自回家了。

鬼魂、少女和黄金

——[英国] 艾登·钱伯斯

一个胆子奇大的女仆凭着过人的胆识为自己赢得了金钱和机会，
但她因蒙骗了老太太的鬼魂，
不但失去了到手的金子，
还经常遭到丈夫的毒打。

在很久很久以前，有一个模样俊俏、胆子奇大的女仆。她在农庄服侍一位农庄主。一天晚上，农庄主和朋友们正喝着酒，发现啤酒喝完了。

"这好办，"农庄主说道，"我那女仆会去酒馆买几瓶的。"

当晚是个漆黑之夜，无月无星，伸手不见五指。

"天这么黑，你那女仆怎么敢去？算了吧！"农庄主的朋友们说。

"什么话，"农庄主答道，"她什么也不怕，不管死的活的。"

女仆出了门去，不一会儿带着酒回来了。于是农庄主的朋友议论纷纷，都说这事可真少见，像她这么年轻的姑娘竟如此大胆。

"这对她来讲，实在没什么，"农庄主说，"告诉你们，不管白天黑夜，没有她不敢去的地方，她什么也不怕，不管死的活的。"

当下他就以一个金基尼为赌注，说他的朋友中没人能找出一件那女仆不敢去做的事来。

一位朋友应了这场赌，于是大家约定下星期同一天再见面，那时就要让这女仆去完成一项任务。

在这天还没到来之前，应赌的那位朋友到教区牧师那儿借了教堂的钥匙。接着他又用半个金基尼买通了年老的教堂执事，叫他躲在教堂的积骨堂中的棺材和白骨堆里，等到那女仆到来时，好去吓唬她。

这一天终于到了，农庄主和他的朋友们像往常那样聚在一起了。

"来吧，我们的赌约可以开始了，"那位和他打赌的朋友说，"她不敢半夜里独自走进教堂，从积骨堂里取回一块头盖骨来。"

昔日重现

农庄主唤来女仆,吩咐她去积骨堂取一块头盖骨回来。那女仆听完后,什么话也没有说,转身出去了,这使那些除了农庄主之外的人都大吃一惊。

女仆进了教堂,朝积骨堂走去,心里波澜不惊。到了堂里,她从死尸和白骨堆中拣了一块头盖骨。

老教堂执事正躲在门后头等着呢,这时他沉着嗓子吼道:"放下,那是我娘的头盖骨。"女仆镇静自若放下那块头盖骨,又拾了另外一块。

"那块也不行,那是我爹的头盖骨。"执事呻吟着说。

姑娘又放下手中的头盖骨,拣起另一块来,边拣边说,因为她已经耐不住性子了:

"是你爹的也好,你娘的也好,姐姐的也好,兄弟的也好,反正我得拿块头盖骨走。"

说着她带着那块头盖骨走了出去,走到门口还随手把门关上。

回到家里,女仆把头盖骨往桌上一放说:

"主人,头盖骨我取回来了。"

"你取头盖骨时没听见别的特殊的声音吗?"打赌的那位朋友问。

女仆答道:

"听到过。有个傻乎乎的鬼魂冲着我直嚷嚷,'放下,那是我娘的头盖骨。''那也不行,那是我爹的头盖骨。'而我直截了当地告诉它,是你爹的也好,是你娘的也好,或者是兄弟姐妹的也好,我一定要拿一块头盖骨就是了,于是我拿了一块,就是这块。我走开的时候还把积骨堂的门关好。关门时我听见鬼魂在里面像杀猪般的嚎叫。"

听到这里,打赌的那位朋友一跃而起,疾风般地冲了出去,他知道叫喊的是谁。不出所料,他打开积骨堂的门,就看见那老执事已经连惊带吓倒在地上昏死过去了。

农庄主把赢来的那枚金基尼作为赏钱给了那年轻女仆,以奖赏她的勇气。

又过去了几年,南边的萨福克郡有位绅士的老母亲去世了,并且已经下葬。但老太太却不愿意离世这么早。她不断在老家进进出出,三餐用饭时到得更勤。有时她全身显现,有时只露出一部分来,有时人们只能看见刀叉从餐桌上升起,按照她双手所应在的范围在空中飞动。仆人们包括那个绅士被吓得魂飞魄散,仆人们纷纷辞了工,剩下那绅士形只影单,不知如何应付。

绅士听人说起,在相隔几个村子的诺福克郡有这么个天不怕地不怕的姑娘。他赶紧赶着马车到了那里,将他母亲以及鬼魂的事情原原本本述说了一番,问那女仆是否愿意为他做工。

女仆对绅士说,她从不害怕所谓的鬼魂一类的东西,她根本不把它们放在心上。不过在这种情况下，她觉得这一点应该在她的工钱上有所考虑，绅士对此只有高兴的份儿，忙不迭地答应，用优厚的工钱雇了她，于是姑娘便同他一道坐着马车去他家了。

女仆来到绅士家，第一件事就是为鬼魂留出一个用餐的位置，但她十分注意不把刀叉放在桌上，因为这是魂灵们所特别忌讳的。用餐时她总将蔬菜端给那鬼魂，还替鬼魂做各种事情，一句话，没有把鬼魂当做魂灵一类，而是当做绅士的活生生的会呼吸的母亲。

"给您胡椒粉，太太。"女仆边说边递上胡椒瓶。"这是盐，给您。"当她递盐碟子时又这样说。

女仆的这种做法赢得了鬼魂的欢喜。事情就这么进行着，没有什么变化。直到有一天，绅士有事去了伦敦，事情才有了变化。

绅士走后第二天，这个年轻的女仆正跪着擦洗客厅的壁炉架，这时她瞥见一个单薄的身影正从开着一条门缝的门里挤了进来，接着来到了房间，原来正是老太太的鬼魂。

"玛丽，你怕我吗？"鬼魂问道。

"当然不怕，"姑娘说，"你是死的，而我是活的，我为什么要怕你呢？"

这话使得鬼魂惶惶不安了一阵子。但它又说：

"玛丽，你跟我到地窖里去，不要带灯，我会发光，使你看得见路。"

女仆二话没说，起身跟着鬼魂就走，这个鬼魂浑身像灯笼似地闪闪发光。下到了地窖里，鬼魂指着地面上几块松动的砖说：

"把这几块砖挖起来，玛丽。"

女仆照吩咐做了，她发现砖下面有两袋金子，一袋大，一袋小。

"玛丽你听好，"鬼魂说，"大袋的金子是给你主人的，小袋的给你，你是个无所畏惧的姑娘，应该得到这赏赐。"

说完，鬼魂消失了，它所发出的光也随之熄灭。年轻的女仆只好在黑暗中摸索着回到地面。

三天后，绅士回来了。

"我不在这几天，我母亲的鬼魂来找过你吗，玛丽？"他问。

"来过，主人，"女仆答道，"我们还曾经谈过话，你要是不怕和我一同到地窖里去的话，我会带你去看样东西。"

绅士笑了，说如果她不怕，那么他也不怕。

于是他们点燃一支蜡烛，走了下去。女仆搬开了那些砖。

"这儿有大小两袋金子，主人，大袋是给我的，小袋是给你的。"

"什么？"绅士叫道。他心想，母亲本该留给自己儿子那大袋的金子的。想

昔日重现

归想,他还是拿了那袋小的。

从那以后,每逢摆设餐桌,女仆总是把刀叉交放着,这样便防止鬼魂把自己所干的事泄露出来。

但是,绅士还是猜透了事情的原委。过了不久,他便娶了这年轻的女仆。就这样,两袋金子终究还是都到了他手里。每当他喝醉了酒,便打那姑娘,而他又常常喝醉。可这又能怪得了谁呢?这也许是她骗鬼魂的结果。

养 老 金

——[法国] 莫泊桑

> 一个摩纳哥人杀了人，被判处死刑，
> 但由于费用问题，死刑执行不下去。
> 由死刑改判无期徒刑后，仍然执行不下去。
> 最后，给这个犯人每年六百法郎养老，才算了事。

摩纳哥处在法国和意大利交界处，是地中海的一个小海滨国。许多小镇子都可以夸口说它的人口比摩纳哥全国的人口还要多，这话不为过，摩纳哥举国上下总共只有七千人左右。如果把这个王国的所有土地都平分了，摊到每个人头上还不到一英亩。但是在这个如此小国也有一个真正的国王，国王有宫殿、廷臣、大臣、主教、将军，还有一支军队。

这支军队恐怕是世界上规模最小的，只有60名士兵。和别处一样，这个小王国也征税：烟草税、酒类税、人头税等等。但是，尽管那里的人们也像别国人民一样抽烟喝酒，可是实在由于人口太少，国王如果不想想别的办法扩大税源，他是无法靠这点税收来养活他自己以及他的廷臣官吏的。这笔收入就来自一个赌轮盘的赌场。人们在这里赌博，不论输赢，老板都要从中取利，留下自己的那份收益以后，须向国王缴纳一大笔钱。他所以能缴纳这么一大笔钱，主要原因在于，这样的赌场，在全欧洲它是惟一的一家。某些德意志的小君主也曾开过这一类的赌场，但几年前都被取缔了。因为这些赌场危害实在太大。一个人先是来碰碰运气，接着他就会把什么都押进去而且输得精光。再接下来，他会铤而走险拿别人的钱来赌，如果再输了，他就会在绝望之中去投河自尽或开枪自杀。因此德国人就不许他们的君主这样收敛钱财。可是并没有人来制止摩纳哥国王这么做，所以他仍然垄断着这个行业。

因此谁要想一"赌"为快，摩纳哥是惟一的去处。当然，按照规矩，国王是会得到一笔钱的。俗话说："单凭老实劳动，不会有宝石王宫。"摩纳哥国王也知道这是个不体面的营生，可他再也想不出别的办法，而且就是从烟酒方面敛

昔日重现

钱也不见得是好事。他就这样过着日子,治理国家,聚敛钱财,像一个真正的国王那样,举行种种觐见仪式、临朝听政,还给自己举行加冕典礼;他奖赏臣工,赦免犯人;他还有自己的检阅仪式、国务会议、法律和法庭。这些都和别的国王一样,只不过规模大小不同而已。

一件让人为难的事发生了,那就是在这块土地不大的国家发生了一起杀人案。这个王国的人民一向是安分守己的,这种事过去从没发生过。法官们隆重地举行了会议,用最公正谨慎的方式审理了这个案子。法官、检察官、陪审团和辩护律师都出了庭,他们彼此反驳刁难,谨慎推测。最后,根据法律判定,犯人应该斩首。到此为止,一切都还算顺利。接着,他们就把判决呈报给了国王,国王审阅了判决,并且批示:"如果这犯人按律当斩,处决就是了。"

难题就在执行上。他们既没有砍头用的断头机,又没有行刑的刽子手。大臣们无法解决这个问题,决定去信向法国政府求助,请求借给他们一部断头机和一名使用这种机器的专家来处决那个犯人,如果可以,那么所需费用是多少。信发出去了。一个星期之后,收到了回音。法国政府应允他们可以提供一部断头机和一名专家,费用是一万六千法郎。国王看了信,前思后想,总觉得费用太高,接受不了。"那个罪犯值不了这么多呀,"他说,"难道多少便宜点就不成吗?嘿,一万六千法郎,全国每人要摊两法郎还多呢。人民无力承受这个负担,是要造成天怒人怨的。"

于是,国王又召集了一次国务会议来研究对策。会上决定向意大利国王发出一封类似的信。法国政府是共和制的,对国王缺乏应有的敬意,而意大利是君主制国家,也许可以稍微便宜点儿。就这样,信发出去了,并且很快就得到答复。

意大利政府是这样答复的:很愿意帮这个忙,但是需要支付一定的费用。包括旅费在内,总共费用是一万二千法郎。这倒是便宜了点儿,可是看来还是太贵。那个罪犯不应有这么高的身价,而且仍然将从每个人身上抽将近两个法郎的税。于是,又开了一次国务会议,会议需要解决的问题仍是降低费用问题,比方说,难道不能弄个士兵,将就点儿把事儿办了吗?于是召来了将军,问他:"你不能给我们找个士兵把那个人的脑袋砍下来吗?在战争中,他们杀人是再正常不过的事。实际上,他们受的训练不就是为这个吗?"于是将军给士兵们谈啦,看看有谁愿意干这个活儿。但是士兵们谁也不愿干。"不行,"他们说,"我们只会在战争中杀人,像这种事第一次遇上,我们无法下手。"

这如何是好?大臣们商量来商量去。他们成立了一个专门机构,下设一个委员会,委员会下面再设一个小组委员会。他们最后商量的结果是:把处决改为无期徒刑,这样既可以显示国王的宽大,又可以节约开支。

他们把这个结果对国王一讲,国王欣然同意。现在只有一件事不好办:他们没有囚禁无期徒刑犯人的监狱。他们倒有一间关禁闭用的拘留所，但不是永久性的、建筑坚固的监狱。不过他们总算找到了一个可用的所在，于是把那个犯人关进去，并派了一名看守，既要看住犯人，还得从御膳房里给犯人打饭。

时间过得很快，转眼间那个犯人给关了一年。有一天，国王审阅他的收支账目，注意到一项新的花销，这就是看管那个犯人的费用，而且这笔开支的数目还不小：要派专人看守，还要管犯人的饭，一年大约要用去六百多法郎。而最糟糕的是，这家伙正年轻力壮，也许还能活上几十年呢。这样一算，问题就严重了。这可不行。于是国王召见了各位大臣，对他们说：

"用这个办法处理这件事是欠考虑的，这个办法太费钱了。"大臣们又举行了会议，商量来商量去，最后有一位说："按我看，我们得撤掉那名看守。"另一位大臣反驳说："那样一来，这家伙就会跑掉的。"这一位说："跑就跑吧，还怕他不跑呢！"于是他们把审议的结果报告给国王，国王同意了。看守撤掉了，大臣们都等着看以后会发生什么情况。结果他们发现，吃饭的时间到了，犯人出来看看，守卫没有了，他就自己到御膳房去打饭。他端了饭回到房中，自己关上门，就不出来了。以后天天如此，可就是没有一丁点儿逃跑的意思。怎么办呢？大臣们又商议了一番。

他们说："这样吧，我们直接跟他摊牌吧，就说我们不想再关着他了。"于是司法大臣让人把犯人带来。

"你为什么不跑呢？"大臣说，"没有人看着你了。你想到哪儿就可以到哪儿，国王是不会介意的。"

"我相信这一点，"那人回答说，"可我没地方可去呀。叫我怎么办呢？你们给我判了刑，我的名声也完了，现在人家不会理我了。再说，我也干不了活儿。你们这样对待我不公平呀。首先，你们既然判了我死刑，就该把我处决才是，可你们没有这么办，这是第一件，我没有为这个发过牢骚。然后，你们又判我无期徒刑，还派个看守给我打饭。我仍然什么都没有说，可你们又把看守撤了，我只好自己去打饭，对此，我仍然忍了下来。可是现在呢，你们干脆要把我撵走了！这我可接受不了。你们爱怎么办就怎么办吧，想撵我离开这里，绝对办不到。"

这个问题又一次把大臣和国王难住了。无奈之下，大臣们又召开会议研究对策，各种办法都研讨过了，最后决定给这个罪犯一笔养老金。他们把这个决定报告给了国王。"实在没有办法了，"他们说，"我们总得打发了他才成。"养老金的数目定为每年六百法郎，并且把这个决定通知犯人。

"既然这样，我愿意接受，但你们必须按时把钱给我。要是这样，我可以走了。"

最终问题得到了解决，那个罪犯领到预付给他的三分之一的养老金，离开了

昔日重现

这个王国的疆土，这只需坐一刻钟的火车就行。他迁居到国外去了，在国境线那边定居下来。他利用养老金买了一块田地，开始种菜度日，过着很舒服的日子。他总是准时去摩纳哥领养老金，拿到了钱，他就到赌桌上去赌两三个法郎的输赢。有时赢了，有时输了，然后便回到家里去。他安分守己，日子过得挺好。

玩 笑

——[法国] 莫泊桑

> 我到朋友家去打猎，
> 却怀疑朋友们准备开我的玩笑，
> 因此我做了一些预防措施。
> 但是正是由于这些预防措施，
> 使得男仆把早茶泼到我的脸上。

我是一个喜欢开玩笑的人，我开过别人的玩笑，而别人也开过我的玩笑，下面这个玩笑是我开自己的玩笑。

秋天的时候，我到朋友家里去打猎。而我的这些朋友也是一些爱开玩笑的人，我不愿结交其他人。

我到达的时候，他们像迎接王子那样接待我，这引起了我的怀疑。他们朝天打枪，他们拥抱我，好像等着从我身上得到极大的乐趣似的。我对自己说："小心，他们好像打着鬼主意。"

吃晚饭的时候，欢乐显现在每个人脸上。我想："瞧，这些人没有明显的理由却那么高兴，他们一定是策划好了开一个什么玩笑，而这个玩笑一定是开在我身上，我要防备点。"

整个晚上人们都在笑，而且笑得很夸张。我嗅到空气里有一个玩笑，正像豹子嗅到猎物一样。我既不放过一个字，也不放过一个语调、一个手势。我感到一切都是预谋好了的。

天很晚了，该上床休息了，他们把我送到卧室。他们大声冲我喊晚安。我进去，关上门，并且一直站着，一步也没有迈，手里拿着蜡烛。

我听见过道里有笑声和窃窃私语声。显然，他们在暗中监视我。我用目光检查了墙壁、家具、天花板、地板，没有发现任何可疑的地方。我忽然听见门外有人走动，一定是有人从钥匙孔朝里看。

这时，我突然想到：他们是不是要把我的蜡烛弄灭，然后在黑暗中……于是，我把壁炉上所有的蜡烛都点着了。接着我再一次打量周围，但还是一无所获。我迈着大步绕房间走了一圈——没有什么。我走近窗户，百叶窗还开着，我小心翼翼地把它关上，然后放下窗帘，接着我又在窗前放了一把椅子，这就不用害怕有任何东西来自外面了。

最后我小心翼翼地坐下。扶手椅是结实的。随着时间一点点过去，我终于承认自己是可笑的。

当我想要睡觉的时候，我发现我的睡床有可疑之处。于是我采取了自认是绝妙的预防措施。我轻轻地抓住床垫的边缘，然后慢慢地朝我的面前拉。床垫被拉过来了。用同样的办法我又拉来被子、床单。我把所有的这些东西拽到房间的正中央，对着房门。在房间正中央，我重新铺了床，远离这张可疑的床。然后，我把所有的烛火都吹灭，摸着黑回来，钻进被窝里。

在头一小时里我不敢入睡，一听到声音，哪怕是最小的声音也打哆嗦，但终归没有发生什么，于是我睡着了。

我自认睡了很长时间，而且睡得很熟。但突然之间我惊醒了，因为一个沉甸甸的躯体砸到了我的身上。与此同时，我的脸上、脖子上、胸前被浇上一种滚烫的液体。我大叫起来。

砸在我身上的那一大团东西一动也不动，把我压得喘不过气来。我伸出双手，想弄清这团东西是什么物体。我摸到一张脸、一个鼻子。于是，我用尽全身力气，朝这张脸上打了一拳，但我立即换回一阵耳光。我从湿漉漉的被窝里一跃而起，穿着睡衣跑到开着门的过道里。

啊，真令人惊讶！天已经大亮了。朋友们闻声赶来，发现男仆躺在我的床上，神情激动。原来，他在给我端早茶进房间的时候，碰到了我临时搭的床铺，摔倒在我的肚子上，把早茶浇在了我的脸上。

我所防备开在我身上的玩笑，恰恰正是我关上百叶窗和到房间中央睡觉这些预防措施造成的，我开了自己一个玩笑。

真的故事

——［法国］莫泊桑

贵族青年卫仑多与女佣人蔷薇闹出恋情，
蔷薇怀孕后，被卫仑多逼迫着嫁给一个狡猾的光棍。
卫仑多解脱了，蔷薇却在丈夫、婆婆的虐待下悲惨地死去。

一阵迅疾而狂暴的秋风，在门外的树林中呼号着。无数可怜巴巴依附着大树的枯叶被风吹落，然后扬向云端，漫天飞舞。

那些打猎的人吃完了晚饭，却都没有脱掉他们的长统皮靴，他们满面绯红，兴致勃勃。这些人都是诺曼底省的一些半贵族半乡绅而又半务农的人，家境富豪，身体壮健，气力大得可以击断那些在集市里蹲着的牛的双角。他们在艾巴乡的村长白龙兑尔老板的山场里打了一整天的猎，现在正在那个别墅般的田庄里围着一张大桌子吃东西，田庄的主人就是他们的东道主。他们吼叫着说话，像野物嗥着一般大笑，他们无拘无束地伸长了腿，肘拐撑在桌布上面，眼睛在灯光下面睁得大而有神，身体被一座向天花板吐出血色微光的大火炉烘得火热；他们所谈的都是打猎和猎狗。但是已经酒至半醉的他们，仅是打猎和猎狗的话题已远远不能满足他们的欲望，所以他们全体都用眼光去追逐一个用发红的指尖儿托着那些满盛着食物的大盘子的强壮女仆。

忽然，一个喜欢吵闹的姓塞菇尔的汉子——这个人从前本想做教士，现在却成了兽医，给本地附近各户诊治家畜——他高声说："了不得，白龙兑尔老板，您有一个无可非议的女佣人。"于是一阵哈哈的笑声爆发了。

这时候，一个嗜酒如命的贵族卫仑多先生扯着嗓子说："我从前和这样一个女孩子有过一段奇异的故事。哼，我应当说给大家听。每次想到她，我就想起一只叫麋儿扎的雌狗，我曾把这只狗卖给了何宋内子爵。但是只要有人放开它，它总要回来，可见它不能离开我。后来我生气了，便央求那位子爵用链子拴住它。后来你们可知道它怎样吗？那个畜生竟忧郁地送了命。不过现在不说它了，还是回到我那女佣人身上吧！"

昔日重现

接下来，卫仑多先生给大家讲述了这样一个故事：

那时候，我刚二十五岁，还没有成家，住在我在好乡的别墅里。你们知道，在一个人年轻有钱而晚饭后又无事可做的时候，他总会想方设法去找点事来做的。

不久，我认识了一个在戈乡的兑布多先生那里做事的年轻姑娘。白龙兑尔，你应该认识兑布多吧。简而言之，那个小家子女很叫我发狂，为了她，我亲自找到她的雇主，向他提出一件交易。倘若他把他的女佣人让给我，我就把他想了两年的那匹黑马卖给他。兑布多大喜过望，他握着我的手说："彼此两无异言！卫仑多先生。"交易做成了——那个小女人到我别墅里来了，我则亲自牵了那匹马到戈乡去，作价三百法郎让给了兑布多。

事情顺利得像轮子转圈一样，谁也没有疑虑到什么。仅仅从我说来，蔷薇有点过于爱我；你们知道，那孩子不是那种不三不四的人；她的血脉里大概有些与众不同之处，而凡是和东家闹恋情的女佣人总有点与众不同。

总而言之，她非常崇拜我，这从那些小狗的称呼和种种温存亲热的字眼里可以感觉出来。

在蔷薇来到别墅之初，我自己就盘算过："这件事顶好是不要维持太久，否则我要上当！"但是我不是容易上当的，我不是那种能轻易就被女人迷得住的人。

末了，当她向我通知说她怀孕了的时候，这简直像是有人在我胸脯上"噼啪"放了两枪。她呢，吻了吻我，笑着，舞着，她发痴了，仿佛高兴得没什么话说。当天我什么话也没有说，但是到了夜晚，我的心里便打起鼓。我想："事情发生了，但是应当拿出手段来，割断那根线，晚了就不好办了。"你们不知道，那时候，我父母都住在巴仑乡，我姐姐伊士拔侯爵夫人住在罗贝克，离好乡不过十多里路，这是开不得玩笑的。

但是怎样处理这件事呢？倘若她离开我那里，肯定会有人怀疑，有人饶舌；倘若我留下她，不久便会有人看见她的大肚子，我想我不能够这样留下她。

我和我舅舅克勒德邑侯爵谈起这件事，他是一个见多识广的老江湖，我向他征求意见。他泰然答复我：

"应当嫁掉她，好孩子。"

我一下跳起来：

"嫁掉她，舅舅，但嫁给谁？"

他从容地耸着双肩：

"您愿意嫁给谁，这是你的事，不是我的事。一个人只要不笨总可以找得着。"

我把舅舅的话想了七八天之久，后来我对自己说道：

"舅舅的想法是对的。"

后来我开始挖空心思地思索起来。某一天晚上，我和一个在本地做推事的人吃晚饭，他对我说：

"波梅尔老婆子的儿子，新近又闹了一个笑话，他的结局将来肯定不会好。可见，遗传的力量是很大的。"

那个叫波梅尔的老婆子年轻时靠出卖色相生活，一个法郎便可以使她卖掉她的灵魂，她儿子的坏劲儿更可以想像。

我走去找她，并且把事情的前因后果都说了。

我真窘于答复，因为她竟陡然问我："您对于那个女孩子，能够给她一些什么东西？"那个老婆子真是狡猾，但是我也不笨，我早就预备妥当了。

我在沙司乡附近刚好有三块地，共六亩，那些地本来属于我在好乡的三个庄子。那些庄稼人因嫌其过远，我就收了回来，后来那些庄稼人又来胡闹，我便在每个佃约里免了他们应当缴的鸡鸭之类。这样一来简直算是丢了。所以我那时候便在邻近买了一点儿地，在上面造了一所小房屋，两者共花了我一千五百法郎，所以我算置办了一桩没有花多少钱的小产业。于是我就把这点产业给那女孩子做了陪嫁。

那老婆子还嫌这些产业不够，但是我也不让步，结果我们就不欢而散。

第二天一大早，她的儿子来找我。说到他的面貌我已记不大清楚，但看见他后，我就放心了；因为若是在乡下人之中看来，他并不算坏，不过却像一个很狡猾的人。

他随随便便地谈起那桩事，如同他要买一头母牛似的。等到我们谈好了之后，他要看看那份产业，于是我们便动身去看。那光棍竟叫我在那里足足等了他三个钟头，他量过宽窄，又拾些土块儿在手里打散，俨然像是害怕看错了货色。那房屋的顶还没有盖好，他看后说非盖石板不行，因为这样可以减少修理。

随后他向我说："你不会只给我几间空房子吧？我希望你把家具也配上。"

我反驳道：

"不行，拿一座田庄给您，已经很不错了。"

他冷笑着说：

"我为一个孩子讨一套家俱，这不算过份吧？"

我不由脸红起来，他说：

"我们可以协商一下：您可以给一张床，一张柜，三把椅子和一套吃饭用的东西，否则我是不会答应的。"

我只好同意了。

于是我们便又上了回家的道儿，他那时竟没有一个字谈到那女孩子身上。但

昔日重现

是走了一阵儿,他忽然用一种狡猾而又不怀好意的口气问:

"但是,倘若她死了,这产业又归谁呢?"

我说:

"自然归您。"

他从一大早就想知道的事现在全都知道了,所以他用一种满意的态度同我握手,我们算是谈妥了。

唉!让人头痛的是蔷薇,当我把我的意见告诉她后,她倒在我脚跟前呜咽起来,并且重复地说:"您来给我提议这件事!您!您!"经过了七八天,她始终抗拒,无论我怎样苦劝和怎样哀求。女人真是笨,一旦产生了爱情,她们就什么也不明白了,世上没有可以自恃的聪明,爱情高于一切,一切为的是爱情!

结果,我终于生气了,并且以要推她出去来恐吓。她才慢慢地让步,条件是允许她经常来看我。那一天到了,我亲自引她到教堂里去,敬神和喜酒种种费用都是我出的。总而言之,我漂亮地办了一切的事。随后我告别了,到杜尔乃我哥哥家里住了半年。等我回来的时候,我才知道她每星期必来探听我的消息。到家不到一刻钟,便看见她抱着一个孩子走进来了。看见那小家伙我心里非常难受,你们相信我的话吗?大概我还吻了那孩子。

至于孩子的母亲,简直不忍目睹,她完全变成了一副枯骨,一个影子样的东西了,又老又瘦。婚姻于她真没有好处!我机械地问她:"你日子过得好吗?"

还未说话,她的眼泪就像泉水般涌出来了,她泣不成声地哭着,并高声说:

"我不能够,我不能够丢开您。现在,我情愿死,再不愿活了!"

她发疯似地给我闹了一大阵,我尽力安慰她,并且送她直到栅栏门外。

后来,我听说她的丈夫打她,她的婆婆虐待她,她嫁过去后没过一天好日子。

两天之后,她又来了。她抱住了我,跪在我的面前:

"请您杀了我吧,我不想回去了。"

这完全是麋儿扎要说的话呀,倘若它能够说!

整天的这样闹,渐渐叫我头疼了;我终于又出去躲了半年。等我再次回了家……等我回了家,我才知道她在三个星期前死了,以前,她每逢星期日必定回来……始终像麋儿扎一样。那孩子在她死后八天也死了。

至于那丈夫——狡猾的光棍,却袭承了那笔遗产,仿佛他从此很有运道,现在他做了村里的自治委员。

随后卫仑多先生一面笑一面说:"可以这么说,他的幸运是我造成的。"

末了,那兽医塞茹尔先生端着那盅烧酒送到嘴边,庄重地下了结论:

"不管怎么说,对待这样的女人还是要慎重。"

广告的受害者

——［法国］左 拉

> 克洛德把广告作为自己的生活法典，
> 他盖房子、买家具以及购置其他用品，
> 都以广告推荐为准。
> 最终，他死在广告推荐的女梦游者手里。

克洛德从一懂事开始，就决定了自己的生活方式："我的生活计划已经定好了。我只要闭上眼睛接受时代的恩赐。为了跟得上社会的发展，过上文明、现代、幸福的生活，我只消每天早晚看看报纸和广告，准确地按照这些无比崇高的导师指点的去做。这是真正聪明的办法，惟一可能得到幸福的办法。"

从这一天起，克洛德把报纸上登的广告和墙上贴的广告当做他的生活法典，它们变成了帮他解决一切问题的、万无一失的指南。凡是广告上没有大力推荐的，他一定不会去尝试，甚至想都不去想。

可悲的是，恰恰正因为如此，他生活在一个真正的地狱里。

克洛德购置了一块地产，土是从别处运来的，他只能在桩基上盖房子。这所房子是他根据广告上推荐的最新潮方法建造而成的，一刮风就晃悠，一下大雨就漏个不停。

他的壁炉里安装着广告上所谓最先进的去烟器，冒出来的烟可以把人呛死；电铃不管您怎么按，它就是不肯响；厕所是按照一个极好的式样造的，却变成了一个可怕的臭屎坑；抽屉和壁橱门装的是特别的机件，开了关不上，关上了又开不开。

值得一提的是那架自动钢琴，它其实不过是一架糟透了的手摇风琴罢了；还有保险箱，撬不开，烧不着，在一个冬天夜里，被几个贼轻轻松松地背在背上搬走了。

可怜的克洛德，他不光是财产上受到损失，身体上也倍受折磨。

他刚到街上，衣服就裂缝了。这些衣服是刚从那些为处理存货举行大拍卖的

昔日重现

公司里买来的。

而他的头发更是经历了一场大变革。他原是想把他的金黄色的头发变成黑色，这又是受他对文明进步的爱好的驱使。他刚用过一种药水，金黄色的头发全部脱光，他兴奋得手舞足蹈。因为照他自己说的，他现在可以涂一种油膏，一定可以使他长出一头比以前的金黄色头发厚两倍的黑发，而这可能吗？

他服用过许许多多种类不同的药品，他原来很强壮，现在变得很瘦弱，一用力就喘气。也就是从这个时候起，广告使他走上了死亡之路。他相信自己有病，他按照广告上开的良方医治自己。他看到每种药品都受到同等的赞扬，他无法确定该服用哪一种，于是为了使疗效更高，他决定同时服用各种药品。

广告更是摧毁了他的智力。他把报纸向他推荐的书籍摆满书架。所采用的分类法是令人啼笑皆非的，他把一本本书按照价值的高低排列。换一句话说，按照出版商花钱叫人写的那些评论文章的热情程度的高低排列。当代的所有荒谬愚蠢和下流无耻的书籍都集中在那儿，还从来没有人像他收藏这么多无用、庸俗的东西。克洛德很仔细地把介绍他买书的广告贴在每本书的书脊上。

这样一来他每次打开一本书，就可以事先了解他应该按照规定表达的是哪一种感情，是笑还是哭。

一次，克洛德从广告上看到有一个包治各种疑难杂症的女梦游者，于是连忙跑去请她医治他其实没有的毛病。这个女梦游者十分热心，要帮助他返老还童，把回复到十六岁的秘方告诉了他。其实方法也很简单，只要用某种水洗澡，再内服某一种水就行了。

他如获珍宝，急忙按照所授方法去做了，他感觉的确年轻了，年轻得半个钟头以后别人发现他已经死在澡盆里。

克洛德甚至在死了以后，也是广告的受害者。他在遗嘱中嘱咐，他的尸体要放在一口能够很快就起防腐作用的棺材里。这种棺材是一位药剂师新近发明的。可笑的是，棺材刚抬到公墓就裂成两半，这个不幸而又可怜的人的尸体滚到烂泥里，只好和碎棺材板混在一起埋了。

他的坟是用硬质纤维板和人造大理石砌的，第一个冬天的雨水就把它淋坏了，很快就在他的墓穴上变成了一堆没人能叫出名来的破烂。

最后一课

——［法国］都 德

这一天，我上学迟到，
没想到这是我所能上的最后一堂国文课。
在自己的国土上却要被强迫学习其他语言，
国文教师哈墨尔先生怀着对祖国的无限热爱，
对外寇的强烈义愤给我上了生动的一课。

那天早晨，我上学去晚了，心中非常害怕，因为哈墨尔先生已经告诉过我们，他今天要考问我们分词那一课，而对这一课，我连头一个字也不会。这时，我起了一个念头，与其去挨训，还不如逃学到野外去玩玩。

野外的天气多么暖和！多么晴朗！

树林里传来白头鸟的鸣叫声，锯木厂的后面，黎贝尔草地上，普鲁士军队正在操练着。这一切比那分词规则更吸引我；但我还是努力克服了这个念头，快步朝学校跑去。

经过村政府的时候，我看见很多人围在挂着布告牌的铁栅栏前面正看着什么。这两年来，那些坏消息——吃败仗啦，抽壮丁啦，征用物资啦，还有普鲁士司令部的命令啦，都是在这儿公布的；我边跑边想：

"又出什么事了？"

正当我跑过广场的时候，带着徒弟在那里看布告的铁匠瓦赫特，对着我喊道：

"小家伙，用不着这么急！今天你去多晚也不会迟到了！"

我以为他是在讽刺我，就没有理他，而是气喘吁吁地跑进了哈墨尔先生的小院子。

往常，每当上课的时候，教室里总是一片乱哄哄的景象，那声音在街上都能听得见。课桌开开关关。大家在朗读课文时，为了专心就得把耳朵捂起来，老师则用大戒尺不停地拍着桌子喊道：

昔日重现

"安静一点!"

我本来打算趁乱糟糟的时候,悄悄地溜到我的座位上去。但是,这一天好怪,教室里安安静静的,像星期天的早晨一样。我透过敞开的窗子,看见同学们都整整齐齐地坐在各自的位子上,哈墨尔先生夹着那根可怕的铁戒尺走来走去。我必须要把门打开,在一片肃静中走进去,可以想像,我是多么难堪,多么害怕!

可是,今天的事情却不是那样。哈墨尔先生看见我不但没有生气,还很温和地对我说:

"快坐到你的位子上去吧!我的小弗朗茨,你再不来,我们就不等你了。"

我跨过条凳,马上在自己的课桌前坐下。刚从惊慌中定下神来,就发现我们的老师这天穿着他那件漂亮的绿色常礼服,领口系着折叠得挺精致的大领结,头上戴着刺绣的黑绸小圆帽,这身服装是他在上级来校视察时或学校发奖的日子才穿戴的。此外,整个课堂都弥漫着一种不平常的、庄严的气氛。最使我惊奇的是,在教室的尽头,平日空着的条凳上,还坐满了村子里的人。他们也像我们一样不声不响,其中有霍瑟老头,带着他那顶三角帽,有前任村长,有退职邮差,还有其他一些人。他们都愁容满面;霍瑟老头带来一本边缘都磨破了的旧识字课本,摊开在自己的膝头上,他那副大眼镜横放在书上面。

正当我看了这一切,感到非常纳闷的时候,哈墨尔先生走上讲台,用刚才对我讲话的那种温和而严肃的声音,对大家说:

"我的孩子们,这是我最后一次给你们上课,从柏林来了命令,今后在阿尔萨斯和洛林两省的小学里只准教德文了……新教师明天就到,今天,是你们最后一堂法文课,我请你们专心听讲。"

这几句话对我简直就是晴天霹雳。啊!那些混帐东西,原来他们在村政府前面公布的就是这件事。

这是我最后一堂法文课!

可是我刚刚勉强学会写字!从此,我再也学不到法文了!只能到此为止了!……我这时是多么后悔啊,后悔过去浪费了光阴,后悔自己逃了学去掏鸟窝,到沙亚河上去滑冰!我那几本书,文法书,圣徒传,刚才我还觉得背在书包里那么讨厌,显得那么沉,现在就像老朋友一样,叫我舍不得离开。对哈墨尔先生更是这样。一想到他就要离开这儿,从此再也见不到他了,我就忘记了他以前给我的处罚,忘记了他如何用戒尺打我。

这个可怜的人啊!

原来他是为了上最后一堂课,才穿着漂亮的节日服装。而现在我也明白了,为什么村里的老人今天都坐在教室的后头,这好像是在告诉我们,他们后悔过去到这小学里来得太少了；也好像是为了向我们老师表示感谢，感谢他四十年来勤勤恳恳地为学校服务，也好像是为了对即将离去的祖国表示他们的心意……

我正在想这些事的时候，听见叫我的名字，是轮到我来背书了。只要我能从头到尾把这些分词的规则大声地、清清楚楚地、一字不错地背出来，任何代价我都是肯付的啊！但是刚背头几个字，我就结结巴巴了，我站在座位上左右摇晃，心里难受极了，头也不敢抬。只听见哈墨尔先生对我这样说：

"我不好再责备你了，我的小弗朗茨，你遭到的惩罚已经够了……事情就是这样。我们每天都对自己说：'算了吧，有的是时间。明天再学也不迟。'但是，你瞧，今天发生了什么事……唉！过去咱们阿尔萨斯最大的不幸，就是把教育推延到明天。现在，那些人就有权利对我们说：'怎么，你们自称是法国人，而你们既不会读也不会写法文！'在这件事里，我可怜的弗朗茨，罪责最大的倒不是你，我们都有应该责备自己的地方。

"你们的父母并没有十分坚持让你们好好念书。他们为了多收入几个钱，宁愿把你们送到地里和工厂去。我难道就不该责备我自己么？我不是也常常叫你们放下书本替我浇灌园子？还有，我要是想去钓鱼，不是随随便便就给你们放了假？"

接着，哈墨尔先生谈到法兰西语言，说这是世界上最美的语言，也是最清楚、最严谨的语言，应该在我们中间保住它，永远不要把它忘了。因为，当一个民族沦为奴隶的时候，只要好好保住了自己的语言，就如同掌握了打开自己牢房的钥匙……随后，他拿起一本文法课本，给我们讲了一课。我真奇怪我怎么会理解得那么清楚，他所讲的内容，我都觉得很好懂。我相信，我从来没有这样专心听过讲，而他，也从来没有讲解得这样耐心。简直可以说，这个可怜的人想在他走以前把自己全部的知识都传授给我们，一下子把它们灌输到我们的脑子里去。

讲完了文法，就开始习字。这一天，哈墨尔先生特别为我们准备了崭新的字模，上面用漂亮的花体字写着："法兰西，阿尔萨斯。法兰西，阿尔萨斯。"我们课桌的三角架上挂着这些字模，就像是许多小国旗在课堂上飘扬。真该好好看看，每个人是多么专心！教室里是多么肃静！除了笔尖在纸上划写的声音外，听不到任何别的声响。这时，有几只金龟子飞进了教室，但谁也不去注意它们，就连那些最小的学生也不例外，他们专心致志地在划他们的横与竖，好像这也是法文……在学校的屋顶上，有一群鸽子在低声咕咕，我一面听着，一面想：

"那些人是不是也要强迫这些鸽子用德国话鸣唱？"

有时，我抬起头来看看，每次都看见哈墨尔先生站在讲台上一动也不动。眼睛死死盯着周围的东西，就像要把这个小校舍都吸进眼睛里带走……请想想！四十年来，他就一直待在这个地方，老是面对着这个庭院和一直没有变样的教室。

昔日重现

要说变化，只有那些条凳和课桌因长期使用而变光滑了；还有院子里那棵核桃树也长高了，他亲手栽种的啤酒花现在也爬上了窗子碰到了屋檐。这可怜的人听着他的妹妹在楼上房间里来来去去收拾他们的行李，想着他就要离开眼前的这一切了，他是多么伤心啊！因为他们明天就要动身，离开本乡，一去不复返了。

不过，他还是鼓起了勇气把今天的课教完。习字之后，是历史课；然后，小班学生练习拼音，全体一起诵唱 Ba，De，Bi，Bo，Bu。那边，教室的后头，霍瑟老头戴上了眼镜，两手捧着识字课本，也和小孩子们一起拼字母。看得出他也很用心；他的声音由于激动而颤抖，听起来有一种说不出的味道，叫人又想笑又想哭。唉！我将永远记得这最后的一课……

忽然，教堂的钟打了十二点，紧接着响起了午祷的钟声。这时，普鲁士军队操练回来的军号声在窗外响了起来……哈墨尔先生面色惨白，在讲台上站了起来。他在我眼里，从来没有显得这样高大。

"我的朋友们，"他说，"我的朋友们，我，我……"

他的嗓子被什么东西堵住了，他无法说完他那句话。

于是，他转身对着黑板，拿起一支粉笔，使出了全身的力气按着粉笔，用最大的字母写出：法兰西万岁！

写完，他仍站在那里。头靠着墙壁，不说话，用手向我们表示：

"课上完了……去吧。"

艾 美 儿

——［日本］星新一

> 酒吧主人精心制造了一个漂亮的女机器人，客人们都很迷恋，其中一个年轻人迷恋得最厉害。
> 他在最后一次请这个机器人喝酒时，下了毒药，没想到却毒死了酒吧内的所有人。

这个女机器人造得非常完美，它具备了一切美女的优点，但多多少少给人一种冷若冰霜之感，但这并不碍事，因为世上不也有冷美人吗？

造出这个女机器人的人是一个酒吧主人。任何一个酒吧主人回到家里，再怎么也不会想喝酒。对他来说，酒是他的生财器材，绝不是拿来自己喝的。喝酒的酒徒使他赚足了钱，又有的是空闲，所以就用来造这机器人，这纯粹是趣味所致。

也正是由于这个原因，所以造出来的美人十分精巧别致，特别是那肌肤的触觉，与真人毫无二致，难以区别出真伪来。猛一看，还真比真人漂亮得多。

但是，这个机器人却有一个很大的缺陷，那就是缺少一个人类的大脑。对于这一点，酒吧主人倒也真的束手无策了。它回答的不过是些很简单的话，而动作也只限于喝酒。

造出了这美人后，他就把它拿来摆到酒吧里。酒吧里当然也有桌椅之类的座位，但是由于缺乏自信，酒吧主人还是把它摆到柜台后面去。

来的客人一看新来个漂亮的女孩，总是要驻足和她谈谈。如果问到的是名字、年龄，她可以毫不含糊地作答，再下去的，就没办法了。尽管这样，她机器人的身份还没有被识破。

"你叫什么名字？"

"艾美儿。"

"今年多大啦？"

"还年轻呢。"

昔日重现

"到底几岁啊?"

"还年轻呢。"

"我问的是到底……"

"还年轻呢。"

到这店里来的客人都具有相当的教养,所以也没人会继续执拗地问下去。

"你的衣服真美。"

"是的,我的衣服很迷人。"

"你喜欢什么?"

"我不知道到底真喜欢什么。"

"你喝不喝白兰地?"

"我喝白兰地。"

令客人们吃惊的是,这个美女无论多少酒都来者不拒,照喝不误,真是一个神秘的漂亮女孩。这样一传十、十传百,到这店里来的客人也逐渐多了起来。他们找艾美儿说说话,也请艾美儿喝酒。

"这些客人里面,你喜欢哪一个?""我不知道喜欢谁。""喜不喜欢我?""我好喜欢你。""下次有空我们去看电影。""好嘛,我们就去看电影。""什么时候去呢?"实在回答不上的时候,马上就传过信号,于是酒吧的主人就会赶到她身边来。

"先生,不要再为难她了,饶过她吧。"

这么一说,多数客人都会苦笑着,识趣而退。

酒吧主人偶尔也会蹲下去,从她脚跟上的塑胶管子里把酒回收,然后再转售出去。

就这样,客人始终没察觉出真相。客人们都认为新来的女孩虽然年轻,倒也稳重,何况从来不喋喋不休地做虚礼,喝了酒也不忙乱。因为这缘故,就愈具吸引力,来的客人也就愈多了。

在这些客人里,有一个年轻人,他被艾美儿迷恋得昏了头,来得最频繁,他心里的爱意就愈变得深了。另一方面,欠账愈来愈可观,终于无法支付,到头来从家里偷钱不成,反被他父亲发现痛骂了一顿。

"记住,从今以后,你不准再去酒吧,这些钱拿去还债,不过记住,没有下次了。"

为了付清欠账,他又来到酒吧。心想:今晚反正是最后一次了,不妨多喝一些。同时也为了要分手,所以也请艾美儿喝了又喝。

"我们以后再不能见面了。"

"以后真不见面了吗?"

"你不伤心?"

"我很伤心。"

"你其实并不真的这样吧?"

"我其实并不真的这样。"

"从没有像你这样冷冰冰的人。"

"从没有像我这样冷冰冰的人吗?"

"我想杀死你。"

"那就杀死我吧。"

他从口袋里掏出一包药来,倒入杯子里,然后把它推到艾美儿前面。

"你喝不喝?"

"我喝。"在他注视之下,艾美儿接过那杯酒喝了下去。他对她说了一句:"这是你自己找死!",掉头走开,背后只听一句"这是我自己找死"。年轻人在向酒吧主人付清了账后,走出了酒吧。外面已是繁星点点,夜已经来了许久。

酒吧主人看着这年轻人离去后,便过来对一些正喝着酒的客人打了一声招呼,说:

"现在我招待各位喝酒,请大家不要客气。"

实际上,在这个时间,能让他用那从塑胶管子里回收过来的酒招待的,也没有多少人了。

"好极了!"

"来吧,来吧!"

客人和店里的人都彼此举杯敬酒。酒吧主人站在柜台后边,也举起杯子喝了一口。

那天夜晚,那家酒吧一直到很晚很晚都不曾打烊。收音机仍然在不停地播放着音乐。然而,这酒吧里再没有喝酒的声音传出来,也不见有人出来。

终于,连收音机也在一声"祝各位晚安"之后,归于沉寂。艾美儿也低声回答一声"晚安",然后仍然一脸冷若冰霜的样子,似意犹未尽,似渴望与人交谈、喝酒。

某国秘密故事

——［土耳其］阿·涅辛

警察队长让苏铁化装成乞丐执行秘密任务。
苏铁在执行任务中发现乞丐要钱很容易。
他提出辞呈要当乞丐。
哪料到，他正中了队长的计谋。

刚一上班，警察队长就把部下苏铁叫到办公室："苏铁，有一个非常艰巨而又无尚光荣的任务交给你完成，你想不想接受？"

苏铁两眼紧盯着自己张着嘴的皮鞋尖，不好意思地问：

"队长先生，不知给不给奖金？"

"奖金？噢！当然，如你完成得好，你将会得到三千元奖金。现在竖起你的耳朵好好听着……"警察队长滔滔不绝地交代任务，但此时苏铁却什么也没听进去，他的心早飞到那三千元奖金上去了。看起来三千元是一笔不小的数目，但如今物价飞涨，市场上的东西昂贵，这三千元却又不算什么。

队长说："你不是在美国情报专家杰克·帕维尔的训练班里受过训吗？"苏铁还在想着那三千元，一时没有听清队长的问话，他说：

"啊？"

队长又重复了刚才的问话。

"啊，是的，是的……我在他的训练班里成绩非常不错。"

"所以我才把这个光荣、艰巨的任务交给你。苏铁，你仔细听着，你要巧妙地把自己化装成乞丐，到普孔路一幢粉红色的大楼对面的拐角处行乞，明白了吗？你要从早到晚守在那儿。"

"明白了，队长。化装成乞丐对我来说根本没问题。"

"你要注意观察都是些什么人进出那幢大楼。我每天晚上都等你的报告。"

"明白了，队长。"

苏铁的化装真是出神入化，凡从他前面经过的人都以为他生来就是一个要饭的乞丐。可以这么说，找遍整个国家恐怕也找不到比他更像要饭的了。

就在这天上午，队长装作行人从他前面走过时，朝他扔了五元钱，并悄声地说：

"我真佩服你，如果不事先知道，连我都要把你当成真正的乞丐了。"

苏铁根本没有听清队长在说些什么，他正手忙脚乱地把行人丢给他的零钱塞进口袋。真想不到，在这个贫穷的国家里竟然有这么多善良的、富有同情心的人！那天他盘腿坐在街角，面前铺着一块手帕。不一会儿，手帕上就堆满了零钱。苏铁对此十分震惊，心想：当警察辛辛苦苦为主子卖命，一个月所挣的钱，坐在这儿伸手要上三天饭就可得到。

第二个星期的一天上午，他猛然听到了一个刺耳的声音：

"苏铁，你为什么到现在还不交上一份报告？"

乞丐恐惧地朝队长抬起了头：

"安拉作证……我保证明晚把报告给您送去……仁慈的先生们，可怜可怜穷人吧……队长，您放心，报告我会交上去的……老爷、太太做做好事，可怜可怜我这孤苦伶仃的不幸的穷人吧！……"

队长听了这些使来往行人摸不着头脑的话后说：

"好，我等着你！"

苏铁行乞的时间约有一个月了。一开始，他怎么也没想到会要到这么多的钱。另外，这要饭还有一个很大的好处，那就是自由自在不受人管束，他想干就干，不想干就不干。苏铁当机立断，一天清晨，他来到队长面前。队长问道：

"苏铁，你干了这么长时间连一份报告都没交过，这回总该交报告了吧！"

"很对，"苏铁说，"给您，队长先生，这是我的报告。"

看了苏铁递上的纸片，队长那张蜡黄脸一下子苍白起来。原来，苏铁递给他的是一张辞职申请书。

"什么意思？"队长说，"你不想干到退休了吗？难道你辛苦这么些年就算白干了？"

"就算白干了吧！"

"像你这样有经验的……"

"好了，队长先生，这没有什么遗憾的，我已决定了。"

队长把手搁在苏铁的肩上，他以多年警察生涯所赋予他的具有敏锐洞察力的双眼，盯住苏铁的眼睛不放，他想弄清楚部下这么做的原因。

"苏铁，你瞒不了我，这里面有文章……"他说。

苏铁迟疑地打量了一下队长，然后从口袋里掏出一个小本子，把当乞丐期间每天讨来的钱数念给队长听。最后他说：

昔日重现

"我是由于您的关系才得到这些钱的,所以把事情的真相告诉您,对别人我是不会说的,但求您一定不要把这个秘密泄露给其他同事。"

队长高兴地望着苏铁说:

"苏铁,你放心,我是不会泄露这个消息的,你也绝对不要走漏风声,这个秘密咱俩知道就行了。实际上,我要你执行的就是这个任务。告诉你,苏铁,我也想在繁华的大街上选一个恰当的地方,执行此项'任务'。"

某国秘密故事

黑　信

——［捷克斯洛伐克］雅·哈谢克

> 国王在登基30周年庆典活动中，
> 意外收到一封辱骂他的黑信。
> 国王大怒，发誓一定要追查到底。
> 接受追查任务的警察局长在半日之内将黑信贴满京城。
> 半日之后，警察局长却被革职查办。

作为瓦尔杰茨基公国的国王，弗里德里赫此刻非常兴奋，他乘坐马车缓缓前行在同样兴奋的人群中，忽然晴天霹雳似地有一封信飘落到他的膝上，不知是谁扔进来的。

弗里德里赫国王笑眯眯地读信：

"陛下，您是世界上最傻的傻瓜，傻瓜中的傻瓜！"

弗里德里赫国王脸上的笑容一下僵住了。

正如次日报载，国王当时因突感身体不适，于是庆祝盛典立即停止，弗里德里赫国王驾返回宫。国王一回到宫里，便躲进了书房，潜心琢磨那封大逆不道的信。他至少把"陛下，您是世界上最傻的傻瓜，傻瓜中的傻瓜！"字句念了五十多遍，早已经达到背诵的地步了，这才猛然发出一声惊呼："这个坏蛋连名字也没留！"

他气得在书房里走来走去，边走边唠叨："陛下，您是世界上最傻的傻瓜，傻瓜中的傻瓜！"

半小时后，国王下令召开国务会议。

"爱卿们，"他颓丧地向他的四位枢密参赞道："在寡人登基30周年纪念的今天，不知哪个混蛋将一封黑信投进了寡人所乘的马车。信上说：'陛下，您是世界上最傻的傻瓜，傻瓜中的傻瓜！'"

四位枢密参赞听完，脸变得苍白起来。男爵卡尔低声说道：

"陛下，那封信不是写给您的吧？"

弗里德里赫国王龙颜大怒。

"爱卿，"他厉声道，"你应该清楚，'陛下'这个称呼在全国范围内只属于孤家一人，除我之外谁还能、谁还敢号称陛下，这封信上明明写着：'陛下，您是世界上最傻的傻瓜，傻瓜中的傻瓜！'这当然是写给寡人的啦，我想这一点你们会想明白的。为江山社稷着想，一定要查出那名胆敢冒犯寡人的混蛋，因为其罪如同叛国。现在寡人就把这件案子交给卿等。想必议会也要对寡人深表同情，在明天开会时对于这个竟然不惜冒犯国王的混蛋的无耻勾当加以议处……"

国务会议一直开到深夜。警察局长也参加了这个会议。

在第二天的议会大会上，主席神情庄重地宣读了弗里德里赫国王御笔写的向他的子民呼吁忠诚的一封诏书。议员们赶紧纷纷宣誓，以表明自己对国王的忠诚，尽管他们对发生了什么事还一无所知。

一种莫名的气氛笼罩着大家。警察局长丝毫不敢怠慢，他请求谒见，并且从国家档案库里拿出了那封该死的信。

"局长先生，您如何处理此事？"首相问他。

警察局长搓了搓手，踌躇满志地说：

"暂时还不能告诉您。鄙人的这次侦查定会一鸣惊人！"

那封信被他送进了国家印刷所。中午，京城里就到处贴满了警察局的告示：

"现赏金一千马克捉拿私将写有'陛下，您是世界上最傻的傻瓜，傻瓜中的傻瓜！'之黑信投入国王马车之歹徒一名。"

结局是不到天黑，全瓦尔杰茨基公国的人便无人不知弗里德里赫国王是世界上最傻的傻瓜，傻瓜中的傻瓜了，而这个愚蠢的警察局长也因办事不力而被革职查办。

小说恐怖梗概

在咖啡店,
青年作者只是向出版家讲读还没写完的小说,
就在他们准备离开咖啡店时,
却发现店内所有人都给他们跪下求情,
希望放他们一条生路。

花　狗

——［中国］萧　红

李寡妇家的大花狗已与她朝夕相伴了十几年，
但自从李寡妇收到她那当兵的儿子的信后，
大花狗就失去了照顾，
最后倒在了外院的大门口。

在一个深坳的、很小的院心上，集聚几个邻人。这院子种着两棵大芭蕉，人们就在芭蕉叶子下边谈论着李寡妇的大花狗。

有的说：

"看吧，这大狗又倒霉了。"

有的说：

"不见得，上回还不是闹到终归儿子没有回来，花狗也饿病了，因此李寡妇哭了好几回……"

"唉，你就别说啦，这两天还不是么，那大花狗都站不住了，若是人一定要扶着墙走路……"

人们正说着，李寡妇的大花狗就来了。它是一条虎狗，头是大的，嘴是方的，走起路来很威严，全身是黄毛带着白花。它从芭蕉叶里露出来了，站在许多人的面前，还勉强地摇一摇尾巴。

但那原来的姿态完全不对了，眼睛没有一点光亮，全身的毛好像要脱落似的在它的身上飘浮着。而最可笑的是它的脚掌很稳的抬起来，端得平平的再放下去，正好像希特勒在操演的军队的脚掌似的。

人们正想要说些什么，看到李寡妇戴着大帽子从屋里出来，大家就停止了，都把眼睛落到李寡妇的身上。她手里拿着一把黄香，身上背着一个黄布口袋。

"听说少爷来信了，是吗？"

"是的，是的，没有多少日子，就要换防回来的……是的……亲手写的信来……我是到佛堂去烧香，是我应许下的，只要老佛爷保佑我那孩子有了信，从哪天起，我就从哪天三遍香烧着，一直到他回来……"那大花狗仍照着它平常的习惯，一看到主人出街，它就跟上去，李寡妇一边骂着就走远了。

那班谈论的人，也都谈论一会儿各自回家了。

留下了大花狗自己在芭蕉叶下蹲着。

大花狗，李寡妇养了它十几年，李老头子活着的时候，和她吵架，她一生气坐在椅子上哭半天会一动不动的，大花狗就陪着她蹲在她的脚尖旁。她生病的时候，大花狗也不出屋，就在她旁边转着。她和邻居骂架时，大花狗就上去撕人家衣服。她夜里失眠时，大花狗摇着尾巴一直陪她到天明。

所以她爱这狗胜过于一切了，冬天给这狗做一张小棉被，夏天给它铺一张小凉席。

李寡妇的儿子随军出发了以后，她对这狗更是一时也不能离开的，她把这狗看成个什么都能了解的能懂人性的了。

有几次她听了前线上恶劣的消息，她竟拍着那大花狗哭了好几次，有的时候像枕头似的枕着那大花狗哭。

大花狗也实在惹人怜爱，卷着尾巴，虎头虎脑的，虽然它忧愁了，寂寞了，眼睛无光了，但这更显得它柔顺，显得它温和。所以每当晚饭以后，它挨着家凡是里院外院的人家，它都用嘴推开门进去拜访一次，有剩饭的给它，它就吃了，没有剩饭，它就在人家屋里绕了一个圈就静静地出来了。这狗流浪了半个月了，它到主人旁边，主人也不打它，也不骂它，只是什么也不表示，冷静的接待了它，而并不是按着一定的时候给东西吃，想起来就给它，忘记了也就算了。

大花狗落雨也在外边，刮风也在外边，李寡妇整天锁着门到东城门外的佛堂去。

有一天她的邻居告诉她：

"你的大花狗，昨夜在街上被别的狗咬了腿流了血……"

"是的，是的，给它包扎包扎。"

"那狗实在可怜呢，满院子寻食……"邻人又说。

"唉，你没听在前线上呢，那真可怜……咱家里这一只狗算什么呢？"她忙着话没有说完，又背着黄布口袋上佛堂烧香去了。

等邻人第二次告诉她说：

"你去看看你那狗吧！"

那时候大花狗已经躺在外院的大门口了，躺着动也不动，那只被咬伤了的前腿，晒在太阳下。

本来李寡妇一看了也多少引起些悲哀来，也就想喊人来花两角钱埋了它。但因为刚刚又收到儿子一封信，是广州退却时写的，看信上说儿子就该到家了，于

昔日重现

是她逢人便讲,竟把花狗又忘记了。

这花狗一直在外院的门口,躺了三两天。

是凡经过的人都说这狗老死了,或是被咬死了,其实不是,它是被冷落死了。

毒 蛇

——［中国］石评梅

> 从苏州胡同归来经过冰场的铁门时，
> 我不禁想起我与那个逼凌心投海、子青离婚、
> 而又让我难忘、被我称为魔女的女孩子交往的一幕幕。
> 然而，我却希望永远不要再见到她。

　　谁也不相信我能这样扮演：在兴高采烈时，我的心忽然颤抖起来，觉着这样游戏人间的态度，一定是冷酷漠然的心鄙视讪讽的。想到这里遍体感觉着凄凉如水，刚才那种热烈的兴趣都被寒风吹去了。回忆三个月来，我沉醉在晶莹的冰场上，有时真能忘掉这世界和自己；目前一切都充满了快乐和幸福。那灯光人影、眼波笑涡，处处含蓄着神妙的美和爱，这真是值得赞美的一幕扮演呢！

　　如今完了，一切的梦随着冰消融了。

　　最后一次来别冰场时，我是咽着泪的。这无情无知的柱竿席棚都令我万分留恋。这时凄绝的心情，伴着悲婉的乐声，我的腿忽然麻木酸痛，无论怎样也振作不起往日的豪兴了。正在沉思时，有人告诉我说："琪如来了，你还不去接她，正在找你呢！"我半喜半怨的说："在家里坐不住，心想还是和冰场叙叙别好，你若不欢迎，我这就走。"笑着提了冰鞋进了更衣室。

　　琪如是我新近在冰场上认识的朋友，她那种活泼天真、玲珑美丽的精神，真是能令千万人沉醉。当第一次她走进冰场时，我就很注意她，她穿了一件杏黄色的绳衣，法兰绒的米色方格裙子，一套很鲜艳的衣服因为配合得调和，更觉十分的称体。不仅我呵，记得当时许多人都曾经停步凝注着这黄衣女郎呢。这个印象一直到现在还能很清楚的忆念到。

　　星期二有音乐的一天，我和潜从东华门背着冰鞋走向冰场。途中她才告诉我黄衣女郎是谁。知道后，陡然增加了我无限的哀愁。原来这位女郎便是三年前逼凌心投海、子青离婚的那个很厉害的女人，想不到她又来到这里了。我和潜很有意的相向一笑。

昔日重现

在更衣室换鞋时，音乐慷慨激昂，幽抑婉转的声音，令我的手抖颤得连鞋带都系不紧了。潜也如此，她回头向我说：

"我心跳呢！这音乐为什么这样动人？"

我转脸正要答她的话，琪如揭帘进来，穿着一件淡碧色的外衣，四周白兔皮，襟头上插着一朵白玫瑰，清雅中的鲜丽，更服她浓淡总相宜了。我轻轻推了一下，她望我笑了笑，我们彼此都会意。第二次音乐奏起时，我和潜已翩翩然踏上冰场上，不知怎样我总是望着更衣室的门帘。不多一会，琪如出来了，像一只白鸽子，浑身都是雪白，更衬得她那苹果般的面庞淡红可爱。这时人正多，那入场的地方又是来往人必经的小路，她一进冰场便被人绊了一跤，走了没有几步又摔了一跤，我在距离她很近的柱子前，无意义的走过去很自然的扶她起来。她低了头，腮上微微涌起两朵红云，一只手拍着她的衣裙，一只手紧握着我手说：

"谢谢你！"

我没有说什么，微笑的溜走了，远远我看见潜在那圈绳内的柱子旁笑我呢！这时候，连我自己也莫名其妙，忽然由厌恨转为爱慕了，她真是具有伟大的魔术呢！也许她就是故事里所说的那些魔女吧！

音乐第三次奏起，很自然的大家都一对一对缘着外圈走，潜和一个女看护去溜了，我独自在中间练我新习的步伐，忽然有一种轻碎的语声由背后传来，回头看原来又是她，她说：

"能允许我和你溜一圈吗？"

她不好意思的把双手递过来，我笑着道：

"我不很会，小心把你拉摔了！"

这一夜是很令我忆念着的：当我伴她经过那灿烂光亮如昼的电灯下时，我仔细看着她这一套缟素衣裳，和那一只温柔的玉腕时，猛然想到沉没海底的凌心和流落天涯的子青，说不出那时我心中的惨痛！栗然使我心惊，我觉她仿佛是一条五彩斑斓的毒蛇，柔软如丝带似的缠绕着我！我走到柱子前托言腿酸就悄悄溜开了，回首时还看见她那含有毒意的流波微笑！

潜已看出来了，她在那天归路上，正式的劝告我不要多接近她，这种善于玩弄人颠倒人的魔女，还是不必向她表示什么好感，也不必接受她的好感。我自然也很明白，而且子青前几天还来信说他这一生的失败，都是她的罪恶。她拿别人的生命、前程，供自己玩弄挥霍，我是不能再去蹈这险途了。

不过她仍具有绝大的魔力，此后我遇见她时，真令我近又不是，避又不是，恨又不忍，爱又不能了。就是冷酷漠然的潜也有时会迷恋着她。我推想冰场上也许不少人有这同感吧！

如今我们不称呼她的名字了，直接唤她魔女。闲暇时围炉无事，常常提到她，常常研究她到底是种什么人？什么样的心情？我总是原谅她，替她分辩，我有时恨她们常说女子的不好。一切罪恶来了，都是让给女子负担，这是无理的。不过良心唤醒我时，我又替凌心、子青表同情了。对于她这花锦团圆、美满快乐的环境，不由要怨恨她的无情狠心了，她只是一条任意喜悦随心吮吸人的毒蛇，盘绕在这辉煌的灯光下，晶莹的冰场上，昂首伸舌的狞笑着，她哪能想到为她摒弃生命幸福的凌心和子青呢！

毒蛇的杀人，你不能责她无情，琪如也可作如斯观。

今天去苏州胡同归来经过冰场的铁门，真是不堪回首呵！往日此中的灯光倩影，如今只剩模糊梦痕，我心中惆怅之余，偶然还能想起魔女的微笑和她的一切。这也是一个不能驱逐的印象。

我从那天别后还未再见她，我希望此后永远不要再见她。

一 笔 圆

——［中国］刘绍棠

> 他从广播站编辑升迁为综合管理办公室主任，职务是在公文上画圆。
> 他先期画的圆遭到了同事们的嘲笑。
> 后来潜心苦练，终于一笔成圆。

念完了大学，被分配到这个远郊小县，坐了22年冷板凳，忽然"年龄最重要，学历是个宝"，他一下子就成了热门货，从微不足道的广播站编辑，旱地拔葱，一跃而为新设立的县政府综合管理办公室主任。

这个"综办"，是个上不着天、下不挨地的衙门，权宜而设的临时建制。不过，公安、司法、工商、民政、房管、环卫、教育、卫生等等方面的公文，都要从这个衙门口穿梭往返，他的职权便是将这些公文分门别类，审读画圈，或呈送上级批示，或转交下级处理，实际上干的是收发工作。

案头等候上呈下转的公文一尺多高，新到的请示报告还源源不断地送来：两名专司递送之职的科员，你出我进，马不停蹄。他必须一目十行，手不停画，才能避免供不应求、葬身文山脚下的命运。

要想当官儿，先学画圈儿。画圈儿虽是雕虫小技，从中却可以看出功夫的深浅、地位的尊卑、身份的高低、官爵的大小，不能掉以轻心，不当回事儿！

他比阿Q更专心、更用力，但是画出的圈儿，却并不见得比阿Q画的圈儿圆多少。两位递送公文的科员，当场就掩嘴吃吃发笑；拿回大办公室，更招来一阵哄堂大笑。他感到大丢面子，羞得无地自容。

晚上下班，他神情沮丧地回到家里。

"喂！吃过晚饭，你教我画圈儿。"

妻子是中学教员，教几何的，精通此道。

这位几何教师下了班比上班还忙，正在厨房里择菜、洗菜、切菜、炒菜、淘米、做饭……像被一条无形的鞭子抽得团团打转的陀螺。

"我哪儿有那个闲工夫？100本作业，100份考卷儿，够我忙个通宵的！"

"我在公文上画的圈儿不圆，有的像龇牙的石榴，有的像掀嘴儿的桃子……"

"官儿大表准，不圆也是圆的！"

唉！与其低声下气争取外援，不如发愤图强、自力更生。

果然，天下无难事，铁杵磨成针。动手而又动脑，连画半个来月，便功到自然成，不但一笔成圆，气死圆规，就是双管齐下，也不差分毫。部下们非但不再窃笑、讥笑、耻笑，而且交口称赞："如此高深造诣，愧然画蛋的达·芬奇，堪与西太后的一笔寿媲美。"

圈儿画圆了，肚子也圆了，发了福才显得官体富态嘛。

只是官气越来越重，回到家里还舍不得放下在办公室里的架子，对糟糠之妻也横挑鼻子竖挑眼起来。食不厌精，脍不厌细，阴沉着脸抱怨妻子的烹调是粗制滥造。

"我忙得贼死，干这个想那个，怎么能精雕细刻？"

"一心不可二用呀？"

"我有几张直观教学的图表，你帮我画几个圆，我就能全神贯注了。"

"那圆圈儿事关重大，是随便画的么？"

他官声官调，同时拉长了脸。

昔日重现

在远离北京的地方

——［中国］孟伟哉

县革委会主任赵万古在楼顶看见一个穿着入时的姑娘，
他大怒，下楼追赶。
姑娘得知追她的人是谁后，
愤怒地把手拎着的皮箱扔进了污水坑。

骤雨初霁。县革委会主任赵万古站在楼顶上，反剪双手，口衔香烟，极目远眺。

这古老的小县城，在地平线上仿佛一艘古代的大木船，太阳一照，是一个灰影子。它离上海六千里，离广州七千里，离北京八千里，距省城算最近，一千二百里。

总共十二个房间的两层的县革委会办公楼，是城里最大最高的建筑。一年四季，每天吃过中饭，赵主任总要上这楼顶漫步一番。在这楼顶上，他一眼看到惟一的一条三百米长的大街两头，能见度好的时候，可以看到全县的一半领土。多少次，他站在这里，居高临下，对什么局长啦、科长啦发出指示和命令！在这小小的楼顶上，他最充分地意识到他是全县之首脑，最完美地享受着指点江山、掌握万众的权威感。

自从"四人帮"倒台以来，赵主任渐渐不舒服了，什么"真理标准"的讨论喽，经济体制的改革喽，干部终身制的废除喽，他反感透了，全身的细胞都愤怒了。"……哼！这个县我说了算！什么他妈的解放思想，我这个县就不解放，就要顶住！……"

他踱着方步，正这么想着，突然，一束炫目的光华射进他的眼帘。他看到，一个姑娘打花伞，穿红裙，足登绿色高腰雨靴，另一手提着黑色人造革衣箱，正走到他的下面来。这一看不要紧，他心里窝着的火出来了："娘的！这就是解放思想解放出来的，我县里居然也有人敢穿这号裙子。不行！老子今天要抓这个典型！"他火气攻恶气、恶气裹火气地大喊：

"喂，你！——"

姑娘一惊愣，抬起头看看，不明究竟，惶惑地环顾自己的前后左右。

"装什么蒜，叫的就是你！"

姑娘眨着眼："我怎么了？"

"怎么？谁叫你打这种伞？谁让你穿这号裙子？"

"谁？我自己呀！"

"你自己？伤风败俗！你到这院子里来！"

姑娘以为碰到了精神病人，收起花伞，转身疾跑。

赵主任也转身下楼，追出门来，连喊带追，风驰电掣。不料，由于他只看猎物不看路，竟跌进了街上一个污水坑……

姑娘停下步，喘息着问迎面的来人："同志！追我的那个是谁家的疯子，也不管管。"

"嗨！你说什么，他是县革委会的赵主任，你不认识？"

"他就是赵万古？"姑娘大惊，气得发抖，"一会儿他追过来请你告诉他：他半年前续娶的妻子是我年轻的堂姐。这箱子里都是他写信让我给他们买的进口涤纶衣服。我不认识他，永远也不想认识他，现在就回省城去了！"姑娘说罢，怒不可遏，把箱子投进又一个污水坑……

红　灯

——［中国台湾］罗燕如

> 我载上了一个上医院探望病人的女乘客，
> 为了能使她和弥留的亲人见上一面，
> 我闯了一个又一个红灯，
> 哪知不但没得到谢意，却挨了她一巴掌。

小港机场下完了客人，运气不错，又有人拦车。

我偷偷地端详了这位小姐，不很美，但五官分明。两排长睫像围着湖泽的小丛林；弧线分明的双唇，很有个性地紧抿着……

"民生医院。"抛下了目的地，便合上了眼，斜倚在后座，似乎很累很累。

我扳下了车资表，比平日更专心地开起车来。说也奇怪，忍不住从反射镜中，多看她几眼，但不能看得太勤，免得让她误会我心怀不轨。

车行一半，我在镜中忽然看到她潸潸泪下，就像一枝带雨梨花，惹得我有说不出来的怜爱。

"探病吗？小姐。"本不应该向乘客多舌的。

"……"拭干了泪水，她轻轻地点头。

"病情如何？"该死！问这干吗？开几年车，最痛恨的就是一上车唧喳不停的乘客。今天自己中了什么邪？搭什么讪？万一……

"弥留。"她沉重地吐出这两个字，泪像决堤的洪水，哭得凄凄切切，叫人好不心疼。

我见过弥留的病人，和死人只差一口气。她一定急着见这个亲人，慢一步说不定天人永隔。我该……

于是，加足马力，闯了一个红灯又一个红灯，甘冒被警察罚款的危险，我想帮她一点忙。

"嘎——"到了，踩稳了刹车，油然而生的英雄感使我无限骄傲。好啦！现在就等着她谢意的眼光……

谁知,"啪——"一记清脆的耳光响自我的左颊。她原本姣好的脸孔,一阵青一阵绿地扭曲成一团,从牙缝中恨恨地挤出:"都是你们这些没道德的司机,专抢红灯,否则我先生也不会被撞得奄奄一息,躺在医院里!"她像丢垃圾一样扔了两百块在我脸上……

经纪人的罗曼蒂克

——[美国] 欧·亨利

麦克斯韦尔一上班便忙得焦头烂额。午餐时间,他突然想起该向女速记员求婚,而女速记员却告诉他,他们已于昨晚举行过婚礼了。

时间是早上,人物是证券经纪人哈维·麦克斯韦尔和他的女速记员莱斯利小姐。他们急匆匆走进事务所,麦克斯韦尔对机要秘书皮彻匆匆地说了声"早上好",便冲向办公桌上那一堆等着他处理的信件和电报。

皮彻感到事情有点不对劲,因为他注意到今天女速记员的举止有些异样。她的眼睛充满了神采,脸上满是幸福的神色。她今天没有与往常一样走到自己的办公桌,而是踌躇在麦克斯韦尔的办公桌前,仿佛要对他讲一些悄悄话。

经纪人麦克斯韦尔此时已变成一部全速运转的机器。他有点不耐烦地扫了女速记员一眼,粗声粗气地问道:"你怎么不去工作?到这里干什么?"

"没事。"速记员回答,微笑着走到自己办公桌前,像往日那样开始工作。

今天是哈维·麦克斯韦尔最忙的日子。飓风、山崩、暴风雪、冰川移动和火山爆发,自然界的剧变正在他的事务所里小规模地重演。股票行情自动收录器痉挛地吐出一卷卷纸条,电话铃声接连不断,电报、信件更是堆成小山,麦克斯韦尔忙得焦头烂额。

这时,皮彻引来另一位年轻姑娘,对麦克斯韦尔说,她是速记员介绍来应聘的。

"应聘?谁让来的?"经纪人感到不解。

"昨天你吩咐的,要再雇一个速记员。"

"笑话,不可能,莱斯利小姐完全胜任她的工作,任何人不能替代她。"

皮彻领着应聘的姑娘离去了。皮彻感到老板近来越发心不在焉。

繁忙的工作仍在继续,麦克斯韦尔开足马力,紧张而精确地运转。在这个小小的金融世界里，没有一丝空隙来容纳人和自然。

午餐的时间到了，繁忙的工作暂时停止了，麦克斯韦尔站在办公桌边，手里满是电报和备忘便条，右耳上夹着的自来水笔随时准备为他效劳。窗子是打开的，忙碌的经纪人忽然感到了春天的优雅气息。他想休息一下。金融的世界骤然缩成一个遥远的小黑点，莱斯利小姐栩栩如生地显现在他的眼前。

"啊！上帝，"麦克斯韦尔脱口而出，"我怎么把这事给忘了！"说完像一个饿了三天的人见了新烤出炉的面包一样，扑向速记员的办公桌。

"莱斯利小姐，明白告诉我，你愿意做我妻子吗？"经纪人匆匆说道，"我实在没有时间跟你谈情说爱，但我确实爱你。"

"喔，你说什么？"年轻、漂亮的女速记员不解地嚷道。

"我要你跟我结婚，我早想对你说我爱你。——电话又在叫我了，你答应我，莱斯利小姐！"

眼泪从女速记员惊讶的眼睛里流了下来，她泪花晶莹地笑了，胳膊温柔地勾住经纪人的脖子。

"啊！亲爱的！你忙糊涂了，我们昨晚不是已在教堂里举行过婚礼了吗？你吓死我啦！"

余波中的鬼魂

——［美国］欧·亨利

一个青年男子在寻找倾心相爱的恋人。
久寻不到之后，打开煤气自杀了。
他不知道，一星期前，
他的女友也在同一间房自杀。

在纽约西区南部的红砖房那一带，绝大多数住客都动荡不定、迁移不停、来去匆匆，犹如时光一样。正因为无家可归，他们也可以说有上百个家。他们不时从这间客房搬到另一间客房，永远都是那么变幻无常——在居家上如此，在情感和理智上也如此。他们用爵士乐曲调唱着流行曲，全部家当用硬纸盒一拎就走，缠缘于阔边帽上的装饰就是他们的葡萄藤，拐杖就是他们的无花果树。

在这一带，这种住客成百上千，可以述说的故事自然也是成百上千。当然，它们大多干瘪乏味；不过，在这么多漂泊过客掀起的余波中完全可以找出一两个鬼魂，否则，那才是件怪事呢！

有一天傍晚，天已黑了，有个青年男子正在这些崩塌失修的红砖房中间转悠寻觅，挨门挨户按铃。在第十二家门前，他把空当当的手提行李放在台阶上，然后揩去帽沿和额头上的灰尘。门铃声很弱，好像传至遥远、空旷的房屋深处。

这是他按响的第十二家门铃。铃声响过，女房东应声出来开门。她的模样使人想起一只讨厌的、吃得过多的蛆虫；它已经把果仁吃得只剩空壳，现在正想寻找可以充饥的房客来填充空间。

年轻人问有没有房间出租。

"进来吧，"房东说，"三楼还有个后间，刚空一个星期。想看看吗？"

她的声音嘎声嘎气，好像喉咙上绷了层毛皮。

年轻人跟她上了楼。不知从什么地方来的一线微光缓和了过道上的阴影。他们不声不响地走着。脚下的地毯已经破烂不堪，东一块西一块，一直到楼梯上，可能连造出它的织布机都要诅咒说这不是自己的产物。它踩在脚下像有机物一样，粘糊糊的，好像已经植物化了，显然已经在这恶臭、阴暗的空气中退化成茂盛滋润的地衣或满地蔓延的苔藓。楼梯转角处的墙上都有空着的壁龛。它们里面也许曾放过花花草草；若果真如此的话，那污浊肮脏的空气便是扼杀花草的凶手。壁龛里面也许曾放过圣像，但是不难想像，黑暗之中大大小小的魔鬼早就把圣人拖出来，一直拖到下面某间客房那邪恶的深渊之中去了。

"就是这间，"房东仍用那副毛皮嗓子说，"房间很不错，难得有空的时候。今年夏天这儿还住过一些特别讲究的人哩——从不找麻烦，提前付房租。自来水在过道尽头。斯普罗尔斯和穆尼住了三个月，她们演过轻松喜剧。也许你听说过布雷塔·斯普罗尔斯小姐——喔，那只是艺名儿——就在那张梳妆台上边，原来还挂着她的结婚证书哩，镶了框的。煤气开关在这儿，瞧这壁橱也很宽敞。房客对这间房非常满意，从来没长时间空过。"

"你这儿住过很多演戏的？"年轻人问。

"当然，我的房客中有很多人在演艺界干事。对了，先生，这一带剧院集中，演戏的人从不在一个地方长住。到这儿来住过的也不少。不过，他们这个来，那个去。"

他租下了房间，预付了一个星期的租金。他说他很累，想马上住下来。她说房间早就准备妥当，毛巾和水都是现成的。房东转身离开之际，年青人终于把挂在舌尖的问题提了出来。

"有个姑娘——瓦西纳小姐——埃卢瓦丝·瓦西纳小姐——你记得房客中有过这样一个人吗？她多半是在台上唱歌的。她皮肤白嫩，个子中等，身材苗条，金红色头发，左眼眉毛边长了颗黑痣。"

"不，我记不得这个名字。那些搞演出的，换名字跟换房间一样快，来来去去，谁也说不准。不，我想不起这个名字了。"女房主的脸上掠过一丝不易察觉的惊惶之色，转身下楼了。

不，总是不。已经五个月了，不间断地打听询问，然而获得的都是千篇一律的否定回答。白天去找剧院经理、代理人、剧校和合唱团打听；晚上则夹在观众之中去寻找，名角儿会演的剧院去找过，下流污秽的音乐厅也去找过，甚至还害怕在那类地方找到他最想找的人。他对她倾心相爱，一心要找到她。他确信，自她从家里失踪以来，这座水流环绕的大城市一定把她蒙在了某个角落。然而这座城市就像一大团没有基础的流沙，沙粒的位置变化不定，今天还浮在上层的细粒到了明天就被淤泥和粘土覆盖在下面了。

老客房们假惺惺地迎接新至的客人，像个暗娼脸上堆起的假笑，红中透病、形容枯槁、马马虎虎。客房里所有的一切——破旧的家具、破烂绸套的沙发、两把椅子、窗户间一码宽的廉价穿衣镜、一两个烫金像框、角落里的铜床架——都

昔日重现

折射出一种似是而非的舒适之感。

房客懒洋洋地半躺在一把椅子上。客房如巴比伦通天塔的一个套间,尽管稀里糊涂扯不清楚,仍然竭尽全力把曾在这里留宿过的房客分门别类地向他细细展示。

地上铺了一张杂色地毯,像一个艳花盛开的长方形热带小岛,四周是肮脏的垫子形成的波涛翻滚的大海。用灰白纸裱过的墙上,贴着紧随无家可归者四处漂流的图片——"胡格诺情人","第一次争吵","婚礼早餐","泉边美女"。壁炉炉额的样式典雅而庄重,外面却歪歪斜斜扯起条,像舞剧里亚马逊女人用的腰带的布帘。炉额上残留着一些零碎物品,都是些困居客房的人在幸运的风帆把他们载到新码头时抛弃的不要的东西——两个廉价花瓶,女演员的画片,药瓶儿,残缺不全的扑克纸牌。

渐渐地,犹如密码般的笔形变得清晰可辨,前前后后在这间客房的人留下的细小痕迹所具有的意义也变得完整有形。

梳妆台前那片地毯已经磨得只剩麻纱,很显然成群的漂亮女人曾在上面迈步;墙上的小指纹表明小囚犯曾在此努力摸索通向阳光和空气之路;一团溅开的污迹,形如炸弹爆炸后的影子,是杯子或瓶子连同所盛之物一起被砸在墙上的见证;穿衣镜镜面上用玻璃钻刀歪歪扭扭地刻着"玛丽"。看来,也许是受到客房那俗艳的冷漠之驱使吧,客房留宿人曾先先后后在狂怒中辗转反侧,并把一腔愤懑倾泄在这个房间上。家具有凿痕和磨损;长沙发因凸起的弹簧而变形,看上去像一头被宰杀的可怖怪物,在痛苦中扭曲、痉挛;另外,大理石壁炉额也少了一大块,很明显是在某次威力更大的动荡中被砍去的。地板的每一块拼木各自构成一个斜面,并且好像由于互不相连、各自独有的哀怨而发出尖叫。令人难以置信的是,那些曾一度把这个房间称之为家的人,竟然把这一切的恶意和伤害施加到它的身上;然而,也许正是这屡遭欺骗、仍然盲目保持的恋家本性以及对虚假的护家神的愤恨,点燃了他们胸中的冲天怒火。我以为,一间茅草房——只要属于我们自己——我们都会打扫、装点和珍惜。

椅子上的年轻人任这些思绪缭绕心间,与此同时,楼中飘来有血有肉、活灵活现的声音和气味。他听见一个房间传来吃吃的窃笑和淫荡放纵的大笑;别的房间传来独自咒骂声,骰子的格格声,催眠曲和呜呜抽泣;楼上有人在兴致勃勃地弹班卓琴。不知什么地方的门砰砰嘭嘭地关上,架空电车不时隆隆驶过,后面篱墙上有只猫在哀叫。此外,他还呼吸到这间房独有的气息,这不是什么气味儿,而是一种潮味儿,如同从地窖里的油布和朽木混在一起蒸发出的霉臭。

年青人就这样似睡非睡地歇在那儿。突然,木犀草那浓烈的芬芳充满了整间客房。它乘风而至,鲜明无误,香馥沁人,栩栩如生,活脱脱几乎如来访的佳宾。似乎有人在喊年青人，他忍不住大叫："什么？亲爱的？"他一跃而起，四下张望。浓香扑鼻而来，把他包裹其中。他伸出手臂拥抱香气。刹那间，他的全部感觉都给搅混在一起。可是，香味怎么可能唤起人呢？唤起他的肯定是声音。难道这就是曾抚摸、安慰过他的声音？

"她肯定在这个房间住过。"他大声说，然后开始四处寻找，硬想搜出什么，因为他确信能辨认出属于她的或是她触摸过的任何微小的东西。这沁人肺腑的木犀花香，她所喜爱、惟她独有的芬芳，究竟是从哪儿来的？

房间只马马虎虎收拾过。薄薄的梳妆台覆着桌布，上面散落着五六个发夹——都是些女性朋友用的那类东西，悄声无息；具有女性特征，但不标明任何心境或时间。他没去仔细琢磨，因为这些东西显然缺乏个性。他把梳妆台抽屉搜了个底朝天，发现一条丢弃的破旧小手绢。他把它蒙在脸上，一股股怪味钻进鼻腔，他顺手把手绢甩在地上。在另一个抽屉，他发现几颗零星纽扣，一张剧目表，一张当铺老板的名片，两颗吃剩的果汁软糖，一本释梦书。最后一个抽屉里有一个女人用的黑缎蝴蝶发结。他猛然一愣，犹如悬在冰与火之间，处于兴奋与失望之间。但是黑缎蝴蝶发结也只是女性庄重端雅的普通装饰，不具任何个性特征，不能提供任何线索。

随后，他像一条猎狗，东嗅西闻，扫视四壁，趴在地上仔细查看拱起的地毡角落，翻遍壁炉炉额和桌子、窗帘和门帘、角落里摇摇欲坠的酒柜，试图找到一个存在的、但他还未发现的迹象，以证明她就在房间里面，就在他旁边、周围、对面、心中、上面，紧紧地牵着他、追求他，并通过精微超常的感觉向他发出如此哀婉的呼唤，以至于连他愚钝的感觉都能领悟出这呼唤之声。他再次大声回答："我在这儿，亲爱的！"然后细细觉察，因为他在木犀花香中还察觉不出形式、色彩、爱情和张开的双臂。呵，上帝啊，那芳香是从哪儿来的？从什么时候起香味开始具有呼唤之力的呢？

接下来，他仍不停地四下摸索。他把墙缝和墙角掏了一遍，找到一些瓶塞和烟蒂。对这些东西他不屑一顾。他还在一折地毡里发现一支抽了半截的纸雪茄，并铁青着脸使劲咒了一声，然后用脚后跟把它踩得稀烂。他把整个房间从一端到另一端细细地搜寻了一遍，发现许许多多房客留下的无聊、可耻的记载。但是，有关可能曾住过这儿的、其幽灵好像仍然徘徊在这里的、他正在寻求的她，却丝毫痕迹也未发现。

这时他记起了女房东。

他从幽灵萦绕的房间跑下楼，来到透出一缝光线的门前。

年青人竭尽全力克制住激动之情，敲门叫房东。房东应声开门出来。

"请告诉我，夫人，"他哀求道，"我来之前谁住过那个房间？"

昔日重现

"好的，先生。我可以再说一遍，以前住的是斯普罗尔斯和穆尼夫妇，我已经说过。布雷塔·斯普罗尔斯小姐，演戏的，后来成了穆尼夫人。我的房子从来声誉就好。他们的结婚证都是挂起的，还镶了框，挂在钉子上——"

"斯普罗尔斯小姐是哪种女人——我是说，她长相如何？"

"喔，先生，黑头发，矮个，肥胖，脸蛋儿笑嘻嘻的。他们一个星期前搬走，上星期二。"

"在他们以前谁住过？"

"嗨，有个单身男人，搞运输的。他还欠我一个星期的房租没付就走了。在他以前是克劳德夫人和她两个孩子，住了四个月；再以前是多伊尔老先生，房租是他儿子付的，他住了六个月。都是一年以前的事了，再往前我就记不得了。"

他谢了她，慢腾腾地爬上楼，走进房间。曾为房间注入生机的香气已经消失，木犀花香已经离去，代之而来的是死气沉沉、发霉家具老朽、陈腐、凝滞的臭气。

希望犹如肥皂泡一样破灭，他顿觉信心殆尽。他坐在那儿，看着咝咝作响的煤气灯的黄光。他就这样呆呆地看了一会儿，然后站起来走到床边，把床单撕成长条，然后用刀刃把布条塞进门窗周围的每一条缝隙。所有的缝隙都被密封严实以后，他关掉煤气灯，却把煤气开足，然后感激不尽地躺在床上。

按照惯例，每晚麦克库尔夫人都要拿罐子去打啤酒。她取酒回来，和珀迪夫人在一个地下幽会场所坐了下来。这是房东们聚会、蛆虫猖獗的地方。

"今晚我把三楼后间租了出去，"珀迪夫人说，杯中的酒泡圆圆的，"房客是个年轻人。两个钟头以前他就上床了。"

"嗬，真有你的，珀迪夫人，"麦克库尔夫人羡慕地说，"那种房子你都租得出去，可真是奇迹。那你给他说那件事没有呢？"她说这话时悄声细语，嘎声哑气，充满神秘。

"房间里安起家具，就是为了租出去嘛。"珀迪夫人说，她的声音令人毛骨悚然，"我没给他说那事儿，麦克库尔夫人。"

"可不是嘛，我们就是靠出租房子过活。你这样做一点错也没有，夫人。如果知道这个房间里有人自杀，死在床上，谁还来租这个房间呢。"

"当然嘛，我们总得活下去啊！"珀迪夫人说。

"这话不假，夫人。我帮你把三楼后间收拾规矩才一个星期吧。那姑娘竟然用煤气把自己弄死——她那小脸蛋儿多甜啊，珀迪夫人。"

"可不是嘛，都说她长得俏。"珀迪夫人说，既表示同意又显得很挑剔，"惟一的缺点，就是她左眼眉毛边上长颗痣。再来一杯，麦克库尔夫人。"

小说恐怖梗概

误 会

——［美国］马克·吐温

我在车站找座位，遭到了列车员的抢白。
正当我大感委屈之际，
一个黑人茶房却对我大献殷勤。
后来弄明白，这只不过是一场误会。

几年前，我由于要到东部去，中途须在纽约萨拉曼卡换乘卧车。我到时，车站里早已挤满了人，他们一窝蜂涌进了卧铺车厢，挤得车厢里几乎水泄不通，而且人声嘈杂，尘埃飞扬，这份罪可真够受的。这时，我问票房里一位青年人我能不能买到一个铺位，他粗暴地回答"没有"，一听到他的咆哮声，我不由得心惊肉跳，心里极不舒服，因为这种语调极大地挫伤了我的自尊心。我只好走开了，又去苦苦哀求另一位站务员，问我能不能在一节卧铺车厢里弄到哪怕是一个破旮旯儿都行。哪知，他也气呼呼地嚷道："没有，你别做梦啦，哪有旮旯给你留着，好了，别再烦我，走开！走开！"说完，他转身就走了。这时我的自尊心又一次受到伤害，简直到了没法儿说的地步。我心里是那样生气，所以我跟我的朋友说："要是这些混蛋知道我是谁的话，他们会马上……"刚说到这里，马上被我的朋友打断了。"不要说那些，"他说，"要是他们果真知道你是谁，你应该知道结果，即使车厢里早已座无虚席，他们照样还是帮着殿下弄到一个空位儿。"

话虽这么讲，但对改变我的处境也还是一无用处，但是，恰好就在这当儿，我发现照管卧铺车厢的一个黑人茶房两眼一个劲儿瞅着我。我看见他黑黝黝的脸膛上顿时笑眯眯起来。只见他一边在与那穿制服的列车员低声交谈，一边还向我频频点头，显出谦恭的神色。一会儿，那个黑人茶房急冲冲走到我身旁，而这个列车员却径直向前走来，瞧他那种殷勤客气的劲儿仿佛从每一个毛孔里渗透出来。

"您需要哪些服务？"他开口问道，"您不是想在卧铺车厢里找一个铺位？"
"不错，"我说，"还得劳你们帮帮忙。做了好事——总要得到好报吧。"

昔日重现

"现在我们只有豪华的卧铺包厢,"列车员恭敬地说道,"里面有两个卧铺和两只安乐椅,您随便使用。喂,汤姆,把这些手提包搬上车去!"

最后,他十分郑重地举手碰了碰帽檐,以示对我恭敬。我和我的朋友于是就在那个被称为汤姆的带领下向豪华卧铺走去。我可忍不住真想跟我的朋友说上几句话,但我还是按捺住了,心想,等着瞧吧。汤姆把我们安排在那个豪华的大包厢里可真是舒服极了。接着,汤姆就低头哈腰、满脸堆笑地说:

"现在,您先生大人还要什么服务吗?我都可以给您办到。您尽管说,没关系的。"

"今儿晚上9点钟,我要用一些热水和一大杯热酒,行吗?"我问,"你知道苏格兰潘趣酒该温到什么程度吗?"

"好的,先生,您放心,这完全可以给您办到。到时候我亲自给您送来。"

"噢,那很好,不过那盏车灯挂得实在太高啦。你可不可以给我在床上放上一支大蜡烛,让我看起书来舒服一些?"

"那不成问题,先生,这很好办,我会亲自把蜡烛安放在那里,让它整夜亮着不熄。先生,您还有别的盼咐吗?不要客气,尽管对我讲就是了,好歹也得给您办到。嗯,就是这么一回事儿。"说罢,他就不见影儿了。

黑人茶房走后,我脑袋往后微微翘起,大拇指勾住袖子口,朝着我的朋友笑了一笑,轻声地说:

"嗨!朋友,到现在你应该说些什么?"

我的朋友似乎没有回答我问话的意思,他在想别的事。不一会儿,一声门响,那张黑黝黝的笑脸突然破门而入,紧接着是下面这一段话:

"上帝保佑您,先生大人。我一下子就把您给认出来啦。我跟那个列车员全说了。上帝啊!我两眼瞅着您,我一下子就把您给认出来啦,哈,哈!"

"是这回事吗?"我边问边把加了四倍的小费递给了他,"请问我究竟是——谁呀?"

"吉尼尔——麦克勒兰一个大富翁。"说完,他又不见影儿了。

被盗去的情书

——［美国］爱伦·坡

> 警察局长乔治为了找到公主的情书，派人几次搜查勒布伦的家，结果一无所获。迪潘却只探望勒布伦两次，就取回了那封情书。

一天下午，我和我的朋友迪潘正在他的居所里的火炉旁抽烟聊天，正谈得高兴的时候，迪潘的老友——当地的警察局长乔治先生来了。

乔治坐下来，一边抽着烟，一边说："发生了一宗奇案……"碰上难题，他常常寻求迪潘的帮助。

"但愿不是谋杀案。"迪潘说。

"当然不是，事情很简单，而我却没有办法！"

"什么事啊？能把我们的局长先生也难住了！"

"别说笑了，迪潘。案子是保密的，但我会告诉你，已经许诺了，谁找到那个东西，就给谁五万法郎。如果找不到，我就要被撤职了。"

"是吗？那你说说是怎么回事吧。"迪潘说。

"是这样的，公主收到了一封重要情书。发信人在信封背面写上他名字缩写的大写字母'S'。

"公主拆开信正在看，伯爵夫人杜瓦尔进来了。她是个以传播别人隐私为乐的妇道人家，是个'新闻'小广播，公主不想让她看到信，就连忙把信塞进信封去，放在桌面上。

"不久，勒布伦先生进来了。他是政府的一个重要官员，也是个讨厌鬼，经常耍花招捉弄人。"

"我认识他，"迪潘说，"他很精明。"

"嗯，勒布伦见桌面信封上的大写字母'S'，就猜出了公主的秘密。趁着谈兴正浓，他从口袋里掏出一封信，装作看着，然后放在桌上公主的书信旁边。三

昔日重现

人天南地北谈个不休。

"在告辞时,勒布伦玩了个移花接木的花招,把公主的信当做自己的信拿走了。公主见了,却又不能说什么。"

"奇怪,为什么不能呢?"我问。

乔治答道:"还不是因为那伯爵夫人!如果公主制止他,他准会说:'啊,你是说这信吗?真对不起,我看见了,是S寄来的。'这样,伯爵夫人就开始广播了:'你们听说没有,公主有情人啦!他的名字叫"S"。'"

迪潘说:"可恶的妇人!"

乔治接着说:"勒布伦有了这封情书,就等于抓住了公主的把柄,这样,公主就不得不支持他。"

"你找过那封信没有?"迪潘说。

"我的人已经全面搜过勒布伦的家。你知道,这件事必须暗地里进行。但很走运,他晚上常常不在家,佣人又另住一间房子。我们连续搜了好几个晚上,但是一无所获。"

"信大概没有放在他家里吧?"我说。

"一定在,"迪潘说,"勒布伦用它来要挟公主,要随时都能用得上。"

我又说:"也许他随身放在口袋里。"

乔治答道:"这种可能已排除了。我的人两次化装为'贼'袭击了他。搜查他的衣服,拿了他的钱,却不见那封信。"

"你的人袭击他!"迪潘嚷道:"你这么做不太合适吧!乔治!他并非傻瓜。他会想到警探要以某种方式搜查他的。"

乔治笑着说:"我们早已想好了对策,就是:捉贼,还钱。"

"那你们是怎样搜查他家的?"迪潘问。

"几乎每一个地方都查遍了,桌椅的上上下下,书桌书柜的里里外外,墙壁和地板,院子的石板缝,藏酒的地窖,甚至连桌腿台面都拆下来检查过。另外,还用长长的钢探针,插进床铺椅垫和其他柔软物件中去,结果依然是两手空空。"

迪潘陷入了沉思。我和乔治也只是静坐不语,一味抽烟。最后,乔治要走了,他问迪潘:"喂,老朋友,能给我什么好建议?"

"再去全面搜查他的家。"迪潘终于又说了。

"现在还有这个必要吗?"乔治问,又说,"信肯定不在他家。"

"现在只能这样做,不然,你可以向政府告他,说他盗窃信件,犯了法。"

"这个办法我也想过,但行不通,因为公主不想把此事公开化。"

"你能述说一下信的大意吗?"迪潘问。

"可以。"乔治从口袋里掏出一个小本本,说了信和信封的大致内容。

最后，迪潘说："先照我说的试一试吧！"

三周后的一天傍晚，我和迪潘也是正在火炉旁抽着烟，乔治又来了。

我问："乔治先生，那封情书找到没有？"

"没有。我们已照迪潘的高见，再次搜过勒布伦的家了。"乔治叹了一口气，又说，"情况日益严重，我的职位恐怕保不住了。"

迪潘吐了一口烟，待缕缕烟云飘散以后，才不慌不忙地说："你把那五万法郎的赏金交给我吧，我把信交给你。"

顿时，我和乔治都惊愕得张口结舌，都望着迪潘，半天说不出话来。好一会儿，乔治才如梦初醒，伸手从大衣口袋里拿出一个又大又厚的信封，不声不响地交给迪潘。

迪潘接过钱，数了数，走近书桌，开了抽屉锁，把钱放进去，然后又从里面拿出一封信来，交给乔治。

乔治用颤抖的双手打开了信，看了一看，像触电似地从座椅跳起来，冲出门外……

迪潘说："怎么说呢？这里的警探是很尽职尽责，也很聪明，但就是过于循规蹈矩，缺乏想像力。

"他们从不想像一下别人的思维活动，用老办法对待一切问题。没头没脑的人偷了东西，警探几乎无所不破。然而，要是精灵鬼作案，他们会一筹莫展。"

"你是怎样得到这封信的？"我急切地问。

"一天早上，我去探望勒布伦，临时戴上一副墨色眼镜。我推说眼睛有毛病，请他介绍眼科名医。趁着谈得投机之时，我仔细察看了他的房间。"

"噢，这是你戴墨色眼镜的原因。"

"很对，"迪潘说，"他正在埋头翻他的通讯录，找他熟识的医生的地址。嗯……靠窗的地方，有张大桌子，放着报纸信件和几本书；两张小桌上啥也没有；一个书柜，六张椅子，几幅图画……这些东西，无一使我感兴趣。后来，我的视线移到壁炉上，只见到……"迪潘停了下来。

"快说，你看见了什么令你感兴趣的东西？"

"壁炉旁边有个普普通通的信插架子，用一根脏绳挂在墙上一枚生了锈的钉子上。"迪潘一边说着，一边拿出香烟点上了火。

"信插架上有什么东西吗？"我问。

"有两三张明信片、一封信。信封很脏，而且破皱了。我看了看上面写着的地址，当然，和乔治说的大不相同，连信封规格也不一样大。但我料定，那一定是我要寻找的那封情书。"

"你的意思是勒布伦把信封换了？"

昔日重现

"一定是这样的,换个信封多简单。"

"这么说,勒布伦根本没有把信藏起来!"

"对警探来说,"迪潘说"已经藏得很巧妙了。"

"那你又如何把信取回的?"我问。

"我自有办法。在告辞的时候,我把金烟盒留在他的桌子上。第二天早上,我又去探望勒布伦并顺便拿回金烟盒。我跟他聊了几分钟后,街上一声枪响,接着传来有人呼喊、跑步的声音。

"勒布伦走向窗口,伸出头去看看发生什么事情。我则走近信插架,拿出那封信,放进口袋,然后把我预先写好的一模一样的信放进去。然后,我也走近窗口去。"

"街上有什么变故吗?"我还是不明白。

"是有人玩旧枪走了火,由于没有子弹,因此也没人受伤。警察赶来处理了此事。这时,我也离开了勒布伦的房子。半个钟头以后,我见到了那个打响旧枪的人,给了他一百法郎。这一切都是我安排好的。"

"啊……"我彻底醒悟过来。

胸中的蛇

——[美国] 霍 桑

> 埃利斯顿与妻子离异后，精神受到沉重打击，
> 他为过去的放荡生活感到内疚，
> 为可怕的悔恨所折磨，又苦于无处发泄，
> 最终演变为精神分裂症。

"他来啦！"街头一群孩子嚷嚷着，"胸膛里有条蛇的家伙来啦！"

赫基默尔正要走进埃利斯顿家的大门，孩子们的喊声留住了他的脚步。马上要与昔日的朋友相见了，他却不由得打了一个寒噤。仅仅阔别五年，青春时代的好朋友，却变成一个为幻觉所苦的病人，或者说是可怕疾病的受害者。

"他胸膛里有条蛇！"年轻的雕塑家重复道，"一定是他，世上除了我，恐怕再也没有人有这样的好朋友了。唉，可怜的罗西娜，愿上天赐我智慧，顺顺当当地完成这趟使命！女人的信念真是坚强，因为你的信念，上天才给我一次机会。"

这么想着，他伫立门首，静候那位被他人以这么奇怪的方式宣告来临的人露面。不一会儿，就看到一位骨瘦如柴、病容满面的男子，头发又长又黑。走路时好像在模仿蛇的动作，在人行道上摆过来摆过去，做波浪似的曲线运动。赫基默尔暗想，要么是他的精神，要么是他的肉体，发生了蛇变成人的奇迹，蛇的本性仍被人的面目遮掩，只是遮掩得不够完美罢了。

这么说也许太离奇。赫基默尔注意到，此人苍白病态的面色还有点儿发绿，令人想起一种大理石，从前他自己就用这种大理石雕过一尊妒嫉女神头像，当然头像上少不了蛇一般扭曲的鬈发。

被蛇附身的人走近大门，没进门却突然停步，他亮闪闪的目光死死地盯着雕塑家同情而沉着的面庞。

"它咬我！它咬我！"他叫着。

顿时一阵嘶嘶声清晰可闻，但这声音是源自状如疯子的嘴，还是真有条蛇在发声，难以确定。但这已使赫基默尔从心底打了一个冷战。

昔日重现

"乔治·赫基默尔,认识我么?"这个不幸的人问道。

赫基默尔当然认识他。但雕塑家要从眼前这个人的形象中找出罗德里克·埃利斯顿的特征来,还需要通过用粘土塑造一个真实的人物形象,从而对人脸获得直接与实际的认识。眼前的这个人与他从前的那个朋友差距实在太大了,然而的确是他!想到自己在佛罗伦萨逗留还不到五年,这位一度神采奕奕的青年,就发生了如此可憎可怕的变化,着实令人惊异。这变化既已成事实,不论是怎样演变而来,其过程肯定都是痛苦难耐的。雕塑家感到无法言传的震动,但最大的痛苦莫过于想到表妹罗西娜。这位典型的温柔女性,却将自己的命运与这么个似乎被天意剥夺了人性的家伙永远联结在一起。

"罗德里克!"他痛心地喊叫道,"我听说过这件事,可我的想像与亲眼所见相去甚远。你遭到了什么不幸?怎么弄成这副样子?"

"哦,不值一提!是条蛇!是条蛇!世上最普通的东西。一条蛇盘踞在我胸膛——就这么回事。"罗德里克·埃利斯顿回答,"可你的胸中又如何呢!"他极其敏锐且洞察一切的目光直视雕塑家的双眼,雕塑家还从没福气被人这样看过。

"纯洁健康,什么也没有。凭我的忠诚和良心发誓,凭我心中的魔鬼发誓,这可是个奇迹!一个胸中没有蛇的人!"

"冷静些,埃利斯顿。"乔治·赫基默尔轻言细语,伸手按住被蛇缠身的人的肩头,"我远渡重洋来见你,咱们好好谈谈,我带来了罗西娜的消息——你妻子的消息!"

"它咬我!它咬我!"罗德里克低声抱怨。

伴随这老挂在他嘴上的呼声,不幸的人双手狠抓胸膛,恨不能将他那被咬噬和受折磨的胸膛一把撕开,以放出活生生的祸害,哪怕这东西与自己性命攸关。随后他敏捷地摆脱赫基默尔的手,溜入大门,躲进自家古老的大宅。雕刻家没追他,明白此刻与这人交谈没指望了,便希望在下次见面之前深入了解罗德里克疾病的本质,查明害他到如此地步的原因。经过努力,他从一位有名的医生处得到了所需的情况。

约摸四年前,埃利斯顿与妻子离异不久,熟人们便发现他的生活笼罩了一层奇怪的阴沉气氛,就像那种灰蒙蒙的冷雾有时会遮盖夏日的晨曦。出现于他身上的种种症状令人大惑不解。也许是身体不佳夺走了他的轻松活泼,也许是心灵的创伤——这种创伤通常如此——正逐渐侵蚀他的精神,戕害他的肉体,总之,他的精神一天不如一天。大家从他已经破裂的家庭幸福中寻根究底——他自己任性胡为一手造成——也没找到可信的原因。有人认为,这位一度才华横溢的朋友已处于神经失常的早期阶段,他急躁易怒的性情便是预兆。还有人说他会有一次大病,然后日渐衰弱。从罗德里克嘴里什么也问不出来。的确,人们不止一次听到他在喊——"它咬我！它咬我！"还有双手在胸口一顿乱抓——但是不同的听者对这种不吉利的话理解各不相同。什么东西会咬罗德里克·埃利斯顿的胸膛呢？悲伤么？还是肉体病痛的侵害么？抑或是他为过去放荡生活感到内疚，为可怕的悔恨所折磨？种种猜度都有其理论依据。还有一种设想不应隐瞒，有一位寻欢作乐懒惰成性的老先生很权威地宣布，全部事情的奥秘就在于消化不良！

与此同时，罗德里克好像也已觉察，自己成了人们普遍好奇与闲话的对象。对这种众目睽睽或不论什么关注，他一概深恶痛绝。于是他不与任何朋友来往，因为人们的注视令他恐惧，朋友的笑容让他害怕；就连圣洁的阳光，这上帝普照众生，传播爱心，光芒四射的面孔也令他恐怖。昏昏暮色对罗德里克·埃利斯顿来说胜过白昼的阳光，漆黑一片的午夜才是他的出门时间。现在能经常见到他身影的，也只有打着忽明忽暗灯笼的巡夜人。每当此时，他总是沿街悄然而行，双手揪胸，口中喃喃自语："它咬我！它咬我！"到底什么东西在咬他呢？

过了一阵儿，大家听说埃利斯顿求医成癖，专找那些横行城里名声聒噪的江湖医生，或那些老远为钱而来的家伙。其中一位得意洋洋大肆吹嘘，说治好了尊贵的罗德里克·埃利斯顿先生的病，他腹内的一条蛇已被驱除！此事凭借传单和脏兮兮的小册子传播得沸沸扬扬。这一下荒唐的秘密水落石出，人们似乎终于知道了埃利斯顿的病因。可胸中的蛇并不曾弄出，江湖郎中的灵药不过是一场骗局罢了。据知情人士透露，江湖郎中用的是一种令人昏迷的麻醉剂，其结果是非但未将病人胸中可恶的蛇药死，还几乎断送了病人的性命。待罗德里克·埃利斯顿完全恢复知觉，发现自己的不幸已成为全城人的话柄——远远超过昙花一现的新闻或轰动一时的恐怖事件。而同时，他感到自己胸中有一个活东西在令人作呕地蠕动，而且还不停地用毒牙在咬他，似乎它在满足食欲的同时，还要发泄恶毒的仇恨。

他唤来黑人老仆。罗德里克尚在摇篮之中，此人就已人到中年。

"西皮奥！"罗德里克唤一声，停下来，把胳膊压在胸前，接着说，"人们在议论我什么呀，西皮奥？"

"先生！可怜的主人！人家说您胸膛里有条蛇。"老仆迟疑地回答。

"还有什么？"罗德里克可怕地瞪着他。

"没什么啦，主人。"西皮奥回答，"噢，还说那大夫给您服了一种药粉，那蛇就跳了出来，掉到地板上。"

"不，不！"罗德里克自言自语，他一边摇头，一边用双手更剧烈地压住胸口，"我觉得它还在我胸中，它一直在咬我！咬我！"

自从那以后，倒霉的人儿开始在众人面前亮相，他强迫自己面对熟人生人的注意。因为他绝望地发现，自己胸中的洞穴还不够深不够黑，不足以隐藏这个秘密，虽然它对钻入其中的那个可恶的魔鬼是个安全堡垒。更糟的是，这种对恶名的向往，是如今已渗透他个性的严重疾病的症状之一。一切慢性病人都是极端的自我主义者，不论那病来自精神还是肉体，不论它是罪孽还是忧伤，或只是身体的疼痛所带来的可以忍受的苦难，抑或生命中种种桎梏带来的危害。这类病人由于遭受折磨，自我感觉尤为敏锐，结果自我膨胀，不由得把自己的感觉暴露于每个人面前。这能带来快感——许是受害者所能感受的最大快感，例如将残废或溃烂的肢体，或胸中的毒瘤展示他人。罪过越丑恶，犯罪者越难阻止这罪过抬起它蛇一般的脑袋吓唬世人，因为正是那毒瘤或那罪过，深入于他们的器官和血液。罗德里克·埃利斯顿不久之前还自视甚高，对凡人命运不屑一顾，如今却对这条耻辱的规律俯首贴耳。他胸中的蛇就是穷凶极恶的自我主义之象征，他一切都得听命于它，而且他还得日日夜夜纵养它、宠惯它。

很快，他的言行举止让多数人视为不容置疑的精神失常。而他自己却懵然不知，而且发作起来，他还会因为与众不同而自鸣得意，以自己拥有双重人格，双重生命而沾沾自喜。他似乎认为胸中的蛇是个神——当然不是天上的神，而是黑暗的地狱之神——并因此居然名声大噪，神圣非常。不错，它是令人讨厌，却比立志欲夺的任何东西都称心如意。于是他将自己的痛苦王袍包裹在身上，得意洋洋地鄙视那些五脏六腑之中不曾养育致命魔鬼的芸芸众生。然而，在他的心中，人性还是维护着绝对统治。他表现得渴望与人交往，养成了终日闲逛街头的习惯，他漫无目的地窥视着大街小巷的芸芸众生，以他倍受摧残的机智，在每个人胸中寻找着他们的疾患。虽说他已近疯癫，但对意志薄弱、道德过失与罪恶却具有极为敏锐的观察力，令许多人认为他不但被毒蛇缠身，而且还恶魔附体。这恶魔将妖术传授于他，使他能辨出人类心中最丑恶的一面。

举个例子，他遇到一位对自己兄弟怀有仇恨长达三十年之久的人。在街头熙攘的人群中，罗德里克伸手按住此人的胸膛，打量他阴险的面孔——

"今天那蛇怎么样啦？"他会问，满脸挖苦的神色。

"蛇！"仇恨兄弟的人惊呼——"你什么意思？"

"那蛇！那蛇！它没咬你么？"罗德里克缠住不放，"今早本该祈祷的时候你却在同它商量心事吧？你一想到你兄弟的健康、财富和好名声，它就咬你了吧？你一想到你兄弟的独生子挥霍放荡，它就高兴得直扭吧？不管它咬你还是在你胸中跳舞，你是不是感到它的毒液流遍你的灵与肉，把一切都变得既尖酸又苦涩？这种蛇就是这样子，我有亲身体会，我已了解了它们的全部天性！"

"警察在哪儿？"受到罗德里克骚扰的人吼道，同时本能地抓一下自己的胸膛，仿佛确有一条蛇在里面舞蹈，"为什么让这个疯子到处乱跑？"

"哈！哈！"罗德里克大笑，松开那人的手，"这下他胸中的蛇在咬他啦！"

发生在这个不幸的年轻人身上的闹剧还很多，这种讥讽貌似轻松，其实如蛇一般恶毒。一天他遇到一位野心勃勃的政客，就一本正经地问人家压在胸口的蟒蛇是否平安无恙。因为罗德里克认定，这位先生胸中必有一条蟒蛇，而且这类蟒蛇胃口极大，足可以一口吞下整个国家和全部宪法。另一回，他拦住一位抠门儿的老头。这老头财富如山却破衣烂衫，穿一件陈旧的蓝外套，戴一顶褐色的帽子，蹬一双发霉的长靴，贼头贼脑地在城里乱转，搜刮铜板，捡拾锈钉。罗德里克故作诚恳地端详这位可敬老头的肚皮，向他保证，说他肚内有条铜斑蛇，是他一天到晚沾捡破铜烂铁弄脏手指后生出来的。下一位有幸受到罗德里克光顾的是位受人尊敬的牧师。此君当时碰巧参与一场神学大论战，当时人的愤怒倒远远超过神的灵感。

"你已从圣酒中吞下了一条蛇。"罗德里克道。

"渎神的坏蛋！"牧师叱道，可还是心虚地用手去摸他的胸膛。

他遇到一位多愁善感的变态者，此人早年受挫，遂意气消沉，闭门谢客，终日抑郁不乐，或情绪激动，长期沉湎于无法挽回的往事中。倘罗德里克的话可信，此君的心已化作一条蛇，他说此君终将与蛇一道折磨至死。一次他注意到一对夫妻的家庭纠纷已远近皆知，他安慰人家说，他们胸中泛滥的蛇已逃出他们的身体。有位满腔妒嫉的作家，对自己始终无法与之媲美的作品大加贬抑，罗德里克对他说，你的蛇是整个爬虫家族最粘滑最肮脏的，好在这种蛇对人伤害不大。一个下流坯，脸皮三寸厚，问罗德里克他胸中是否有条蛇，他回答说有，而且与从前折磨过哥德族的唐·罗德里戈的蛇一模一样。他拉住一位美丽少女的手，忧伤地注视她的双眸，警告说，她温柔的胸怀中养育着一条最致命的蛇。数月之后，可怜的姑娘为爱情悲愤而死。世人这才发现这些不吉利的话原来并非空穴来风。两位社交场上的名媛相互以女人恶毒的隐私攻击对方，被罗德里克点悟道，她俩各自的心都是一窝小蛇的巢穴，这些小蛇与大蛇的毒害相差无几。

但是，似乎没比逮住一个心怀妒嫉者更让罗德里克开心的了。他说妒嫉就是一条硕大的绿蛇，浑身冰冷，除一种蛇外，哪种蛇也没它咬人疼痛。

"那是种什么蛇呢？"一位无意听到的旁观者问。

问话者是个眉毛浓浓的家伙，整日鬼鬼祟祟，多年来他的目光从未敢透视过任何人的面孔。此人品行暧昧——名声有污——但无人确切知道到底属何种性质。尽管城中男男女女飞短流长，种种猜测恶毒至极，却没有一个人知道他到底干过何种勾当，此人一直航行海上。其实，他就是乔治·赫基默尔在希腊群岛某种特殊情况下遇到过的那位船长。

"哪种蛇咬起来最疼？"这人追问，他的神情有点迫不得已，口气也是结结巴巴，而且面无人色。

昔日重现

"干嘛问这个？"罗德里克回答，他不祥的脸上仿佛隐藏着神秘的智慧，"瞧瞧你自己的胸膛，听听！我的蛇在动啦！它认出了眼前的一条大蛇！"

此后，一些旁观者证实说，他们分明听到一种嘶嘶声，而且那声音来自罗德里克·埃利斯顿的胸膛。据说，船长的胸膛也传出嘶嘶的响声，仿佛真有条蛇盘踞在那儿，被自家兄弟召唤醒了。人们猜测说，倘若确有这种声音，也八成是罗德里克心怀叵测练习口技的效果。

就这样，他把自己的蛇——假如他胸中有蛇的话——当成了侦察他人过失、罪恶及不平静的良心等等的照妖镜，毫不留情地直刺人家最疼的痛处。咱们可以想像，罗德里克成了城里的瘟神，没人能躲开他——没人能抵挡他。一切最丑恶的真实，但凡落入他手中便要与之较量一番，还迫使对手也这样做。人人都本能地努力掩盖悲惨的现实，任它们不受打搅地埋在一大堆人与人交谈的肤浅话题之下！这本是人类的一大奇特场景，罗德里克竟敢打破世人不肯放弃作恶并且竭力粉饰的默契，把一个个道貌岸然的绅士揭露得体无完肤。他恶语相向的那些家伙当然有难兄难弟相助，保全面子。但照罗德里克的高论，每个人胸中不是藏着一窝小蛇，就是有一条能吞掉其它小蛇的大蛇。所以，全城都受不了这位新派福音使徒。几乎所有的人，特别是那些德高望重的人纷纷要求，不准罗德里克再践踏公认的礼仪规矩，因为他不仅将自己胸中的蛇暴露于光天化日之下，而且还将体面人的蛇拖出藏身的巢穴。

于是亲戚们出面干预，将他送入一家私人开办的疯人院。消息传开，人们发现，很多人走上街头时，神态安祥多了，也不用再频频地捂住胸口了。

然而，把罗德里克关起来，虽使城里的人不再恐慌，但却使罗德里克病情加重了。在那死气沉沉的环境里，他更加孤独，更加忧伤。他没日没夜地与蛇交谈——真的，这是他惟一可做的事。谈话持续不停，似乎暗藏的怪物与他对面而坐。尽管听众们不知所云，除了嘶嘶声之外没听到别的。不过也怪，受害者如今对折磨他的东西竟产生了一种感情，只是夹杂着最强烈的厌恶与恐惧，而且这种互不调和的情绪并不相互排斥。相反，还给予对方力量与锋芒。可怕的爱与可怕的恨——在他胸中拥抱。二者一齐凝聚钻入他的肺腑，在那儿生长蔓延。这东西以他的思想滋养自己，寄生于他的生命，与他亲密无间，如同他自己的心脏。然而它却是一切造物中最丑陋的东西！

罗德里克有时怒不可遏，对这蛇，对自己，都恨之入骨，决心将蛇置于死地，甚至搭上自家性命也在所不惜。一次，他企图饿死这条蛇，他自己几乎饿死，蛇却把他的心当作食物。后来，他又偷偷服下一剂猛烈的毒药，以为这下要么可以杀死自己，要么杀死附体的妖魔，或者同归于尽。然而他又错了，因为他迄今不曾被自己有毒的心所毁灭，蛇也不因咬噬这颗毒心而死，双方也就对砒霜或汞水无所畏惧。的确,这条毒蛇好像已炼就不死之身,能化解任何毒药的毒性。医生们试过用烟草的烟来呛死它,并灌之以令人沉醉的烈酒,指望蛇会麻痹,也许喝醉酒的蛇能从罗德里克的肚里爬出来。他们成功地使罗德里克人事不省,但手一按他胸膛,却被无法形容的恐怖吓得半死。他们摸到那条蛇在扭动,翻腾,在病人狭小的肺腑之间狼奔豕突。显然,鸦片或酒精使它更为活跃,刺激它使出非同一般的手段。于是无可奈何的大夫们放弃了一切治愈或减轻罗德里克病痛的努力。在劫难逃的受难者只好听天由命。他恢复了从前对胸中讨厌的恶魔的喜爱,整天在一面穿衣镜前打发凄惨的时光。他把嘴巴张得老大,既怀希望,又存恐惧,巴望能从喉咙深处看上一眼探出来的蛇头。据说他成功了,因为有一回当护理员们听到一声狂乱大叫,赶紧冲入房间时,只见罗德里克奄奄一息,瘫倒在地。

以后,他并没被幽禁太久。经过对他的病体的全面检查,疯人院的主治大夫们认为,他的精神疾患并未达到精神错乱的程度,无须隔离,而且隔离对他的精神极为不利,可能反倒加重他的病情。他行为反常无疑十分严重,而且曾冒犯许多社会习俗及成见,但世人若无更充分的理由,也无权将他当疯子对待。依据这种合法而权威的决定,罗德里克获释,并于遇到乔治·赫基默尔的前一天,返回自己所在的城市。

获悉罗德里克患病的前因后果后,雕塑家立刻携同一位因悲伤而颤抖不已的同伴赶往埃利斯顿家中探望。这是一幢宏大阴沉的木结构大房子,有壁柱与阳台,三层高的平台将它与大街相隔。顺石头阶梯拾级而上,便登上平台。几棵久远的古树几乎遮掩了大厦的正面。这座宽敞且一度富丽堂皇的宅子,是早在上世纪由该家族的一位显贵建造的。那年头,花很少的钱即可购置场面十分宏大的地产。目前,虽然部分祖产已经转让,但屋后仍有一座树影婆娑的院落,可任一位幻想家,或一位心灵受伤的人,从早到晚躺在绿草地上,独自倾听枝叶飒飒低语,忘却四周已崛起一座喧闹的城市。

雕刻家与同伴在老仆人西皮奥的带领下,进入了病人休养的藏身之地。老仆人对其中一位来客谦卑致敬时,皱纹密布的面孔绽出了愉快的笑容。因他知道,客人是为拯救他的主人而来。

"待在凉亭里等着,"雕塑家对靠在他臂上的人轻声说,"你会知道该不该露面,什么时候露面的。"

"主会教我的,"那人回答,"愿主赐予我力量!"

院内寂静无声,只有年久日深的古树撒在地上的阴影。罗德里克正躺在一座喷泉边,水花在斑斓多彩的阳光中四下飞溅,依然晶莹透亮,喷泉的生命多奇妙呵——生生不息,与岩石同样久远,比年高德劭的森林更富生命力。

昔日重现

"你来了，正盼你咧。"埃利斯顿发现雕塑家光临。

他的举止与头一天迥然而异——心平气和，彬彬有礼。而且，如赫基默尔所想，还留神注意客人和他自己。这种不自然的自我克制，其实是不正常的一种预示。他刚把一本书扔在草地上，那书还半摊着，看得出来是讲蛇类发展史的书，并配有栩栩如生的插图。此书附近还躺着本大部头，杰里米·泰勒撰写的《医科难症》，一部撰写五花八门的良心病病症的专著，但凡良心未泯者都能从中找到适合于自己的东西。

"瞧，"埃利斯顿指指那本说蛇的书，嘴角挂着一丝微笑，"我正努力与胸中的朋友加深了解呐，可这本书令人失望。我寻思，我这个朋友是这个世界上独一无二的怪兽，与普天下其他爬虫毫无血亲！"

"那这怪物从何而来？"雕塑家问。

"我的黑皮肤朋友西皮奥有个故事，"罗德里克回答，"说是这座喷泉中藏着条蛇——你瞧喷泉的样子倒满纯洁满可爱——从我曾祖父买这座房子时，它就住在这里，这条令人恐惧的蛇钻进了我曾祖父的胸膛，把老人家折磨得死去活来。后来突然不知去向。总之，这蛇是我家特有的东西。不过，跟你说实话，我不相信这蛇是什么传家宝，它是我自己的，与别人不相干。"

"可它从何而来？"赫基默尔问。

"哦，任何人心中的恶毒都足以养出一窝蛇来。"埃利斯顿一声假笑，"你没有见过我对城里那些高尚的人的布道。很多人胸中都有一条蛇，只不过他不愿承认罢了。毫无疑问，我觉得自己够幸运的，我养育了一条特别的蛇。而你，胸中没有蛇，所以不会同情世上别的人。它咬我！它咬我啦！"

惊叫声中，罗德里克失去自制，扑倒在草地上，不停地辗转扭动，证明他极为痛苦。赫基默尔看到他的样子活像蛇的动作。接着又听到那令人毛骨悚然的嘶嘶声，这声音频频出没于受害者谈吐之中，在单词与音节之间钻来钻去，却一点也不妨碍他的谈话。

"太可怕了！"雕塑家惊呼——，"不管是真的还是想像的，都是一场大灾难。罗德里克·埃利斯顿，告诉我，我能帮你治住这可恶的东西么？"

"也许能，可惜办不到，"罗德里克低声怨忿，脸埋在草地里打着滚，"只要我能忘掉自己，这蛇就无法待在我体内，正是我病态的自思自苦养育了它呀。"

"那就忘掉自己吧，我的爱人。"他的耳边传来一个温柔熟悉的声音，"想想他人，便能忘掉自己！"

不知罗西娜什么时候从凉亭中走出，俯身向着丈夫。她的面容是罗德里克痛苦的镜子，却又饱含着无限的希望与最伟大的爱情，可使一切痛苦化为尘世的阴影与幻梦。她伸手触摸罗德里克，他浑身便一阵颤抖。那一瞬间，假使传说可信，雕刻家只见草地上腾起一阵波浪般的动静，只听一阵叮咚的响声，像有什么东西跃入了喷泉。且算此事当真。罗德里克一下子坐了起来，邪恶的目光和嘶嘶的蛇鸣没有了，他又恢复了健全的理智，获得了新生。

"罗西娜！"他呼唤着，激动得语无伦次，长期缠绕他声音中的嘶鸣一扫而光。他终于打败了缠绕他心中的恶鬼，"原谅我！原谅我吧！"

罗西娜欢乐的泪水打湿了他的面颊。

"惩罚够严厉的，"雕刻家评论道，"就连正义之神此刻也会原谅，何况是一个柔肠的女子！罗德里克·埃利斯顿，不论这蛇是真的存在，还是你自己想象出这么个东西，此事的教训都同样深刻。膨胀的自我主义，在你身上表现出来的是妒嫉，它与潜入人心的一切恶魔同样可怕。被恶魔盘踞了如此之久的心胸，是难以真正纯洁的。"

"亲爱的赫基默尔，你的话也未免太绝对了。"罗西娜一展天使般的笑靥，"那蛇只是阴暗的幻觉罢了，它象征的东西与它本身同样虚空。过去的事尽管令人灰心，但它不会笼罩将来。此事所代表的意义，仅仅只能说明它是我们生命中的一件奇闻。"

被打开的密函

——［美国］爱尔斯·爱辛格

> 他对总部让他带信给部队产生了怀疑，
> 半路上他暗中打开了信，
> 却险些酿成大祸。

他们已好久没有接到总部的指示了，看来在这里度过这个冬天是在所难免的事。

附近的田野上，最后的草莓都掉落下来腐烂了。哨兵们孤零零地坐在树干上看斑驳的树影。

在河的对岸，敌人依然没有采取行动，只有树影每天愈变愈长。早上醒来，将是无聊一天的开始，反抗军里年轻的志愿者很怨恨这种情形，他们一致决定要赶在雪季到来之前发动攻击，如确为形势所逼，没有上级命令也无所谓。

因此，有一天早上，他们派了其中一个人带信到总部。他有一种不好的预感。在其他事，他们可以不必太小心，但叛变可不是小事，他们是不是很小心？

他成功地把信送达总部，总部问了他一些情况，然后把一封封口的信交给他，规定他在天黑前要带回自己的部队去。他心里产生了怀疑，但没有表现出来。

他们指示他走捷径，并在地图上指给他看。但令他很不理解，也很反感的是，他们派了一个人跟他一起回去。

从开着的窗户，他可以看到他必须走的路。通过一片空地后，它消失在树丛里。他们再度警告他要小心，然后就叫他出发了。

中午很快地过去了。天空飘浮着几朵白云，吃草的牛群在草原上漫步，然后消失在榛树丛后。路况很差，有时甚至因路边的蔓草阻挡而无法过去。只要司机稍微开快一点，树枝就不停地抽打在他们脸上。

途中，他们有时候要经过开阔的原野。在那里他们可以看得更清楚，但他们也容易被看到，所以总是尽量快快通过。

司机经常别有用心地回头看看他，好像要确定他的"货物"是否安在，这使他很气愤，更让他相信他的上司一点都不相信他。

这密函到底藏了什么秘密？早晨，他无意中听说对岸敌人似有所活动，但这些谣言总是随时随地都可听到，而且很可能是上司故意说了要让部队静下来。同样，派他送信也可能只是一个诡计。

如果密函里藏了什么秘密的话，只要看一下就会知晓，他告诉自己最好能知道信的内容是什么。因为他们现在走的路线是在敌人的监视范围内，如果他们问他为什么打开信封，他可以借口说是由于安全原因。他摸摸口袋里的信，并用手指碰一碰封口，想打开它的欲望就像发烧一样让他全身发热。

他要设法使自己冷静下来，于是他提议让他驾一会儿车。驾车让他冷静了下来。他们已经在树林里走了好几个小时了，有些地方的小径是用碎石铺成的，而且还设了路障，从这一点可以推测，他们已经接近目的地了。

他继续安静而自信地开着车，但有个地方却有一棵树干弯曲往下长，幸好他们小心地避开而没有受伤，但车子却在紧急刹车后停在一堆泥上。

四周一片寂静，偶尔传来一、二声鸟鸣声，蕨类肆无忌惮地到处生长着。他们把车子推出泥堆。司机开始试着找出车子的问题，当司机趴在车子下，他不再迟疑，打开信封，很小心地还将封口保留原状。他靠在车上读这封信，上面竟然写着要把他射杀而死。

在司机从车底爬出来并告诉他车修好之前，他赶快把信放回他胸口的袋子。他问司机是不是要他继续开车，司机说是。他想司机或许想趁他开车时射杀他呢！他猜司机一定是他们派来的杀手。

司机莫名其妙地对他说了一句："我们将有一个宁静的夜晚。"这话在他听来非常有"含义"，但愈接近目的地，司机似乎愈多话，没等他回答就继续说："当然，我是指如果我们能安全抵达的话。"这个男人终于忍不住拿出他的左轮枪。

林子里非常昏暗，仿佛黑暗来临一般。"当我还是个孩子时，"司机说，"我总是穿过这片森林走路回家，我还边走边唱哩！"

他们正在通过最后一片空地，他下了决心，过了这片空地就要把司机杀死，因为那时树林又会变密，直到他的部队驻扎的小村为止。

他稳了稳心绪，舒缓一下紧张的心情。正在这时，响了一下枪声，他怀疑是自己开的枪。但假如他的同伴已经中弹，那他的灵魂一定又出现了，因为他取代了自己的位置，加速开起车来。

过了相当长一段时间，他才发觉中弹的不是司机而是他自己。他的手臂松垂着，左轮枪掉了下去。

昔日重现

在他们到达树林之前，枪声已成片响起，幸好他们都躲过了。

在接近树林边缘时，司机高兴地对他说："能通过真幸运。"他说："那块平原被敌人监视着。""停车！"他大喊。"不能在这里停车，"司机回答，"我们最好再进去一点。""我受伤了。"他痛苦地说。

司机又往前开了一点，然后停车。司机先帮他止住流血，再把伤口包扎起来。他说了一句他惟一能想到的安慰话："我们快到了。"

"受伤的人注定要死。"男人对他自己说。

"等一下！"他大声地说。

"还有什么事？快说！"司机不耐烦地说。

"信……"男人说。他把它从口袋拿出来。在他最难过的时刻，他用不同的角度来看这封信。命令里说要把带信者射杀，却没提到名字。

"给你，"他说，"我的外套上都是血。"假如他的同伴拒绝拿的话，这意思就是再明白不过了。一阵沉寂后，他觉得信被拿走了。

最后的半个小时在安静中度过，时间和距离都变成狼的叫声。

他的部队驻扎在一个由五间农舍组成的小村子里，但其中三个农舍已经在稍早的战役中被炸平了。

剩下的二间农舍被树林紧紧环绕着，废弃的车轮、枪支弹药胡乱地放在一起。有刺的铁丝网把这个地方和树林隔开来。

当被问到有什么事时，司机说他载了一个伤员，而且带了一封信。

他依稀听到这个声音又问道："他还醒着吗？"他紧闭着眼睛。争取时间是很重要的。当他们把他从车子里抬出来时，他无力地瘫在他们手臂上。

他们把他抬进一间农舍，中间有个井，两只狗对着他叫。伤口很痛。他们把他放在房间的长椅上。窗户开着，但没有光线。

"你们来护理他，我还有别的事。"司机说。

这个男人希望他们赶快来替他包扎伤口，但当他疲倦地睁开眼睛，却发现只有他一个人。或许他们去拿急救箱了。

当他再醒来时，听见屋里有说话声、交谈声、走动声，非常嘈杂。但这些只让他觉得更安静、更怪异，就像树林中小鸟的叫声一样。

"到底发生了什么事？"男人对他自己说。又过了几分钟后，他开始考虑逃走的可能。房间里有来福枪。他可以告诉哨兵他奉命送信到总部去，他有必要的文件。

他努力支着身子想坐起来，但很快他发觉虚弱的身子不允许他这么做，他把他的脚放到地上试图起床，但还是做不到。

这样做的时候，他把司机帮他包扎的伤口又弄裂了，伤口还在不断地流血。

他感到血液渗入他的衬衫，并弄湿了他躺着的木椅。

　　他向窗外望去，他看见了农舍的白墙和天空，听见了马被牵回马厩的声音。房子附近愈来愈吵了，一定发生了什么重大变故。他把自己拉起来到窗口，但又跌了下去。他大声地叫，可是无人回应，他成了多余的人。

　　当他躺在那里时，反叛心在沸腾，他用一种绝望的快乐大喊着。流血致死，此时对他来讲就好像穿过一扇闩住的门逃走，并从哨兵眼前过去一样。

　　想起他作战的动机是不被消灭而作战，而不包括防守国家成份，现在他病得无法再攻击了，虽然他人在前线。

　　枪声不断传来，他想到把信交给司机真是一件很笨的事，而且一点用也没有。当他在这里躺着快因失血过多而死时，他们可能正带着司机到残破的农舍执刑。

　　现在也许那个司机已被蒙住了双眼，正惊恐万状地张大眼睛，而他们正举枪、瞄准……

　　当他醒过来时，他发现他的伤口已经包扎过了。他以为是天使们为即将上天堂的人做的，终于要见上帝了！

　　"我们又见面了！"他对司机说。而司机正弯腰看他。当他看到另一名军官站在床头，他才知道自己还活着。

　　"信呢？"他说。

　　"你的血已经把它染红了，庆幸的是，还能看清字迹。"军官回答。

　　"实际上，我该亲自交给你们的。"他说。

　　"我们正好及时赶到，"司机打断说，"敌人展开一场大突击。"

　　"我们等这个消息好久了。"军官在转身离开时又说道。

　　在门口，他又转身补充说："值得庆幸的是你没有看信，我们用的是密码信！"

谋杀房东

——[加拿大]李·柯克

> 我多次要求房东涨房租,
> 房东我行我素,置之不理。
> 我忍无可忍,出手杀了他。
> 我的这一行为不但没受到法律制裁,
> 反而获得了表彰。

我杀房东的事既然已在社会公开,那我就有必要对此事作一些澄清。

各个方面都认为我没有必要这样做,可是我本人在这个问题上总有如鲠在喉之感。于是我不由自主地去拜访了警官,向他详述我所做的一切。他也认为没有解释的必要,理由是大众根本不会接受。

"你杀了你的房东,"他说,"太好了,杀了又怎样?"我问他这是否在某种意义上牵扯到法律。他摇了摇头,"这与法律一点关系都没有。"他回答道。

我告诉他,这件事多多少少使我感到内心有愧。我的朋友们接二连三地来向我祝贺,连一些不曾相信的人也向我表示了敬意。可我觉得,假如把全部经过公之于众,凭我这点作为,恐怕还不配接受大家的祝贺,但是,我希望能把事情的来龙去脉适当公开一下。

"那也可以,"警官说,"假如你乐意的话,你可以填一份表。"他在他的文件堆里翻了半天。

"你是说,"他问道,"你已经杀了房东,还是说你正准备杀他呢?""我已经杀了他。"我郑重地说。"太好了,"警官说,"那该用这样的表格。"他给了我一张长长的打印表格,上面有很多空格需要填写——凶手年龄、职业、杀人动机等等。

"动机这一项具体怎么填?"我问道。

"依我看,"他回答道,"最好是简单点,填'无',或者填'一般'也可以。"说完,他彬彬有礼地向我鞠躬,并把我送出他的办公室,他还说希望我把房东的尸体掩埋一下，这样显得文明一些。

这次拜访使我很气愤，但同时我也明白，人家也只能做到这些。毫无疑问，假如每个人杀了房东后都去找他们问这问那的，那他们会感到很难堪，而且不胜其烦。

一般情况下，房客杀房东多是由于房东要涨房租。"我要每个月加收十块钱房租。"房东说。"好吧，"房客说，"我毙了你。"有时候他说到做到，而有时候他只是说着玩的。

但我的情况完全不同。由于全国房客联合会已决定在下个星期六授予我一枚金质奖章，为情势所迫，我不得不出来作些说明了。

我没有忘记，五年前我和我妻子来此租房，房东接待我们的情景。房东亲自带我们看了房。我不妨坦率地说，房东的举止没有任何让人觉得反常的地方——即便有，也不很严重。

有一件小事我还记得清清楚楚。他向我们道歉说碗柜不够用。

"这套房里的碗柜太小了。"他说。

他这么一说，使我多了几分不安。"可是，您瞧，"我说，"这个食品贮藏间挺好的嘛，又大又通风，至少有四尺见方。"

他摇了摇了头，重复说碗柜太小了。"我一定给你们做几个更好的。"他说。

新碗柜在两个月以后做出来了。让我吃惊不小的是，他居然没有提高房租，这真叫我捉摸不透。"你不准备为碗柜提高一点房租吗？"我问道。"为什么要提高？"他说，"它们只花费了我五十块钱。"我反驳道："可是，我的老兄，五十块钱加年利息不是得有六十块吗？"

他说的确是这样，但他始终坚持不涨房租。我琢磨了半天，最后，我认定他的这种举动是初期麻痹症或脑动脉栓塞的结果。当时我还没有杀他的念头。

在我记忆中，有很长一段时间，我们和房东没有大的往来。直到第二年春天，一天，房东出其不意地跑了来，连连道歉说"打扰"我们了（这种做法本身就十分可疑），还告诉我们他准备把整套房子的墙纸换上新的。我连连劝阻，可是他坚持要换。

"墙纸才用了十年。"我说。"是的，"他说，"可是自那时到现在，墙纸的价格已翻了一倍了。""那么，好吧，"我坚决地说，"为墙纸你得每月涨二十块钱房租。""我没必要。"他回答说。这件小事使我们俩明显地疏远了好几个月。

接下来的插曲就更为突出了。大家都还记得吧，前段时间建筑材料的价格暴涨，致使房价也跟着飞涨，可我的房东还是拒绝涨房租。

"建筑成本已涨了至少百分之百啦。"我说。

"我知道，"他回答说，"可我又不是修的新房子。我历来都是从我这项房产的投资上赚取百分之十的利润,现在我得到的还是百分之十。"

"为你太太想想吧。"我说。

"不。"他回答说。

"为你太太着想是你的责任,"我说,"告诉你吧,昨天我还在报上读到一位房东写的信。那是一封情真意切、感人至深的信,信上说他的房东由建筑成本的狂涨想到了自己的太太,说句实话,那封信真令人感动。"

"我不用顾忌此事。"我的房东回答说,"因为我还没结婚。"

"啊,还没结婚。"我说。我想也许就在那一瞬间,我第一次想到了最好是把这种家伙干掉。

日历很快翻到了十一月,十一月是个特殊的日子。为了庆祝休战日,房租统一涨百分之五十,而我的房东竟然拒绝进行庆祝。

房东的毫无人情味使我恼火异常。当然,他对于由于福煦元帅的来访而涨房租,以及后来为向退伍老兵致敬而涨的房租,我记得很清楚,要是我没记错的话,涨的是百分之二十五,他都置之不理。

涨房租完全属于一种爱国运动,是大家自发进行的,事先没有任何安排。

我听很多老兵说,那是他们回国后受到的第一次礼遇,他们永远也忘不了。

相隔不久,为欢迎威尔士亲王的来访,又一次涨了房租,这是最好的欢迎形式之一。

可是,我的房东却置身于这一切之外。他一分房租都没有涨。"我只要保证我那百分之十,就已心满意足了。"他这样说道。

这时,我知道麻痹症或脑动脉栓塞症已损伤了他的一整叶或半边大脑。

我在考虑是否该有所"表示"了。

机会终于在上个月来到。为了平衡德国马克的贬值,房租合情合理地狂涨了起来。这次涨房租显然是非常合乎商业逻辑的,如果不以这种方式对抗马克的贬值,那我们的结局定会很悲惨。德国马克一贬值,德国人就可以夺走我们的房屋了。

我等了整整三天,希望能收到涨我的房租的通知,可结果却令我很失望。

然后我去房东的办公室找他。我得承认,当时我带上了武器。但为了自我辩护,我想说明一点,那就是,我当时已明白,我不得不去打交道的是一个半边大脑已坏死的、既反常又乖张的人。

我没有拐弯抹角,而采取了开门见山的方式。

"你看到德国马克贬值了吧?"我问。

"是的,"他说,"可这与我有关系吗?"

"直说了吧,"我说,"你到底涨我的房租还是不涨?"

"我为什么要涨？我只要……"还是那套话。

我举起左轮手枪并开了枪。我开枪的时候，他是侧对我坐着的。我总共开了四枪。透过硝烟我还是能看清至少第一颗子弹炸碎了他的背心，第二颗子弹轰掉了他的衣领，第三颗和第四颗子弹则打穿了他背后的背带。我见他慢慢痉挛似地瘫倒在地，我确定他绝对再没有力量走到街上。

我把他丢在那儿，然后，我就直奔警察局自首去了。

在全国房客联合会颁发奖章给我之前，我是要把这些事情讲清楚的。

魔术师的报复

——［美国］托·索斯

魔术师的表演遭到了机灵鬼一次又一次的戳穿，
魔术师非常恼怒，
他巧妙地对机灵鬼进施了报复。

　　台上的魔术师正得意洋洋地在台中间来回走着，他现在正在给观众表演大变金鱼的魔术。
　　全场的观众纷纷赞叹："噢，太妙了！他是怎么变出来的？"
　　可是坐在前排的那个机灵鬼却大唱反调。他用不小的声音对他周围的人说："鱼——缸——是——他——从——衣——袖——里——取——出——来——的！"
　　周围的人向机灵鬼会心地点头致意，说："噢，是这么回事。"结果，全场的人都传开了："鱼——缸——是——他——从——衣——袖——里——取——出——来——的。"
　　"下面，我要表演著名的魔术印度斯坦环给大家看一看。瞧，这些环是明显分开的，我只要敲一下，它们就会串连起来（叮当，叮当，叮当）——说变就变！"
　　全场响起一片激动的嗡嗡声，可很快又听见那个机灵鬼低声说："他——袖——子——里——肯——定——藏——有——串——连——好——的——环。"
　　观众们再一次点头并交头接耳："那——套——环——他——早——就——藏——在——袖——子——里——啦。"
　　魔术师眉头皱了起来，脸色也阴沉起来。
　　"现在，"他接着说，"我要表演一个最有趣的魔术，我将从帽子里变出鸡蛋来。想变多少变多少。有哪位先生愿行行好，把帽子借给我用一下？啊，谢谢您——说变就变！"
　　他从帽子里变出十多个鸡蛋来，有那么三、五秒钟，观众们开始认为妙不可言。可接着那个机灵鬼又在前排悄悄说开了："他——衣——袖——里——藏——着——好——几——只——母——鸡——哩。"

结果可想而知，魔术师的每个魔术都遭到了破坏，机灵鬼还告诉观众，魔术师的袖子里除藏有金鱼、环、母鸡外，还藏着几副扑克牌、一大条面包、一个玩具摇篮车、一只活的荷兰猪、一枚五十分的钱币和一把逍遥椅哩。

人们对魔术师的热情很快冷了下来，在晚会即将结束的时候，魔术师作了最后一次努力。

"女士们，先生们，最后，我将向大家表演一个著名的日本魔术，它是蒂波雷里的土著人最近发明的。好心的先生，"他转向那个机灵鬼，接着说，"您是否可以把您的表借我作道具用一下？"

机灵鬼很慷慨地把表递给了魔术师。

"您能允许我把它放在研钵里捣碎吗？"他狠狠地说。

机灵鬼点点头并且微微一笑。

魔术师把金表扔进研钵，然后从桌子上拿起一把长柄锤。台上传来狠狠捣碎东西的声音。"他——把——表——转——移——到——衣——袖——里——去——了。"机灵鬼低声传播着。

"好心的先生，您允许我使用您的手帕，并在这手帕上面烧几个洞吗？噢！非常感谢。女士们，先生们，这可不是骗人的，手帕上这些洞一目了然。"

机灵鬼的脸开始神采飞扬了，这一回的表演实在叫人猜不透，他被吸引住了。

"现在，好心的先生，您能把您的丝帽递给我并允许我在上面跳跳舞吗？噢！谢谢您的配合。"

魔术师用双脚迅速跳了一通快步舞，然后向观众展示了一下那顶面目全非的帽子。

"先生，您现在愿意把您的赛璐珞衣领摘下来，并允许我在蜡烛上烧掉它吗？谢谢您，先生。另外，您愿意让我用锤子把您的眼镜敲碎吗？噢，您真伟大！"

此时，机灵鬼已由刚才的兴奋转为迷惑不解了，"这下可把我给难住了，"他低声说，"我一点儿都看不破它的窍门。"

然后魔术师挺直身子站了起来，他狠狠地瞪了机灵鬼一眼，接着就发表了他的收场白：

"女士们，先生们，你们可以为我作证，我是在这位先生的许可下，砸了他的表，烧了他的衣领，敲碎了他的眼镜，还在他帽子上跳了舞。要是他还愿意让我在他的外套上画绿条条，或者把他的吊裤带打成结的话，我非常愿意这么做，以博诸位一乐。要是不行的话，那今天的演出就圆满结束了。"

乐队热烈的演奏骤起，帷幕缓缓落下。观众们纷纷起身离席。至此，他们已明白，魔术不完全是靠魔术师的衣袖才表演成功的。

买 空 气

——［美国］阿特·布奇沃德

我去弗拉洛斯塔夫演讲，却适应不了那里的新鲜空气，为此，我花了五美元买了一些空气。

住在洛杉矶的人已经非常习惯烟雾了，就连尤特、蒙大拿及纽约的人们也适应了这种混有烟雾的空气，呼吸新鲜空气反而有些不舒服。

最近我到各处讲演，其中有一处就是亚利桑那州的弗拉洛斯塔夫，那里海拔大约1000米。

当我走出机舱的时候，我立即就闻到一种独特的气味。

"这是什么气味？"我问了一下在机旁接我的人。

"没什么气味，很正常。"他答道。

"不，这气味很特别，这是我所不能适应的。"我说。

"啊，你讲的一定是新鲜空气。许多人从飞机走出来就呼吸到他们从未呼吸过的新鲜空气。"

"这会怎么样呢？"我不免有所顾虑地问。

"不会对你有任何损害的，相反，它对你的肺部会有好处的。"

"我也听过这种说法，"我说，"但是要是这是空气的话，我眼睛为什么不淌水呢？"

"对于新鲜空气，眼睛是不淌水的，这就是新鲜空气的优点，你还可以节省许多优质纸揩眼泪。"

我向四周看了一下，发现周围一片明亮，这可是一种奇特的感觉——我反而感到非常不舒服。

我的主人已察觉到了我的变化，他安慰我说："你大可不必担心。反复试验证明，你可以日日夜夜呼吸新鲜空气，这对你的身体是非常有好处的。"

"你刚才所讲的，目的只有一个，那就是叫我不要离开这里。"我说，"在大城市生活过的人，谁也不能长时间呆在只有新鲜空气的地方，他忍受不了新鲜空气。"

"如果你认为你适应不了它的话，你为什么不给鼻子捂上一块手帕而用嘴呼吸呢？"

"这个提议不错，不过，如果我早知道要到一个除了新鲜空气便没有别的空气的地方的话，我就应该准备好一个外科手术用的面罩。"

在车上，他们开始一言不发，过了十多分钟，他突然问我："现在你觉得如何？"

"是的，我想对了。现在可以肯定，我不打喷嚏了。"

"这里是不需要打什么喷嚏的。"这位陪同的先生自豪地说。他又问道："你在原来那地方是不是要打大量的喷嚏？"

"不错，一天之中要打好多喷嚏。"

"你喜欢打喷嚏吗？"

"打喷嚏并非必要，可是，你要是不打，你就会死亡。——请问，这一带为什么没有空气污染呢？"

"弗拉洛斯塔夫大概吸引不了工业的光临。我猜想我们确实是落在时代的后头了。当印第安人相互使用通讯设备的时候，我们弗拉洛斯塔夫才开始嗅到惟一的一点烟尘，可是风似乎又把它吹跑了。"

新鲜空气实在使我感到头晕目眩。

"你们这里有内燃机汽车吗？"我问道，"让我呼吸几个小时也好。"

"现在不是时候。不过，我可以帮你去找一部载重汽车。"

我们找到了载重汽车的司机。我偷偷塞给他一张五美元的钞票。于是，我得以在汽车排气管口呼吸半个小时。这半个小时使我的精力得到了恢复，又能够和人家长谈了。

离开弗拉洛斯塔夫，最高兴的当然要数我了，我的下一站就是洛杉矶。当我走出飞机的时候，我在充满烟雾的空气中深深地吸了一口长气。这时，我的眼睛溢出水了，喷嚏也呼之欲出，我有一种重新为人的感觉。

横　祸

——［俄国］契诃夫

我下班后想美美地睡上一觉，
可隔壁宴会的声音吵得我无法入睡。
我一怒之下，冲进隔壁，
却发现为首者正是我的顶头上司，
一场横祸正等着我。

一阵困意袭击了我，我决定下班后回家睡觉。

下班后，我草草地吃过饭，回到家躺在床上，小声说："在这个世界上生活真是好啊，好舒服，好开心！……"

我不住地微笑，伸懒腰，在床上舒舒服服地躺着，好比晒太阳的猫。我闭上眼睛，开始睡觉。我闭着的眼睛里仿佛有些蚂蚁爬来爬去。还有一团雾在旋转，有些翅膀在扇动，一些白毛从我脑袋里飞出去，腾上天空……天上不断飘下来一团一团棉花，有些好像飘进了我的脑子里，拉不开，拽不走。那团雾里有些小人东奔西跑。他们跑一阵，转来转去，隐到雾的后面，消失了。等到最后一个小人不见了，睡神的工作大功告成，我却打个冷战，惊醒了。

"伊凡·奥西培奇，你过来！"不知什么地方有人大叫一声。

我睁开眼睛。隔壁房间里有脚步声，有开酒瓶的声音。我在床上翻个身，拉起被子来蒙上头。

"我爱过您啊，现在也许还爱您……"隔壁房间里有个男中音不阴不阳地唱着。

"您这儿应该摆设一架钢琴。"另一个声音大声道。

"这些混蛋，"我嘟哝说，"不让人睡觉！"

那边又开酒瓶，盘盏叮叮当当地响起来。有人迈步走路，靴子后跟上的马刺发出声响。房门砰的一声关上。

"季莫费依，麻利点，赶快，烧好茶炊！老兄！另外还得拿菜碟来！怎么样，诸位先生？咱们按基督徒的规矩办事吧，每人只需一小杯，噢，羊蹄小姐、蜻蜓小姐，你们行行好吧！"

酒宴在隔壁房间里开始了。我把头埋到枕头底下去。

"季莫费依，如来了个高身量的金发男人，穿着熊皮大衣，你就把他领到这儿……"

我啐口唾沫，跳起来，敲几下墙。隔壁房间里就静下来。我又闭上眼睛。于是蚂蚁爬来爬去，还有白毛、棉花……可是，过几分钟，他们又大声吼叫了。

"先生们！"我用恳求的口气喊道，"这太不像话了！我求求你们！我有病，要睡觉。"

"你睡你的觉，关我们什么事？你身体不舒服，那就该出外去找大夫！'骑士的爱情和荣誉啊……'"男中音又不阴不阳唱起来。

"这多么愚蠢！"我说，"愚蠢极了！简直下流。"

"少说废话！"一个苍老的声音隔墙响起来。

"莫名其妙，居然跑出发号施令的人来了！好一个大人物！可您到底是什么人？"

"少说废话！"

"你这个鲁夫，灌饱了白酒，就哇哇地嚷！"

"少说废话！"苍老沙哑的声音重复了十来回。

我在床上不住翻身。我想到那些闲散的浪子害得我不能睡觉，怒火就渐渐地升上来……那边开始跳舞了……

"如果你们还这样胡闹的话，"我叫道，气愤得上气不接下气，"那我就打发人去叫警察来！"

"少说废话！"苍老的声音又一次叫道。

我忍无可忍，疯了似地闯进隔壁房间里去。我下定决心，无论如何也要达到我的目的。

只见那些人围着桌子正狂呼乱叫，他们的眼睛像龙虾似地突出。房间深处的长沙发上，有个秃顶的小老头半倚半躺着。一个金发妓女把头靠在他胸脯上。他瞧着我旁边的那面墙，扯开破锣般的嗓子喊着。

"少说废话！"

我振了振精神，就要破口大骂。谁知，我仔细一看，吓了我一大跳，原来那个秃顶老头就是我公司的经理。一刹那间，我的睡意、我的愤怒、我的高傲，一齐从我身上飞掉了。我从隔壁房间里跑出来。

足足有一个月之久，经理看也不看我一眼，一句话也不对我说。我们互相躲避。一个月后，他侧着身子走到我桌子跟前，低下头，瞧着地板，说：

"我……我原先以为你会有自知之明的，但现在我改变了看法，我承认我看错你了。嗯……您不用激动，您甚至可以坐着。我认为，我们两个人不能再在一起共事了。您在布尔狄兴公寓里的那种举动……使我的侄女受到惊吓。您明白吗？那么，把您的工作移交给伊凡·尼基契奇吧！"

然后，他抬起头，从我身边走开了……

我就这样被人扫地出门了。

丈母娘——辩护律师

——[俄国] 契诃夫

> 丈母娘怪女婿对女儿不好，
> 女婿极力争辩，正难分难解之时，
> 女儿突然出现并站在母亲一边。

今天是米舍利·普济列夫和丽莎·玛姆尼娜结婚一个月的日子。天气很棒，米舍利喝过早咖啡，抬眼寻找帽子，正打算悄悄溜出门去上班，这时候丈母娘走进书房找他来了。

"米舍利，您等一下，我有话对您说。"她说，"别皱眉头，我的朋友……我知道，女婿都不爱跟丈母娘谈话，但是，我们之间相处得挺好。我们都是聪明人……我们有许多共同之处……对吧？"

丈母娘和女婿在长沙发上坐下。

"您有什么吩咐，尊敬的母亲大人？"

"您是个聪明人，米舍利，非常聪明，这一点我承认……我希望我们能相互了解。我早就想跟您谈一谈了，我的孩子……请您坦白地告诉我，看在一切神圣事物的面上，您要把我的女儿怎么样？"

女婿瞪大了眼睛。

"怎么说呢？我知道科学是好东西，没有文学也不行……但这件事不必太认真。一个女人有文化修养当然挺好……我自己也是受过教育的，我理解……不过，我的天使，这件事不必太认真。"

"这话是什么意思？我不大明白您的意思……"

"我不明白您为什么这样对待我的丽莎！您娶了她，可您真的把她当做您的妻子、伴侣吗？她是您的牺牲品！科学啦、书籍啦、各种各样的理论……全都是非常好的东西，可是，我的朋友，您别忘了，她是我的女儿！我不允许您对她这样！她是我身上的一块肉！您在要她的命！她跟您结婚还不到一个月，就瘦得像根劈柴棍儿了！她在您这儿整天坐着看书，读那些愚蠢的杂志，抄写什么文字材料！难道这是女人干的事吗？您不带她出门，不让她过丰富的生活！在您家，她不跟人来往，不跳舞！简直没法相信！结婚以来她没有赴过一次舞会！一次也没有！"

"不错，她是没赴过任何舞会，但这不能怨我，是她不愿去，您可以跟她沟通一下您就会知道，她对您的那些舞会啦、跳舞啦是个什么看法了。恰恰相反，她对您的无所事事很反感！至于她整天读书和工作，请您相信，在这件事上，我没有强迫她，那是她自愿做的，而我只是越来越爱她！恕我向您告辞了，并请您从今以后别再管我们俩的事。丽莎如果需要对我说什么话，她自己会说的……"

"您真的这样认为？难道您看不见她变得又温驯又沉默？爱情捆住了她的舌头，要不是有我，您怕早给她套上笼头了。您是个暴君，专制国王！请您从今天起改变您的行为！"

"我不要听……"

"不要听？那算什么？那说明您理解，如果我不从我女儿角度出发，我才不来跟您谈哩！我可怜她！是她求我来跟您谈的！"

"您这是在撒谎……这是撒谎，您不能否认……"

"撒谎？那您就瞧瞧吧，自以为是的东西！"

丈母娘一跃而起，把门柄一拉，房门大开。米舍利看见他的丽莎站在门口，两手揉搓着，正在不停地哭泣。她那漂亮的小脸蛋儿上满是泪痕。米舍利一步跳到她跟前。

"你听见你母亲跟我说什么了吧？去告诉她，这一切是她在撒谎。"

"妈妈……妈妈说的是真话，"丽莎边哭边说，"这种日子我过够了！我在受罪……"

"什么？真的是这样……不过你为什么不自己对我说呢？"

"我……我……你会因此大发脾气的……"

"可是你自己经常谈起你反对无所事事呀！你说，你正是因为我的观点才爱我，你对那种无所事事的人深恶痛绝，我非常赞赏你这一点，结婚以前你一直鄙视和憎恨那种空虚的生活！你如何解释你现在的变化呢？"

"那时我害怕你不娶我，所以……亲爱的米舍利！咱们今天上玛丽娅·彼得罗夫娜家去赴宴吧！……"丽莎说着扑在米舍利胸前。

"您看见了！我说的是真话吧？"丈母娘说罢，便趾高气扬地走出了书房。

"哎，你怎么这么傻！"米舍利低声道。

"你在说谁傻？"丽莎问。

"我在说认错人的人傻。"

无罪的女佣

——［法国］莫泊桑

> 珞莎丽·白吕唐被东家瓦郎博夫妇以杀死两个孩子的罪名告上法庭。法庭上，珞莎丽·白吕唐陈述了自己的罪行，最终，珞莎丽·白吕唐被无罪释放。

珞莎丽·白吕唐是一个女佣，在莽台村瓦郎博家干杂活。她在东家毫无察觉下成了怀孕的妇人，并且在一天夜晚，她在她所住的房间里面把小孩生了下来，随后又将小孩弄死，埋在园子里。

这种事情对女佣而言本属于常事，但有一件事情却不能轻易放过去，原来那次在这个女佣的卧房里所进行的检查中，竟发现了一套完整的婴孩衣服。这些东西却是珞莎丽本人花了三个月的夜工，亲手剪裁缝纫的。她当时因为这种长时间的工作，用了抵押品购买蜡烛，现在那卖蜡烛的杂货店的老板，也到庭证明了此事。并且还调查到本村的那个接生婆，曾因知道她的情形，已经给了她一切的指导和一切的经验上的劝告，以备那件事在一种不及求助的情况下应急。此外，这个接生婆还在巴昔村给这个叫白吕唐的女子找了一个位子，她早就料到了东家会停止她的工作，因为瓦郎博夫妇对于道德要求一向很严。

这两夫妇也都到了庭，他们是外省市的小资产阶级。他们愤愤地攻击这个玷污了他们房子的贱人，竟然想不等到法庭裁判就将她问斩，并且以他们所处的举发者地位的口吻，用憎恨的陈述来使她屈服。

珞莎丽·白吕唐算是下诺尔曼第漂亮的女子，也有一些学识。此时，她哭得梨花带雨，并且什么问话也不回答。

因为一切的事实，都证明了她早愿意保留和抚育她的孩子，由此大家便认为她不是在一种失望而发狂的时节做出了这种野蛮行为。

那庭长又费了一番心力劝她说话，以取得口供。他用一种极和蔼的态度感动她，让她明白他们法庭之所以这样做，绝不想置她于死地，而且还能给她伸冤。

她这才决意把一切都说出来。

那庭长说道:"这就对了!请您先把那婴孩的父亲是谁告诉我们。"

在这庭长未曾说这句话以前,她一直极力遮掩着这一层。这时她忽然瞧着她那两个刚才正带着激怒来控告她的东家,大声回答道:

"就是约瑟先生,瓦郎博先生的侄子。"

瓦郎博夫妇闻言大吃一惊,情不自禁地跳了起来:"这不可能!她说谎!这是一个无廉耻的女人!"

那庭长止住了他们的狂叫,接着又问道:"继续说呀,我央求您,并且请您告诉我们这件事的过程是怎样的。"

于是女佣放开胆子,在这几个一直被她当做仇敌和执拗的审判官看待的严酷的男人们跟前,放开了她那颗久受拘束的心,那颗寂寞而被捣碎的可怜的心,倾吐她的伤感,她真的下定决心把一切都公布于众:

"对呀,就是约瑟·瓦郎博先生,当他去年告假回来的时节。"

"他是做什么的?"

"他是个炮兵上士,先生。他夏季里来这里住了两个月。我,我那时什么想法也没有。最初他开始注意我,随后又向我说些殷勤的话,又经常巴结我。在我,我听其自然,先生。他对我说,我长得非常漂亮,十分中他的意……在我,他也中我的意,确实中我的意……您要我怎样呢?一个人听见这类的话,当这个人是孤单的,她会被这些话感动的。我是孤单的,在世界上,先生……我的烦恼,竟没有一个人可以告诉……我没有父亲了,没有母亲了,也没有兄弟姐妹,我一个亲人也没有,所以当他与我亲切交谈的时候,就使我拿他当做一个回家的弟兄。并且随后,有一天晚上,他要求我同他到河边走走,使我们可以高声说话而不惊动别人,我便去了,我……我知道什么呢?我知道以后的事吗?……他把我拦腰抱住了……说句确实的话,我没有这个想法……我没有能够……那时节天气尽管好,可我想放声大哭……满天的月光……我没有能够……没有,我向您发誓……我没有能够……他便照他所要做的做了……这件事玩了三个星期,当他住在家里的时节……我可以跟他走到天尽头……他却动身去了……我那时不知道我已经怀孕,一直到一个月以后,我才知道!"

说着她又痛哭起来,看样子,需要一段时间才能止住哭声。

随后,那庭长仍然拿教士们在忏悔台前所用的态度说道:"好了,请继续讲下去吧!"

她又继续说话了:"我知道我已经怀孕时,便去通知接生婆布丹师母,对她说明原委,并且我还请教她那种不能等她帮忙、措手不及时的办法。随后,我夜夜缝那些婴孩衣裳,一直到一点钟为止,天天如此。在这以后,我又求人找了份工作，因为我明白我一定会被人辞退，但是我要尽力在固有的地方一直蹲到底，以便多赚几个铜板，因为我本来没有多少钱，而为那个婴孩我必须多赚些钱……"

"这么说，你原先并没有把婴儿弄死的想法？"

"不错，先生。"

"那为什么后来您把他弄死呢？"

"请您听我说这件事罢。这件事比我所计算的来得早一些。当时我正在厨房里洗那些碗盏，他却已经在我身上发动了。

"那个时候，瓦郎博先生与太太早已进入梦乡。我扶着楼梯的栏杆，费了很大劲才走到楼上，进了房间，我躺在那楼板上面，免得把我的床弄脏。这件事也许熬了一个钟头，也许两个，也许三个，我当时痛得已忘记了时间，随后，我用全身之力把他向外一送，我便觉得他已经出去了，接着我把他拾了起来。"

"是啊！是啊！我那时真高兴！照着布丹师母告诉我的话做过了一切。随后我把他放在床上，正在那个时节，又一阵剧痛从我身体内部传来，天啊！那种痛苦简直无法用语言描述，倘若你们男子体会一下这种疼痛，你们这些人就不会那么欢喜干那种事了！我因疼痛而跌倒了，随后我又仰面躺在地上了，末了，这阵疼痛又闹了一、二个钟头，仅仅这一阵……随后又出来了另外一个……另外一个婴孩……两个……是的……两个……我如同对付那第一个一样把第二个婴孩放在床上，这个靠着那个——两个——这是做得到的事吗？请您说罢，两个孩子！我是一个一个月只能赚得二十个法郎的人！请您说罢……这件事叫我如何处理？一个，行的，省俭一点，可以做得到……但是两个就不行了！这件事那时真使我想昏了脑袋。您知道吗？我能够选择吗？请您说罢。

"尊敬的庭长先生，我别无选择，我下意识拿起我的枕头压在他们的上面……我不能够两个一齐保留……于是我再躺在上面。随后，我又在上面滚着哭着，一直到我从窗子看见天明才停止，那两个婴孩无一例外地都死了，于是我拿胳膊夹着他们，便下了楼，到了菜园里，寻了种菜的锄头，并且尽我的力量深深地在这边埋了这一个，随后又在那边埋了另外的那一个，我不能把他们放在一起，这样他们死后就不能在一起议论我了。

"随后，我便很不舒服地睡在床上，不能起来。有人找了医生过来，接下来的事，都很清楚了，不用我再说些什么了。庭长先生，请您照那个能够合您的意思的办法办罢，我已经预备停当了。"

多数陪审员拿出手帕去擦鼻涕，以免眼泪流出来。

许多女客已经在旁听席上呜咽了。

庭长问道：

昔日重现

"您把另外的那一个埋在什么地方?"

她却转而问道:

"您们找到了哪一个?"

"就是……那个……那个埋在种白菜的地里的。"

"啊!另外的那一个是埋在种蛇床子的地里,就在那井边。"

她又开始痛哭了,那哭声悲悲切切,听了让人难受。

令人感到欣慰的是,珞莎丽·白吕唐最终被法庭宣判无罪,并当庭释放。

猫的天堂

——[法国] 左 拉

> 一只猫处心积虑地从家里逃走，
> 它非常激动，
> 可三天后它又主动地回到家里。

在我姑母死后留给我的遗产中，有一只肥胖的安哥拉猫。在我看来，它不但肥胖，而且愚蠢。下面是它在一个冬天的夜晚，给我讲的一段它的经历。

"两岁时，我幸福地生活在您善良的姑母家里，那时，我鄙视一切无所事事的家庭生活，然而我应该怎样感谢老天爷啊！他把我安置在您姑母的家里。她非常宠爱我。在一个大橱里面我有一间真正的卧房，还有羽绒的垫子和三层厚厚的毯子。吃的和睡的一样好，虽没有面包和汤，但却有充足的鲜肉。

"然而，这样的生活已使我厌烦。我只有一个愿望、一个梦想，那就是从半开着的窗子溜出去，逃上房顶。抚摸让我觉得乏味。我的床太柔软，让我感到厌恶。我胖得连我自己都恶心。我因为生活幸福而整天感到厌倦。

"我对外面的世界充满了极大的渴望，我时不时伸长脖子看正对着窗户的屋顶。那一天，有四只猫在房顶上打架，浑身的毛倒竖着，尾巴翘得老高，他们在太阳下的青色板瓦上打滚，我被这种欢乐的场面迷住了。从那以后，我的信心就非常坚定了。真正的幸福就在这扇被关得严严实实的窗子后面的房顶上。我给我自己的解释是：在这样关好了的橱门后面藏着肉。

"我决定外逃，我认为生活决不仅仅是这样，它一定还有更深层次的东西，这就是未知，就是理想。一天，厨房的窗子忘了推上。我趁机来到下面的一个小房顶上。

"多美的屋顶啊！方顶边沿的檐槽宽宽的，散发出扑鼻的香味。我快活地沿着这些檐槽走去，我的爪子陷在稀稀的烂泥里，烂泥极其暖和、极其柔软，那感觉如同走在天鹅绒上。在太阳下面是暖烘烘的，非常舒服，简直好像要把我浑身的油都晒化了。

昔日重现

"不怕你笑话,快乐是快乐了,但也有很多惊险事。我尤其忘不了有一次我吓得真够呛,差点儿一个跟斗栽到街上去。三只猫从一所房子的屋脊上朝我冲过来,当时我被吓昏了,他们说我是大傻瓜。他们告诉我,他们喵喵叫,是叫着玩的。我也开始跟他们一起喵喵叫,真有趣。这些家伙都不像我那样长得脑满肠肥的。当我像球一样在被太阳晒热的锌板上往下滑时,他们发出极其快乐的笑声。在这些猫中,一只老雄猫向我表示了他的友好。他主动提出要承担教育我的任务,我怀着感激的心情接受了。

"啊!让那些带血的鲜肉去见鬼吧!我喝污水坑里的水,加了糖的牛奶也从来没有这么香甜可口。在我看来,这里的一切都既美好又完善。一只迷人的雌猫走过,我一看见她,心里顿时充满从未有过的激动。过去,我只是在梦中见到过这种脊梁柔软得可爱的尤物。我们,我的三个同伴和我,迎着这个新来者冲上去。我跑在他们前面,正要向这只迷人的母猫致意的时候,我的伙伴中的一个出其不意地在我脖子上来了一口,我大声嚎叫起来。

"'算啦!'老雄猫一边对我说,一边把我拉开,'这样的事你以后会遇到很多的。'

"在快乐了一个小时以后,我感到有些饿了。

"'在房顶上吃什么?'我问我的朋友老雄猫。

"'找到什么就吃什么。'他很有学识地回答我。

"说实话,我对这个回答很不满意,我搜寻了半天,一点儿食物都没找到。最后我看到在一间顶楼里,有一个年轻的女工人在准备午饭。窗子下面的台子上放着一大块排骨,颜色红红的,非常吊胃口。

"'我找到我的食物了。'我十分天真地想。

"我跳到台子上,去咬那块排骨。但是女工人发现了我,用扫帚狠狠地在我的脊梁上打了一下。我丢下肉,一边逃走,一边发出狠狠的咒骂。

"'难道你是个乡巴佬?'老雄猫对我说,'放在台子上的肉是供你我远远地望着的,食物应该到垃圾堆里去找。'

"我对这个回答迷惑不解,但那时已无暇顾及,因为我的肚子越来越饿了。叫人伤心的是,老雄猫对我说要等到夜里,那时我们可以从房顶下去到街上的垃圾堆里去寻找。等到夜里!他说这句话时平静得像个冷酷无情的哲学家。我呢,只是想到挨饿的时间还得延长下去,就感觉好像天要塌下来了。

"那个黑夜来得特别迟,而且异常寒冷,最可恨的是还下着冷雨,在一阵阵狂风的鞭打下,这濛濛细雨一直湿透了我们的皮毛。我们从楼梯上装了玻璃的窗洞下去。街道此时在我看来是多么丑陋啊!没有了温暖,没有了大太阳,没有了我们在上面如此舒服地打滚、被阳光照成一片白色的房顶。我的爪子在泥泞的路面上打滑。这时我不由得记起了我的三层厚厚的毯子和我的羽绒垫子。

"走了没多久,老雄猫突然之间瑟瑟发抖,一副害怕的样子。他把身子偷偷地贴着房子朝前溜,并且叫我紧跟着他。等到他遇到一座能通车辆的大门,便立刻躲到里面,此时他才发出满意的呼噜呼噜的叫声。我问他为什么要逃,他反问我一句:

"'您看见那个背着一个背篓,拿着一个钩子的人吗?'

"'啊!对,是有这么一个人!'

"'嗯!如果他看见我们,就会打死我们,穿在铁钎上烤着吃!'

"'穿在铁钎上烤着吃!'我惊叫起来,'你的意思是说街道属于他们而不属于我们?我们非但没有吃的,反而要被吃掉?'

"然而说这些有什么用呢?一切只有填饱了肚子再说。我怀着绝望的心情在垃圾堆里搜寻。我找到了两三块沾满了灰、没有肉的骨头。这时候我才知道新鲜的肉有多么鲜美。我的朋友老雄猫像位艺术大师那样扒拉着垃圾。他镇静自若,领着我一直跑到早上,把每一条街都转到了。我被雨淋了将近十个钟头,冻得浑身直打颤。丑陋的街道,饥饿的自由,那时我是那么想念我那失去的监狱啊!

"天亮以后,老雄猫看见我走起路来跟跟跄跄,便用一种奇怪的口气问我:

"'你忍受不了这样的生活吧?'

"'啊!的确,我受够了。'我回答。

"'你想回家吗?'

"'当然,不过我已找不到我的那所房子了。'

"'来,昨天早上看见你出来的时候,我就明白一只像你这样的胖猫是不配享受自由带来的充满苦难的快乐。我认识你的家,还是让我把您送回去吧!'

"这只可敬的老雄猫,直截了当地对我这么说。不久,我们回到了您姑母家。

"'再见。'他对我说,没有一点激动的表示。

"'不,'我叫了起来,'我们不能就这样分开。您跟我一起去。我们分享同一张床、同一块肉。我的女主人是一个善良的女人。'

"'停吧!'他粗暴地说,'你这个没有骨气的家伙!那样的生活会使我忧郁而死。您的优裕生活只适合那些杂种猫。自由的猫决不会用监狱作为代价来换取肉和羽绒垫子……再见。'

"他欢快地跳上房顶。我看见他又高又瘦的侧影在初升太阳的抚摸下舒服地抖动着。

"我回到家里以后,您的姑母拿起掸衣鞭揍了我一顿,我心甘情愿地接受这顿打。我没有任何怨言,甚至还在想挨之后的美食。"

"您从中得到了什么?"我问。我的猫在舒服地伸长了身体后,下结论说:"真正的幸福天堂,我亲爱的主人,就是关在一间有肉吃的屋子里挨打。"

屠杀不朽的人

——［法国］让·雷维奇

年轻的杜波瓦萨，是个成功的作家，但是出书已经提升不了他的快乐了。

于是他准备加入法兰西学院。

为此，他雇请杀手杀死十名院士，但他最后却落选了。

我叫杰罗姆·杜波瓦萨。我年轻时那段时间过得又穷困又悲惨；但是在我发表我的第一部小说《一座坟墓的探求》之后，也就是在我获得龚古尔奖金的那一天，我的命运发生了转变。我当时二十五岁，干的是六年级教师这行可憎的行当。在我的成功公布一个钟头以后，我的名字传遍了法国的大街小巷。在我的出版商的客厅里，有上百个新闻记者问我："您比较喜欢哪些作家？……您是不是受了福克纳的影响？……"摄影记者喊着："杜波瓦萨先生，头朝这边！"他们好像用身体形成一道屏障，把我跟客厅里挤满的人群分开了。最后我终于挤到了这群人中间。我认识了许多文人，他们握着我的手，说："我非常喜欢您的书。"我常常听见"才能"这个字眼，这个字眼是文学的本钱。这种以我为中心的热闹场面，我并不觉得讨厌，我发觉光荣带来的第一个感觉是对这个世界感到陌生。但是，我对这个文学世界还是很中意的。据别人告诉我，那一天，我的态度"自然"得令人诧异；我自由自在地谈话、微笑、行吻手礼。其实，一个人要想在交际场中应付自如，只要把自己当作是在许多影子中间就行了。庆祝一直到夜里很晚很晚才结束，我真巴望它永远延长下去。

写一本书其实很简单，每一个大学生都办得到。课程表的目标就是把平庸的学生培养成一个作家，或者说得正确一点，培养成一个批评家。在得到龚古尔奖金以前，我的作品没有人注意；这个成功带来了上百篇的文章，我只记住一篇："二十五岁的杜波瓦萨得到了龚古尔奖金。没有一个人反对嘉永广场的评判员的裁决，但是一个这样辉煌的成功预示着他将来不会有任何好结果。我们可以打赌，杜波瓦萨将来一定是个只有一本书的人。"成功不久，我离开了教育界；六个月后我又出版了《在一个城市里散步》。这本书受到的批评非常严厉："杜波瓦萨未免太急躁了一些，在他的第二部文体极不统一的书中，无法再找到他头一部书里受到别人那么称赞的坚实思想。"但是，公众并不同意这个看法，我的才能获得大部分人的认可。从今以后，法国又多了一位作家。

十年里出了八部小说，四本论文，三个剧本。我对光荣和财运已经习惯了；我因为写人不免一死的情况写得太多，所以已经失去了虚荣心。

在我那个时代，有才能的人相当稀少。但是，我也并不是惟一的一个出名的人，弗特隆也胜过他同时代的人百倍。况且公众认为我们俩的才能不相上下。我呢，是一个不信教的人，一个无神论者：我的作品观察人生，在两个虚无（它出来的那个和它回去的那个）之间来考察它。弗特隆是基督教文学的作家，这种文学虽然并不新奇，但是好像给他革新了，他这个家伙把那些宗教上的伟大主题——罪恶啦，通奸啦，爱情上的赎罪啦——变得有声有色，甚至就好像生活中真有其事一样。我们在朝着荣耀上升的过程中互相监视着。我相信尽管我们有许多不同的地方，但这也并不是说我们之间毫无相似之处。

当然，我很早就想到学院了。但是一个手上握着剑，头上戴着尖角帽的三十五岁的人是不可能跨进学院的门的。那些院士我都认识，没有一个写得像我那么多；但是我们必须听他们的。在文学方面，多谈比多写更能使人成功。我根本没有耐心等待七八个年头。说到这儿，我还得承认我的弱点：我的每一本书，跟头一本一样，写的时候都不知道最后会受到怎样的批评，但是都得到了成功。然而每一次成功，都不像头一次胜利那样，给我带来甜蜜的陶醉之感。现在，我常常想，要想获得同等的快乐，只有进入学院。真正的光荣，就是龚古尔奖金和法兰西学院。

在一场疯狂的梦中，瑞普兰这个名字来到我的心里。这个梦想越来越明确，而且到了最后我认为它是完全可以实现的。瑞普兰以杀人为职业。近二十年来，杀人的行当有了很大的发展。到下层社会去找凶手的时代也早已过去，杀人的买卖掌握在巴黎和外省的五六家企业手里。瑞普兰领导的企业是其中的佼佼者，常常替银行、教会，甚至替政府办事。我要求瑞普兰谋杀十个院士，他回答我："不简单。"接着他双手捧着头，考虑了很久。最后，尽管他认为事情很棘手，但还是满足了我的要求。一个礼拜以后，他交给我一张名单。我同意了这张名单，因为牺牲这个院士或者牺牲那个院士关系都不大，只有院士的席位才是重要的。

在四月二十五日到二十六日的那个夜晚，屠杀成为现实。十个遭难的人，有的是鳏夫，有的是光棍。都在半夜到早上五点中间这段时间里被闷死在他们的枕头上了：显然，这是一个凶手干的事。这件案子引起了极大的恐慌。表示哀悼的、而且在危险中的学院由警察守卫着。三十个活着的院士由暗探保护。不久，怀疑集中到有给文学家写信的怪病的人身上。三十个人给抓起来了；有三个自动承认，可是后来又否认了。我看到一份专事敲诈的刊物上登了这样一篇报导："难道不应该在这次犯罪行为对他们有利的那些人中间去寻找罪犯吗？"但是我对此毫不担心。经过两个月的徒劳的搜索，警察局也好像厌倦了。我造就了一些幸运的人；大伙儿已经在谈论着后继的人选了。出殡的那天，我在教堂前面挂着黑布的空场上遇到了弗特隆。我们握了握手，一句话也没有说。我不相信他会疑心到我，但是他的忧郁却比以前少了很多。

一直哀悼了一年，我心平气和地等待着。选举的时候终于到了，我放过了前面的八名；这是个很好的策略，弗特隆也这么做。等到选到倒数第二个空缺的时候，我认为时机已到，于是递上了申请书——这无疑是我的作品中最成功的杰作。弗特隆也模仿我，他打算弄到最后一个空缺。他也跟我一样，不肯去拜客。一个公众认可的作家可不能降低身分去做这种事。十年以前，在得到龚古尔奖金之前，我去拜过客吗？等到选举以后，我当然要去道谢的。

可不久，我就后悔了，可一切都已经过去了：我没有当选。比起我来，别人更喜欢一位海军上将；弗特隆也被一位主教打败了。可是他的失败一点也不能减轻我的苦恼。

在那段日子里，是我一生中最阴暗的时期。我不写文章了，一心痛悔着自己有责任、而让别人得到好处的、徒劳无益的屠杀。有一天晚上，不过也只有一天晚上，我甚至真的感到了良心的责备。我还要等多少时候才能等到一次自然的死亡让出一个空缺来呢？

瑞普兰知道结果以后，对于我的失败他也很伤心。有一天他来按我的门铃。

"我想为您再做点事，"他对我说，"但是，我请求您下一次利用一切机会，出去拜拜客！"

我俯下头，答应了。他接着说下去：

"最近几个月来防备当然要松多了，但是这些先生们还是不很放心。到他们家去杀人是不可能的，只能在大街上行事。我要杀死比阿托瓦。在弄死人以前，在大街上跟踪他们，这就是我的职业。我甚至得到了与观察野兽的自然学家和打猎的人得到的相同结论：每一天它们在回到巢穴以前，都要走过相同的路线，穿过相同的沟渠，停在相同的树丛里。人也是一样，我们可以看见他们每天在同一时刻离开他们的家，沿着同一条街走，走进相同的铺子，连一举一动都是一样的。人的一生就这样反反复复地过着。多么美丽的一个小说题材啊……比阿托瓦应该是一个诗人，每天夜里都要在河边游荡好几个钟头，而且路线从来不变。这给我的行动带来了极大的方便。"

　　大约过了一个星期,比阿托瓦就在河边被人打死了。我连忙去向杀人者致谢,可是我还没来得及开口,瑞普兰却已经带着意味深长的微笑对我说:"你谢错了人!"接着他告诉我:"那天晚上,我隔着一段距离跟着我要猎取的对象。时间已经很晚很晚,河岸几乎连一个人也没有。很显然,这是下手的最好时间和地点。于是我向比阿托瓦走去。可是在我还没有走出我的藏身之处之前,有一个人从黑地里窜出来,用棍子照准院士的脑袋上狠狠地打了三下,这三下连一头牛也可以打死。

　　"看见他打,我决不会相信他是个新手,当时我离得相当近,所以认出了这个凶手。"

　　瑞普兰笑笑,我也笑起来了。

　　"弗特隆!"

　　这个名字从我的嘴里漏了出来。

　　接下来的事情恐怕大家都可以猜到。在我的隐名埋姓的告发下,弗特隆第二天就给抓起来了;他当时就承认自己谋杀了比阿托瓦;但是他却不承认那十个人也是他谋杀的。尽管如此,我的良心还是得到了平安。文学界的一场大屠杀就这样结束了。弗特隆被认为是疯子,他将要在一个疯人院里了结他的一生。

　　在角逐这个院士空缺时,我去拜客了;我的当选当然没有问题了。我度过了我一生中最美好的日子。不久以后,我还要尝到手握雕花的剑柄,走进黑暗的坟墓的那种快乐。

报　复

——［日本］都筑道夫

> "侦探"告诉刚返回家的柴田，昨晚有个贼潜入他家把他刺伤。柴田不由得对妻子产生了怀疑，而这正中了对方的圈套。

"您的意思是说那个叫竹内五郎的把我给杀了？竹内五郎，二十二、三岁，好像不认识，是这样吗？"柴田愕然注视着侦探。

"嗯，他今天下午到警察署自首了。我们即刻进行了调查，却发现没有此事，但又有点放心不下，才来问一声。这类事情是常见的：说是杀了人或是干了什么来自首的。"黑肤色的侦探苦笑着说，"这多是些神经有问题的人，但由于这个叫竹内五郎的人把经过讲得十分具体，我来看过以后越发不放心了。从房子外部看得见的地方和他说的一模一样，这倒可以理解。问题是正门的样子和这间客厅的样子都和他说的毫无二致。竹内五郎也许是个假名。把他带来看看怎么样？"

"他交待是昨天夜里把我杀死的吗？……他跟我有什么冤仇吗？"

"他交待，他是准备进来偷东西的。他从客厅忘记关上的窗户进来的时候，日本式的里屋还没熄灯，因此他想上二楼去偷。就在这个时候，他听见里屋有声音，他以为自己的行迹暴露了，就急速冲进了里屋，对慌忙起身的男人捅了一刀，因为女人发出了惊叫，他不敢再拿任何东西，急忙夺路逃走。但是他还记得在拉窗上溅上了血迹。他说还记得从厨房逃出去的时候打碎了一块玻璃。他手上还带着伤，据说是那时候被玻璃碎片划破的。他还说——"说到这里，侦探迟疑了一下，继续说道，"那位夫人嘛，衣服很是凌乱。"

"对了，他还说那位夫人胸前有两颗黑痣，除此之外，他什么也没有交待，他是个高大健壮、头发浓厚……"

"没有印象！"柴田不高兴地说。

侦探虽然点着头却还是不放心的样子："也许他根本没有杀人，而仅仅是划伤了那个男人，他交待好像只是在胳膊上捅了一刀……"

"我并没有受伤啊！先不用说其他的，我做生意在外，是今天下午才回来的。知道我家里的样子的，有建筑公司的人啦，看电表水表的啦，各种人都有嘛。"

"当然，当然。给您添麻烦了。一则是情况搞清楚了；二则是作为警察，既然是所谓强盗杀人案件，总得调查一番嘛。我们想，若左邻右舍打听起来，反而会成为谈资，所以才贸然登门拜访，请不要介意。"

"这我理解，但这件事确实不能排除有坏人在从中作梗。"

"实在有些怪人，拿他们毫无办法。那些确能断定是有病的还好对付，问题是其中有些人是煞有介事的。看来他自己认为是真的干了。呀！打扰了，告辞。"

黑肤色的侦探充满歉意地离去了。柴田闷闷不乐地坐在饭厅里。在铺六块日本席子的邻室收拾东西的太太问道："侦探先生来干什么？"

柴田回过头来说："不知哪一个无聊的家伙利用了我的名字。"

拉门上有一块挖补处，这处糊的纸变成了新的。柴田见状，皱起眉头，沉思了一会，又站起来，上厨房去。后门的玻璃窗，有一块换了新的。柴田回到铺六块席子的房间问太太："后门的玻璃怎么打了一块？"

"啊，那一块吗？是用石头或是什么打破的。我也不知谁弄破的，也许是外面孩子弄破的，我没有追究，只是叫人重装了块新的。"

"噢，是这样。"

柴田虽暂且不再追问，但眼睛却注视着拉窗。

"无论如何也不会是哪块石头砸到这扇拉窗上的吧？"

"啊！那一块呀，那是妹妹带孩子来玩的时候，板儿打烂的。这有什么问题吗？"

"啊！没什么，我只是随便问问。"

柴田把目光转向太太的脖子。年轻的妻子的乳房之间确有两颗黑痣。太太用奇异的表情和丈夫对看。

"你怎么用这种眼光看我？有事吗？"

"没有什么。我出差的时候来玩过的只有妹妹吗？真是只有妹妹吧？"

柴田怏怏地注视着太太。

在车站前的茶馆里，同时上演着另一出戏。一个在厕所里把黑肤色颜料洗净的男子，对一个愁眉苦脸的男子说道："所幸他没有叫我拿警察手册出来给他看，真是提心吊胆。现在，麻将的欠款一笔勾销了，我再也不干了。顺便问一句，那样做会有成效吗？"

"会有的。柴田是个内向型的醋坛子，凡事都怀疑老婆。他会莫名其妙而感到不安。"愁眉苦脸的男子回答道。

对方仍有点心不在焉，又似有所指："他是够能吃醋的了。你被她甩了已有三年的时间了吧？"

超　车

——［日本］星新一

他在超前面的车子时，
突然发现前面的车后座坐着他刚刚分手的女朋友。
他"啊！"地一声，驾车朝电线杆撞去。

此刻，他正惬意地开着自己那辆最新款式的轿车高速行驶在公路上。他心情十分舒畅，因为，他此行是去拜访新近才开始来往的女孩的父母。

"轿车还是要新型的才过瘾，同样，女孩子也是一样。凡是样式老旧的，就一个一个让出去，弄个新型的到手，这就是我的生活、爱情原则。"

他边说边不时提高车速。车子的窗子并未完全关紧，这会儿，风就从孔隙间吹进来，拂在他那颇具风流的脸上。

他的思绪又回到以前，他不由得想起前段日子低价转让的旧车，同时也想到前些日子才告分手的那女孩的事。

"你对我已经生厌了，对不对？"

当他提出要分手的话时，那个当模特儿的女孩，便以不悦、似要缠人的声音，这样对他说。

"不是，我不是那个意思……"

他的回答无疑不能使这个女孩满意，那个女孩因而更认真起来。

"不要，我不愿和你分手。请你不要甩掉我。"

"可是再这样交往下去，我们是没有任何结果的。"

"如果我再不能和你在一起，那让我去死吧！"

像这样的话，他可听得多了。女人只要是听到分手的话，总是会这样说。可是这一招如果管用，那么，在这世界上一定不会有人能够和女孩子分手。因此，他没有把这女孩的话放在心上，而很快跟另一个女孩打得火热。

然而，谁知道那女孩真的照她的话去做了。

也没多久，她真的自杀了。每当他想起这件事，心里就觉得十分不愉快。当

昔日重现

然，要是和自己分了手的女孩自杀身亡，无论是谁也不会觉得愉快。不过，他的情形却格外令他怀有不能释然的心头负担，那就是在他们分手之际，她所说的最后一句话。

"即使我死了，我们也一定会在某个地方再见面的，到那时候，我倒希望你会握握我的手。"

虽然他还不太明白她这话的深刻涵义，但他一直还记得这句话。而每当他想起这句话，心头不免就蒙上一层不能令人自在的阴影。

"不过是一句咒人的气话，当时正在气头上，想到了什么，就说什么，不会有什么特别意思的，没必要再去琢磨它。"

他这样自言自语，像是要把这种感觉抛掉似的，把车子的速度加快。这样一来，他很快就赶上了在他前头跑着的一辆轿车。

可是，在超这辆车子的时候，他觉得坐在那辆车子后座的女人的背影实在很像那女孩。他看了又看，然后使劲地摇了摇头。

"一定是心理作用！一定是心理作用！我今天到底是怎么了？毫无疑问，她已经死了。正因为我这会想起这件事儿，所以偶然看到一个女人，就以为是她。我这样犯疑心病可不好，要抛掉它还不简单，只要在超车之际，转过头看看她的面容就够了。"他这样想着。

"啊！"

他发出了一声惊叫。没错！那不正是那女孩吗？而且，还向他伸着她的手，好像在对他说："握一握么！"他下意识地低下头，把双眼紧紧蒙住。

"看来是当场死亡无疑了。不过，怎么会发生这样的事呢？您是目击者，有没有发现有什么特别不对劲的地方？"

处理车祸的警官一面在记事簿上写着，一面询问那个刚刚驾驶着车子跑在他前头的男人。

"我也弄不清到底是怎么回事。只看见他超过我的车子，忽然之间，就直朝电线杆疾冲过去，只好认为他大概精神错乱吧！"

"是这么回事。"

"哦，对了，你车子后座上那位女士，样子我怎么觉得怪怪的。"

"噢，不要误会，那是一尊人像模特儿。我是制造人像模特儿的。我现在正要把它送到客户那去。"

"制造得真像，惟妙惟肖。"

"可不是。不过，那还是因为做这人像时所临摹的模特儿长得好。她实在是一位好模特儿，但不幸的是，她已经死了，是由于失恋而自杀身亡的，真可惜。"

坟墓掩盖了医生的罪过

——［土耳其］阿·涅辛

> 患肺病的小伙子被诊断患了臼齿化脓、
> 慢性关节炎、膀胱结石……
> 最后，医治无效而死亡；
> 患臼齿化脓的妇女被诊断患了肺病、阑尾炎……
> 最后被锯断一条腿。

市立医院门口挤满了前来就诊的病人。人虽多，但仍要按诊号就医。

一个中年妇女后面跟着一个手拿转诊单的青年，他们进了诊室，把就诊单交给了医生。医生让他们到 X 光室拍片。患臼齿化脓的妇女先拍，患肺病的青年后拍。那妇女把就诊单交给医生就走了。

患肺病的小伙子拿了 X 光片在专科门诊门口候诊。现在轮到他了。医生仔细地研究了他的 X 光片后说：

"你臼齿化脓，必须立即动手术。"

小伙子听了一怔，刚要说话。

医生解释说：

"就是说，你下腭左方有炎症，必须马上动手术。"

小伙子赶紧说：

"我的肺部有病……"

"啊！不，那不可能！你要相信科学，这是你的片子。快去手术室吧！"

小伙子无奈之下走进手术室。

中年妇女的脸肿得像一面鼓，下腭用毛巾、纱布缠着。她坐在专科医生对面。医生看过她的片子后说：

"夫人，你的病适宜在疗养院治疗。"

那妇女由于牙痛，说起话来声音颤抖：

"大……大夫，我臼齿……"

昔日重现

"没有别的办法,只有让你的肺多吸些新鲜空气,同时实行链霉素疗法。"

患肺病的小伙子被拔了三颗白齿,现在他坐在另一个医生的对面。医生看了看小伙子新拍的X光片,说:

"小伙子,你的慢性关节炎很严重,你必须……"

"大夫,我得的是肺病。"

"不……不要开玩笑了。如果你不吃我给开的药,将有可能演变成心脏扩大症。"

由于医院的清规戒律,那中年妇女又拿了别人的X光片来到这所医院的另一位医生那儿。她的脸越发肿得厉害,连一只眼睛都睁不开了。医生研究了她的片子说:

"夫人,你这个手术不能再拖延了。"

"不,大夫,你看我的脸,肿得这么厉害……"

"你失血过多!"

原来医生说她得了阑尾炎。她哭着、闹着,但还是躺在了手术台上。

小伙子下巴缠着绷带。他由于服了治关节炎的药,产生了恶性反应,肺病进一步恶化开始咯血。现在,他坐在同一所医院的另一个医生面前。

他把小便和血的化验单递给了医生。医生左翻右翻,把他的化验单与其他的化验单弄混了。医生看了化验报告,吃惊地说:

"你得了这种病,居然还能站着,真是奇迹!"

患肺病的青年由于进行了腰骨手术,思想变得有些迟钝;由于服了治关节炎的药而面色苍白。他说:

"我也感觉有些不可思议!"

"你的膀胱——就是尿泡和肾脏充满了结石,得马上做手术。"

"啊?……"

"别乱叫,所有的病人都是这样,对自己的生命毫不考虑。"

小伙子呻吟着走向手术室。

中年妇女做了阑尾手术,脸仍然肿着。因为肺里被强打了空气,呼吸十分困难。她又拿着别人的X光片,坐在医生对面。医生说:

"马上采用理疗救治。"

妇女垂着头说:

"听您的,大夫。"

"你的腿不做手术的话,性命可难保了。"

女人呻吟着躺上了手术台。

市立医院门口仍挤满了人。那些被医治成聋子、瞎子、瘸子等等的残废人都在候诊。那个患肺病的小伙子已断了气,躺在担架上,两个护士把他抬到了里间。穿着白衣的医生围着一张桌子看关于这个青年的病历报告:

"病人曾做过子宫手术,导致不孕。现经再次手术,已生3个孩子,但由于众多的主客观原因,都未能成活……特报。"

躺在担架上的小伙子又被抬到了外面。他被医学上证实已死亡,他的尸体被批准给实习生们用来作解剖实验。

那个患白齿的中年妇女的一条腿已被截去,她拄着拐杖来到医务委员会。一个医生念着她的病历报告:

"经过本院权威人士的一致诊断,该病人健康无碍,经查是一乔装病人的逃兵,特报。"

只有一条腿的中年妇女闻言大惊,仆倒在地。

小说恐怖梗概

——［捷克斯洛伐克］雅·哈谢克

> 在咖啡店，青年作者只是向出版家讲读还没写完的小说，就在他们准备离开咖啡店时，却发现店内所有人都给他们跪下求情，希望放他们一条生路。

"当朱杰普·鲍洛来到特利也斯特之后，身上半文钱都没有。不得已，他冒充奥拉里赫·封埃真菲尔斯伯爵，并取得了旅馆老板比托尔聂尼的信任。旅馆老板有个漂亮的女儿柳琦雅，对冒牌伯爵非常钟情。不料早先当过水手的洛林佐却识破了鲍洛，并且还掌握了他的一件秘密。原来鲍洛就是杀害他姐姐妍头和妍头三个同伙的凶手。朱杰普·鲍洛深恐旧案重发，索性仗着酒胆对比托尔聂尼吐露了真情。二人狼狈为奸，决意要对洛林佐下毒。后来他们又串通了柳琦雅，终于对洛林佐下了毒手。晚上，他们把洛林佐的尸首装进麻袋，运往荒山，准备扔下深渊。

"哪曾想到他们刚刚站在悬崖边上，就被一个宪兵发现了。那宪兵纵马前来察看究竟。柳琦雅却用匕首刺穿了他的胸膛，救了大家。他们正要把洛林佐和宪兵的尸首扔进深渊，不料，那匹失去了主人的马突然引颈长鸣，顿时引来了一阵得得的马蹄声，又出现了一个宪兵。还是朱杰普·鲍洛反应快，一枪打死了宪兵，大家便平安回家了……底下的我还没写完呢，出版家先生。"

这时犯罪小说出版家托马斯却不客气地嚷了起来，使得那位坐在他对过的青年作者皱着眉头瞅了他一眼。

"可是，克朗斯基先生！下文究竟如何？那些尸首究竟怎样处理？不，我看你的那些人物最好是站在原地不动，因为枪声又招来了一支宪兵巡逻队。于是展开了一场鬼哭狼嚎的恶斗，结果又死了好多人，好人、坏人都死了不少。诸如此类，这就是我的构思，你明白吗，小伙子？还有你对火器的处理真可以说是太粗心啦！竟在深更半夜、手上还有一具打算扔进深渊的尸首的时候开起枪来，更何况又是在刚杀死一个宪兵之后呢，这显然是不合逻辑的，因为这样一来，他们更无法逃走了。既然你的柳琦雅精通刀法，干嘛不让她去把第二个宪兵也捅死呢？"

托马斯站起身来，靠着桌子，在这食客寥寥的咖啡店里便响起了他那声震屋瓦的愤激之声。

"要知道，你根本没理由不让第二个宪兵不死于匕首下，只要轻轻一送，不就完事大吉了吗？其实不用说你也应当知道，老一套是不行的。都只怪你还年轻！你该不知道那位已经作古的霍尔华特吧？那才是个精通刀法的高手！他只用匕首和毒药两样东西，就在德国从 1900 年一直横行到 1905 年。夜半枪声会使你陷于骑虎难下的窘境，看你怎样爬下这个虎背来！我作为你的长辈，不得不指教你一番。你很有才能，并且我也深信局面还可以收拾。他们应当及时隐藏起来，但在这场乱子发生以后要他们再回到城里去显然是不行了，得另想办法。我看就索性一不做二不休，让他们去抢劫、去杀死妇女和儿童吧，也可以先让柳琦雅落网，然后再救出来。精彩就在于进城去劫柳琦雅的牢，把卫兵干掉。干这件事我看还是用橡皮棍子好，可千万别开枪，不然又会有许多意想不到的麻烦，你说对吧？"

"请您放心，我决定不再开枪了。"那青年作者答道，"承蒙您的指教，多谢多谢。不过可以用毒药吗？用哪种毒药才能杀人不露痕迹呢？"

"从你这一问中，就可以看出你的所知很有限。真的，你缺乏的就是霍尔华特的经验教训。任何毒药都会留下痕迹，一验尸便能发现。不过这并不碍事，就让别人去验尸好啦，哪怕是检查出马钱素也不打紧。和毒药打交道可得多多留神，最好是先用毒药杀死一些有钱的亲戚，但这事要慢慢来才显得有趣。还有，当你干掉卫兵，事情办妥之后，可别忘了咱们这个时代时兴抢银行，银行职员可以全部用哥罗方麻醉，也可以暗暗给他们打上一针库拉烈。那又厚又重的钢制保险箱可以用甘油炸药炸开。这时候枪才有了用武之地，你可以随时随地开枪，想打谁，就打谁。最后再打进公共场所，比方剧院、饭店、咖啡馆等等，把那些胆敢违抗、舍不得交出钱来的人一律杀掉，绝不要手软，要把他们当做猪、狗，对，就像杀猪狗那样杀掉他们，好！小伙子，现在我祝你成功。"

当他们兴致勃勃地准备要离开时，却愣住了。只见咖啡店老板和食客，还有一个店员和一个小孩，在他俩身旁跪成一圈，一律双手高举，心惊胆战却又真心真意地恳求他俩手下留情，放他们一条生路。

辩护律师

——［保加利亚］埃林·彼林

> 辩护律师向法庭陈述自己的委托人是出于正当防卫而开枪打死那匹马的，而委托人的说法却出乎他的意料，他在大骂一通委托人后愤然离去。

今天，区法院全体出庭审理高罗谢克村农民米特里·马林打死他邻居彼得·马林的马的案件。

法庭的窗口面对着街对面一排房子的白墙。这排房子在阳光照射下泛着刺眼的白光，更显得法庭上的气氛阴沉。大厅里十分闷热，空荡荡的几乎没有什么人。只有两三个被传来作证的农民畏畏缩缩地坐在自己的位子上，张着嘴巴听着。

现在出庭的是辩护人。一身破旧的西装已罩不住他那滚圆的肚子，再配上秃头、矮个儿，模样很令人发笑。他的眼睛总盯着庭长，有时从口袋里掏出手来指着被告，竭力想使听众感到惊讶和激动，他的嗓子发哑，声音沙沙的，听上去就如同一个破罐子。他仰起头，向天花板翻着白眼，仿佛是在祈告上苍。在说完每一句话之后，他便略微向前移动一下，把两只手摊开。但是法官们僵硬的、不动声色的面孔表现出来的只是一种习惯了的冷漠，同往常一样，不给人任何希望。

庭长沉默不语。一个法官正在专心画小马。另一个，看上去非常热衷于音乐，他画了一个大音符，现在正竭力把这个音符扩大。

被告米特里·马林是一个矮小、长着亚麻色头发的农民。他赤着脚，穿着一件小褂，手里拿着帽子站着。他对那个唱着歌往玻璃窗上撞的苍蝇十分感兴趣，至于辩护律师的那些"名言"，他一个字也不懂。在律师停下来咽一口唾沫的时候，米特里回头对门旁漫不经心地咬着指甲的杂役高声说道：

"朋友，你把那个唱着歌的家伙放出去吧，它嗡嗡地叫得烦人哩。"

法官们用一种又觉得好笑、又觉得可怜的目光看了看他。庭长摇了摇铃。

"米特里·马林，安静些，你该知道，你现在在什么地方，你不应该多说话。"

"哈，它飞走了！"米特里指着窗子说道。

法官们都笑了。辩护律师严厉地瞅了他的委托人一眼，随后也笑了，继续说道：

"是的，法官先生们，我们不应该忽略，换句话说，我们应当了解一下我的委托人的心理状态，也就是说，正确地估计当时的情况。现在我描述一下当时的情景：乡村里的夜晚，黑得像地狱似的，什么也看不见。我的委托人正躺在院子里看守着他洒尽血汗换回的谷物，这就是说他在保护自己的劳动果实。诸位先生设想设想这一切吧：他躺在那儿，每天的劳动把他累得精疲力竭了，他忘掉了一切，正如诗人所说的，他忘掉了妻子、儿女和天堂。我的委托人因劳动过重，疲惫不堪，不知不觉中睡去了。

"哪知在熟睡中，他忽然感觉到一种巨大的灾难即将降临到他身上，他猛然一挣，醒来了，他看见……这还了得！他的性命真是到了千钧一发的时候了。他的头顶上站着一个丑陋不堪的庞然大物，这个怪物正要准备对他下手。在万般惊惧之下，我的委托人简直就失掉了知觉。他看见无数火舌从怪物的鼻孔里喷出来，血红的眼睛冒着熊熊的火焰。他恐怖到了极点，他浑然忘了一切，忘记了周围的环境，他在半睡半醒的状态中抓起枪来就放。怪物倒下了又爬起来，跳过篱笆，往野地里跑去，它钻到那儿的一个干草垛里，痛得直抽搐，后来……就死去了。

"法官先生们！这个庞然大物就是彼得·马林的那匹马，一匹价值绝不会超过50列瓦的马。那么请问，我的委托人对此负有什么责任呢？他在哪一点犯了罪呢，先生们，你们认为呢？法官先生们，仔细考虑考虑这一切再判决吧。诸位都知道，有两种法律：一种是神的法律，它叫每一个人保护自己的生命；一种是人的法律，它也保护正当防卫。先生们，无论是神的法律，还是人的法律，我的委托人都不曾触犯，因此他是无辜的。"

辩护律师神气十足地看了看周围，擦去了额上的汗，向委托人递了个眼色，便坐下了。法官们相互低声交谈起来。庭长摇了摇铃喊道：

"被告米特里·马林！"

"在！"马林像军人那样答应道，并且两手垂了下来。

"关于这个案子你要说些什么？"

"你在说我吗？"

"当然是你，现在是在问你。"

"我要说的和他说的完全一样，完全是那回事儿。"

昔日重现

"你说说看是哪回事儿?"

"是这么回事儿!"米特里高声喊道,"这匹可恶的马每天窜到我的院子里。我对彼得说过多少次:邻居,把马圈起来吧,狼会咬死它的!它害人无数,我的园子让它踩坏了。只要天一黑,它就跳过篱笆来了,简直把我害苦了!法官先生,我对您说实在话,它踩坏我许多南瓜,我真心疼。南瓜已经长得这么大了,可是这匹该死的马,竟把它们踩坏了。我忍着,忍着,——好吧!我想:你等着吧,我一定给你点儿厉害看看。我把枪装上子弹,开始等着它。到了半夜,我刚打算躺下,就听见扑通一声,它又跳过来了!就是它,看我的!一定有他好瞧。"

"那么,后来怎么样了呢?"庭长问道。

"后来,我就动手了!我瞄准了……一枪就把它打死了。"

"然后呢?"

"后来我和我的老婆就把它拖到村子外面去,埋在那儿的干草堆里了,我们想把它藏起来,但是被发现了……"

辩护律师听着他的委托人在坦白地承认,气得浑身发抖。他想用眼睛制止他说下去,但是米特里好像完全忘记了这位辩护人,只顾看着庭长一个人。

"依你看,这匹马需要多少钱能买到?"庭长问道。

"我哪儿知道?马是挺好的。"米特里答道。

辩护律师气愤地把文件往桌子上一摔,忽地一下站起来。

庭长宣布退庭。气得直哆嗦的辩护律师把米特里叫到走廊上喊道:

"你这混蛋,难道你不会撒谎吗?既然撒谎都不会,你还请什么律师?"说完,他转身气愤地离去了。

程序控制的丈夫

——［前南斯拉夫］伊·布德洛

>佩塔尔一早起来就遵照妻子给他留的字条把所有该做的事都做了，然后直奔车站，准备买票赶去和妻子相会，却发现自己不知该往何处去。

闹钟骤然响起，把佩塔尔吓了一大跳，他一看已是清晨5点，急忙起床，他要赶去度周末，妻子和儿子昨天已经走了，倘若他不能按时赶到，他们定会十分焦急。

佩塔尔按了一下闹钟的按钮，钟表下面放着妻子留给他的字条。上面写着：亲爱的，把录音机打开。

佩塔尔立即遵照妻子的指示打开了录音机。刹那间，欢快的流行歌曲从录音机里"流淌"出来。音乐停止后，录音机里传来妻子的声音："早晨好，亲爱的！你睡得怎样？"

"假情假义！"佩塔尔嘀咕了一句，抽起烟来。

"马上把烟掐灭！"妻子的命令从录音机里传出，"到冰箱里取出早餐用的木瓜酱。注意，要适可而止。"

他刚刚吃完早饭，妻子的命令又从录音机里飞出来："看看阳台花盆下面的字条。"

妻子在字条上提醒他别忘了浇花，并详尽地说明如何进行这一美化环境的工作。

厨房里的字条告诉佩塔尔不要忘记刷碗。贴在衣柜门上的字条要求他如何打扮自己：穿灰色西装，莫要忘记扎领带。

佩塔尔无可奈何地摇了摇头，正动手收拾旅行包时，在包底又发现了一张字条：把刮脸刀带上。

佩塔尔顺从地将险些忘记的刮脸刀放到旅行包里，便向门口走去。可是，房

昔日重现

门上的字条威风凛凛地命令道：回去！烟灰缸里还有一只没有熄灭的烟卷。

在房门的另一面上，妻子留下了最后一道命令：看是否把窗关严、门锁好。

佩塔尔检查了一下门和窗，一切都符合要求。

在火车站，他走到售票口，把钱递给了售票员。

"给我来张票。"佩塔尔说。

"去哪儿？"售票员问道。

"去哪儿？"佩塔尔迷惑不解地自言自语，下意识地转过头去，想问一下妻子，回头一看，才知自己是独身一人。

"您是否能告诉我你去哪？难道这也是不可告人的秘密吗？"售票员挖苦道。

这时佩塔尔方恍然大悟，是妻子忘记告诉他去何处。他张大嘴吸了一口气，然后慢慢地吐着气，把钱放回衣袋里。

回到家里，他砸碎了录音机，打开了鸟笼，放走了囚禁在笼中的金丝鸟，然后拿出一瓶酒，杯也没拿，鞋也没脱就躺到床上，嘴对瓶嘴有滋有味地喝了起来。

默 哀

——［匈牙利］莫尔多瓦

> 为了表达对死去局长的哀悼之情，
> 全局职工对着局长遗像默哀一分钟，
> 但慑于局长生前的淫威，
> 没有人敢结束默哀，直到现在。

虽然现在"遭殃的机关"已经不多了，而且还在呈下降趋势，但其中值得一提的遭殃机关还有那么几个，我们机关就是其中一个。

本来我们机关和别的机关没有什么不同，如要说不同，则一定体现在我们威严的勃朗特·尤若夫局长身上。一进我们机关大门，迎面就是他一人高的站立塑像，这是局长六十寿辰之际全局六百个业余雕塑家应征作品中被评选委员会挑中的那个。塑像的一只手威风凛凛地指着进来的人，另一只手指着挂在墙上的横幅，横幅上写道："你今天打算做什么让我对你感到满意？"这还不够，局长在厕所里也打发人挂上他的肖像，下面写的话是："别在这里偷懒，你不想想，连我也把烟戒了！"

勃朗特局长的办公室是一个改装过的保险箱。他办公时全不费工夫：不管你是谁，也不管你有多大的事，他都拒而不见。不过倒也不是真的一个也不见，如果有人前来告发机关里某人居然在局长背后发表了轻慢无礼的反动话语，那当然另当别论了。告发者只要把保险柜的开关拧到"敌人"那格，柜门就会启开，他便获准入内，面陈详情。如果告发的人或事真的存在，那被举报的人就会被开除，如若诬告，举报人也会被开除。因为总是事出有因，否则别人怎会把有损局长威信的不实之词粘在他的名下呢？

勃朗特局长在任时间达六年之久，这六年的时间他周围的人换了十二批。第六年末，勃朗特局长突然病逝。虽然他亲自批准两名高级工作人员可以上教堂为他做祷告，但看来没有起到作用。

追悼大会决定在局长去世的第二天举行，全局职工全部出席，地点是俱乐部大厅。勃朗特局长的遗像围上黑纱，相片下面——按照他的遗言——挂着一条横幅，上面写道："物质不灭，精神不死，本局长永在。"新局长还没有到任，由副局长契本代致悼词。契本代副局长站在俱乐部礼堂的尽头，面对局长遗像宣读悼词。站在前几排的人都好像看到已故局长在镜框里不时赞许地点点头，但当契本代说些平庸的话时，他就皱起眉头。致悼词从早晨八点钟开始，于次日下午六点半结束。当悼词念完，契本代副局长把讲稿的最后一张纸放到桌子上，然后宣布：为了表示对死去的勃朗特局长的敬意，全体静立默哀一分钟。从此开始，我们局就变成了货真价实的"遭殃的机关"了。

为了竭力压制沉痛，或者表示自己正在竭力压制着沉痛，起立的人都双手扶着前排的椅子背。格盖尼刚一起立，就打了个趔趄。契本代副局长严厉地瞪了他一眼，格盖尼迅速站稳，因为他清楚地知道，人们对局长哪怕只要有一丁点不逊之举，副局长们是从不手软的。

大家站着，等有人做个动作，咳一声，或者用其他什么方式表示一分钟已到了，可是全场鸦雀无声。

虽然那时时间显得很慢，但绝对不止一分钟了，但现场的人谁也没有提出来。算起来最适合说这句话的契本代，却连表也不敢看一下，他担心会为此丢官。有的人看着围黑纱的遗像，暗暗担心自己的饭碗。谁也不怀疑，勃朗特局长说"物质不灭"绝不是信口开河。他们相信，任何人敢斗胆从最后敬意的六十秒钟哪怕克扣一秒钟，就会遭到局长来自另一个世界的处分。在那一时刻，人们也在互相看着笑话，等待最糊涂的家伙来打破这该死的默哀，那么他就会被脚不沾地地踢出机关去。不少人正在盘算，这无疑是为提级创造条件的大好时机。

最后使事情彻底演变为悲剧的是墙上的那架挂钟。大概也是基于哀悼的原因吧，它停了。大家就永远地失去了能不冒大不韪而断定一分钟已经过去的机会。

天破晓了，接着黄昏又来临了，但是一分钟的默哀还在继续进行。新任命的局长到任，请大家节哀，请坐下或者请回家。

谁知道人们还是闻之不动，虽然人人都想趁此结束这该死的"一分钟"，但是仍没人敢动，每个人都担心：是他第一个坐下来的。

两星期过去了。由于俱乐部要另作他用，新局长只好派人把开追悼会的人们装上卡车（他们还是这么站着，原来是怎么站着的，现在还是怎么站着）。运到医院，医院不接受，于是就运到了"最新现代史博物馆"的一个特别陈列室。

"遭殃机关"的全体人员从此就在那用一条红绳子围着的地方站着，扶着前排椅子背，眼睛直视前方，好像还在看着勃朗特局长的遗像。

博物馆的看守告诉人们说，默哀的人常常在深夜轻轻地叹一口气，活动一下麻木的手脚，但从余光中看到别人还在毕恭毕敬地站着，急忙收回欲动的手脚，继续默哀。

报告重要机密

绿星人十四号到达地球准备进攻地球人,他却发现地球人正在自取灭亡,于是向队长发了一分重要的机密报告。

白　光

——［中国］鲁　迅

考了十六次没有中第的陈士成，每次落第后都把希望寄托在挖掘子虚乌有的巨额财富上。第十六次落榜后，在"白光"的指引下，他在他自己的房屋里挖出了死人的白骨，还不死心，最后落入了城外的湖中。

陈士成看过县考的榜，回到家里的时候，已经是下午了。他去得本很早，一见榜，便先在这上面寻陈字。陈字也不少，似乎也都争先恐后的跳进他眼睛里来，然而接着的却全不是士成这两个字。他于是重新再在十二张榜的圆图里细细地搜寻，看的人全已散尽了，而陈士成在榜上终于没有见，车站在试院的照壁的面前。

凉风虽然拂拂的吹动他斑白的短发，初冬的太阳却还是很温和的来晒他。但他似乎被太阳晒得头晕了，脸色越加变成灰白，从劳乏的红肿的两眼里，发出古怪的闪光。这时他其实早已看不到什么墙上的榜文了，只见有许多乌黑的圆圈，在眼前泛泛的游走。

隽了秀才，上省去乡试，一径联捷上去，……绅士们既然千方百计的来攀亲，人们又都像看见神明似的敬畏，深悔先前的轻薄，发昏，……赶走了租住在自己破宅门里的杂姓——那是不劳说赶，自己就搬的，——屋宇全新了，门口是旗竿和扁额，……要清高可以做京官，否则不如谋外放。……他平日安排停当的前程，这时候又像受潮的糖塔一般，刹时倒塌，只剩下一堆碎片了。他不自觉的旋转了觉得涣散了的身躯，惘惘的走向归家的路。

他刚到自己的房门口，七个学童便一齐放开喉咙，吱的念起书来。他大吃一惊，耳朵边似乎敲了一声磬，只见七个头拖了小辫子在眼前晃，晃得满房，黑圈子也夹着跳舞。他坐下了，他们送上晚课来，脸上都显出小觑他的神色。

"回去罢。"他迟疑了片时，这才悲惨的说。

他们胡乱的包了书包,挟着,一溜烟跑走了。

陈士成还看见许多小头夹着黑圆圈在眼前跳舞,有时杂乱,有时也排成异样的阵图,然而渐渐的减少,模糊了。

"这回又完了!"

他大吃一惊,直跳起来,分明就在耳朵边的话,回过头去却并没有什么人,仿佛又听得嗡的敲了一声磬,自己的嘴也说道:

"这回又完了!"

他忽而举起一只手来,屈指计数着想,十一,十三回,连今年是十六回,竟没有一个考官懂得文章,有眼无珠,也是可怜的事,便不由嘻嘻的失了笑。然而他愤然了,蓦地从书包布底下抽出誊真的制艺和试贴来,拿着往外走,刚近房门,却看见满眼都明亮,连一群鸡也正在笑他,便禁不住心头突突的狂跳,只好缩回里面了。

他又就了坐,眼光格外的闪烁,但目睹着许多东西,然而很模糊,——是倒塌了的糖塔一般的前程躺在他面前,这前程又只是广大起来,阻住了他的一切路。

别家的炊烟早消歇了,碗筷也洗过了,而陈士成还不去做饭。寓在这里的杂姓是知道老例的,凡遇到县考的年头,看见发榜后的这样的眼光,不如及早关了门,不要多管事,最先就绝了人声,接着是陆续的熄了灯火,独有月亮,却缓缓的出现在寒夜的空中。

空中青碧倒如一片海,略有些浮云,仿佛有谁将粉笔洗在笔洗里似的摇曳。月亮对着陈士成注下寒冷的光波来,当初也不过像是一面新磨的铁镜罢了,而这镜却诡秘的照透了陈士成的全身,就在他身上映出铁的月亮的影。

他还在房外的院子里徘徊,眼里颇清净了,四近也寂静。但这寂静忽又无端的纷扰起来,他耳边又确凿听到急促的低声说:

"左弯右弯……"

他耸然了,倾耳听时,那声音却又提高的复述道:

"右弯!"

他记得了。这院子,是他家还未如此凋零的时候,一到夏天的夜间,夜夜和他的祖母在此纳凉的院子。那时他不过十岁有零的孩子,躺在竹榻上,祖母便坐在榻旁边,讲给他有趣的故事听。伊说是曾经听得伊祖母说,陈氏的祖宗是巨富的,这屋子便是祖基,祖宗埋着无数的银子,有福气的子孙一定会得到的罢,然而至今还没有发现。至于处所,那是藏在一个谜语的中间:

"左弯右弯,前走后走,量金量银不论斗。"

对于这谜语,陈士成便在平时,本也常常暗地里加以揣测的,可惜大抵刚以

为可通,却又立刻觉得不合了。有一回,他确有把握,知道这是在租给唐家的房底下的了,然而总没有前去发掘的勇气。过了几时,可又觉得太不相像了。至于他自己房子里的几个掘过的旧痕迹,那却全是先前几回下第以后的发了怔忡的举动,后来自己一看到,也还感到惭愧而且羞人。

但今天铁的光罩住了陈士成,又软软的来劝他了,他或者偶一迟疑,便给他正经的证明,又加上阴森的催逼,使他不得不又向自己的房里转过眼光去。

白光如一柄白团扇,摇摇摆摆的闪起在他房里了。

"也终于在这里!"

他说着,狮子似的赶快走进那房里去,但跨进里面的时候,便不见了白光的影踪,只有莽苍苍的一间旧房,和几个破书桌都没在昏暗里。他爽然的站着,慢慢的再定睛,然而白光却分明的又起来了,这回更广大,比硫黄火更白净,比朝雾更霏微,而且便在靠东墙的一张书桌下。

陈士成狮子似的奔到门后边,伸手去摸锄头,撞着一条黑影。他不知怎的有些怕了,张惶的点了灯,看锄头无非倚着。他移开桌子,用锄头一气掘起四块大方砖,蹲身一看,照例是黄澄澄的细沙,挦了袖爬开细沙,便露出下面的黑土来。他极小心的,幽静的,一锄一锄往下掘,然而深夜究竟太寂静了,尖铁触土的声音,总是钝重的不肯瞒人的发响。

土坑深到二尺多了,并不见有瓮口,陈士成正心焦,一声脆响,颇震得手腕痛,锄尖碰着什么坚硬的东西了,他急忙抛下锄头,摸索着看时,一块大方砖在下面。他的心抖得很利害,聚精会神的挖起那方砖来,下面也满是先前一样的黑土,爬松了许多土,下面似乎还无穷。但忽而又触着坚硬的小东西了,圆的,大约是一个锈铜钱,此外也还有几片破碎的磁片。

陈士成心里仿佛觉得空虚了,浑身流汗,急躁的只爬搔。这其间,心在空中一抖动,又触着一种古怪的小东西了,这似乎约略有些马掌形的,但触手很松脆。他又聚精会神的挖起那东西来,谨慎的撮着,就灯光下仔细的看时,那东西斑斑剥剥的像是烂骨头,上面还带着一排零落不全的牙齿。他已经悟到这许是下巴骨了,而那下巴骨也便在他手里索索的动弹起来,而且笑吟吟的显出笑影,终于听得他开口道:

"这回又完了!"

他栗然的发了大冷,同时也放了手,下巴骨轻飘飘的回到坑底里不多久,他也就逃到院子里了。他偷看房里面,灯火如此辉煌,下巴骨如此嘲笑,异乎寻常的怕人,便再不敢向那边看。他躲在远处的檐下的阴影里,觉得较为平安了,但在这平安中,忽而耳朵边又听得窃窃的低声说:

"这里没有……到山里去……"

陈士成似乎记得白天在街上也曾听得有人说这种话，他不待再听完，已经恍然大悟了。他突然仰面向天，月亮已向西高峰这方面隐去，远想离城三十五里的西高峰正在眼前，朝笏一般黑魆魆的挺立着，周围便放出浩大闪烁的白光来。

而且这白光又远远的就在前面了。

"是的，到山里去！"

他决定的想，惨然的奔出去了。几回的开门声之后，门里面便再不闻一些声息。灯火结了大灯花照着空屋和坑洞，毕毕剥剥的炸了几声之后，便渐渐的缩小以至于无有，那是残油已经烧尽了。

"开城门来——"

含着大希望的恐怖的悲声，游丝似的在西关门前的黎明中，战战兢兢的叫喊。

第二天的日中，有人在离西门十五里的万流湖里看见一个浮尸，当即传扬开去，终于传到地保的耳朵里了，便叫乡下人捞将上来。那是一个男尸，五十多岁，"身中面白无须"，浑身也没有什么衣裤。或者说这就是陈士成。但邻居懒得去看，也并无尸亲认领，于是经县委员相验之后，便由地保埋了。至于死因，那当然是没有问题的，剥取死尸的衣服本来是常有的事，够不上疑心到谋害去，而且仵作也证明是生前的落水，因为他确凿曾在水底里挣命，所以十个指甲里都满嵌着河底泥。

汾河的圆月

—— [中国] 萧 红

> 小玉的父亲病死在军中，
> 小玉的妈妈改嫁了。
> 在以后的日子里，
> 瞎眼的外祖母天天到汾河去等候她的儿子；
> 小玉常站在水井边想念他的妈妈。

黄叶满地落着。小玉的祖母虽然是瞎子，她也确确实实承认道已经好久就是秋天了。因为手杖的尖端触到那地上的黄叶时，就起着她的手杖在初冬的早晨踏破了地面上的结着薄薄的冰片暴裂的声音似的。

"你爹今天还不回来吗？"祖母全白的头发，就和白银丝似的在月亮下边走起路来，微微地颤抖着。

"你爹今天还不回来吗？"她的手杖格格地打着地面，落叶或瓦砾或沙土都在她的手杖下发着响或冒着烟。

"你爹，你爹，还不回来吗？"她沿着小巷子向左边走。邻家没有不说她是疯子的，所以她一走到谁家的门前，就听到纸窗里边咯咯的笑声，或是问她："你儿子去练兵了吗？"

她说："是去了啦，不是吗？就为着那卢沟桥……后来人家又都说不是，说是为着'三一八'还是'八一三'……"

"你儿子练兵打谁呢？"

假若再接着问她，她就这样说：

"打谁……打小日本子吧……"

"你看过小日本子吗？"

"小日本子，可没见过……反正还不是黄眼珠，卷头发……说话滴拉都鲁地……像人不像人，像兽不像兽。"

"你没见过，怎么知道是黄眼珠？"

"那还用看，一想就是那么一回事，……东洋鬼子，西洋鬼子，一想就都是那么一回事……看见！有眼睛的要看，没有眼睛也必得用耳听，看不见，还没听人说过……"

"你听谁说的？"

"听谁说的！你们这睁着眼睛的人，比我这瞎子还瞎……人家都说，瞎子有耳朵就行，……我看你们耳眼皆全的……耳眼皆全……皆全……"

"全不全你怎么知道日本子是卷头发……"

"嘎！别瞎说啦！把我的儿子都给掷了去啦……"

汾河边上的人对于这疯子起初感到趣味，慢慢地厌倦下来，接着就对她非常冷淡。也许偶而对她又感到趣味，但那是不常有的。今天这白头发的疯子就空索索地一边嘴在咕噜咕噜地像是鱼在池塘里吐着沫似的，一边向着汾河边走。

小玉的父亲是在军中病死的，这消息传到小玉家是在他父亲离开家还不到一个月的时候。祖母从那个时候，就在夜里开始摸索，嘴里就开始不断的什么时候想起来，就什么时候说着她的儿子是去练兵练死了。

可是从小玉的母亲出嫁的那一天起，她就再不说她的儿子是死了。她忽然说她的儿子是活着，并且说他就快回来了。

"你爹还不回来吗？你妈眼看着就把你们都丢下啦！"

夜里小玉家就开着门过夜，祖父那和马铃薯一样的脸孔，好像是浮肿了，突起来的地方突得更高了。

"你爹还不回来吗？"祖母那夜依着门扇站着，她的手杖就在蟋蟀叫的地方打下去。

祖父提着水桶，到马棚里去了一次再去一次。那呼呼地喘气的声音，就和马棚里边的马差不多了。他说：

"这还像个家吗？你半夜三更的还不睡觉！"

祖母听了他这话，带着手杖就跑到汾河边上去。那夜她就睡在汾河边上了。

小玉从妈妈走后，那胖胖的有点发黑的脸孔，常出现在那七八家取水的井口边。尤其是在黄昏的时候，他跟着祖父饮马的水桶一块来了。马在喝水时，木桶里边发着响，并且那马还响着鼻子。而小玉只是静静地站着，看着……有的时候他竟站到黄昏以后。假若有人问他：

"小玉怎么还不回去睡觉呢？"

那孩子就用黑黑的小手搔一搔遮在额前的那片头发，而后反过来的手掌向外，把手背压在脸上，或者压在眼睛上。

"妈没有啦？"他说。

直到黄叶满地飞着的秋天，小玉仍是常常站在井边；祖母仍是常常嘴里叨叨

昔日重现

着,摸索着走向汾河。

汾河永久是那么寂寞,潺潺地流着,中间隔着一片沙滩,横在高高城墙下。在圆月的夜里,城墙背后衬着深蓝色的天空。经过河上用柴草架起的浮桥,在沙滩上印着日里经过的战士们的脚印。天空是辽远的,高的,不可及的深远的圆月的背后,在城墙的上方悬着。

小玉的祖母坐在河边上,曲着她的两膝,好像又要说到她的儿子。这时她听到一些狗叫,一些掌声。她不知道什么是掌声,她想是一片震耳的蛙鸣。

一个救亡的小团体的话剧在村中开演了。

然而,汾河的边上仍坐着小玉的祖母,圆月把她画着深黑色的影子落在地上。

长 安 寺

——［中国］萧　红

> 敲钟的声音一到接近黄昏的时候就稀少下来，
> 并且渐渐地简直一声不响了。

接引殿里的佛前灯一排一排的，每个顶着一颗小灯花燃在案子上。敲钟的声音一到接近黄昏的时候就稀少下来，并且渐渐地简直一声不响了。因为烧香拜佛的人都回家去吃着晚饭。

大雄宝殿里，也同样哑默默地，每个塑像都站在自己的地盘上忧郁起来，因为黑暗开始挂在他们的脸上。长眉大仙，伏虎大仙，赤脚大仙，达摩，他们分不出哪个是牵着虎的，哪个是赤着脚的。他们通通安安静静地同叫着别的名字的许多塑像分站在大雄宝殿的两壁。

只有大肚弥勒佛还在笑眯眯地看着打扫殿堂的人，因为打扫殿堂的人把小灯放在弥勒佛脚前的缘故。

厚沉沉的圆圆的蒲团，被打扫殿堂的人一个一个地拾起来，高高地把它们靠着墙堆了起来。香火着在释迦摩尼的脚前，就要熄灭的样子，昏昏暗暗地，若不去寻找，简直看不见了似的，只不过香火的气息缭绕在灰暗的微光里。

接引殿前，石桥下边池里的小龟，不再像日里那样把头探在水面上。用胡芝麻磨着香油的小石磨也停止了转动。磨香油的人也在收拾着家具。庙前喝茶的都戴起了帽子，打算回家去。冲茶的红脸的那个老头，在小桌上自己吃着一碗素面，大概那就是他的晚餐了。

过年的时候，这庙就更温暖而热气腾腾的了，烧香拜佛的人东看看，西望望。用着他们特有的幽闲，摸一摸石桥的栏杆的花纹，而后研究着想多发现几个桥下的乌龟。有一个老太婆背着一个黄口袋，在右边的胯骨上，那口袋上写着"进香"两个黑字，她已经跨出了当门的殿堂的后门，她又急急忙忙地从那后门转回去。方才，就是前一刻，一定是她觉得自己太疏忽了，怕是那尊面向着后门口的佛见她怪，而急急忙忙地请他恕罪的意思。

昔日重现

卖花生糖的肩上挂着一个小箱子，里边装了三四样糖，花生糖、炒米糖，还有胡桃糖。卖瓜子的提着一个长条的小竹篮，篮子的一头是白瓜籽，一头是盐花生。而这里不大流行难民卖的一包一包的"瓜籽大王"。青茶，素面，不加装饰的，一个铜板随手抓过一撮来就放在嘴上磕的白瓜籽，就已经十足了。所以这庙里吃茶的人，都觉得别有风味。

耳朵听的是梵钟和诵经的声音；眼睛看的是些悠闲而且自得的游庙或烧香的人；鼻子所闻到的，不用说是檀香和别种香料的气息。所以这种吃茶的地方确实使人喜欢，又可以吃茶，又可以观风景看游人。比起重庆的所有的吃茶店来都好。尤其是那冲茶的红脸的老头，他总是高高兴兴的，走路时喜欢把身子向两边摆着，好像他故意把重心一会放在左腿上，一会放在右腿上。每当他掀起茶盅的盖子时，他的话就来了，一串一串的，他说：我们这四川没有啥好的，若不是打日本，先生们请也请不到这地方。他再说下去，就不懂了，他谈的和诗句一样。这时候他要冲在茶盅的开水，从壶嘴如同一条水落进茶盅来。他拿起盖子来把茶盅扣住了，那里边上下游着的小鱼似的茶叶也被盖子扣住了，反正这地方是安静得可喜的，一切都是太平无事。

××坊的水龙就在石桥的旁边和佛堂斜对着面。里边放置着什么，我没有机会去看，但有一次重庆的防空演习我是看过的，用人推着哇哇的山响的水龙，一个水龙大概可装两桶水的样子，可是非常沉重，四五个人连推带挽。若着起火来，我看那水龙到不了火已经落了。那仿佛就写着什么××坊一类的字样。惟有这些东西，在庙里算是一个不调和的设备，而且也破坏了安静和统一。庙的墙壁上，不是大大的写着"观世音菩萨"吗？庄严静穆，这是一块没有受到外面侵扰的重庆的唯一的地方。他说，一花一世界，这是一个小世界，应作如是观。

但我突然神经过敏起来——可能有一天这上面会落下了敌人的一颗炸弹。而可能的那两条水龙也救不了这场大火。那时，那些喝茶的将没有着落了，假如他们不愿意茶摊埋在瓦砾场上。

我顿然地感到悲哀。

尾 巴

—— [中国] 汪曾祺

人事顾问老黄在人事工作会议上总爱讲故事，
但他讲的故事的主题总是有关出身问题的。

人事顾问老黄是个很有意思的人。工厂里本来没有"人事顾问"这种奇怪的职务，只是因为他曾经做过多年人事工作，肚子里有一部活档案；近两年岁数大了，身体也不太好，时常闹一点腰酸腿疼，血压偏高，就自己要求当了顾问，所顾的也还多半是人事方面的问题，因此大家叫他人事顾问。这本是个外号，但是听起来倒像是个正式职称似的。有关人事工作的会议，只要他能来，他是都来的。来了，有时也发言，有时不发言。他的发言有人爱听，有人不爱听。他看的杂书很多，爱讲故事，在很严肃的会上有时也讲故事。下面就是他讲的故事之一。

厂里准备把一个姓林的工程师提升为总工程师，领导层意见不一，有赞成的，有反对的，已经开了多次会，定不下来。赞成的意见不必说了，反对的意见，归纳起来，有以下几条：

一、他家庭出身不好，是资本家；

二、社会关系复杂，有海外关系，有个堂兄还在台湾；

三、反右时有右派言论；

四、群众关系不太好，说话有时很尖刻……

其中反对最强烈的是一个姓董的人事科长，此人爱激动，他又说不出什么理由，只是每次都是满脸通红地说："知识分子！哼！知识分子！"翻来覆去，只是这一句话。

人事顾问听了几次会，没有表态。党委书记说："老黄，你也说两句！"老黄慢条斯理地说：

"我讲一个故事吧——

"从前，有一个人，叫做艾子。艾子有一回坐船，船停在江边。半夜里，艾

昔日重现

子听见江底下一片哭声。仔细一听，是一群水族在哭。艾子问：'你们哭什么?'水族们说：'龙王有令，水族中凡是有尾巴的都要杀掉，我们都是有尾巴的，所以在这里哭。'艾子听了，深表同情。艾子看看，有一只蛤蟆也在哭，艾子很奇怪，问这蛤蟆：'你哭什么呢？你又没有尾巴！'蛤蟆说：'我怕龙王要追查起我当蝌蚪时候的事儿呀！'"

金星人的挫折

——［美国］阿布克华德

> 金星科学家以确凿的证据证明地球上不可能存在生命，并把适应地球空气作为他们最重要的攻关项目。

日历翻到一周前，金星的科学家们正举杯庆贺，他们向地球发射的卫星，已从纽约市发回一组地球上的照片。

由于地球上空天气晴朗，科学家们获得了不少珍贵资料。载人飞船登上地球究竟能否实现？他们对这个重大问题进行了重点研究。在金星科技大学里，一次记者招待会正在进行。

"我们已经能得出这个结论，"绍格教授说，"地球上是没有生命存在的。"

"说一说您的根据。"《晚星报》记者十分有礼貌地发问。

"首先，纽约城的地面都由一种非常硬的混凝土覆盖着，这就是说，任何植物都不能生长；第二，地球的大气中充满了一氧化碳和其他种种有害气体，如果说有人居然能在地球上呼吸、生存，那简直太不可思议了。"

"可是，您是如何得出这个结论的？"

"原因很简单，我们的飞船还得自带氧气，这样，我们发射的飞船将不得不大大增加重量。"

"那儿还有什么其他危险因素吗？"

"请看这张照片，您看到一条像河流一样的线条，但卫星已经发现：人已经无法饮用那河水了。因此，连喝的水我们都得自己带上！"

"噢！照片上的这些黑色微粒是什么物体？"

"至于这些黑色微粒，我们还没有认定。它们沿着固定轨迹移动并能喷出气体、发出噪音，还会互相碰撞。它们多如牛毛，可以肯定的是，如果撞击上我们的飞船，我们的飞船将无从幸免。"

"如果按照您的结论，那么这是否意味着：我们将不得不推迟数年来实现我们原来的飞船计划？"

昔日重现

"理论是这样,但是如果我们有了足够的补充资金,我们会马上开展工作的。"

"教授先生,请问:为什么我们金星人耗费数十亿格勒思(金星的货币单位)向地球发射载人飞船呢?"

"这很重要,这么说吧,如果我们能够适应地球空气的话,我们就有资本去任何地方!"

失 败

——［俄国］契诃夫

彼普洛夫和妻子在房门外面偷听女儿跟书法教员的爱情表白，当他们冲进屋为女儿和书法教员进行婚礼祝福时，却发现把圣像拿错了，书法教员得以解脱。

门外，伊里亚·谢尔盖伊奇·彼普洛夫和妻子克列奥帕特腊·彼得罗夫娜正在偷听屋里的谈话。屋内，他们的女儿娜塔申卡和县中学教员舒普金在进行一场互诉衷肠的表白。

"有希望！"彼普洛夫悄声说。他兴奋得发抖，不断搓着双手，"看着点，彼得罗夫娜，等他们一表白爱情，你就立即从墙上取下圣像，我们就进去为他们祝福……当场进行……用圣像祝福是神圣的、忠贞不渝的……这样，他们的爱情就会固若金汤，任何力量也都拆不开。"

可是屋内的谈话是这样的：

"尊重您的人格吧，"舒普金说，他那根擦燃的火柴碰在自己的方格裤子上，"我从来没有给您写过信呀！"

"不对吧？您的笔迹我是绝不会认错的，甭骗人！"姑娘哈哈大笑，矫揉造作地尖声嚷嚷，还不时地照照镜子，"我一下子就认出来了！您这人真怪！一个书法教员，可笔迹却像鸡脚爪！要是您自己连字都写不好，怎么教书法呀？"

"问题不在这儿，小姐。书法课写字不是主要的，主要的是不要让学生们打瞌睡。有的要用戒尺揍头，有的要罚跪……管它什么书法！小事情！涅克拉索夫是个作家，然而看到他写的字都会害臊。在他的全集里附有他的笔迹。"

"一会儿涅克拉索夫，一会儿您……"她叹口气，"我倒乐意嫁给一个作家，这样，我就经常会读到写给我的诗。"

"诗我也能给您写，要是您愿意。"

"您的诗具体要写些什么？"

"写爱情……写感情……写您的眼睛……您读着读着就会神魂颠倒……感动

昔日重现

得掉眼泪！不过要是我给您写了诗，那就让我吻吻您的手好吗？"

"这还不简单，不过不必到那时，你现在就可以。"

舒普金一跃而起，伏到那只丰满的、散发出蛋皂香味儿的手上。

"快！快去取圣像！"彼普洛夫慌张起来，用胳膊肘推了一下妻子，激动得脸色发白，一边扣钮扣，一边说，"进去吧！嗯！"

于是，彼普洛夫刻不容缓地推开了门。

"孩子们……"他举起双手，哭声哭气地眨巴着眼睛，喃喃地说，"我带着上帝的意愿，祝福你们……一起生活吧……生儿育女……传宗接代……"

"我……我也祝福你们……"母亲说道，她幸福得哭了，"你们一定会相守到老的。"

"要知道，娜塔申卡是我们最心爱的女儿，现在她归您了！"她转向舒普金说，"要记得爱我的女儿，要体贴她……"

舒普金惊吓得张口结舌。这两位老人的袭击是这样的出其不意，这样的果断，使他来不及作出任何反应。

"糟了！走不脱了！"他暗自思忖，吓得呆若木鸡，"现在你完蛋了，老弟！跑不了啦！"

于是他低下了头，仿佛要说："随你们安排，我失败了！"

"我祝……祝福……"老头子泣不成声，但仍坚持着说，"娜塔申卡，我的女儿……站到旁边去……彼得罗夫娜，把圣像给我……"

突然老头子止住了哭声，他的面孔气得抽搐起来。

"你这个笨蛋！"他气冲冲地对妻子说，"你真是糊涂到家了，难道这是圣像吗？"

"哎呀，上帝！"

"怎么？有什么不对吗？"可怜的舒普金胆怯地抬起眼睛，他发现他得救了：匆忙中，老太太从墙上把作家拉热奇尼科夫的肖像当做圣像取了下来。老头子彼普洛夫跟手里拿着作家肖像的妻子克列奥帕特腊·彼得罗夫娜狼狈地站着，不知这祝福该如何进行下去。可怜的舒普金见机会难得，急忙溜走了。

公 民 证

——［俄国］契诃夫

> 亚基姆与妻子梅兰尼娅去休养所度假，
> 却因忘带公民证而遭到拒绝。
> 去邮局取邮寄来的公民证也因没有公民证而不能取到。
> 等再次去取时，却发现公民证又被邮寄走了。

亚基姆与妻子梅兰尼娅兴奋极了，因为他们就要去海滨度假了，这对他们来说生平还是第一次，而且是到那没有风、到那水温暖得像餐桌上的茶一样的海边。

单位给他们开了到"迎宾"休养所的许可证。为了到休养所去，他们先是乘电气火车、公共汽车，最后换乘古老的蒸汽轮船，一切都很顺利，可到了休养所却碰到了麻烦：休养所当局拒绝接收他们，不给他们提供膳宿，理由是夫妇俩都没携带公民证。是啊，公民证是这样一种凭证，没有它，你别想得到一张床位、一把椅子。坐在走廊里等吧，期待吧。可等什么，又期待什么呢？要知道，规定就是规定。如果没带游泳衣，这倒不成问题，可以到离海滨浴场远一些的地方，各自穿着普通裤衩到海里去也没事儿。但是没有公民证，情况就不同了，别说休养院不收留你，就是一些小私营旅店也不会收留。

"梅兰尼娅，现在我们该怎样做？"丈夫问妻子。

"亲爱的亚基姆，我一点儿办法都没有。"妻子耸了耸肩。

在这个"迎宾"休养所既没有亚基姆夫妇的床位，也没有他们的餐桌，这里只有一个小卖部。

时间在无助的等待和期望中过去了。

"梅兰尼娅，我们怎么办呢？"

"亚基姆，我还是没有办法。"

最后，梅兰尼娅忽然想起该给母亲发封电报，让她把公民证立刻寄来。

两天后，总算盼来了珍贵的挂号信，信一到，邮局就通知了他们。他们高高

昔日重现

兴兴地跑去领取。到了领取的窗口，他们拿出通知单，自我介绍了一番。

"拿公民证看一下！"窗口里一个可爱的姑娘说。

"什么公民证？"亚姆基惊奇地问。

"当然是您的公民证！"

"噢！可它不在我这儿，它在您那儿，在这个信封里啊……姑娘，我们就是等它呀！"

"信封里装的是什么我用不着管，也管不着。但是，要取信，您就得交验公民证。"

第二天、第三天又去，但还是白费口舌。这一对没有公民证的夫妇，谁的信任也得不到。

他们在"迎宾"休养所的领地上又闹腾了两天，这段时间里他们主要以夹肉面包和果汁为食，也晒了几次太阳，游了游泳，但终究不很畅快，便决定回家。一路上的辛苦和沮丧的心情自不必说，总算到了基希涅夫，由此到家不过咫尺之遥——坐上出租车一个多小时就到了。

回到家，第一件事就是到邮局去领取公民证。按时间算，他们的公民证早该退回来了。

"我的挂号信从疗养区退回来了吗？"亚基姆问。

"啊！您的，在这儿呢！"女营业员回答说。

"谢天谢地！请给我吧……您不知道，为这封信我们吃了多少苦头啊！我们这次可受够了……"

"看看公民证！"姑娘说。

"怎么？又是公民证！我们的公民证就在您拿着的信封里呀！"

"我不管信封里有什么东西，可您必须交验公民证才能取信。"

他们又到邮局去了两趟，但每次都空手而归。

第三次去时，邮局告诉他们：信又退到"迎宾"休养所交亚基姆收了，因为信件只有一个月的留存期限，现在期限已过。

澡 堂

——［前苏联］米海尔·佐希切柯

> 我去澡堂洗了一次澡，
> 却被迫穿了别人的裤子，
> 还被迫多脱了一次衣服。

我们这儿的澡堂条件还勉强说得过去，但有一点很烦人，那就是澡堂票根无处可放。上礼拜六我去了一家澡堂，他们给了我两张票根。一张是保管浴巾的，另一张是寄放帽子跟大衣的收条。

要命的是全身一丝不挂，票根又能放哪呢！直截了当地说吧——没地方放。没有口袋，四下一望——全是肚子跟腿。说句笑话，票根总不能拴在胡子上吧。

没法子，我只好一条腿上拴一张票根，以免一丢就是两张。我进了洗澡间。

走动时，票根呼打呼打扇动，别提有多烦人。可是又不能不四下走动，因为总得找个水桶吧。没有水桶，怎么洗澡呢？麻烦着呢！

我找水桶的时候看见一位老兄正用三只水桶在洗澡。他站在一只里，用另一只洗头，左手拿着第三只，为的是怕别人拿走。

我想都没想就去取那个他拿着不用的水桶。但是那位老兄不放手。

"你想干什么？"他说，"想偷别人的水桶吗？"我再拉的时候，他又说话了："我在你两只眼睛之间给你一桶，你他妈就不会这么得意了吧！"

我说："老兄，沙皇时代已经过去了。"我又说："随便用水桶打人，你怎么这么无礼。"我又说："这简直是自私，要知道，别人总也要洗澡的呀。你这可不是在戏院里。"

可是他不管我说什么，就又转回身继续他的霸王浴。

"我不能就站在那儿，看着他享受。"我心里想，"看样子，他还得洗上三天呢。"

我走开了。

大约一个钟头的光景，我看见一个老家伙张着口四下张望，是在找肥皂还是

昔日重现

在做梦,我不清楚。我抄起了他的水桶,溜开了。

现在我有了水桶了,可是找不到地方坐下来。站着洗澡又从没试过,但确实没地方,最后,我还是站着洗了。

可是我周围的人都像发了疯似地在搓洗衣服。一个在洗长裤,一个在揉着短裤,还有一个不知在洗什么破烂。全身刚洗干净,又给他们弄脏了。脏水溅的我满身都是,这帮混蛋。而且搓洗衣服的声音吵得要命,洗澡的乐趣荡然无存。

"算了,不受这气了,"我心想,"我回家再接着洗吧。"

我回到柜台。我给他们一张票根,他们把我的浴巾还给了我。我看了看,所有的东西都是我的,可是裤子却是别人的。

"老兄,"我说,"我的裤子这儿没有洞,我的裤子有个洞在这儿。"

可是管理员说:"什么洞不洞的?要知道,这是澡堂,不是戏院。"

算了,我把那条裤子穿上了,我要去拿我的大衣了。他们不给我的大衣,他们索要票根。我忘了腿上挂的票根了。我得再脱裤子。我脱下了裤子找票根,但没有找到。绳子还在腿上拴着,可是没有票根。票根早给洗掉了。

我把绳子交给管理员。他不要。

"一条绳子取不到任何东西,"他说,"谁都可以剪一段绳子来。"他又说,"这儿没几件大衣,等着吧,等人都走光了。我们会给你一件剩下的。"

"喂!老兄,要是剩下的是破破烂烂的呢?这里又不是戏院。"我说,"我说给你听,我那件大衣一个口袋破了,别的没破。钮扣最上头的一颗还在,别的都没影儿了。"

最后他把大衣给了我。可是他不要那根绳子。

我穿好衣服,走到街头。突然我想起来,我忘了我的肥皂。

我又回去了。他们不让我进去,因为我穿着大衣。

"把衣服脱了。"他们说。

我说:"唉,老兄,我再脱就脱第三次了,这里又不是戏院。"我说,"至少把肥皂的钱折还给我吧。"

"那不可以!"

算了吧!我走了,不要肥皂了。

一定有许多人想知道:这是个什么样的澡堂?地点在哪里?门牌几号?

什么样的澡堂?就是走在大街上随处可见的那种,花十个铜板就可洗一次的那种普通澡堂。

装 电 话

——［前苏联］马里纳特

> 阿尔吉尔为装部家用电话跑了几年，
> 找了许多相关部门领导面谈，但没有结果。
> 他的妻子求助于昔日同班同学，
> 第二天便有了结果。

阿尔吉尔为装部电话，费尽了心思，两年时间里跑了无数个单位，可依然没装上。

又过了半年，他又去找相关部门面谈。

排号等了半年，一个领导才接见了他。这位领导请他坐下，听他讲完之后，拿过他因前两次申请未被理睬而又写的一份申请书，问他在哪里工作。

"在汽车运输公司工会。"领导闻言一怔，马上给什么地方挂了个电话，"同志，这个人不能一天没有电话，我们没有理由……"但是听完答话后，他对阿尔吉尔说："很对不住，现有电话机很缺，一部多余的都没有，另外，线路负荷过重。不过，一有可能就给您安装。瞧，当您的面我给签上'紧急'二字，并把这份申请书留在我这儿。"

阿尔吉尔又等了半年没有结果，就去找更高一级的领导。去了三次没能得到接见，幸运的是第四次得到了接见。这位领导也很客气，也请他坐下，还全神贯注地听完了他的申诉，然后把市电话局长和总工程师叫了来，要他们为阿尔吉尔解决这个问题。

总工程师打了个电话，向谁问了问什么，然后放下话筒，抱歉地耸了耸肩膀说：

"除了不准动用的备用机外，没有一部空机。"

"那就真的很抱歉，备用机是绝对不能动的，您还需要发扬一下精神，我们尽量为您找空机。"说完，领导还在申请书上批了字："第一个解决！"把纸放到桌子上，然后把阿尔吉尔一直送到门口。

昔日重现

阿尔吉尔又等了半年,电话还是没有影。阿尔吉尔知道这次又白费了,于是,他决定去最高层领导那儿要求面见,因为家里没有电话已经简直没法过日子了。他与房管处、公共汽车场以及其他诸如此类的机关均有事务性的联系,而这些单位的领导人,如果不是早晨在电话上把他们抓住,那么,在这之后,无论你是谁,也很难找到他们。于是,阿尔吉尔就去求见部里的交通科长。他这样那样地诉了一番苦,说他为了一部电话奔走了几年,因为电话对他来说连夜里也非要不可,特别是冬天,冰天雪地,这是能理解的……

"我知道你的苦处了!"科长大声说,接着便让他坐下,听他讲完了申请安装电话所遭到的苦难,然后科长拿起话筒,同一个人谈了好久,还训斥了几个部下,问为什么直到现在还不给与城市交通息息相关的阿尔吉尔同志安装家用电话,最后科长放下话筒,嘱咐阿尔吉尔,假如过几天还没给他安装电话就再来找他。

阿尔吉尔耐心在家等了几天,仍没有结果,于是他又去找了科长。科长便把他带到了局长那里。局长让他们俩坐下,仔细听取了他们的叙述,然后往该挂电话的地方挂了电话,并狠狠地斥责了该斥责的人。从那里出来,阿尔吉尔相信等他到家时,电话一定已经安装好了。

谁知,结果仍让阿尔吉尔很失望。

最终,事情闹到了一位地位更高的副部长那儿,副部长拿起电话同一个下属谈了谈,那个下属保证说,只要一有空机,马上就装,备用机是绝对不能动的,否则会犯错误。于是他们又非常有礼貌地请阿尔吉尔放心,只要有机会,头一个就……

有一天,阿尔吉尔的妻子在副食品商店卖鸡蛋,碰巧遇见一个熟人,是过去的同班女同学,大家打过招呼就闲扯了起来。

"生活过得还可以吧?"女同学问。

"这不,卖鸡蛋……"

"新鲜吗?"

"昨天直接从养鸡厂运来的。"

"就是小点……"

"你要,我还能给你小的!"阿尔吉尔的妻子说罢,就给选了20个鸡蛋。女同学走的时候想起了阿尔吉尔,便问:"他怎么样?"

"哎!别提了,他为装部电话整整跑了几年,至今也没装上。"

"我的天!你怎么不早告诉我呢?我家米沙就是电话局的安装工。放心,明天你们家就会有电话了!"

果不其然,第二天阿尔吉尔家便有了家用电话。

敞开着的窗户

——[英国] 萨 基

弗兰普顿·纳托尔去拜访萨帕顿夫人，
萨帕顿夫人的侄女告诉纳托尔，
叔父及婶母的二个兄弟三年前去世了。
然而，纳托尔却眼睁睁看着这几个人从外面回来，
他吓得仓皇逃离。

"您稍等，纳托尔先生，我婶母很快就会下来，让我先来招待您，您不会介意吧？"15岁的女孩热情说道。

弗兰普顿·纳托尔勉强跟她客气了几句，想在这种场合下既能恭维眼前招待他的这位姑娘，又不至于冷落那位还没露面的婶母。可是心里他却更为怀疑，这种出自礼节而对一连串的陌生人的拜访，是不是真的对于治疗他的神经质毛病有所帮助。

在他准备迁往乡间僻静所在的时候，他姐姐曾对他说："我了解你，你一到那里准会找个地方躲起来，和任何活人都不来往，而那样会加重你神经质的毛病。我给你写几封信吧，把你介绍给我在那里的所有的熟人，在我记忆中，其中有些人是很有教养的。"

弗兰普顿非常想知道，他持信拜访的这位萨帕顿夫人，属不属于那一类有教养的人。

"您是不是非常熟悉周围的人？"那位侄女问道。看来她认为他俩之间不出声的思想交流很令人难受。

"几乎谁也不认识，"弗兰普顿回答说，"4年前我姐姐曾在这里呆过。您知道，就住在教区区长府上。她写了几封信，叫我拜访一些人家。"

他说最后一句话时，语调里带着一种十分明显的遗憾口气。

"您的意思是说，您初来此地？那您知道我婶母家的情况么？"泰然自若的少女追问道。

昔日重现

"只知道她的芳名和地址。"弗兰普顿实话实说,推测着萨帕顿夫人是有配偶呢还是孀居?屋里倒有那么一种气氛暗示着这里有男人居住。

"那您一定不知道发生在她身上的悲剧喽?"那个孩子接着说,"那该是在您姐姐走后了。"

"她的悲剧?"弗兰普顿问道。悲剧和这一带静谧的乡间看来总有点不和谐。

"您可能会奇怪,我们为什么在10月间还把那扇窗户敞开得那么大,尤其在午后。"少女指着一扇落地大长窗说。窗外是一片草坪。

"可天气并不很冷,"弗兰普顿说,"不过,那扇窗户和她的悲剧有关系吗?"

"那还是三年前,我叔叔和我婶母的两个弟弟就是从这扇窗户出去打猎的。他们从此再也没有回来。在穿过沼泽地到他们最爱去的打猎场时,三个人都被一块看上去好像很结实的沼泽地吞没了。最主要的原因是那年的雨特别勤、特别大,使本来安全的地方也成了可怕的陷阱。他们不曾留心,最后连他们尸体都没找到。可怕也就可怕在这儿。"说到这里,孩子讲话时的那种镇静自若的声调消失了,她的话语变得断断续续,激动起来。"可怜的婶母总认为有一天他们会回来,还有那条和他们一起丧生的棕色长毛小狗。他们会和往常一样,从那扇窗户走进屋来。这就是这扇窗户直到现在还开着的惟一原因。可怜的婶母,她常常给我讲他们是怎样离开家的,她丈夫手背上还搭着件白色雨衣,她的小兄弟朗尼嘴里还唱着:'伯蒂,你为何奔跑?'他总唱这支歌来逗她,因为她说这支歌令她心痛。您知道吗?有的时候,就像在今天,在这样万籁俱寂的夜晚,我总会有一种令人毛骨悚然的感觉,我总觉得他们几个真的会穿过那扇窗户走进来……"

她突然抽动了一下,中断了自己的话。这时她婶母匆忙走进屋来,连声道歉,说自己下来迟了。弗兰普顿不禁松了一口气。

"我侄女招呼得怎么样?您还满意吗?"她婶母问道。

"啊,她挺有风趣。"弗兰普顿回答。

"您对这扇窗户开着,不太在意吧?"萨帕顿夫人轻快地说,"我丈夫和兄弟们马上就要打猎回来。他们喜欢从窗户进来。今天他们到沼泽地去打鹬鸟,回来时准会把我这些倒霉的地毯弄得一塌糊涂,这些粗心大意的男人们,拿他们真没办法。"

她十分兴奋地大谈着狩猎、鹬鸟的稀少和冬季打野鸭的前景。可是对弗兰普顿来说,他正在听一个恐怖的故事。他拼命想把话题转到不那么恐怖的方面去,可是他的努力只有部分成功。他意识到,女主人只把一小部分注意力用在他身上,她的目光不时从他身上转到敞开着的窗户和窗外的草坪上。选择在这个时候拜访恐怖故事中的主人公,真是弗兰普顿的悲哀。

"医生们都一致同意要我完全休息,叫我避免精神上的激动,还要避免任何带有剧烈的体育运动性质的活动。"弗兰普顿宣称。他有着那种在病人中普遍存在的幻觉，错误地认为，陌生人或萍水相逢的朋友，都非常渴望知道他的疾病的细节，诸如得病的原因和治疗方法之类。他于是又不厌其烦地说，"可是在饮食方面，医生们的意见不太一致。"

"啊！是这样。"萨帕顿夫人用那种在最后一分钟才把要打的呵欠强压了回去的声调说。突然，她笑逐颜开，精神为之一振，但却不是对弗兰普顿的话感兴趣。

"看！我丈夫他们打猎回来了。"她喊道，"他们回来的倒是时候，该喝下午茶了，你看他们全身是泥，连眼睛上都是！"

弗兰普顿不自觉地哆嗦了一下，把含着同情的理解的目光投向那位侄女。可是那孩子此时却凝视着窗外，脸上充满了恐怖之色，弗兰普顿登时感到一股无名的恐惧。他在座位上急忙转过身来，向同一方向望去。

只见三个人正迎着落日的余辉向这扇窗户走来，臂下全挟着猎枪，其中一个人肩上还搭着一件白色雨衣，一条疲惫不堪的棕色长毛小狗紧跟在他们身后。他们走得很快，转眼间就要进来了。然后一个青年人沙哑的嗓音在暮色中传来："我说，伯蒂，你为何奔跑？"

弗兰普顿慌乱地抓起手杖和帽子。在他的离去中，怎么穿出过道，跑上碎石路，冲出前门，这些只不过是隐隐约约意识到而已。路上的一个骑自行车的人，险些与他撞个正着，为此，那个骑自行车的人跌进了道边的灌木丛中。

"亲爱的，我们回来了。"拿着白色雨衣的人说道，从窗口走了进来。"噢，瞧这身泥，我们走过来的时候冲出去的那个人是谁呀？"

"一个不可思议的人物，叫纳托尔先生，"萨帕顿夫人说，"他光知道讲自己的病。你们回来的时候，他连一句话也没说就跑掉了，真没礼貌，看那慌乱样，好像见了鬼似的。"

"我想，他大概是因为见了那条长毛小狗，"侄女镇定地说，"他告诉我说，他最怕狗。有一次，在恒河流域什么地方，他被一群野狗追到了一片坟地里，不得不在刚挖好的坟坑里过了一夜。那群野狗围着他的头顶转，并不断嚎叫，就因为这，他非常怕狗，一见狗就跑。"

随时随地编故事是这少女特别愿做的事。

老婆婆的故事

——［美国］霍 桑

一个月明星朗的夏夜，
戴维与埃丝特在村外的古树下，朦朦胧胧地睡去，
他们梦见了许多似曾相识的邻居，目睹了发生在他们身上的很多故事。
醒后，他们居然发现了梦中使用的铁铲，
而且还挖开了梦中人未挖开的洞穴。

在我很小的时候，我出生的那幢房子里，住着位老婆婆。她一天到晚蜷在厨房的炉火旁，两肘搁在膝头，两脚踏着炉灰，不时转一转烤肉签，腿上摆着只她永远也织不完的粗拉拉的灰色长袜，这袜子跟她的生命一样，越来越细。只到临死那天，才织完了脚趾那几针。那些日子，老婆婆最开心的事就是给我讲故事，她没牙的瘪嘴咕咕哝哝，而我呢，坐在一根长长的木柴上，双手紧紧攥住她的格子围裙。她年纪虽大，记性却很好，一百多年前的事情还记得一清二楚。每次她只管絮絮叨叨，诉说自己的经历与感想，常常把她年轻时就已死去的人的事胡乱搅到一起，结果让人家把她当成了伊丽莎白女王时代的人，或者《祈祷书》里的约翰·罗杰斯。我脑瓜的角角落落大约塞满了上千个故事。这些故事有些妙不可言，有些马虎凑合，还有些味如嚼蜡。所有故事我都想自己讲上一遍，不过我承认自己讲故事的能耐连这位没牙婆婆的一半也比不上。人家才讲得活灵活现呢，那妙处既不能归功于她自己，也不能归功于任何别人。她故事的基本情节极少合情合理，却都是一些普普通通的家常琐事。悠悠岁月，日积月累，胡编乱造的也像曾经发生过一般。就像魔鬼（这比喻恰如其分，是老婆婆自己说的）乔装打扮，虽面目狰狞，生着双蹄，却也人模人样。这些故事通常说的是她家乡康涅狄格的一座小山村，那村子的形象已被她活生生印在我脑子里了。那一带长久以来是片蛮荒危险的边地，为了保护自己，人们的房子都建得非常牢固，不少房子至今都保存完好。长大成人后，我曾连续两个夏天乘车去过这座小镇。我惊喜地发现那似曾相识的一座座建筑时，好像一连串梦境化为现实一样。

同样可以乱真的事还有一件，老婆婆说这村里的男女老少（有段时间，但到底是二十五年、五十年，还是一百年，说不准）会同时昏睡过去，将睡一个钟头。每逢这神秘的时辰一到，牧师先生为礼拜天准备的布道词才写了一半就打起鼾来，虽说已是星期六晚上，也无可奈何。母亲正朝宝宝弯下腰却合上了眼皮，即使宝宝尖利的哭声也唤不醒沉睡的母亲。守候危重病人的人自己头一垂，仿佛死去了一般；而那快死的人在永远长眠之前，也要先来一次无梦沉酣的小睡。说白了吧，全村人都睡意浓浓。尽管如此，老婆婆却断言，接下来发生的事她了如指掌。

        一个明月清朗的夏夜，有个小伙子和一位姑娘坐在村外。二人原是远亲，来自同一个显赫富有的家族。但这些年来家道败落，一贫如洗。那位叫埃丝特的小姐虽然愿意嫁给她的心上人，但戴维却没钱娶她。二人在一片榆树、栗树林间坐着，正对大路。身旁一弯晶莹清澈的泉水，在月光下轻轻流淌，它穿过丛林青草，呜咽着奔向附近的水道去推动水磨。最近的房子距他俩二十码，是他俩曾祖父生前的老宅，庄严气派，有许多尖角阁，屋顶爬满数不清的藤蔓，好似人老了却戴一顶年轻人的漂亮假发。宅子对面是家客店，门前是一口井和一座马棚。大门左侧有一道低矮的绿坡。从那地方，大路悄悄伸向前方，穿过村庄，中间被窄窄一溜新绿一分两半。路两侧青草长长，比路面宽一倍。一幢幢房屋怪模怪样，月光正对其中一座探头探脑。这房子古老粗糙，破败不堪，自惭形秽地躲在一棵大树后面。挨着它的是座可怜巴巴的小屋，底层几乎陷入地面，仿佛已对世界绝望了，只好缩到自家地下室去逃避。更远处矗立着一座年头不多的新建筑，惹眼地当街伸出它新油漆的门面，分明是想炫耀自己在这一带的富有。快到村子正中是座磨坊，半遮半掩，因为地面渐渐下斜，朝向推动磨坊大轮子的水道。更远一点的地方，窗户玻璃在月光下闪着幽静的光，这是礼拜堂——一幢脏兮兮犹如谷仓似的东西。巨大的钟楼头重脚轻，直指天空，高似巴别塔，而当初引起的混乱也不相上下。应当说明，钟楼是约摸五十年前增建的，当时礼拜堂已经腐朽不堪，人们一场大吵，险些弄得教友们势不两立。从那儿，大路蜿蜒，顺山而下的景致已看不清楚。视野尽头是礼拜堂隔壁墓地的大门。一对年轻恋人手拉手坐在树下，很长时间都一言不发。因为忽然间，风儿不吹，流水不动，树叶也不再沙沙响。万籁俱寂，仿佛自然之神睡着了。

        "夜多美呵，埃丝特！"戴维睡意朦胧。
        "美极了。"姑娘同样昏昏欲睡。
        "又这么静！"戴维又道。
        "是啊，太静了！"埃丝特微微颤抖，犹如风儿轻吻害羞的树叶。
        二人共入梦乡。温柔亲密的感情把他们相系相连，同样古怪的梦境也包裹了

昔日重现

两个人。但他俩却浑然不觉，仿佛仍坐在潺潺流淌的泉水旁，俯瞰着村庄，俯瞰着那条撒满月光的大路，那古老难看的房屋，以及那枝条扭曲几乎伸进人家窗户的大树。他们感觉眼前罩着一层薄薄的迷雾，一如初秋之夜袅袅的轻烟。后来，他俩并不怎么惊讶地发现，有许多人走进村来，已上了大街。这些人到底是来自礼拜堂还是其他更远的什么地方，没法说得清。但人数很多，男男女女，老老少少，个个都打呵欠，揉眼睛，伸懒腰。这些人一路跟跟跄跄，仿佛香梦正酣却被弄醒。他们不时立住脚，抬手至额遮挡月光。越走越近了。埃丝特和戴维感到他们都挺面熟，像是村里乡亲的面容。是的，乡里乡邻，那相貌、那神气，走到天涯海角也认得清的。但这群人看起来都是邻居熟人，单独细审却没一个认得出。更奇怪的是，他们身上最新的衣裳，那式样也好像是前几代人穿的。还有个身影远远地落在众人后面，无法看清。

"戴维，这些怪人到底从哪儿冒出来的？"埃丝特懒洋洋地问。

"我也不知道，埃丝特。"戴维回答道。

两人说着，忽见那些人好像乱了起来，他们朝流水方向看了看，旋即四下散开，他们似乎对村里的地形异常熟悉。令人疑惑的是，尽管这些人相互喋喋不休，但旁观者却听不到他们的脚步声、说话声。但凡有五十年以上历史的老宅，周围有松树、栗树、饱经风霜的谷仓、水井、果园、石墙，及一切年深月久却又修缮完好的东西的地方，都围上去这样一小群人。他们多数上了年纪，身边簇拥着年轻的一辈，每个人都满面欣喜，喜悦之中仿佛还带着一分伤感。他们对深深眷恋的家园指指点点，像是在将今日所见与往昔比较。但是，路边也有一片片高低不平的空地，杂草丛生，丑陋的烟囱在废墟上七歪八倒。那里房屋坍塌，炉火也早已冰凉。几个生人在霉烂的房梁上坐下，在生满黄色苔藓的门边铺石上坐下。男人抱着胳膊一声不响，女人绞着双手神情痛苦。小娃娃摇摇晃晃站直身子，躲避老家空旷的坟墓。哪里老宅地基上又竖起华而不实的新房，哪里就有花白头发的老头冲着新房火冒三丈，挥舞拐杖；而他的老伴和子孙也一齐破口大骂。在朦胧的月光下，此情此景令人毛骨悚然。这一切进行之时，那个落在众人后面的身影朝磨坊下面的空地走去。戴维和埃丝特的目光顺那方向一看，发现了一对令人深切同情的男女。小伙子水手装扮，姑娘身材苗条，脸蛋苍白。两人在大街之上飞奔相会，紧紧拥抱。

"他俩分别一定很久了。"戴维感叹道。

"至少五十年了。"埃丝特接口。

这多姿多彩、古色古香的画面，使二人充满好奇，便继续悄悄凝望。他们注意到一堆谈兴正浓的人群，那是在客店附近的那伙人，他们聚拢后坐在门旁左侧那道低矮的绿坡上。一个胖老头尤其引人注目，他上穿衬衫，下着火红的马裤，大肚皮上还系着条邋遢围裙。双手搁在围裙下面，时不时撩起来擦擦红通通的脸膛。他的老伙计派头十足，头上还留着印第安人斧砍的伤痕，看他那身破旧的皮军服，显然是一名州警备队的老兵。不过如今再点他的名，可能不会有人应声了。还有一个面容粗犷，头戴一顶沾着柏油的帽子的人，裤子又肥又大，像个把青春抛在了海浪之中的水手，在白发苍苍、满面风尘后才回到陆上的家园。另有个单薄的青年，衣着随便，不时朝那位苍白的姑娘投去愁闷的目光。和这些人坐在一起的还有位猎手及一两位别的人。很快又来了个磨坊主，他的身上落满了磨坊里飞扬的粉尘，一身雪白，仿佛撒满细碎的星光。这些人个个兴高采烈，笑得前俯后仰（大概有谁讲了句笑话，可又听不到声音）。奇怪哟，他们在月光下宛若一群影子在闪光。爬满假发般青藤的大宅门前站着另外四个人。一个是身材矮小的老头儿，气度不同凡响：三角帽镶着金边，外衣湛蓝，粗大的金表链上还刻着纹章，估计不是治安官也是县里的少校，此人虽然骄傲自负却弥补不了五短身材的缺陷。下一位重要人物面相严峻，约摸六、七十岁，一身黑色镶边的套装足以表明他的身份。油光可鉴的秃头配得上五十年前村中一位最有名气的传教士，此人在圣坛上痛斥戴假发的虚荣。还有两位浑身深灰色衣裳，一副教堂执事的庄重模样——一个太高太瘦，正像数学家说的那样，将普通人的体积无限拉长；另一个太矮太胖，大概是把同一个人拼命压缩而成。四位人物谈得认真热烈，激烈挥舞的手势表明又在为礼拜堂的钟楼各执己见。严峻的黑衣人神情古板，仿佛在宗教会议上发表演说。矮个子执事嘀嘀咕咕，不时冒一两句，跟他的个头一样简短。他那高个子兄弟则说得又臭又长（以此类推），那声音想必又尖又细。挂金链的小老头分明被他的废话惹烦了，情绪激动地蹦来蹦去，他朝钟楼、朝两个执事、朝那秃子牧师直挥拐杖，还咚咚地直跺脚，恨不能把地球跺出个洞来。其实没那么严重，他脚下的青草也未必会被踩弯。那个先头落在众人后面的身影此刻从磨坊爬了上来，原来是个老太太，手里还握着件东西。

"她怎么走得这么慢？"戴维纳闷。

"没看见人家腿瘸呀？"埃丝特回答。

这位腿不方便、落在人后的老太太，一瘸一拐地走来，神不知鬼不觉，走过争吵不休的那一群，在泉水左岸停步，她站的地方离戴维和埃丝特只有几尺远。他们发现老太太风采照人，世上少见。其亮闪闪的鞋子，金后跟的长袜，都在红色的大裙子下面发光耀眼。裙子被裙环撑得老大，简直快炸了，裙边绣满些微褪色的花朵。裙子上身从胸前分开，极精致地露出紧裹上身的蓝色锦缎内衣。脖子上一圈硬硬的绉领，头上一顶精美的薄纱帽，可惜不太干净了。她的鼻子上架一副金边眼镜，镜片极大。只是老太太面孔干瘪尖利，一脸吝啬和贪心，与浑身的华服与手里的东西形成鲜明对比。这东西是把铁铲（家庭主妇叫"火铲"的便是），清理炉膛用的。只见她在清泉与一棵栗树之间选定一块地方，便卖力地挖起地来。可是软和的草皮好像是坚硬的花岗石，任她使尽全身力气也无可奈何。老太太扔下铲子，一会儿怪可怜地哼哼唧唧，一会儿又咬牙切齿（她可真没几颗牙啦）地绞着骨瘦如柴的黄皮手。然后又满怀希望，接着挖下去，可结果还是一样——这情景戴维和埃丝特并不奇怪，因为他们有时看得出来，连月光都能穿透那个老太太，在泉水那边一闪一闪。这时，挂金表链的小老头发现了她，便轻手轻脚地走过来。

"老太太干得真卖力！"戴维道。

"去帮她一把，戴维。"埃丝特心肠软。

听到两人睡意浓浓的说话声，老太太和她身后那个骄傲的小老头立刻抬起头，打量青年和姑娘，目光亲切和善。但这目光模糊不定，稍纵即逝。老太太又开始挖她的地，但铲了几下，她感觉有些异样，抬起头，只见有只手搁到她肩头，她颤巍巍回头一看，竟是那位蓝衣服的贵人。她丢下铁铲，两人热烈拥抱，久久没有分开。这么体面的两位老人，想必是对夫妻。老头疑惑地指指铁铲，好像在问太太挖什么，而她却没有回答，并摆出一幅端庄圣洁的神气，与任何相同情况下的贤淑女人一个样。但她终究还是忍不住打眼镜背后瞟了一眼那块顽固的草地。二人的身影非比寻常，仿佛哪个高明的珠宝商给他们的黄金饰品染上了落日余晖的金黄，而他们衣裙的湛蓝则借自明月附近的夜空。小老头的丝背心似一片彤云，老太太的红裙子似灿烂的朝霞——两位老人都像无血无肉的五彩空气。突然，所有的人都同时一震，绅士掏出一块怀表，大得如同钟楼上的日晷。他瞧一眼发出警告的指针，拔腿就走。太太也紧随其后。客店门旁那一群则惊慌地跑了起来，领头的是那个穿火红马裤的大胖子。高执事大步流星，矮执事鸭子似地尾随其后。母亲呼唤着孩子动身快走，神情忧伤且恋恋不舍。仿佛一团迷离的梦幻，被来自天空的无形力量催促，眨眼间，人们全都逃之夭夭。风乍起，发出古怪的呻吟，顺寂寞的村街一路追去。然而这些人究竟去向何方，恐怕连风也无从知晓。只有戴维与埃丝特似乎目睹了老太太幻影般的辉煌。月光下，她还在墓地大门口流连不去，顾盼着那道清泉。

"哦，埃丝特！我做了个多奇怪的梦！"戴维猛醒，揉着眼睛。

"我也是！"埃丝特可爱的红唇打个圆圆的呵欠。

"我梦见一个老太婆，戴一副金边眼镜。"戴维又说。

"还穿一条绯红的大裙子。"埃丝特补上一句。两人面面相觑，有些诧异，又有些恐惧。思忖片刻，戴维深吸一口气，站直身体。

"要能活到明天早晨，"他道，"我就去瞧瞧那棵树和泉水中间的地方到底埋了些什么东西。"

"为什么现在不去呢,戴维?"埃丝特聪明伶俐,感到此事保密为宜。

戴维也觉言之有理,便四下寻找工具,好按姑娘的话去做。月光如水,照亮靠在老宅墙上的一件东西,走近一看,是把铁铲,与他们在梦中见到的一模一样。戴维立刻动手,运气比老太太好得多。泥土很快被他挖开,并逐渐挖出个与泉水小湾一般大的洞来。突然,小伙子把头朝洞底凑过去,大叫:

"噢——嗬!——瞧咱们找到什么啦!"

夏尔爵士和电报

——［法国］米歇尔·葛利索里亚

> 夏尔爵士截取了一封遗言电报，
> 他及时赶去，挽救了那个人的生命，
> 从此两个人开始了往来。
> 夏尔爵士年老时也发了一封遗言电报，
> 但却没有人来救他。

夏尔爵士干了邮政人员最不应该干的事情——私自拆阅住户来信，但他并没有获得什么，一些诸如银行领取单、明信片以及交友俱乐部密函都密封着。在这四十年里，所有这一切都从邮局职员的双手上经过，如今一旦被他打开，也并没有增加任何价值，于是，夏尔爵士和拆开信时一样小心翼翼地把信封重新粘好。晚上，他走下楼去，把这些他已经知道毫无价值的邮件还给收件人。

夏尔爵士的住所在一个院子里。这地方总共有两个院子，他居住的是最里面的院子。那是一个有两间屋的全新套房，很不错。

"夏尔爵士"这个绰号是他楼上并无坏心的青年们给他起的。一天，他们把这个绰号暗中告诉了女门房的女儿，结果一个传一个，最后传到他的耳朵里。夏尔·魏劳表现得很大度，笑一笑而已。这个绰号来自于他一身相当华贵的服饰：英国太子式的西装、苏格兰羊毛围巾、粗花呢长裤，还有他的夏朗德产的拖鞋。他把一绺残留的白发奋拉到前额上，俨然有些艺术家的气质。

令人遗憾的是夏尔·魏劳既与艺术家无缘，也不是联合王国的公民，他只不过是一个普通的邮局职工。在长达近四十年的时间里，夏尔爵士总觉得那每天从他戴着手套的手指间经过的上千封信封里一定隐藏着爱情或诗情画意般的奇迹。虽然他的欲望越来越难以抑制，他却从来没有打开过一封信，甚至没有像检验鸡蛋那样把信放在灯光底下去偷看里面的内容。对这种欲望，他只好推辞到以后来满足了。它反映了一个人无法和任何人保持正常的交往，而不是人类的仇恨心理。

如今，他把多年的愿望付诸于行动了，虽然没有得到他想要的东西，他也没有被任何人发现。当他偷看信的时候，只有一只有些耳聋的大灰猫在注视着他。有时，从一扇窗子里传出一首钢琴曲，伴随着他的探索。

他一天三次窥伺着邮差的到来，经常来的是一位女邮差。

"很遗憾，这次也没有您的信。"她对他说道，那语气里没有嘲讽，更多的是替他难过。

"我知道。"

实际上，他不是很关心有没有自己的信，因为他的信都是一些房租收据、退休金，或者一个女友从比阿里茨寄来的一封简简单单的信，还能有什么呢？

从安全角度考虑，夏尔爵士在女邮差走后先出来在人行道上走几步，回来的时候再动手脚。第一个院子里没有人，只有那只灰猫；第二个院子里也没有人。一辆苹果绿的女式自行车靠在生了锈的棚架上，这给了他一份心理安慰。夏尔爵士高兴的时候总在琢磨：这辆车究竟是谁的。

他从口袋里掏出一个事先弄弯了的钩子，开始撬第一个信箱，如果它是空的，他便转向另一个信箱。他做这种事情，如同一个熟练的技工，用时绝对不会超过五分钟。夏尔爵士像他过去在邮局窗口后面那样：迅速、热情、沉着，但这些长处不曾给他带来任何好处，他得到的只是同行们的嘲笑，因为他永远不会明白邮政工作中，最坏不过的是在两小时内就完成一天的工作。

夏尔爵士遵守早睡早起的习惯，睡眠质量很高，但他吃得很少，不喝酒，读司汤达的书。他和他的姐姐约色法如出一辙，只有死才能把他们的独身生活区别开来。他的姐姐死于败血症。她的猫因为心情忧郁，只比她多活了三个星期。夏尔爵士从此孤独了，他也有了了却此生的想法。但归根结底，搬一次家比死对他更有诱惑，于是他住到了圣罗曼街。

正在他对住户的邮件感到失望的时候，一天下午，他看到了这几个字：这次，我绝不再回，永别了。

这是夏尔爵士六个月里第一次截获到一封电报。自从他在这里住下之后，还从未在任何一个信箱上看到过"急件"的字样。

收件人叫阿历克斯·马茹若尔。夏尔爵士想了半天，最终摇了摇头，不认识。因此他无法确切地知道这个人究竟是男的还是女的。他拿着电报，偷偷地向四周张望：没有人。假如电报是打给他的呢？他还未失去知觉吧？他一生中从未收到过一封电报，甚至连他姐姐的死也无须通知他，因为她几乎死在他的胳膊里，正是他从厨房里端来点心和茶的时候。

另外，这封电报有一个奇怪之处，就是没有署名，这更使夏尔爵士无法获知更多的东西，但他却想起了他的职业生涯所给予他的知识：痛苦再大也无法战胜

昔日重现

人们的斤斤计较和吝啬。这样的事情在生活中常常发生，发出唁电的人非要人家从内容上除去两个字不可；或者问修饰成分"诚挚的"和"悼念"连在一起的时候是否可以不算钱。

另外，电报是中午才到的，而上午他曾两次去看邮件都没有发现电报，可是每次都能听见的钢琴声，这次却没听见。

于是夏尔爵士决定打破常规，他无法说出这一决定有什么特别的理由。他把他的羊毛围巾比平时围得更紧，穿好他的夏朗德拖鞋，扣好他英国太子西装的每一个纽扣。他把电报拿在手里，走了回来，穿过两个院子，一直来到信箱前。他看见了那只猫，它仿佛正在那苹果绿的自行车车座上窥伺着他。

阿历克斯·马茹若尔，五楼左侧，楼梯 A。他或她住在临街的房子里。那座房子几乎可以说是一座楼梯上惟一有地毯的大楼。

夏尔爵士登上了楼梯，那只灰色的猫也跟着他上了楼，但抢在他前面。夏尔爵士透过照亮楼梯的一扇高大的窗子，向第一个院子看了一眼，他眷恋的目光仿佛在说，他奋力跨越的每一级台阶都成了他向过去告别的标志。他终于来到了阿历克斯·马茹若尔的门前，猫已经在那儿等着他了。

新油漆过的走廊，墙上挂着巴提克挂毯。夏尔爵士在猫的引导下，走进了起居室，他在那里看见了收件人。

她在一张覆盖着带穗子的毛毯的长椅上躺着，呼吸微弱而短促。这个棕发的年轻女人，他有时在晚上的信件来过之后能碰到她。在两扇窗子之间，立着一架黑色钢琴。他心神不安地走了过去。

"小姐！"

他伸出自己已显老态的手，却没得到回应，他突然发现地毯上有一个小空瓶，在阳光下泛着刺眼的光。

"小姐……"

他摇她，打她的脸，并强拉她坐起来。她没有睁开眼睛。他强迫她呕吐，过了一会儿，她从昏迷中苏醒过来。她没有那些因绝望而寻死的人那样把别人伸过来的手使劲推开的粗暴动作。她微微一笑，看样子很为能活过来而感到高兴。

"我很高兴，"她轻声说道，"高兴的是您……"

由于他已经到了如果有人看他一眼都会令他喜出望外的年龄，他的眼睛里饱含着泪水。可是她则要求他离开了。

"这没什么，真的没什么。"她说。

也许是这样，但夏尔爵士在推门进来的时候并不知道。他不敢就这样离开，她几乎把他推了出去，但邀请他晚上来和她待一会儿。

"我真的没事了，我会很好的，您放心。"她不得不这样连连地说。

夏尔爵士虽然走了，但心里依然担心得要命。他好不容易捱到晚上八点，急忙拿着玫瑰花去找她。那个年轻女人仿佛已经康复，脸色虽然还有些苍白，但健康已经没有问题了。她给他端来了黄豆沙拉、枯茗干酪。他对这些食物过去吃得很少，但这次感到很喜欢。他心里暗想，享受新的快乐现在还为时不晚。

"您不应该为一封电报难过……"

她垂下眼睛。

"这封电报是我发的。"她承认道。

他闻言非常吃惊，但尽力没有表现出来。他救了一个希望被救的人，这使他感到失望吗？

"我猜两个小时我会再见到这封电报的，会有人来……"

"您的玩笑可开得太大了，"夏尔爵士说，"如果人家没有给您送上来，如果不是我看见了，再或者我没及时给您送过来，后果……"

"我就死了，是这样。人生不过是一场游戏罢了……"

他凝视着两扇窗子之间的钢琴。他早晨或晚上听见的琴声就是她弹奏的。

现在两人之间产生了信任，夏尔爵士兴致勃勃地对她讲起自己绰号的来历，并告诉她自己有偷窃信件的怪癖，这在目前情况下，她是无法责备他的。她不但认为此事没有害处，而且充满趣味，但她没有问起他是否偷看过她的信件。

"所有的孤独都大同小异。"她说。

"今天上午您为什么说'我很高兴，高兴的是您……'"

"我经常看见您，您很威严，但我能看出您一定非常孤独，"阿历克斯·马茹若尔说，"我们虽然年龄不同，但我们的命运是相同的。"

从此两个人开始了来往，互相作客。他拿出了久已不用的华美餐具，而餐后点心和酒多半由她调配。像大多数沉默寡言的人一样，他们俩都显得话很多。阿历克斯在巴黎没有家，她母亲在马赛开药店，就在那里，一个星期天，她父亲上了船，前往安地列斯群岛。阿历克斯的母亲苦苦盼着丈夫归来，这一盼就盼去了好多年。

夏尔爵士不愿看到的事发生了，阿历克斯因为是音乐家，终于在一个乐队里取得了一个她所希望的位置。她去了英国、美国，把那只再也听不见音乐的猫和苹果绿自行车托付给了夏尔爵士，那辆自行车原来是她的。她写信来，他却不能回信给她，因为她没有固定的地址。他去取阿历克斯的信件，但不再偷邻居的信了，他过去之所以这样做，是为了证实所有的人是否都和他一样，现在他知道了。

时间过得很快，夏尔爵士明显地衰老了，呼吸变得短而促了，力气也没那么大了。

昔日重现

夏尔爵士决定采取阿历克斯的办法。他要打一封电报,交到手脚干净的人手里。他应该让门半掩着,仔细地计算他的行动时间,好让人家能够及时赶来,可是,即使人家来得晚了,又有什么关系呢?夏尔爵士将最后一次对人们有用,至于他的生命能否得救则无关紧要。

这次,我绝不再回,永别了。

也许是这几个字,也许是另外几个字,但要像阿历克斯那样不署名。

夏尔爵士幸福地死去了,这种归宿并不是人人都可得到的。他到死也没有离开过邮政业务,这也不是人人都可得到的归宿。

怪　梦

——［法国］莫洛亚

> 两年之中，
> 我一直梦见一幢花园别墅，
> 为此，我去各处寻找，
> 终于找到了它。

　　她对人这样说：两年前，我得了一场很怪的病，做梦的怪病，那段时间，每天晚上都做同一个梦。在梦中，我漫步在乡间，老远看见一座长方形的白色矮房，房子四周是一簇簇葱郁的椴树丛，左侧有块草地。虽说草地上生长的参天白杨破坏了对称的布局，可是，并没有给人以不适之感。站在远处就能看见白杨树冠在椴树丛上空随风摇曳，翩翩起舞。

　　这座房子对我是一种很强的诱惑，我情不自禁地走近它。入口处挡着一道漆成白色的栅栏，进入栅栏之后，要走一段幽深的小径。道旁的林荫丛中种着许多花，有报春花、长春花、银莲花等春天吐艳的花朵。当我伸手去摘的时候，花儿就立即枯萎了。走到小径尽头，离那座房子也就几步之遥了。房子的正前方有块宽阔的草地，草儿修剪得如英国草坪一样平整，但不高，草坪里惟有一行紫罗兰向远处延伸。

　　那座房子的房身由白石构建，而房顶上覆盖着板岩。平台不大，上面是一扇栎木制造的浅色大门，门上面雕着花纹。我很想进去参观一下，可是没有人出来开门。我很恼火，我又按门铃又叫喊，最后把自己从梦中叫醒了。

　　那几个月，我天天晚上做这个梦，分毫不差，时间长了，我就认为，在我童年时，肯定见过这个花园别墅。但是，在我清醒的时候，我怎么也回忆不起来。于是我产生了寻找这个房子的念头，这个念头越来越强烈，简直难以抑制，以致有一年夏天，我刚学会驾驶汽车，就决定利用假期到全国的公路干线上去寻找我梦境中的那座房子。

　　我找遍了诺曼底、都兰和普瓦图，但都没有见到我梦中的那座房子和花园。

昔日重现

十月我驱车返回巴黎。到了冬天,那座房子、花园又出现在我梦中。去年开春后,我恢复了在巴黎近郊散步的习惯。一天,正当我穿越伊斯勒当附近的一条河谷时,骤然感到喜出望外,这是一种阔别多年后重见心爱故园旧友时的喜悦。

我敢肯定我绝对没有来过这个地方,可是我对展现在我右侧的景色却非常熟悉。白杨树的树梢在椴木丛的上空摇曳。透过枝叶初生的杨树,隐约可见一座白色的房子。于是,我明白了,我找到了梦中的别墅。我知道,在百步之外,有条小道和公路呈十字交叉,果然小道就在那儿,我沿着小道一直走到白木栅栏跟前。

栅栏后边就是那条我经常走过的小径。当我从浓密的椴树丛中走出来的时候,我看见了绿色的草坪和不大的平台,平台上面就是那扇栎木制的浅色大门。我快步登上石阶,伸手按了门铃。

我担心像梦中那样没人理我。谁知过不多久,一位仆人出来开门了。这是个老年男子,他神情忧郁,嘴唇紧闭着。一见到我,他显得很诧异。他凝神注视着我,一声不吭。

"打扰您了。"我说道,"我不认识房主,但我非常想参观这座房子,望您行个方便。"

"太太,这是一幢待租的别墅,"他神色怪怪地说,"我留在这儿就是为了带领参观。"

"待出租?"我说,"这是真的吗?……房主为什么不愿居住在这所漂亮的别墅里呢?"

"太太,他们以前就住在这儿,自从房子里闹鬼,他们便搬走了。"

"什么?闹鬼?"我说,"哦,这绝不会使我就此却步的。没想到,在法国乡下竟然还有人信鬼……"

"太太,同您一样,我当初也不信,"他一本正经地说,"假若不是我本人在夜间经常在花园里碰见那个把我房主吓跑的幽灵的话。"

"这可真太离奇啦!"我一面说,一面试图报之以一笑。

"太太,"老人郑重地说道,"对这事至少您是不应当一笑置之的,因为这个幽灵就是您。"

怪　药

——［日本］星新一

K氏研制出一种特殊的患感冒的药，
他去朋友家做客时得了感冒，
朋友误以为他服了这种药，
就不让他回家就医，险些要了他的命。

一个朋友常来K氏家串门，一次，他对K氏说：
"每次来都见你伺弄药，又是搅拌，又是加热，能搞个专利呀？"
"你还别说，我终于研制出一种效力非凡的药。不信，你瞧！"K氏指了指装着药粉的瓶子。朋友瞅着药问道：
"看样子还行，不过，是什么药呢？"
"感冒药。"
"同别的感冒药相比，这药有什么特殊之处呢？"
"你可以看看它的疗效嘛。"K氏说着，稍稍吃了点药。朋友疑惑不解：
"你没感冒怎么看疗效？"
"别着急，看着好了。"
不一会，K氏开始咳嗽。朋友担心地用手摸了摸他的前额，说：
"你发烧了！怎么回事？"
"别担心，我刚才吃的是患感冒的药。"
"你有病啊！算了算了，别把我也给传染了。"
"没事儿，喂，你等等。"
大约一小时后，K氏咳嗽好了，烧也退了。朋友却越来越糊涂：
"感冒好了？"
"告诉你吧！傻瓜，吃了这药，外表看起来就像真得了感冒一样，其实，那只是表面现象，吃药的人毫无痛苦，对健康也无害，一小时后即可复原。"
"真的这么妙？但是它没什么实际用途啊！"

昔日重现

"这你就不知道了吧,当你想请病假而装病时,不就用上了?就是说,不合意的工作可以不干。"

经K氏这么一解释,朋友大为赞赏:

"啊!对!对!要是不愿干的工作派下来,吃了这药,不就避之有方了!太妙了!你得给我一点儿。"

"怎么?忍不住了吧!来,拿去。"

朋友捧着装药的小瓶,高高兴兴地回去了。

过了些日子,K氏去给他的朋友过生日。

正吃着饭,K氏骤然皱起眉头,说道:

"肚子一下痛起来了,不好意思,我得告辞了。"

朋友起先有些着慌,随后若有所悟地说:

"行了,是不是不愿在我这儿,想回家?别忙着走,多坐会儿。"

"不,肚子真疼得厉害。"

K氏脸色苍白,直淌虚汗,全身疲惫不堪,朋友见状,全然不信,笑着把他拦住:

"这回比上次的感冒药灵多了。老患感冒,难免别人不起疑心,应该不时换换样,来点儿肚子痛什么的。"

然而,一小时过去,K氏的病情不见缓解,反倒愈加严重。朋友心想,或许他真的肚子痛呢,这才急忙去请医生。医生赶来对K氏进行诊断后,说道:

"病得这么严重,怎么才叫医生?如再迟一些,就有性命之危了。"

自从发生这件事以后,K氏再也不鼓捣什么怪药了。

特　技

——［日本］星新一

电视台广播员忽然之间具备了披露社会丑闻的特技，在社会上引起了巨大的反响。连续工作几天的广播员请假回家后，却发现妻子不知去向。

一天，电视台的新闻广播员弃新闻稿件不用，违背自己的意愿，向全国观众广播了下面一则新闻：

"下面报告新闻，本市发现了一起行贿受贿案件。据报，K企业定期向主管机关的高级官员重金行贿……"

播后，电台内部掀起了轩然大波。有人问他：

"你广播的新闻是真实的吗？"

"我不知道，我是在无意识的状态下广播的。是脑袋出了毛病吧？"

"脑袋出毛病？你呀，闯了大祸，人家会告咱们的，我们电台会威信扫地的。"

电台里的人都吓得面色如土，广播员也静等着革职。然而，奇怪的是压根没有人打来电话表示抗议。

不仅如此，电台还得到情报说，电台点名的那几位高级官员已经引咎辞职。还听说，对此报道半信半疑的警方，在K企业进行搜查，很快就查出了问题，嫌疑者现已被逮捕。

电视台里的气氛一下子变了，肯定播音员第一时间报道了爆炸性新闻，随之而来的是啧啧赞许声。

"真是惊心动魄！这个行贿案件，你是怎么知道的？"

"我也不大清楚。只是这念头在脑子里一闪，就变成话语脱口而出了。"

"这么说你有特技啦！你具有发现暗地违法的能力。今后可要大力发挥你的才能哟！我们电视台的威信一下子会提高许多倍。"

昔日重现

"噢，但不知能否一帆风顺。"

第二天的新闻节目时间里，这位广播员又发挥了特技：

"播送去年偷税者的前十名名单，第一名……"

接着，不仅播放了偷税的金额，还详细地报道了他们偷税的手段。

税务署的人员闻讯立刻出动，没费多大力气就获取了证据。于是，这个新闻节目大受欢迎，听众和观众不断打来电话，一个劲儿地打气。

"你们真伟大！你们是真正的前沿哨兵，毫不留情地把那些'社会蛀虫'揪出来，让我们大家心里痛快极了！"

这位播音员便住在电视台，每天三次上电视，每一次他都报道一条爆炸性新闻，电视台的威信空前提高。

但是，接连几天，他的身体已经超负荷了，每周都想方设法地请假，他打算回家。可是就在他回家的路上，无论是谁，一见了他便逃之夭夭。

有的也许骗取了公司的旅差费；有的也许是违章乘车的人；装病不上班的、学生时代考试作过弊的、骗取公共财产的等等，全都有点什么把柄。他们不愿意接近这位电视台里最有威信的播音员，害怕自己的弊端也被宣扬出去，那就只有敬而远之了。

他心神不快，总算回到了家。但是，妻子不见了，据说几天前就逃之夭夭。看来，特技带给他的是前所未有的孤独。

乞丐世界

——[日本] 御园彻

> 太郎走在跪着的乞丐中间，
> 先后投进了十元钱、百元钱、千元钱……
> 最后，他也跪坐在了乞丐行列里。

旭日初升，太郎在睡梦中被大街上一浪超过一浪的喧哗声吵醒了。

"发生了什么事？"

太郎从窗子向外一看，"呀！怎么那么多人……"太郎吃惊地瞪圆了眼睛。只见大街上好几公里远都铺着席，有相当多衣着整齐的人跪坐在席子上，有节奏地喧嚷、乞讨着。

太郎吃罢早饭，整理完毕，从家门走出，准备上学校去。最初，太郎想对道路两端跪坐着的乞丐表示无动于衷，可是，乞丐络绎不绝，喧嚷声一阵强过一阵。他感到诧异而难为情，心中有一丝震撼，没有办法，只好勉勉强强地往一个乞丐面前的空碗里，投进了一枚10元钱的硬币。于是那些演员似的乞丐们都起来向他行礼，并有节奏地齐唱起来：

"谢——谢！"

齐唱没完没了。

太郎感觉自己的10元钱，换来了这么多人的感谢，十分不好意思，于是又到一处投了一枚100元的硬币。于是那些乞丐兴奋地齐唱起来：

"谢——谢！"

齐唱还在继续。太郎更觉得不自在了，便又到一处扔过去一千元的钞票。于是乞丐们越发郑重地向他行礼，齐唱声更响亮了：

"谢谢——谢谢——谢谢！"

太郎接着又投进了一万元的钞票。乞丐们……

大概走了一个多小时。乞丐们的队伍露出尾巴了。可是，太郎也只剩下了一身衬衣衬裤，他只好跟跟跄跄地走到最后面，与乞丐们跪坐在了一起。几分钟

昔日重现

后，太郎的邻居一郎同样由于自己的慈悲心而沦落到与太郎一样的地步。

时间转瞬间过去了一年，有架经过地球的人马星座的宇宙飞船向地球飞来。

"船长！无线电里正播放着美妙的声音。"通讯宇航员向宇航船长报告。

"来，让我听听！"船长对通讯宇航员命令道。

通讯宇航员把旋钮调到了地面主要频道上。那种声音便在整个宇宙飞船中回响着。

"谢谢——谢谢——！"

"谢谢——谢谢——！"

原来是一片乞讨声。

消逝的记号

——［日本］都筑道夫

受了重伤的林田委托伙伴吉冈把自己六年前抢劫来的钱交给女儿，并许诺给吉冈一半。
出院后，林田反悔了，并把吉冈推倒在火车轮下，他去取钱时却发现埋钱的梅林不见了。

林田幸造与吉冈两人慢慢走在东京的人行道上。六年时间里，东京已变成了汽车的世界，连人行道上也可以行车，就在两人发现疾驶的汽车过来的一刹那，想躲已经来不及了。林田幸造紧紧地搂住吉冈，仰面朝天地摔倒在地。

好容易才服满了刑期，但是，在刚刚成为一个自由人还不到三个小时的时候，却又变成了一个不能自由行动的人，这真是人生中的不幸。看来吉冈只不过是脚部骨折，而林田伤势十分严重，在医院动手术也需要很长的时间。

"看来我是在劫难逃了，如果就这样去了，我是死也不瞑目的，听到我说话了吗？吉冈，你大概很快就会好起来。我有个最后的请求，你一定要帮助我完成它。"

在夜深人静的病房里，林田一面强打精神，一面吃力地同吉冈悄悄地说：

"我惟一的一个女儿，住在名古屋，你要是能把我的钱送到她手里，就分给你三分之一。即使三分之一，也有一百三十三万。这里有一张纸条，上面写着我女儿的住址。"

林田拿出那张纸条。吉冈用手接过来说："这么多钱，你把它们放在哪里了？"

"埋在地下，用油纸包着，分做两包，总共有四百万。虽然是埋在繁华的东京，但那里和乡村一样，十分偏僻，离繁华的地方有一段不近的距离，是一个有梅林的地方。"

林田详细地讲述了埋钱的地点之后说道：

昔日重现

"钱是埋在梅林中的一棵树根底下,树上已经做了记号,你就放心吧,不知详情的人是无论如何也不能发现的。这个记号是刻在树上的一个图案:一颗心上面插着一支箭。这支箭的箭羽上面是四根毛,下面是三根毛,这就是识别记号的标志。"

"四百万,是一万元一张的钞票,四百张吗?"

"是一捆一捆的四十捆。那个时候既没有一万元一张的,也没有五千元一张的钞票。"

"噢!我知道了,这笔钱就是你因之入狱的那笔钱,对不对?这么多年了,你一直没动,真了不起啊!我可以把钱送给她,但是,要分给我一半。"

"好吧!我别无选择。不过,要是你不送去,我就变作厉鬼来找你算账。你要不信,就尝试一下好了。"

林田真的是别无选择才这么做的。这是一笔让他朝思暮想、死也忘不了的钱。原来是两人合伙抢来的。他的同伙在作案的第二天,因为拒捕被开枪打死了,而他是为了搞到远走高飞的路费才去作案的,但是没有成功。实际上,真正独吞这笔巨款的人正是林田本人,而已死的同伙是无法在法律上提出异议的。

"你放心吧!我既然答应了你,就不会反悔的。"

就这样,吉冈答应了林田。但是吉冈的伤短时间内却一直没有治好,好容易才出院,却正赶上一直以为自己受了重伤的林田也在同一天出院。林田一出院马上就说:

"咱们之间的谈话,你就忘了吧!就当什么也没发生。"但是吉冈不同意。当天晚上,他们住在一个简易旅馆里。第二天匆忙赶往车站。在旅馆里,在路上,林田又一而再,再而三地不断哀求吉冈,可是吉冈却一边奸笑着,一边坚持非要一半不可。在车站的站台上,吉冈对林田说:

"你出尔反尔,你既然答应送给我一半,你就得实现诺言,一半总比我得到全部好吧!"

冷不防,林田一下子把面带奸笑的吉冈推倒在铁路上。这个时候正是火车进站的那个时刻。

在一片混乱之中,林田溜出了车站。当他按着计划好的路线赶往目的地的时候,天已快要黑了。林田不但找不到自己做的那个记号,就连梅林本身也没有找到。他向过路的人打听了一下。得到的回答是:

"啊,你问的是挖出巨款的那一片梅林吧。瞧,盖了新房子的那一带,就是原来的那一片梅林。"

原来,在他入狱的六年间,那片梅林已经不复存在了。

行骗的裤子

—— [匈牙利] 哈太衣

> 颇勃罗虚伯爵以凳子上的钉子划破了自己的裤子为由向店家索赔30法郎，接着，又从第二家、第三家……要了30法郎。
> 一个晚上，他的裤子被划破了20次，共要了600法郎。

我有一个穿着很体面而实际上却很穷的朋友，他是个伯爵，名叫颇勃罗虚。这一天我们在街上见面了，他碰见我，似乎不太高兴，也许是因为他那双深邃的双眼，已经看破了底细，知道我和他正是同病相怜。尽管尽我的所有，至多能付一杯咖啡的钱，但我们俩仍旧踏进了一家咖啡店。

"我最后一次看见一张面值一百克伦钞票，是一月里的事。"伯爵对我讲述时眼中透露着羡慕，"那张钞票是美丽的……还是全新的，根本没有皱折……是一位中年先生拿出来付帐的……他坐在那边靠着窗子，就是现在那位太太坐着在看'Figaro'报的那个座位……我从这里看过去，十分清楚……当时我看得很仔细，因为直觉告诉我，以后再没有机会看见同样美丽的钱币了……"

伯爵停止了讲述，我很难受，想说一些安慰话，但又不知说些什么。

"我是一个伯爵，"他说，"可是我倒很愿意和下贱的金钱握手。怎么说呢？要是我有这样一个钱币揣在怀中，我将会非常激动，我一定紧紧地藏着，连风也不许吹坏它，而且……"

忽然一种碎裂的声音传自伯爵的身底，伯爵的脸色怪怪的，他摸索了一会儿，很伤心地说：

"糟糕，我的裤子被可恶的钉子撕破了，现在我的裤子已吊在钉上，我也只好吊死在旁边了。除了它，我没有别的裤子，它是从荣华的日子留下的惟一纪念品，但是现在一切都完了。"

我正计划送一条裤子给他，他却已撺着铃叫侍者过来。侍者便立刻毕恭毕敬地站在这位伯爵老爷跟前。

昔日重现

"去！把你们老板给我叫来。"

那侍者连连答应而去，不一会儿老板果然来了。伯爵摆起一副大架子，向他说：

"当我踏进你们的不太体面的铺子的时候，这条裤子，你瞧，还是很新没有破的。我很欢喜地坐在这儿，和我向来坐在那家著名的大咖啡馆时一样的坐法。可是结果，钉子竟会把我的裤子撕破了，你明白没有？是那脱出了的钉子！"

"非常遗憾！"那老板说。

"是啊，真是遗憾！亏你说得出口！"

"请您多包涵！本人一切都知道。这裤子值多少？"

"30法郎。"

"好，我赔给您！"

老板拿出30法郎赔给了伯爵，随后就出去了。

颇勃罗虚瞧着我，颇有得意的神色。

"这是给他们的一个教训，可是我们还坐在这里做什么？还是到别的地方去吧！"

他站起来，重新向那椅子瞧了一瞧，这椅子使他交了30法郎的鸿运。

"可恶的钉子！"他说时便把那钉子拔去，"不然，还会撕破了别人的裤子！"

看得出来，伯爵很是兴奋，他迈着舞蹈似的步子，邀我进了离这儿最近的一家咖啡店。在那里他叫了许多东西，大喝特喝，有了30法郎，他像是永远用不完似的……他扯东扯西地讲了许多不中断的话。忽然又停住不说了。

"真是怪事。"过了半晌，他很激动地说，"我难道中了邪？"

"是什么事？"我惊异地问。

"我又坐在一枚钉子上了。"

于是他又喊了侍者，吩咐他去叫了老板来。

"当我踏进你们的不太体面的铺子的时候，这条裤子还是很新没有破的。后来怎样呢？钉子竟会把我的裤子撕破了……"

同样，那老板又毕恭毕敬地赔给了伯爵30法郎，伯爵却显出一副不太畅快的神色。

我现在无须再说，走进了第三家咖啡馆，裤子又被撕破了，而且在第四家第五家也都一样。我再笨也感觉事情有点不对，便想离开他。

"你是不是认为我在干行骗的勾当？"伯爵问道，"但是这实在不是有意行骗，我坐下的时候，总是恰巧坐在钉子上头，不过钉子是我自己带着的……无论到哪里，都带在身边。"

我统计了一下，那天晚上，伯爵的裤子总共为他挣了600法郎。

报告重要机密

不可饶恕的过失

——［匈牙利］依·沃尔克尼

父亲病重住院，我没有陪他。
第二天我被告知父亲已去世，
我急忙赶去，却为时已晚。

　　两个男护士各得了我给的二十个福林，便殷勤小心地把他用担架担下楼来。到了医院，我又给病房日班和夜班护士各二十个福林，请求她们看护他。她们向我承诺，她们会每隔半个小时去看看病人。第二天是星期日，我可以去看他。他虽然有开口说话的能力，却沉默不语。他邻床的病人偷偷告诉我，那两个护士根本就没有踏进病房来瞧他一眼——考虑到她们有一百七十个病人要照看，也就不足为怪了，而且大夫们也不屑去给他检查，只是说星期一要给他会诊。邻床的人说，用这种办法处置星期六上午送来的病人是他们的习惯。

　　我想找头天值班的护士问一下情况，但找了半天也没找到，只找到星期天的值班护士，我也塞给她二十个福林，求她时不时进去看看我父亲，我还要求见大夫，因为我在家里已经把一张一百福林的钞票装进一只信封。她告诉我大夫被叫到女病房去给一位患者输血了，但她劝我不要急，她会把情况代我向大夫讲的。我回到病房，父亲邻床的病人一再要我不用着急。既然值班大夫没有时间检查我父亲的病，我也就没有机会塞钱给他了。明天病房大夫来了，他们才有时间给我父亲检查。

　　"我还能为您做些什么？"我问父亲。
　　"不需要，谢谢。什么也不需要。"
　　"我去为您买几个苹果吧？"
　　"谢谢你。我不需要。"
　　我们的谈话到此终止，实际上我想与他沟通，但一时之间，又不知从何谈起。我问他是不是觉得身上什么地方痛，他却回答说哪儿也不痛，于是我再也想不出该问他什么了，我们只好面面相觑。我们之间的关系一向很羞怯，而平时我

昔日重现

们之间主要是谈事实,任何发生在头一天的事实,第二天它的意义便缩小到零。我们也从不谈感受。

"噢,如果没什么事,我先回去了。"呆了一会儿后我说。

"好,那你回去吧。"

"明天我再来,再找大夫。"

"谢谢你。"

"明天上午病房大夫才能来。"

"我知道了,谢谢你!"他说着,用目光送我到房门口。

谁知,第二天早晨七点钟,我便被告知我父亲于昨天夜里去世了。我一踏进217号病房,便发现另外一个人占领了他的床位。邻床的病人告诉我,我父亲死前很坦然,也不痛苦,他只是长长出了一口气就过去了。我怀疑那人没有说实话,因为我觉得要是自己处在他的位置,也会用和他同样的语言说同样的话的。不过我还是说服自己相信父亲没有受到任何痛苦就死去了,他邻床的病人根本没有骗我。

我被叫去处理一些手续,我来到医院接待办公室。负责处理这些事情的是一名我从未见过的护士。她把他的金表、眼镜、钱夹子、打火机和一纸袋苹果交给我。我给了她二十个福林,接着向她问及他的情况。这边手续刚办完,整容的师傅就走进来了。他的任务是给躯体梳洗、穿衣服、化妆。他在使用"躯体"一词时,指的是提到的那个人虽然不再活着,可也不是一具十足的尸体,因为尸体的概念应该是整容过的。

我突然想起那封装着一百福林钞票的信封,忙掏了出来塞给这个整容师。他断开封口,往里瞥了一眼后,猛然摘下帽子,从此在我面前再没有把它戴上。他爽快应允我包我满意,我只需要送来一些干净的亚麻布衬衫和被单就行了,他一直保证做得完美。我告诉他说我当天下午就把这些东西送来,外加一套深色的西服,不过我想现在就去看看他。

"您现在就要去?"他吓了一跳,同时问。

"是的。"我说。

"您一定更愿意等它梳洗完毕后再去看它。"他建议说。

"不,我现在就要去,"我坚持道,"我要弥补我的过失。"

他不情愿地领我到太平间。那里亮着一盏电灯,没有灯罩,光线非常强。我们走下几级混凝土台阶,正好在台阶脚下,我看见父亲仰面朝天躺在混凝土地板上,他摊开着四肢,战争场面的油画里,凡在军事行动中被打死的士兵都是这个姿势,只不过他赤裸着身子。从他的一个鼻孔里露出半截棉花球,另一个棉花球则沾在他的左臂上——显然是他们最后一次给他注射的地方。

"您其实现在不该来,这会使你很难受。"手里捏着皮帽的整容师抱歉地说。即使在冰凉的地窖里他也不戴帽子,站在我身旁。"如果您等我为它做过整容后再来看,肯定会很满意。"

我没有回答。

"他病很久了吗?"过了片刻,那人问。

"对,病很久了。"我回答。

"噢!那我应该这么做,"他说,"我要把他的头发理短点,这样效果就会更好些。"

"您看着办吧!"我说。

"他梳什么头?"

"分头。"

他不再说话了,我也沉默不语。我不能对父亲说什么,或做什么了。实际情况就是这样,无论现在我做什么,说什么,即使我死在他身边,也丝毫不能减轻我的过失。

昔日重现

明天的报纸

——［匈牙利］厄尔凯尼

> 彼莱斯雷尼在一份明天的报纸上发现一个与自己名字相同的人发生车祸而死，他没有理会，哪知道这场车祸真的发生了。

司机彼莱斯雷尼·尤若夫开着车牌为"CO-75-14"的汽车来道旁的售报亭买报。

"我要一份《布达佩斯新闻报》。"

"对不起，没有了。"

"那么来一份昨天的也行。"

"真对不起，也没有了，不过我这儿碰巧有一张明天的报纸。"

"那上面刊登电影院的节目吗？"

"刊登，全都在上面。"

"好，来一份！"

彼莱斯雷尼坐在车上翻阅起报纸来，不一会儿，他发现了一条放映捷克斯洛伐克电影的预告——《金发姑娘的爱情》，这是一部非常不错的电影，这部电影在斯塔奇大街的"蓝色山洞"电影院放映，五点半开始。

彼莱斯雷尼看了看表，发现时间还早，就决定再看一会报纸。他的目光一下子停在一条关于彼莱斯雷尼·尤若夫的报导上，上面写着：彼莱斯雷尼驾驶一辆车牌为"CO-75-14"的汽车在斯塔奇大街上超速行驶，在离"蓝色山洞"电影院不远处与迎面开来的一辆卡车相撞，司机彼莱斯雷尼不幸身亡。

"世上怎么会有这么巧的事！"彼莱斯雷尼自言自语道。

他看看表，电影马上要开演了，彼莱斯雷尼把报纸往口袋里一塞，开着车就走。汽车在斯塔奇大街上超速行驶，在离"蓝色山洞"电影院不远处与一辆卡车相撞。

结局真如那张明天的报纸所写：司机彼莱斯雷尼不幸身亡。

慈 善 款

——［捷克斯洛伐克］雅·哈谢克

"真善人"行善俱乐部研究决定，在圣诞节到来之前，把100克朗分摊给5名最穷苦的寡妇。但在圣诞节到来时，不但没有一个寡妇得到这笔钱，而且这笔钱也只剩下不足1克朗。

12日是"真善人"行善俱乐部结账的日子，这次结账发现还有120克朗的现款没用，委员们便聚集在俱乐部的房间里，开会讨论怎样在圣诞节以前将这笔款子用到最合适的地方去。

主席已喝得晕晕乎乎，但仍不忘大谈特谈寡妇、孤儿轶事，并悲凄凄地讲了一段某位在圣诞树上自尽的穷寡妇的秘史。讲着讲着又感觉有些口渴，便又命人取李子酒解渴。

事务长取来了3瓶啤酒，委员们这才重振旗鼓，讨论起这笔余款的合适用途来。主席饮了两口掺有啤酒的李子酒后，建议登报征求穷寡妇5名，但要有一定的要求，只有那些家徒四壁、拖儿带女、贤惠的寡妇才能应征。她们可在每天下午5点到6点的时间内，来行善俱乐部交应征申请书。

最合乎要求的5名寡妇将获得"真善人"俱乐部无偿赠予的100克朗，这样还能剩下20克朗。这笔钱又怎样花销出去呢？

委员们很圆滑地解决了这个难题。他们用这笔不好处理的零钱买了酒来一饮而尽，使那笔慈善基金变成了100克朗的整数。

主席的主意确实见到了实效，几乎每天晚上醉酒的主席都会接连不断地收到寡妇们的应征申请书。头一天便交来了60份，还有20份是邮寄来的。只弄得主席头昏眼花、身心疲惫，心中十分烦躁，一下子就将满腹行善的热心化成了一片冰冷。这群源源不绝涌上门来的寡妇们使他一肚子没有好气。她们一个个吻着他的手，痛哭失声向他宣泄自己的不幸。

这天晚上，一个拖儿带女的寡妇来了。十几个脏兮兮的小孩，使主席的脑袋

昔日重现

一下胀大了许多倍,他直盯着那群相貌完全相同的小家伙。只见那妇人一声令下,他们便同时哭天喊地,并连吻带舔地吻起他的手来。他们那副可怜相在主席的眼中竟显得那么悲苦,使他不禁动了一下恻隐之心,险些从自己的私房钱里掏出几文小钱来赏给他们。

就在主席大动恻隐心之际,门外又来了一伙穷苦人,由一个凶悍的女将军和5名小将组成。当女将军瞧见已经有人捷足先登时,脸庞上立刻布满了腾腾杀气,双脚蹦得老高,朝那群"孤儿"的"亲娘"扑去,她左右开弓、啪啪一连打了她好几个嘴巴。

"你算什么东西?敢和我争?"她厉声怪叫道,"你明明有汉子,还三天两头吃鸡。想不到你竟把全屋子的小鬼都弄来骗钱,你这么不知廉耻……"

主席惊惧万分地望着这出别开生面的演出。挨了耳光的妇人在她的怨敌身上敲断了主席的一柄伞。小将们见主将动了手,也相互扭打起来,登时将书橱上的玻璃打得粉碎。

主席顿时火冒三丈,终于抑制不住加入战团。幸亏俱乐部的侍者及时赶来撵走了那位"亲娘",小卖部的人员也闻声跑来,将那位悍妇轰走了。小将们见势不妙,便一个个脚底揩油,溜走了。一切都平静下来了,一会儿响起了主席的一丝游魂般的声音:

"给我来一点儿白兰地。"

他一杯接着一杯喝,总共喝了二十杯左右,然后他将桌上的台布扯过来胡乱盖住身子,在安乐椅子上呼呼入睡了。那些申请书则扔得到处都是。

"真善人"俱乐部的委员们再次聚到一起商讨余款的处理问题,这次这帮善人的酒喝得很有节制,总共才花了十五克朗。在给书橱补上玻璃后,那笔慈善基金就剩下80克朗了。因此抚恤金的款项只好相应削减,其结果是:每人20克朗的受恤名额变成了4名。

商讨的结果是把收申请书的任务交给事务长,因为事务长的脾气是出了名的厉害。当有位申请人伸出双臂去搂他的膝盖时,他便怒气冲冲地大发雷霆:

"放开!你这个穷鬼!"

接着来了一位风情万种的寡妇。

"甭跟我废话!"事务长声震屋瓦,"快把申请书交上来拉倒。懂吗?我又不是三岁小孩。走开!"

几天后,委员们重聚一堂,又开始郑重其事地讨论起俱乐部的崇高宗旨来。主席要求赔偿他那柄被敲断的伞。他希望总共能得到20克朗的赔偿费:赔伞和赔偿他昨晚值班时的精神损失。这引起了委员们的极度不满,他们一致反对这个要求。

事务长呼声最高。他说,如果主席能够领到 20 克朗的话,那么所有值过班的委员也都有资格领。另外,他还要报销他今天值班时所吃掉的一份牛排和三瓶啤酒,共两克朗。

他们唇枪舌剑地吵到满天星斗,最后大家才一致公认,与其让这 40 克朗落入不义人之手,还不如将它们分送给两名淑仪可人的寡妇每人 20 克朗的好。

完全可以想像,在这场善人会结束之后,那笔善款又将被用去一笔不小的部分。

圣诞节前夜即将到来,俱乐部的钱柜里只剩下不到 1 克朗了,而穷苦的寡妇们交来的 322 份申请书却在桌上堆积如山。

"各位好心的委员们!"主席宣布道,"今年由于种种突如其来的情况,圣诞节抚恤金不能照发了。目前要解决的一个问题,就是怎样处理这笔余下的慈善款。我的意思是把这笔善款划到明年的善款预算中,你们同意吗?"

"同意!"委员们异口同声。

女仆安娜的纪念日

——［捷克斯洛伐克］雅·哈谢克

佣人劳保协会主席克拉乌娃精心拟了份颂扬女仆安娜的讲演辞，准备在第二天安娜忠心服务50周年纪念日上发表，可安娜的女主人跑来告诉她，安娜死了。

克拉乌娃是佣人劳保协会的主席，同时又是参赞夫人的朋友，此刻她正在为即将到来的会议准备一篇讲演辞。

女仆安娜从25岁开始就在协会书记、参赞夫人齐荷娃的家里工作，至今已工作了50年，明天就是她忠心服务的50周年纪念日，劳保协会将要庆祝一番。

安娜已经75岁了。她深知自己身份的卑微，素来循规蹈矩。明天，她会获得协会给她的一个小小的金字塔、一枚10克朗的金币、一盒巧克力糖和两块甜酥点心。不但如此，她还要恭听克拉乌娃的祝辞，还能得到一件主人的礼品：一本崭新的祈祷书。

克拉乌娃不停地走来走去，这篇祝辞使她很为难，她无法决定祝辞的主题。难道要去讲，如今所有女仆都已立足于社会，并且争到了例假和晚上可以稍作休息的权力不成？哼，真是人心不古，世风日下，你简直可以被这些女仆气得死去活来！以前稍有点身份的人都可以打女仆两个嘴巴子，把她撵出去的，现在她却恐怕要为这事扭你去打官司了。一想到这里，克拉乌娃便在写字桌前坐下，用一支铅笔往鬓角直顶，这样可以缓解一下头脑的昏胀。

克拉乌娃不由得想起了自己的女仆，那是个不知廉耻的女人，居然有了个情夫。而那个同样不知廉耻的情夫，还给了女仆一本书看。

这些事情使克拉乌娃越想越气，只得又向那支止头疼的铅笔求救。她已经把那篇祝辞扔在一边了。唉，她已经在佣人劳保协会里演说过多少次了啊……这回她本想破格奋发，翻些新花样来讲，不过看样子势必仍然得从上帝讲起，因为女仆们最信任上帝。

祷告吧！劳动吧！嘿，要是她能用拉丁文把这两句话讲出来，那该有多棒！

等会丈夫一回来就去请教他……当然，祝辞的开头仍然不变："祷告吧！劳动吧！"于是文思泉涌的克拉乌娃夫人又坐到桌前，她的笔尖在纸上飞跑起来。

"祷告吧！劳动吧！这句真言是亘古不变的，有了祷告，工作才会顺利，心情才会舒畅。看吧，大家为她举行纪念日的这个女仆正是这项真理的化身。她五十年如一日，热诚地劳动着、祷告着，上苍被她的诚意所打动，帮助她度过了重重魔障，走向至善之境，因此，今天才有她的50周年纪念日——纪念一种乐此不疲的劳动。天上地下都有奖品（天上有天堂一座，地下有小小的金字塔一个、10克朗的金币一枚、巧克力糖一盒和甜酥点心两块）在等着她哩！

"祷告吧！劳动吧！在她为主人、为上帝服务的50年时间里，她从不涉足舞场、戏院，更远离邪书。她只读她的祈祷书，它教导她尊敬和爱戴自己的主人，听主人的话。总之，那本祈祷书成了她整整50年来的处世箴言。

"祷告吧！劳动吧！安娜这个可爱的女佣从不轻易花费金钱，也从未见她把汤随便倒进厕所，她只做自己的事情。她从不和别的女仆厮混，不说一句不该说的话，更不在主人背后说长道短，而祷告又使她摒绝了偷嘴的念头。

"充满爱心的妇人们，请你们瞅一瞅这位可敬的老人吧！她对听话的好处深信不疑，她抑制着诸般邪念，真是一个又虔诚、又文静、又温顺的人啊。我们可以想像她一定总在自问，看自己还有哪些缺点，一有空闲就想到归天，想到天国的审判和来世的报应。睡前总是诚心祷告，求上帝指引她皈依正途。

"她在商务参赞吉荷夫的显赫的家中足足侍候了两代主人，一向温和恭顺。她是一个心存感激的人，每一次当她从同样充满爱心的主人手里接过面包时，心中感激得要命。她每次都要吻一下老爷或太太那只恩惠的手，以表达她深深的感谢。50年，她就是这样过来的，她一辈子也不曾偷过一星半点，对交给她保管的东西总是倍加爱惜。

"她无怨无悔，月薪5枚金币。她还戒绝了晚饭，好省下一笔钱去朝拜圣山。每年她都能得到主人恩准，到那边去一趟，并且还能给她的主人捎几件礼物回来，以表忠诚。

"她还亲口说过，只要她能够永远祈祷我们的天父，哪怕不吃不喝也是幸福的！"

参赞夫人一气呵成，心中不禁对自己的文采十分满意，这是一篇多么精彩的祝辞。毫无疑问，那家天主教报纸一定会对她的发言有所颂扬。日后她还可以把这篇祝辞印成专册，名字就叫《告女仆书》。说不定这篇祝辞会使她的女仆再也不会把汤顺手往厕所倒了吧？世人都会受到这篇祝辞感化的。

她还没想妥当，就见她的女仆走了进来："参赞夫人齐荷娃来啦，您要不要接见？"

昔日重现

克拉乌娃还没来得及作答，一身香气的参赞夫人齐荷娃便已经闯进室内，泪汪汪地扑进主席的怀里了："您给我说说，我有多倒霉，纪念日的女主人公——我的女仆安娜刚才死去了。"

接着她略微定了定神，抹干眼泪，怒形于色，继续说道：

"昨天晚上，我叫她到地下室去取煤。不说您也知道，像她这么大年龄的老女佣撵出去是不合时宜的，但是，也不能白养着她，哪晓得她这个该死的竟和一大袋煤一块儿从很高的楼梯上摔到地下室去了，摔得浑身是伤，天亮之前，就去见上帝了。这个老家伙早不死，晚不死，非要在这节骨眼死。您想，咱们该多丢脸……咱们的晚会也开不成了。再说，正是为了这个该死的纪念日，我还特意订做了一身相当漂亮的衣裳……另外，咱们至少得付三十枚金币的丧葬费，而这个穷鬼只有二十五枚金币，还缺五枚。"

克拉乌娃不禁又用那支止头疼的铅笔去顶鬓角了。她看了看自己那篇精彩的祝辞，不由得长叹一声："想不到，这老太婆会来这一招！"

报告重要机密

——［新加坡］南　子

> 绿星人十四号到达地球准备进攻地球人，
> 他却发现地球人正在自取灭亡，
> 于是向队长发了一分重要的机密报告。

队长：

　　绿星人十四号向您报告，我们接受了到地球执行任务的命令后，于星历25472年，我们的飞船离开绿星，在通过伽玛射线区之后，突然进入X76号黑洞。陷入黑洞是一件很诡异的事情，重大的吸力使原子核内的中子和质子靠得更紧。我们的身体和飞船的体积不断缩小，可是我们觉察不出，只觉得身体的重量不断增加。但由于我们的飞船是用特殊材料制成的，因此能够承受这种压力。

　　通过了黑洞的时空隧道以后，我们到达了银河系。在这里，我们以超光速七倍的速度航行。等到达了太阳系，我们放慢速度，以光速前进，最后降落在地球上。

　　队长，您知道，我们绿星要把除我们之外的任何有机生物都消灭掉，以防它们成为我们的敌人。根据我国未来学家的发现，在遥远的宇宙深处，有一个星球叫做地球，那里生活着一种高级生物，叫做"人"。未来学家预测，这种叫做人类的生物，若让他们自由发展，过了许多世代之后，将是我们绿星人的心腹之患，所以，未来学家主张，在他们还没达到这个能力的时候，一举将他们歼灭，永绝后患。

　　我们在这次执行任务过程中，曾用三年时间仔仔细细观察了人类，最后认定他们不会成为我们的心腹之敌。理由如下：地球的资源有限，可惜地球人却不珍惜，滥用资源已经到了可耻的地步。更让人不解的是，人类对自己居住的环境，随意破坏。人类把一大片美好的山河大地，割裂成许多壁垒森严的国土，然后用许多堂皇的理由，制造许多杀人的利器去"去除异己"。

　　依我看，人是一种贪婪、卑鄙和自私的生物。许多人一转脸就变，一爬上高

昔日重现

位，就要主宰一切，随意决定同类的生死，聚敛起那种叫做钱的无用之物。天天高唱团结就是力量，可是对于他们来说，团结就像是沙漠的海市蜃楼，永远可望不可及。

我们的任务是对地球进行毁灭性的打击，在我看来，这样做是多余的。地球人所走的道路，是自我毁灭的道路。不过，为了服从上司的命令，我们最近行动了一次。在某国境内有一座核力发电厂，我们对该厂的电脑发出一连串错误的指令，使得它的操作程序紊乱，结果泄出大量辐射尘，许多人因此死去。

最近我们准备策划一次更大的行动，为了防止地球人截取我们的情报，在此不加详述。

绿星人十四号报告

情话突然消失

受伤返家的士兵在打电话时无意中结识了一位女士,
从此,他们开始了长达一年多的电话情缘。
但有一天,士兵却联系不上这位女士,
她和她的电话都突然消失了。

加尔东尼市场

——[中国] 朱自清

> 土地，
> 刚下完雨，
> 门口还积着个小小水潭儿。

在北平住下来的人，总知道逛庙会逛小市的趣味。你来回踱着，这儿看看，那儿站站；有中意的东西，磋磨磋磨价钱，买点儿回去让人一看，说真好；再提价钱，说哪有这么巧的。你这一乐，可没白辛苦一趟！要什么都没买成，那也不碍，就凭看中的一两件三四件东西，也够你讲讲说说的。再说在市上留连一会子，到底过了"蘑菇"的瘾，还有什么抱怨的？

伦敦人纷纷上加尔东尼市场，也正是这股劲儿。房东太太客厅里炉台儿上放着一个手榴弹壳，是盛烟灰用的。比甜瓜小一点，面上擦得精亮，方方的小块儿，界着又粗又深的黑道儿，就是蛮得好，傻得好。房东太太说还是她家先生在世时逛加尔东尼市场买回来的。她说这个市场卖旧货，可以还价，花样不少，有些是偷来的，倒也有好东西；去的人可真多。市场只在星期二星期五上午十时至下午四时开放，有些像庙会；市场外另有几家旧书旧货铺子，却似乎常做买卖，又有些像小市。

先到外头一家旧书铺，没窗没门，仰面灰蓬蓬的，土地，刚下完雨，门口还积着个小小水潭儿。从乱书堆中间进去，一看倒也分门别类的："文学"在里间，空气变了味，扑鼻子一阵阵的——到如今三年了，不忘记，可也叫不出什么味；《圣经》最多，整整一箱子；不相干的小说左一堆右一堆；却也挑出了一本莎翁全集，几本正正经经诗选。莎翁全集当然是普通本子，可是只花了九便士，才合五六毛钱。铺子里还卖旧话匣片子，不住地开着让人听，三五个男女伙计穿梭似地张罗着。别几家铺子没进去，外边瞧了瞧，也一团灰土气。

市场门口有小牌子写着开放日期，又有一块写着"谨防扒手"——伦敦别处倒没见过这玩意儿。地面大小和北平东安市场差不多，一半带屋顶，一半露天；干净整齐，却远不如东安市场。满是摊儿，屋里没有地摊儿，露天里有。

摆摊儿的，男女老少，色色俱全；还有缠着头的印度人。卖的是日用什物，布匹，小摆设；花样也不怎样多，多一半古旧过了头。有几件日本磁器，中国货色却不见。也有卖吃的，卖杂耍的。踱了半天，看见一个铜狮子镇纸，够重的，狮子颇有点威武，要价三先令（二元余），还了一先令，没买成。快散了，却瞥见地下大大的厚厚的一本册子，拿起来翻着，原来是书纸店里私家贺年片的样本。这些旧贺年片虽是废物，却印得很好看，又各不相同，问价钱才四便士，合两毛多，便马上买了。出门时又买了个擦皮鞋的绒卷儿，也贱——到现在还用着。这时正愁大册子夹着不便，抬头却见面前立着个卖硬纸口袋的，大小都有，买了东西的人，大概全得买上那么一只；这当口门外沿路一直到大街上，挨挨擦擦的，差不离尽是提纸口袋的。——我口袋里那册贺年片样本，回国来让太太小姐孩子们瞧，都爱不释手；让她们猜价儿，至少说四元钱。我忍不住要想，逛那么一趟加尔东尼，也算值得了。

一个清清的早上

——［中国］徐志摩

骕先生在一个清清的早上，
睡不着了。
原来他和他的同事同时爱上了一个女人……

翻身？谁没有在床上翻过身来？不错，要是你一上枕就会打呼的话，那原来用不着翻什么身；即使在半夜里你的睡眠的姿态从朝里变成了朝外，那也无非是你从第一个梦跨进第二个梦的意思；或是你那天晚饭吃得太油腻了，你在枕上扭过头颈去的时候你的口舌间也许发生些喀哑的声响——可是你放心，就这也不能是梦话。

骕先生年轻的时候从不知道什么叫做睡不着，往往第二只袜子还不曾剥下他的呼吸早就调匀了，到了早上还得他妈三四次大声的叫嚷才能叫他擦擦眼皮坐起身来的。近来可变得多了，不仅每晚上床去不能轻易睡着，就是在半夜里使劲的噆着枕头想"着"而偏不着的时候也很多。这还不碍，顶坏是一不小心就说梦话，先前他自己不信，后来连他的听差都带着笑脸说，先生您爱闭着眼睛说话，这一来他吓了，再也不许朋友和他分床或是同房睡，怕人家听出他的心事。

骕先生今天早上确在床上翻了身，而且不止一个，他早已醒过来，他眼看着稀淡的晓光在窗纱上一点点的添浓，一晃晃的转白，现在天已大亮了。他觉得很倦，不想起身，可是再也合不上眼，这时他朝外床屈着身子，一只手臂直挺挺的伸出在被窝外面，半张着口，半开着眼——他实在有不少的话要对自己说，有不少的牢骚要对自己发泄，有不少的委屈要向自己清理。这大清清的早上正合适，白天太忙；咒他的，一起身就有麻烦，白天直到晚上，清早直到黄昏，没有错儿，哪儿有容他自己想心事的空闲，有几回在洋车上伸着腿合着眼顶舒服的，正想搬出几个私下的意思出来盘桓盘桓，可又偏偏不争气，洋车一拐弯他的心就像含羞草让人搔了一把似的裹得紧紧的再也不往外放；他顶恨是在洋车上打盹，有几位吃肥肉的歪着他们那原来不正的脑袋，口液一绞绞的简直像冰葫芦似的直往

情话突然消失

下挂，那样儿才叫寒伧！可是他自己一坐车也掌不住下巴往胸口沉，至多堵着不让口液往下漏就是。这时候躺在自己的床上，横直也睡不着了，有心事尽管想，随你把心事说出口都不碍，这洋房子漏不了气。对！他也真该仔细的想一想了。

其实又何必想，这干想又有什么用？反正是这么一回事啦！一兜身他又往里床睡了，被窝漏了一个大窟窿，一阵冷空气攻了进来，激得他直打寒噤。哼，火又灭了，老崔真该死！呒！好好一个男子。为什么甘愿受女人的气，真没出息！难道没了女人，这世界就不成世界？可是她那双眼，她那一双手——难怪男人们不拜倒——O, mouth of honey, with the thgme for fragrance, Who with heart in, breast, could deny your Love? 这两性间的吸引是不可少的，男人要是不喜欢女人，老实说，这世界就不成世界！可是我真的爱她吗？这时候骎先生伸在外面的一只手又回进被窝里去了，仰面躺着。就剩一张脸露在被口上边，端端正正的像一个现制的木乃伊。爱她不爱她……这话就难说了，喜欢她，那是不成问题。她要是真做了我的……哈哈那可逗了，老孔准气得鼻孔里冒烟，小彭气得小肚子发胀，老王更不用说，一定把他那管铁锈了的白郎林拿出来不打我就毁他自己。咳，他真会干，你信不信？你看昨天他靠着墙的时候那神气，简直仿佛一只饿急了的野兽，我真有点儿怕他！骎先生的身子又弯了起来，一只手臂又出现了。得了，别做梦吧，她是不会嫁我的，她能懂得我什么？她只认识我是一个比较漂亮的留学生，只当我是一个情急的求婚人，只把我看作跪在她跟前求布施的一个——她压根儿也没想到我肚子里究竟是青是黄；我脑袋里是水是浆——这哪儿说得上了解，说得上爱？早着哪！可是……骎先生又翻了一个身。可是要能有这样一位太太，也够受用了，说一句良心话。放在跟前不讨厌，放在人前不着急。这不着急顶要紧。要像是杜国朴那位太太朋友们初见面总疑心是他的妈，那我可受不了！长得好自然便宜，每回出门的时候，她轻轻的软软的挂在你的臂弯上，这就好比你捧着一大把的百合花，又香又艳的，旁人见了羡慕，你自己心里舒服，你还要什么？还有到晚上看了戏或是跳过舞一同回家的时候，她的两靥让风刮得红扑扑的，口唇上还留着三分的胭脂味儿，那时候你拥着她一同走进你们又香又暖的卧房，在镜台前那盏鹅黄色的灯光下，仰着头，斜着脸，瞟你这么一眼，那是……那是……骎先生这时候两只手已经一齐挣了出来。身体也反扑了过来，背仰着天花板，狠劲的死挤他那已经半瘪了的枕头。那枕头要是玻璃做的，早就让他挤一个粉碎！

唉！骎先生喘了口长气，又回复了他那木乃伊的睡法。唉，不用想太远了，按昨天那神气下回再见面她整个儿不理会我都难说哩！我为她心跳，为她吃不下饭，为她睡不着，为她叫朋友笑话。她，她哪里知道？即使知道了她也不得理会。女孩儿的心肠有时真会得硬，谁说的"冷酷，"一点也不错，你为她伤了风

昔日重现

生病，她就说你自个儿不小心，活该，即使你为她吐出了鲜红的心血，她还会说你自己走道儿不谨慎叫鼻子碰了墙或是墙碰了你的鼻子，现在闹鼻血从口腔里哼出来吓呵人哪！咳，难，难，难，什么战争都有法子结束，就这男女性的战争永远闹不出一个道理来；凡人不中用，圣人也不中用，平民不成功，贵族也不成功，哼，反正就是这么回事。随你绕大弯儿小弯儿想去，回头还是在老地方，一步也没有移动。空想什么，咒他的——我也该起来了。老崔！老崔！打脸水。

尼 姑 庵

——［中国］马宝山

小尼姑非常向往山上年青夫妇男耕女织的生活，
便还了俗与年青夫妇共同生活。
但有一天发生了不该发生的事，
女主人疯了似地跑进尼姑庵里落发为尼。

山上有竹，竹是紫竹。山下有庵，庵是尼姑庵。

尼姑庵里有两个尼姑，五十岁的老尼是师傅，十六岁的小尼是徒弟。师徒二人每天作课、诵经，接纳并不多的香客的施礼。她们在晨钟暮鼓声中悠悠地度过日月。

庵前是一条河，河边一所茅屋，茅屋前边是新开辟的一片田园。一对年轻夫妇在田园里春播秋收，日月在这对夫妇的欢声笑语中欢快地流逝。

青灯独处，作课的小尼姑常常被田野上飘来的欢声笑语打断思绪，她想：男耕女织的生活真幸福啊！

小尼姑常到小河边汲水，这就常常与耕田的青年夫妇相遇，时间久了都相互熟识了，风天雨天，年轻的农夫还替小尼姑把水挑到庵里。一天，小尼姑又到河边汲水，正好耕田的年轻夫妇也在河边小憩，这样就有了一段有趣的对话。

农夫问："小师傅每天在庵里做什么？"

尼姑答："作课、修道、求来世……"

农夫又问："求美满姻缘？"

尼姑又答："出家人清心寡欲。"

"求高官厚禄？"

"僧尼戒律，淡泊名利。"

"那么，求荣华富贵？"

"佛门讲究宁静致远，幽意闲情。"

农夫哈哈大笑："莫不是小师傅还修来世再做小尼？"

昔日重现

小尼姑眼里就多了一些迷惘，她遥望山下那座清冷的尼姑庵，长长叹一口气，心想，我修身养性，如若来世还做小尼，那我今天还需再求么？

小尼姑轻轻抹去两腮上的清泪，挑担回庵了。

河岸上，青年夫妇的对话还在继续，只是多了几分戏谑的味道。

男的问："假如真有来世，你求什么？"

女人说："你猜猜……"

"求高官厚禄？"

女人摇头。

"求荣华富贵？"

女人又摇头又摆手。

男人"噢"了一声："我明白了，你一定是求来世做个清清静静的小尼姑……"

女的就用小拳头在男人的胸脯上捣搡："你坏，你坏，你真坏！"

男的就捉住女的手，追问："那你到底求什么？"

女人面如霞霓，说："不求高官，不求富贵，只求来世好姻缘，只求来世再做你娘子……"说着女人就投进男人的怀中，两人在小河滩上嬉作一团。

河岸上的对话，河滩上那对情人的嬉戏，搅得小尼春心荡漾。小尼不再静心作课，不再认真修道，一副心猿意马的样子。老尼看出这个徒弟已和佛门的缘分尽了，就将她送出庵门。

举目无亲的小尼暂落脚在河边茅屋里的农夫家，小尼不再叫小尼，农夫夫妇就唤她小妮儿。

小妮儿就跟着年轻夫妇日出而作，日落而息。农家的粗茶淡饭竟使小妮儿更健美了，头上渐渐长出的飘逸秀发使她真正成了一个美人儿。

还了俗的女人就有了俗人的性情，有了俗人性情的女人就容易创造出俗人的故事。俗人的故事，大多都是千篇一律，俗不可耐的故事和细节就不在这里赘笔了。总之有那么一天，天上的太阳白晃晃地照耀大地，树上的鸟儿也是叫得那么悦耳。茅草屋的女主人从集市上买盐回来，一进茅屋就"噢"的一声尖叫，接着"哇"的一声长哭，哭声一直伴着疯了似的女人的脚步跌跌撞撞来到河边。她想跳河，河水却浅。女人又跌跌撞撞爬上山崖，她想跳崖，崖却不高。后来女人就跑进山下那座尼姑庵。

青灯独处，寂寞了些日子的老尼姑很想知道眼前这个女子对今世和来世的企望是什么："女施主，你在小庵里是暂住还是久留呢？"

女人说："久留，请师傅收我为徒吧。"

猫的主人

——［中国］丛维熙

一个精神病主治大夫把一只灰猫长期拴在他家的阳台上，任其哀叫。

当这只灰猫挣脱后，他又找来一只黄猫拴上。

80年严冬腊月的深夜，那只被圈在五楼阳台的灰猫"嗷嗷"地叫个不停。

这扰人清梦的哀鸣声，使整个居民楼都心神不安。第二天，十七户居民先后找到居委会去质询，但人们终于谅解了这颗痛苦的灵魂，因为猫主人的妻子已出走，他是个鳏夫。

不久，猫的主人吐故纳新，娶来一位新的妻子。新婚之夜，正逢寒流袭来，风吹电线发出的声响，如同一个巫师吹着千万把口哨，再加上猫的凄厉叫声，使人神经为之颤栗。可是人们又谅解了这颗幸运的灵魂：新婚之夜嘛，新郎一定是忘记了整个世界，何况猫乎？

猫的主人的蜜月期已经过去了，这只灰猫依然被拴在阳台的铁栏杆上。在寂静的冬夜，它依然发出哀叫……

居委会的一位妇女干部，终于叩开了猫的主人的门。一个斯文的中年人走了出来，他是精神病医院某科主治大夫A君。

"我代表群众给你提点儿意见！"

"欢迎。"

"那只灰猫，夜里叫得人心焦，它太冷了，你能不能让它进屋来？"

"屋里没有耗子，为什么要放进屋来？"

"那你为什么养它？"

"万一楼里有了耗子呢！"

"那你也不能让它冻得嗷嗷乱叫嘛！"

"猫又没到别的阳台上去乱叫，它生活在我的居住空间里。"

"你这位同志怎么不懂人情道理，十七户居民对你都有意见。"

"是不是他们都有精神病？"

"你……还算个医生？"妇女干部终于发火了，"现在提倡精神文明，你却连一点普通人的感情都没有，怎么能给别人看病？我找你爱人去评评理。"

"她走了。"

"她……到哪儿去了？"

"法院。"

"去法院干什么？"

"单方面提出离婚。"

"为什么？"

"我也琢磨不透。"A君垂下头，有点感伤地说，"论地位，我是一个主治医生；论工资，三位数。可她们都背叛了我。我已经离过三次婚了，这……算是第四次。女人都是水性杨花……"

妇女干部狠狠地瞪了他一眼，转身走了，回头教训这位鳏夫说：

"你别诬蔑我们妇女，最好你用 X 光透视一下你那颗心，看看它是不是肉长的？"

猫还是彻夜地叫着，直到孟春之夜，有一只公猫在楼下叫春，那只受尽欺凌的灰猫，用尽力气挣脱绳子，寻找它的爱情去了。

A君又当了鳏夫，不过，他不知从哪儿又找来一只黄猫，把它照旧拴在阳台的铁栏杆上……

情话突然消失

山羊兹拉特

——[美国] 艾·辛格

硝皮匠勒文让儿子阿隆把山羊牵进城里卖了，
阿隆牵着山羊在去城里的路上遭遇了大风雪，
三天三夜后，阿隆又牵着山羊回家了。

在人们的印象里，灯节与大雪是连在一起的，在过去的那些年代里，从村子通往城里的路上总是覆盖着厚厚的雪。可今年是个暖冬，雪下得很少，几乎整个冬季，都是阳光灿烂。田里芳草青青，农民们把牲畜赶往草场。但这种天气会使来年秋季的农作物收成不好，因此，也召来了大伙的抱怨。

经过慎重考虑，硝皮匠勒文决定把家里的山羊兹拉特卖了。因为它老了，挤的奶也很少。勒文已经和城里的屠夫费佛尔谈妥了，用它可以换得八个盾。有了这笔钱，他可以买灯节用的蜡烛，以及土豆，煎鸡蛋薄饼的油、给孩子们的礼物和全家过节的种种用品了。于是，勒文叫他的大儿子阿隆把山羊牵到城里去。

阿隆将这件事告诉了他的母亲，这位妇人听后不禁泪流满面，而阿隆的两位妹妹也哭了起来。她们当然都知道把山羊牵到城里意味着什么。可他们全家都只得听从一家之主——父亲的命令。阿隆穿上棉衣，戴上帽子，然后，将一根绳索套在兹拉特的脖子上。他随带上两片涂了奶酪的面包，准备路上饿了吃。

在没走之前，母亲和阿隆的两个妹妹都出来与兹拉特亲热一番，可兹拉特还是像往常一样，显得那么温顺，那么可亲。它舔着阿隆的手，摇晃着它下巴下那小缕白胡子。兹拉特对主人充满着信任，它是那么爱他们。

当阿隆把山羊牵上通往城里的路时，兹拉特才觉得事情有点不对劲，以前，主人从没带它来过这里。它用疑惑的目光问着阿隆："我们这是去哪？"但过了一会儿，它像是又想通了：主人是不会伤害我的。不过，这条路和它熟知的那些路相比，确实是不相同。阿隆和兹拉特从别人的田地、不熟悉的草场、新盖的茅屋前走过。不时，有条狗跟在后边汪汪直叫，阿隆总是用他那根棍子把狗赶走。

在阿隆和兹拉特离开村子的时候，天空还是一片晴朗，可转眼间，天气变了，一大块乌云从东边涌来，很快盖满了整个天空。一股冷风吹起来，乌鸦低空盘旋，呱呱直叫。天黑得如同夜幕降临前的黄昏。阿隆还以为又要下雨了，可哪知道下起冰雹来。不一会儿，冰雹竟又变成了纷纷扬扬的大雪。

十二岁的阿隆见过各种各样的天气，但他还没见过这么大的雪。漫天的雪花，被大风戏谑着，顷刻之间，整个大地被白雪覆盖。通往城里那又窄又弯的路已经看不清了，在风雪中的阿隆几乎什么也看不见，他甚至不知道自己在哪儿，而凛冽的风却又钻进他单薄的棉衣里，让他不由得打了个寒颤。

十二岁的兹拉特起初并不担忧这种天气变化，因为它已熟悉冬天是怎么回事。但当它的腿在雪里越陷越深时，它开始转过头来，惊讶地看着阿隆。它那温和的眼睛似乎在问："这么大的风雪，我们回家去吧，好不好？"阿隆开始祈祷能遇上赶车的农夫，可是，除了白雪，什么也没有。

漫天的雪花铺天盖地，透过雪层，阿隆的靴子触到一块新翻过的松软的土地，他敏感地感觉到他们迷路了，而且也分不出方向了，不知道村子在哪里，也弄不清小城在何方，真是进退两难了！寒风怒号，掀起阵阵雪白的旋涡，宛如一些白色的小精灵在田地的四周玩耍，一股股白色的雪尘从地面飞起。兹拉特的白胡子上已挂了好几串冰柱，角上的冰正闪闪发亮。它开始"咩咩"大叫起来，要求它的主人带它回家，并固执地把蹄子牢牢地扎在地里。

尽管如此，阿隆还不觉得有什么可怕。不过，他知道，这时候如果停下来不动，那么无疑他们都将冻死于此。现在，雪已深及阿隆的双膝，他明显地感到自己全身上下，除了心脏，所有的器官都麻得酸痛，因此，他抓起一把雪，使劲地擦着鼻子。

突然，他眼前出现了一个大雪堆，哪一个好玩的人把雪堆得这么高？他牵着兹拉特，好奇地朝着那一大堆雪走去。当他走近时，发现那是一个极大的埋在雪底下的草堆。

阿隆高兴极了，他知道得救了。他费尽力气，在雪中开出一条路。接着，他熟练地在草堆上挖了一个洞。尽管外边极冷，可草堆里却是暖洋洋的。再说，干草又是兹拉特的食物。他们钻进去之后，阿隆用干草封住洞口，只留下了一个天窗模样的小口。

兹拉特吃饱后，坐在后腿上，它又恢复了对主人的信任。阿隆吃完了他那两片涂着奶酪的面包，仍觉得很饿。突然他看见兹拉特乳房涨鼓鼓的全是奶，于是，他立即靠着山羊躺下，对准奶头，使他挤的奶直射进嘴里。兹拉特并不习惯这样的挤奶法，不过它却纹丝不动。

外边，大雪纷纷扬扬仍在下着，不多时，将草堆的那个小窗口封闭得严严实实，四周变得一片漆黑。干草堆里的野草和野花散发着夏日阳光的温暖。兹拉特上下左右不时地吃着草，它的身子散发着热气，阿隆靠着它缩成一团。他本来就非常喜爱兹拉特，现在，兹拉特在他眼里，简直就像是他的妹妹。他便一边梳理着兹拉特的毛一边问它：

"兹拉特，这里很黑，你不害怕吗？"

"咩！"兹拉特回应着。

"不论如何，这里倒是蛮暖和，你知道，若是我们不躲进来，天知道会冻成什么样。"阿隆说。

"咩！"山羊又答道。

"不过，这场大雪倒像是会下上几天，那样的话，我们要在这多待几日了，你愿意吗？"阿隆跟它商量着。

"咩！"兹拉特叫了一声。

"你到底要说什么？你最好说得更明白些。"阿隆要求道。

兹拉特扭扭身体似乎想说得明白些，可它吐出来的只能是"咩——"的声音。

"哦——你不会说话，可我明白你的意思。你是说，跟我在一起无论如何都愿意，是吗？"阿隆耐心地说。

"咩——"

阿隆打了个哈欠，他感觉有些困了，就用干草做了个枕头躺下睡了，兹拉特也跟着睡了。

当他醒来时，草堆里仍然一片漆黑。他试着去捅开那个小窗口，可他的手臂全伸直了，还是捅不开。他摸索着找到了根棍子，花了很大气力，才用棍子捅开了天窗。外边，雪继续在下，天空一片乌黑。寒风呼啸着，起先用一种调子，后来，越来越响，成了各种调子的合奏，就像恶魔狞笑……

这场大雪持续了三天三夜，不过，从第二天起，雪再也没那么大了，风也渐渐平息了。第三天夜里，雪停了，但阿隆还不敢摸黑找路回家。当月亮升起来，夜空一下子变得明亮起来的时候，阿隆钻出草堆，环顾周围的世界。一切都那么洁白，那么安静，万物仿佛都沉浸在宏大天地的梦幻之中，星星此时看得异常真切，月亮在苍穹中游弋，就像在大海里一样。

第四天早晨，阿隆听到一辆雪橇的铃铛声。原来，草堆离大路并不远。阿隆牵着兹拉特，向赶雪橇的农民问路。不过，他没有询问通往城里的路，而是回村、回家的路。在草堆里，阿隆就决定再也不与兹拉特分离。

再来讲讲阿隆家里的情况吧。这几天来，他们冒着风雪在通往村外的路上找寻阿隆和山羊，却一无所获。大家都以为阿隆和兹拉特已经长埋于雪地。他的妈妈和妹妹哭作一团，他的父亲一言不发地望着门外。突然，一位邻居跑来报告说：阿隆和山羊兹拉特回村了。

家里立即恢复了原有的生机。阿隆向家人讲述了他如何找到那个大草堆，兹拉特又是怎么给他奶吃。阿隆的妹妹们抱着兹拉特，亲了又亲，并给它拿来胡萝卜和土豆皮。兹拉特一边贪婪地吃着，一边欢快地叫着。

从阿隆和兹拉特雪地逃生以后，现在，寒冷的冬季终于降临了，村民们又需要硝皮匠勒文来帮忙。在持续八天的灯节里，阿隆的母亲能每晚做些油煎鸡蛋饼给孩子们吃，兹拉特也有一份。尽管兹拉特有自己的羊圈，不过，一到晚上，蜡烛点着的时候，它只要用角轻轻地敲门，告诉屋里的人它想进去，大家就会放它进来。吃完煎饼，阿隆、米丽昂和安娜玩陀螺。兹拉特也不离开，坐在炉旁，在闪亮的烛光里，看着玩耍的主人们……

有时，阿隆会问它："兹拉特，你还记得那个草堆吗？"

兹拉特用角搔摸颈背，摇摇长着胡子的脑袋，发出它那惟一的声音："咩——"

开 小 差

——[美国] 约·斯坦培克

> 斯莱戈和他的朋友在海滩上喝酒,
> 当一队美国士兵押着一群意大利俘虏上船时,
> 斯莱尔化装成俘虏钻了进去,
> 却被美国士兵打昏,抬走了。

这天,美国人斯莱戈和他的朋友得到了四十八小时的假期。他们来到了阿尔及利亚的酒吧喝酒。当酒吧快打烊时,两人已经有七分醉意了。他们带着剩下的酒,摇晃着走向海滩。夜晚的气候温暖宜人,两人喝完了第二瓶酒后,就脱去衣服,跳入平静的海水,蹲下身子,坐进水里,仅留脑袋露在水面。

"啊哈,老兄,这样是不是够味儿?"斯莱戈得意地说,"那些游人花很多钱才能这样做,而我们却不用花半个子儿。"

"哦!不,我宁愿和我的老婆一起去看美国的棒球联赛。我要回美国,我要回家,我讨厌这里,你明白吗?"他的朋友抱怨着。

"那么,你可能还要一记耳光。"斯莱戈笑着说。

"我要到希腊人开的饮食店里去,喝上一杯双料的巧克力,里面含有麦精和六个鸡蛋。"朋友边说边稍微浮起身子,以免海水灌进嘴里,"我不喜欢这儿,这儿太闷,太闷了,我要到科尼游乐园,我喜欢那儿。"

"那儿游人太多。"斯莱戈接着说。

"我太想回美国了。"朋友又重复了一遍。

"噢,棒球联赛,这倒是个好主意。我很想去打它一场。"斯莱戈说,"真想一个人逃回去。"

"就算你跑掉了,但你究竟能跑到哪个地方去呢?无处可去呀!"

"我要回家,"斯莱戈说,"我要观看棒球联赛,我要第一个来到看台上,就像1940年那样。"

"别做梦了,你不可能回去的,你根本就没钱!"他的朋友说。

昔日重现

刚喝下肚的酒给斯莱戈又带来阵阵暖意,温和的海水使他十分惬意。"我有钱,我能回去。"他脱口冒出一句。

"有吗?多少?"

"20块。"

"不可能,你没钱,你肯定是醉了。"朋友说。

"那你要不要打赌?就赌20块!"

"谁怕谁呀!你什么时候给我?"

"做你的大头梦吧,输的是你,就等着给我钱吧!"

接下来,他们从海水中起身,来到了码头上一堆木条箱旁边坐下。码头停泊着几条船,船上装运着废钢烂铁,还有在北美战争中损坏的军事装备,这些东西将送往高温炉中熔炼,以制成更多的战舰。这时,从高地上下来了一支分遣队,他们押着一百名要装上船运到纽约去的意大利俘虏。这些俘虏衣衫褴褛,穿着美式卡其军服。他们来到跳板跟前,等候着上船的命令。

朋友望着这些俘虏说:"瞧!他们马上就要去美国了,而我们只能待在这个鬼地方。"他转身望望斯莱戈,大叫了起来:"噢!老天,你在干什么,干嘛把油往裤子上擦呢?你这个蠢猪!"

"不论如何,"斯莱戈说,"你记着输了我20块,我会找你要钱的。"说完,他一把扯下自己的帽子丢给朋友,站起身来向前走去。

"你去哪儿?斯莱戈!"朋友站了起来。

"你别管我!咱们看看谁是猪,你这个白痴!"

斯莱戈穿着油污的裤子和撕破的衣服一直走向那群俘虏,突然,他钻了进去。

上船的命令传下来了,分遣队的士兵们押着俘虏上了跳板,斯莱戈发出哀怨的声音:"我不该在这儿,哎,你们不要把我带到船上。"话中夹杂着一些意大利的口音。

"住嘴,劣种。"一个士兵对他咆哮着,"我可不管你是什么东西,上去吧!你这笨蛋!"他把假装不愿走的斯莱戈推上了跳板。

朋友在那堆木条箱上羡慕地看着。他看到斯莱戈还在申辩,挣扎着要回到码头上,接着又传来尖叫声:"哎,我是美国人,美国士兵,你们不能把我带到船上。"话中又夹杂着一些意大利的口音。

朋友看到斯莱戈还在挣扎,接着又看到斯莱戈先打了一个士兵一拳,那挨打的士兵举起军棍,照着斯莱戈的脑袋砸下,他的朋友倒在船上,然后,被抬走了。

"这个杂种,"朋友独自嘀咕着,"这个杂种真有一手,他们不会不想法救他的，这事发生时还有其他人在场。噢，天啊，我不是输掉了整整 20 块，妈的！"

斯莱戈的朋友眼巴巴地看着那条船驶向船队，然后一起开走，终于消失在无垠的海面。他沮丧地跑回城里，买了一瓶酒，回到海滩上大喝起来，然后开始呼呼大睡。

昔日重现

商 机

——［美国］亨利·斯莱萨

一场生物生育的基因突变，
预示了服饰用品市场美好的前景。

斯旺孙若无其事地走进会议室，他环视在场的每个人，几乎每个人也都盯着他看，目光中像要把他吃掉，但他仍镇静如常，轻松地坐到了他总经理的座席上。

会议立即开始，董事们纷纷表示不听报告，却希望听到斯旺孙对服饰用品经营上的损失做出解释。斯旺孙不怒不恼地站起身来，清清他的嗓子说道：

"诸位董事，"他声音平静坚定，"正像我们已经听到的，自从战争爆发后，服饰用品的销售量就一蹶不振，收入方面的损失对我们每个人来说都是意料之中的事，可是我们不能把眼前这点儿损失看在眼里，先生们，对于销售部门对销售量会进一步降低的这种预测，我有不同的看法，我相信将来的销售量会超过以往任何时候！"

听到这里，会场的人们交头接耳，议论起来，在桌子的那一头，传来了某些人的狂笑。

"我知道我对前景的预测听起来很难使人相信，"斯旺孙说，"在大家离开会议室以前，我一定要把这个问题详细解释清楚。在这之前，我希望你们先听一位专家的专业性很强的报告。我说的这位专家就是美国优生学基金会的拉也夫·恩特威勒教授。"

这时，人们才注意到斯旺孙旁边的这个脸色苍白的人。他慢吞吞地站起身，用几乎听不见的声音说道：

"斯旺孙先生要我向你们谈谈未来的情况，"他迟疑不决地说，"我对服饰用品行业一窍不通，我从事的领域是优生学，我个人的专业是研究辐射生物学。"

"你能不能说得更专业一点儿？"斯旺孙说。

"当然可以，"他提高了嗓音说道，"我负责研究生物学上的突变。先生们，一般的生育很快就会成为突变，变种生育已经接近生育总数的百分之六十五，随着时间的消逝，相信这个百分比还会提高……"

"可是——"会议主席生气地打断了他的话，"你讲这些有什么用呢？这和我们的销售量有何瓜葛？"

"哦，亲爱的主席。"斯旺孙微笑插话说，"这关系可大着呢！"他停顿了半秒钟，朝着四周疑惑的面孔神秘地一笑，接着说："这就意味着，帽子的销售量将会增大一倍以上。"

机器人查尔斯

——[美国] 唐·巴塞尔姆

税务局要我交纳雇佣机器人查尔斯的费用，我别无办法，准备把查尔斯拆除。但回到家，查尔斯却使我改变了主意。

那天早上，我打开信箱，从里面掉出一张由税务局长伯格曼寄来的小小传票。它的左下角盖着朱红色的印章，上面有一行用黑体打印的大字："本局要求你，"我接着去寻找下边的内容："立即来局澄清税务，不得以任何借口拖延不到。"说得我一头雾水，这是我何时欠下的税单？

别的我不敢说，但我却是个以法律为行动准则的人，逃税等事是与我无缘的。有好几次，我甚至还多交了些税款呢。不信，可以查查税收记录。远自1984年，我还是个学生的时候起，我的税务记录就一直是清白无误的。这个伯格曼是吃错了药，难道在我清白的记录上他发现了什么可疑之处？

为了证明我的清白，我即刻踏上路程，并随手带上我的一篇关于国家不应该干涉老百姓私事的文章。一进门，我便开始嚷道："喂！伯格曼，你寄了什么鬼东西给我！"然后，不容他回话，我拿出我的文章念了起来。

"你家有个叫查尔斯·埃文斯·休斯的吧！"伯格曼没等我念完，便这样说。

"啊哈，很对，他——确切地说，是我的朋友。"

"你的朋友？你说查尔斯？不，那个不是人的怪物是你的朋友？"

我点点头，继续道："怎么？局长大人对他很感兴趣？"

"噢，不，我的意思是说，他是你雇用的吗？"

"雇用？——不，根本不是什么雇用！"

"他从你那儿得到一定的酬金吧？"

"只不过是一点儿零用钱。"

"你按时付钱给他？"

"伯格曼先生，我按时付给他的仅仅是些纸烟、手帕，还有滴鼻药水之类的东西，再说，他也只需要这些小玩艺儿。"

"可是，那只是收入的不同表现形式，这你承认吧？"

"什么？这些小玩艺儿也叫收入？你没搞错吧！"

"那些小玩艺儿是什么本局不感兴趣，重要的是，现在你雇用了他，并给他一定的收入，按照法律来讲，你得支付一定的税款。"

"噢，不，伯格曼先生，你肯定是搞错了，查尔斯根本就不是人，他只是一部我随手制造的机器。"

"税务局规章'第244条'写得很清楚：专门出钱雇用陪伴人一类事的，那些不是由'终身护理局'提供的，而是由私人雇佣的护理员，必须向税务局呈报，还得交纳税收122%。"伯格曼不慌不忙地说着，然后，他耸耸肩，继续道，"他是不是机器这不重要，关键你是他的雇主，这是你应该付的。"

我的眼睛瞪得大大的，大声地说："是122%吗？"

"对，正是这个数字。由于你违背了税务规定，要进行罚款。过去5年每周按5元的122%计算，所罚款数为122的212%。"

"那货币贬值又怎么算呢？"

"就这种怪物而论，贬值是无法确定的。"

此时的我已怒火中烧，于是转身摔门而去。

平时，查尔斯是看得出我的心情的。这个机器人笑的时候总是一个嘴角向上翘，一个嘴角向下歪。虽是一个没有生命的机器人，但总给我一个有生命的错觉。塑料和金属的用途真是太奇妙了，你甚至可以在杂货店里买到诸如指甲和眼眉这类令人惊叹叫绝的塑料和金属制品。制造这样一个机器人的时间也不会超过一个月，我曾考虑把这个机器人的设计图送到通用机械制造厂，给每个人都造这么一个助手或陪伴人，但如今看来，这样会为人们多添一份税务付出的。

查尔斯一贯保持一副泰然自若、遇事不慌的样子，可我有时就像夜总会门前挂的五颜六色的灯那样，心神不宁；有时则犹如怀中揣着毒蛇一般，心惊肉跳，恐慌不安。

我回到家，推开门，查尔斯正坐在摇椅上阅读《生活》杂志。

"查尔斯，"我说，"事情有点儿不妙，你给我惹了麻烦。"

"据最近的路易丝·哈里斯民意调查，美国中学有77%的学生说，宗教对他们是至关重要的。"查尔斯一边轻轻地摇着椅子，一边慢条斯理地读着报纸。

"查尔斯，"我叫道，"税务局要收你的税，是'陪伴人雇佣税'，共要……这么说吧，过去5年每周按5元的122%计算，要收122的212%，当然还要加上122这个基本钱数。"

查尔斯放下报纸，开始笑了起来："啊哈，他们不知道你根本就没有这笔

钱吗?"

"我怎能付得起呢?"我说,"对我来说,这简直是不可想像的。"

"那,"他摇着椅子,继续说,"那么,你说我们现在该怎么办呢?"

"也许,"我不安地看了他一眼,"只有把你处理掉。"

"这倒是个好主意!"他一点儿也不生气,依然笑眯眯地说。然后,他从那张摇椅上站起来,来到我跟前,问:"你想从什么地方下手才合适呀?"

我苦恼地望望他,终于决定:"那就从头部拆起吧!"

"妙极了!"查尔斯说,"你一定需要扳子、钳子和锯。好,我这就去给你拿来。"

查尔斯站起身向地下室走去,突然,他想起了什么,回过头,问道:"谁把拆下来的废物拿出去扔掉?"

"没办法!我只好自己干了。"

他笑了,仍然是一个嘴角向上翘,一个嘴角向下歪。"好吧,"他说,"我这就去取用品。"

我就这样看着他,任由他往地下室走去,心中却的的确确地没有半点轻松的气息。查尔斯是多好的一个机器人啊!当初,我一个人住在这个屋子里,连个聊天的朋友也没有。后来,我灵机一动造就了他,从此,我的生活充满着欢笑,精神也一天比一天好,做起事来也投入、认真多了,大家都说我年轻了至少十岁。这一切的一切,都是查尔斯带给我的,而现在,真的要我失去他,要我重回到那从前没有生机的日子吗?哦!不,不!我的脑子里乱哄哄的。

查尔斯拿着钳子等东西从地下室钻出来,把它们递给我,然后说:"现在可以开始了吧?"我跳起来,一把抢过他手中的东西,丢到一边,再一把抓住他,激动万分地说:"听着,查尔斯,我想我们还是搬家吧!"他平静地笑了笑说:"那么,我去收拾东西。"

买 乐 谱

——［俄国］契诃夫

加乌普特瓦赫托夫受女儿委托去乐器店买乐谱，但他忘记了买哪种乐谱。他在乐器店呆了半天也没想起来，但在回家的路上却突然想起来了。

　　瞧呀！那个身体虚胖、摇摇晃晃过来的男人是谁呀！哦，他可是大名鼎鼎的陆军中尉，名叫伊万·普罗霍雷奇·加乌普特瓦赫托夫。用他自己的话讲，因为他的老婆总让他买这买那，把他累得精疲力尽，使他从以前的风流倜傥的少年变成一个蹒跚的老头。而这会儿，他又奉命到一家乐器店为他的爱女买乐谱。

　　"您好，先生！"他走进乐器店说，"劳驾，请给我拿……"

　　站在柜台后面的一个身材矮小的德国人向他伸过脖颈来，笑容可掬的脸上现出询问的神情。

　　"您要点儿什么，先生？"

　　"对不起，先生，让我想想……天真热呀！这么炎热的天气，简直拿它没办法！请等一等，先生，嗯……让我……让我……好好想想……哎呀！我是怎么搞的，我怎么记不起来了呢？"

　　"那您就再想想。"

　　加乌普特瓦赫托夫上嘴唇抿住下嘴唇，紧紧皱起小小的额头，向上翻动着眼睛，苦苦地回想着。

　　"哎呀呀，上帝饶恕我，我的记性太坏啦！这是怎么搞的……怎么搞的……让我好好想想……对不起……我忘啦！"

　　"您好好想想……"

　　"这个该死的。我跟她说过，要把买的东西都写出来，可她就是不写……她干嘛不写下来呢？我可不能样样都记得住……对了，或许您知道吧？是一部外国乐曲，弹起来很响亮……您知道吗？"

昔日重现

"外国乐曲?很响亮的,那我们商店里可是非常多哟……"

"噢,是吗?……这我知道!嗯……嗯……让我想想……哎,可怎么办呢?买不到乐谱,就不能回家。娜佳,也就是我的女儿,会把我磨死的,您要知道,没有乐谱,她就弹不好……弹不成调!老实说,她原有一部乐谱,我无意中在它上面洒上了煤油,为了不让她大喊大叫,就把它扔到橱柜里去了……我不喜欢听娘儿们大喊大叫!她让我买新的……嗯,是这样的……哟哟……这只猫多神气。"加乌普特瓦赫托夫用手抚摸着躺在柜台上的一只大灰猫……那猫喵喵叫了几声,伸着懒腰,露出一副馋相。

"哟,这只猫可长得真漂亮,它是西伯利亚产的吗?……那它是公的还是母的?"

"公猫。"

"啊,原来是个'小伙子'呀!好家伙!喂!'小伙子'你能逮着耗子吗?"加乌普特瓦赫托夫转过头问,"它有女朋友吗?哦!我是说……它有配对的母猫吗?"

"还没有……嗯……"

"那就赶紧找一个呀,以后要是生了小猫,就送给我一只……我妻子非常喜欢猫——特别是公猫!……现在该怎么办呢?我一路上都在记呀记,这会儿却忘了……记性不行啦,完啦!人老了,我的青春年华过去了……该入土啦……不过,那曲子弹起来非常洪亮,而且变幻莫测、雄壮有力……对不起,先生……哦……我也许可以哼唱一下那支曲子吧……"

"您就唱吧……或者……或者……您用口哨吹吹也行……"

"噢,不,先生,您不知道在屋里吹口哨是有罪的吗?……我们那里有个叫谢杰利尼科夫的人,他嘴里老是不停地吹呀吹呀,结果吹得倾家荡产啦……对了,您是德国人还是法国人?"

"德国人。"

"其实我早就看出来了,还好您不是法国人……他们尽干蠢事,我最讨厌他们,你不知道吧,打伏期间,他们还吃过老鼠呢!嘿嘿……别忙,让我再想想,那调怎么唱来着,偶尔我也会哼上一段呢,那我现在给你哼哼,不,算了,我还是干脆唱吧!……您看如何?……哦!好极了,请您站在那里去,准备好了,我要开始了……嗯……我想,我得先清清嗓子……"

加乌普特瓦赫托夫弹了三下手指,闭上眼,用假嗓子唱起来。

"多多——西——多——多——霍——霍——霍……我是个男高音……我在家里常常用男高音唱……让我想想,先生……特拉——拉——拉……克尔姆……牙缝里好像塞着点儿什么东西……呸!原来是瓜子儿皮……噢——多——多——

西——西……克尔姆……我大概感冒了……我在酒店喝了一杯冷啤酒……特鲁——鲁——鲁……就这样一直往上扬……然后，您知道吗，顺势而下，降低，降低。就这样侧着身子，然后往高音符上拨高，一阵一阵地……多——多——西……鲁——鲁……您明白吗？这时再接低音：古——古——古——都都……您听明白了吗？"

"不明白……"

那只公猫惊讶地望望加乌普特瓦赫托夫，大概是在发笑，接着便懒洋洋地从柜台上跳了下去。

"难道您一点儿也没听出来……哦，上帝，您要我说什么好……啊，也许是我唱得不好，您别介意，……那个……我真是没有一点儿印象了呀！"

"您干脆在钢琴上弹一下吧……您会弹琴吗？"

"钢琴吗？……您这不是为难我吗？……我过去会拉小提琴，只拉一根弦，那也只是随便拉拉……拉着玩的……没有人教我……我弟弟纳扎尔会拉小提琴，有人教过他……就是那个法国人罗卡特，您也许认识他吧，就是维涅季特·弗兰齐奇教他的……他可真是个滑稽可笑的法国人……我们都管他叫拿破仑，故意逗他。他总是很生气。他说：'我不是拿破仑……我是共和派，我叫弗兰齐……'他那副嘴脸，说实在的，也确实是一副共和派的嘴脸……完全是一副狗的嘴脸……我故世的父亲什么也没教过我……他说：你祖父叫伊万，你就也叫伊万吧，既然如此，你的一举一动也应该像你祖父一样，你也去当兵吧，下流东西！！你就去放火枪吧！！至于温情脉脉，娇生惯养，小子……小子……小子……我是不会对你温情脉脉，娇生惯养的！你祖父吃过马肉，你也去吃马肉吧！你也把马鞍子当枕头垫在头下睡觉吧！……我现在回到家里该怎么办！她们准得把我吃了！买不到乐谱不许回家呀……也只好再见啦，先生！对不起，打搅您了……这架钢琴值多少钱？"

"八百卢布！"

"哎哟，哎哟……我的老天爷！这就叫做：钢琴买到手，穷得光腚走！哈——哈——哈！八百卢布！！我真识货！再见吧，先生！要不，咱们再聊一会儿吧！您知道吗，有一次我在一个德国人家里吃午饭。午饭后，我问一位先生，他也是德国人，我问'衷心感谢您的盛情招待'德语怎么说？他对我说……他对我说……对不起，先生，让我想想！……他说：'伊赫——利别——季赫——冯——甘岑——格尔岑！'噢，对了这句话是什么意思？"

"我……我真心实意地爱你！"站在柜台内的那个德国人翻译说。

"啊，原来是这样！我就走到主人的女儿面前，直截了当地对她说了这句话……她很不好意思，脸涨得通红……几乎要歇斯底里大发作……瞧，惹麻烦

昔日重现

了！再见吧，先生！脑袋不好用，累得腿脚痛……我现在就是如此……由于记性不好，让我白白跑了二十趟！祝您健康，先生，再见！"

加乌普特瓦赫托夫小心翼翼地推开门，走到大街上，走了五步以后，才把帽子戴上。

他咒骂自己记性不好，陷入沉思之中……

他琢磨着：一回到家，他的妻子、女儿们一定会向他猛扑过来……妻子将查看买来的物品，然后骂他是白痴、蠢驴或笨牛……女儿们会把他围住要糖果，她们将狼吞虎咽地吃起来，也不怕把胃口吃坏……身着天蓝色连衣裙、脖子上系着粉红色领带的女儿娜佳，会迎着他走过来问："乐谱买到没有？"一听到"没有"二字，她便会对年迈的父亲出言不逊，然后把自己关在房间里，号啕大哭，连午饭也不出来吃……之后，她走出自己的房间，泪痕斑斑，悲恸欲绝，在钢琴旁坐下。起初她弹的是首哀婉的曲子，一边簌簌地落泪，一边哼唱着什么……快到晚上的时候，娜佳才算开心些，终于最后深深地叹了口气，开始弹那支她喜爱的乐曲：多——多——西——多——多……

加乌普特瓦赫托夫用手朝自己脑门上啪地拍了一下，然后像疯子似地转身跑回乐器商店。

一进门，他就大声叫着："多——多——西——多——多，多多。对了，我记起来了，就是这个谱子，这是谁的曲子？您这有卖吗？嘿！我的老伙计。"

"哎呀！这是李斯特的狂想曲，第二号……又叫匈牙利狂想曲……老天，您终于还是想起来了。"

"对，对，对……就是李斯特的曲子，就是李斯特的曲子！老天爷惩罚我，就是李斯特的狂想曲！第二号！是的，是的，是的……亲爱的！就是这支曲子！您真是我的亲爱的"。

"不过，"德国人顿了一下说，"李斯特的曲子很难唱……您要哪一种？"

"哪一种都行！只要是李斯特的第二号狂想曲就行！这个顽皮任性的李斯特！多——多——西——多……哈——哈——哈！我好不容易才想了起来！就是这个！"

德国人从货架上取下一本乐谱集，用几张广告纸包起来，递给笑容满面的加乌普特瓦赫托夫。加乌普特瓦赫托夫付了八十五戈比，哼着小曲走了出来。

情话突然消失

暴 风 雪

——［俄国］普希金

在暴风雪里，
命运与年轻漂亮的玛利亚·加夫里洛夫娜开了个玩笑，
玛利亚没能与自己钟情并与之私奔的情郎步入教堂，
却与另一个玩世不恭、贸然走进教堂的人终成眷属。

1811 年，那是一个值得纪念的年代。在一个名叫涅纳拉多沃的村庄，住着厚道的加夫里拉·加夫里洛维奇。他殷勤好客，和蔼可亲，远近闻名。四邻往往上他家吃吃喝喝，跟他夫人玩玩赌五个戈比输赢的波士顿牌。但也有的客人来此的目的，仅仅是为了看看他的女儿玛利亚·加夫里洛夫娜，一个身材苗条、肤色白净的十七岁的姑娘。她被视为全村里最漂亮的女孩，许多人都想要得到她，或者为了自己，或者为了自己的儿子。

玛利亚·加夫里洛夫娜是读着法国小说长大的，因此，其结果自然是深受小说的影响并过早堕入情网。她的恋人是个穷酸的陆军中尉，那时他正休假住在自己的村子里。不言而喻，很快的，他们两个人相爱了。不幸的是，他们的恋爱被玛利亚的父母发觉后，加夫里拉夫妇开始限制女儿的行动，接待他的态度比接待一个退职陪审员还不如。

尽管如此，这两位爱人仍不断互通信件，并屡屡在密松林里或古教堂边幽会。他们海誓山盟，缔结同心，并达成共识：既然我俩缺一便不能活下去，而残忍的父母的死脑筋又妨碍咱们的姻缘，那么，不如逃离到一个不受他们管制的地方去！这个谋幸福的好主意照亮了这两个年轻人的脑袋，而醉心于罗曼蒂克的玛利亚·加夫里洛夫娜对这个好主意更是称心。

冬季到了，他们的幽会也因此中断，但情书往还却更加频繁了。弗拉基米尔·尼古拉耶维奇在每封信里都央求她嫁给他，跟他秘密结婚，躲藏一些日子，然后双双跪在双亲脚下，二老最终肯定会为恋人的英勇的蛮干行为和不幸的遭遇所感动，并且他们还会说："孩子们，你们的爱真伟大！"

233

昔日重现

　　玛利亚·加夫里洛夫娜久久拿不定主意，一大堆私奔的计划被推翻。她终于同意了如下办法：在某个晚上，她可以借头疼不吃晚饭而躲在屋子里，她的贴身使女本是她的同谋犯；她二人穿过屋后的门廊到达花园，花园后面有一辆备好的雪橇，坐上去直奔离涅纳拉多沃村五公里的冉德林诺村，然后走进教堂，弗拉基米尔会在那里等她们。

　　在私奔的前一天夜里，玛利亚·加夫里洛夫娜整晚都没有睡意。她收拾好东西，包了几件衬衫和衣裙，给她的女友，一位多愁善感的小姐写了一封长信；另一封信给自己的父母。她用最动人的辞句向父母道别，陈述爱情的来势不可抗拒，央求父母饶恕她的过失，她在信的结尾写道：如果有一天她回来时父母亲已原谅了她的过失，那将是她一生最幸福的事情。她封好两封信，封口盖上图拉出产的图章，图章印出两颗燃烧的心和文绉绉的题辞。然后在天亮前她躺倒在床上，打了个盹儿，但是她的脑海里时不时浮出阵阵幻影。一会儿，她恍恍惚惚觉得，正当她坐上雪橇去结婚的那一刻，他父亲一把抓住她，把她从雪地上飞快地横拖过去，然后扔进黑咕隆咚的无底深渊……她整个身体都坠入深渊，心里有说不出的恐惧；一会儿她又看见弗拉基米尔倒在草地上，一脸惨白，满身血污。他就要死了，用刺耳揪心的声音说话，求她跟他赶快结婚……一些不成形的、不连贯的幻象接二连三地从她眼前闪过。终于，她从床上爬起来，脸色比平日更加苍白，并且果真头痛了。父母看出了她心神不定，慈爱地、关切地，连连探问："噢！我亲爱的女儿，你怎么了？病了吗，嗯？"——这一切，使得她心都要碎了。她极力安慰他们，想装出快活的样子，但除了摇摇头，什么也做不好。到了晚上，想到这是自己在家里度过的最后一刻了，她的心紧缩起来。她觉得自己还仅剩半条命了，心里暗暗地跟家里人和身边的东西——告别。

　　开晚饭了，她的心咚咚直跳。她嗓音颤抖地宣布，她不想吃饭，便离开了父母。父母吻了她，如同平常一样祝她"晚安"。她差点儿哭起来。回房后，她倒在靠椅里，泪珠儿一粒一粒直往下滚。使女劝她镇定，劝她打起精神来。一切准备停当。再过半个钟头，玛利亚就要永远离开父母的宅子、自己的闺房以及平静的生活了……户外起了暴风雪，风在吼，百叶窗在抖动。她觉得，一切都暗藏杀机，一定不是什么好兆头。不久宅子里安静下来，大地沉沉睡去。玛利亚披一条花披肩，穿上暖和的外衣，手里提着小箱子，出房走到了后门口。使女跟在后面，拿两个包袱。她们进了花园。暴风雪没有平息，风迎面吹来，仿佛想抓住这个年轻的私奔女。她们好不容易走到花园的尽头。雪橇已经在等候着她们了。马冻僵了，不肯规规矩矩地站着不动。弗拉基米尔的车夫在车轮前面走来走去，勒住马儿。他搀扶小姐和使女坐进雪橇，放好包袱和小箱子，抓住缰绳，马儿便飞跑起来。让我们把小姐暂时交给命运之神和车夫杰廖希卡的赶车技艺去保护，现

情话突然消失

在回过头来看看咱们年轻的新郎吧!

弗拉基米尔坐车赶了一整天的路,早晨他找了冉得林诺村的神父,好不容易才跟他谈妥,然后到四邻的地主中间去找证婚人。他去找的第一个人是个退职的骑兵少尉,四十来岁的德拉文,德拉文非常喜欢这份美差。他说这种冒险使他回忆起已逝的美好时光和骠骑兵的恶作剧。他留弗拉基米尔吃午饭,并且要他放心,还拍拍胸膛包下了找另两个证婚人的差事。果然,吃罢午饭,就来了一个蓄有唇须、靴子带有踢马刺的土地丈量员施米特,还有县警察局长的儿子,一个十六岁的小男孩,他前不久才参加骠骑兵。这两个人不但欣然接受弗拉基米尔的请求,甚至还对天起誓,不惜牺牲性命为他效劳。弗拉基米尔心存感激地对着他们深深鞠躬,互相拥抱然后回家张罗去了。

天断黑已经好久了。他向自己信得过的车夫杰廖希卡面授机宜,详详细细布置一番,然后打发他驾起三匹马拉的雪橇去涅纳拉多沃村,再吩咐给自己套好一匹马拉的小雪橇,他没有再请车夫,而是自己一个人动身到冉得林诺村去,大约两个钟头以后玛利亚·加夫里洛夫娜也应该到达那里了。他认得路,全程只要二十分钟。

可是,弗拉基米尔刚刚出了村口来到田野上,随之风也来了,暴风雪铺天盖地而来,他啥也看不见了。一分钟以后,道路就盖满了雪。四周景物全都消失在昏黄的一团混沌之中,但见一片片雪花狂舞,天地浑然莫辨。弗拉基米尔发觉陷在田里,于是想再赶到路上去,但却白费劲。那匹马瞎忙一气,时而跑上雪堆,时而陷进沟壑,雪橇时时翻倒。弗拉基米尔费尽心力,但求不要迷失大方向。他觉得已经过了半个多钟头了,而他还没有到达冉得林诺村的丛林。又过了十来分钟,还是看不见丛林。弗拉基米尔驶过一片沟渠纵横的田野。暴风雪还没停,天色不开。马儿也疲倦了,身上汗流如注,它不时陷进齐腰深的雪里。

这时候他开始意识到自己恐怕迷路了。弗拉基米尔刹住雪橇,开动脑筋,使劲回忆和思索,于是断定应当朝右拐。他便掉转雪橇朝右赶去。那匹马敷衍塞责,挪动步子。他在路上足足花了一个钟头了。冉得林诺村应该不远了。他走着,走着,田野没个尽头。到处是雪堆和沟渠,雪橇时时翻倒,他也就时时把它扶起来。时间在消逝。弗拉基米尔着实不安了。

终于一片黑黑的东西出现在他的视野里。弗拉基米尔便转到那边去。等他走近一看,果真是一片林子。谢天谢地!他想,现在总算快到了。他沿着林子走,一心想立即走上他熟悉的道路,或者绕过林子:冉得林诺村就在它后面。他很快就上了路,驶进冬季落叶的树林的阴影里了。狂风在这里不能逞强,道路平坦,马儿不再瞎走,而弗拉基米尔也宽心了。

他走着,走着,树林没个尽头,而冉得林诺村还是看不见。弗拉基米尔惊恐

235

地看到,他走进了一片陌生的森林。他绝望了。他打马,那匹可怜的畜牲放开腿奔跑,但很快就慢下来,一刻钟以后就一步一步地拖着他走了,不管倒霉的弗拉基米尔怎样使劲鞭打都不顶用。

树木渐渐稀疏了,弗拉基米尔出了森林,冉得林诺还是看不见。这时应该快到半夜了。泪水从他眼眶里涌出来,他任马儿自己走去。这时风雪平息了,乌云消散,他面前展现一马平川,上面铺了一层波浪起伏的洁白的地毯。夜色分外明净。他望见不远处有个小村庄,零零落落约莫四五家农舍。弗拉基米尔的雪橇向村子驶去。到了第一家茅屋旁边,他跳下雪橇,跑到窗前就动手敲打。过了几分钟,农舍的百叶窗开了,一大把白胡须的老人探出头来。

"有什么事吗?"

"请问冉得林诺村离这儿还有多远?"

"你是问冉得林诺村吗?"

"对!对!它离这儿还有多远呢?"

"不算远,只有十公里。"

话音刚落,弗拉基米尔便一把揪着自己的头发愣住了,仿佛一个人被宣判了死刑。

"你是从哪儿来的?"老头好奇地打量他。弗拉基米尔已经顾不得他的问话了。

"嘿,我说,"他对着老头说,"你能不能弄到马匹拉我到冉得林诺去。"

"噢!马匹?我上哪儿给你找呀!"老头回答。

"那么,总能找一个带路的人吧!当然,我会给钱的,随他要多少。"

"等一下!"老头说,放下百叶窗,"我儿子知道路,让他带你去吧!"

弗拉基米尔等着。没过几分钟,他又去敲窗子。百叶窗再次打开,还是那个大白胡须。

"你还有事吗?"

"你的儿子……。"

"别着急,他还在穿鞋子。你兴许冻坏了?进屋来暖和暖和吧!"

"不用了,多谢,能否叫你儿子快一点儿?"

大门咿呀打开,一个少年拿根拐杖走出来,他走在前头探路,时而指点,时而又探寻路在那儿,因为路面已被大雪封住了。

"你知道现在几点了吗?"弗拉基米尔问他。

"快天亮了。"年轻人回答。弗拉基米尔一下子像只泄气的皮球。

到达冉得林诺村的时候,天已经亮了。教堂关了大门。弗拉基米尔付了钱给带路人,然后进了院子去找神父。院子里不见他派去的三匹马的雪橇。到底发生了什么呢?

让我们再掉转头来看看涅纳拉多沃村的玛利亚一家,看看他们那里发生了什么事情。

其实什么事也没有发生。

两位老人醒来以后走进客厅。加夫里拉·加夫里洛维奇戴着睡帽,穿着厚绒布短上衣。普拉斯可维娅·彼得洛夫娜穿着棉睡衣。摆上了茶炊,加夫里拉·加夫里洛维奇叫一个使女去问玛利亚·加夫里洛夫娜,她的身体怎么样,昨晚睡得好不好。使女回来报告,小姐昨晚睡得不好,可现在她感到好了些,她马上就到客厅来。果然,门开了,玛利亚·加夫里洛夫娜走上前向爸爸妈妈请安。

"现在头还疼吗,亲爱的?"加夫里拉·加夫里洛维奇问她。

"好多了,爸爸!"玛利亚回答。

"亲爱的!你莫不是昨晚煤气中毒了?"普拉斯可维娅·彼得洛夫娜说。

"也有可能。妈妈!"

白天就这样过去了,但到了晚上,玛利亚病倒了。父母急忙派人进城去请医生。傍晚时分,医生来了,正赶上玛利亚的胡言乱语——她被高烧烧晕了头。可怜的玛利亚一直躺在床上,足足有两个星期濒于死亡的边缘。

家里没有一个人晓得那预谋的私奔。写好的两封信已经被烧掉了。她的使女对谁也不敢吐露实情,生怕会因此丢了饭碗。神父、退职骑兵少尉、蓄胡子的土地丈量员以及娃娃骠骑兵知道原因,但都很谨慎。车夫杰廖希卡连喝醉了的时候也未曾漏出只言片语。这样一来,秘密依旧是秘密,虽然有半打以上的人参与其事。可是,玛利亚·加夫里洛夫娜不断地胡言乱语,自己倒出了全盘计划。她的话虽颠三倒四,但寸步不离她的病床的母亲也能从她的话里头听明白一点:女儿拼死拼活地爱上了弗拉基米尔,这就是她重病的起因。她跟丈夫以及几个邻居商议,最后一致认定:玛利亚·加夫里洛夫娜和那小子是命中注定的,是命就逃不掉,不管他是穷是富;女人是跟男人结婚,不是跟金钱结婚,如此等等。每当我们难以想出为自己的理由辩解的时候,道德格言一类的东西就被吐露出来。

接下来,小姐的身体渐渐有所好转。在加夫里拉·加夫里洛维奇家里,却再也见不到弗拉基米尔这个客人了。以前那种冷遇使他不敢再来。派了人去找他,向他宣布一个意外的喜讯:同意把玛利亚嫁给他啦!可是,且看涅纳拉多沃的两位老地主将如何吃惊吧!招他做女婿,他竟然回报了一封半疯不癫的信。信中宣称,他的脚从此永远不会跨进他们家的门槛,并请他们忘却他这苦人儿,除非他死了,他才会娶玛利亚为妻。过了几天,他们得知,弗拉基米尔参军了,这是1812年的事。

加夫里拉夫妇有好久都不敢把这消息告诉正在康复的玛利亚。她也绝口不提

昔日重现

弗拉基米尔。几个月过去了,在鲍罗金诺战役立功和受伤者的名单中,玛利亚找到了他的名字。她晕倒过去,父母生怕她旧病复发。不过,谢天谢地!她醒来以后总算还是健健康康的。

另一个灾殃从天而降:加夫里拉·加夫里洛维奇去世了。玛利亚继承了全部资产。但是,金钱不能平抚她悲痛的心,她真诚地分担着可怜的普拉斯可维娅·彼得洛夫娜的悲恸,发誓跟母亲永不分离。母女俩离开了涅纳拉多沃这个令人触景生情的地方,迁居到自己的另一处田庄××村去了。

求婚者一批批地踏入这位既温柔又有钱的姑娘家里,但她对谁也不给一点儿希望。她母亲有时也劝她挑个朋友,玛利亚·加夫里洛夫娜听了,总是摇摇头,然后垂下头去。弗拉基米尔已不在人世了:在法国人进攻前夕,他在莫斯科牺牲了。玛亚利认为,对他的怀念是再圣洁不过的了。至少,她保存了能引起对他的回忆的一切东西:他读过的书籍、他的绘画、乐谱和为她抄录的诗歌。她的乡邻知道了这一切,无一不为她的坚贞不贰惊叹不已,并且怀着好奇心等候一位英雄出场,但愿他能够战胜这位处女那哀怨的贞节之心。

再后来,战争结束了。我们的队伍从国外凯旋,人民欢迎他们。乐队奏起了胜利的歌曲——《亨利四世万岁》和《若亢特》中的吉罗莱斯舞曲和咏叹调。出征时仅仅是十几岁的小娃娃,经过战火的洗礼,而今个个均已成了堂堂的男子汉,他们胸前挂着勋章胜利归来了。士兵们快快活活地交谈,不时夹杂几句法国话和德国话。难忘的时刻!光荣和欢乐的时刻!听到"祖国"这两个字眼,每一颗俄罗斯人的心是怎样地跳动啊!见面时的眼泪是多么甜蜜啊!万众一心,我们把全民的骄傲跟对皇上的爱戴合而为一。对于陛下,这又是怎样的时刻呀!

俄国妇女们当时真是无与伦比。平素的冷漠一扫而光,她们欣喜欲狂,着实令人心醉。在欢迎胜利者的当口,她们纵声大叫:乌拉!并把帽子扔到空中。

当年的军官中有谁不承认俄国女人给了他最好、最珍贵的报酬呢?……

在那光辉的日子里,玛利亚·加夫里洛夫娜正跟母亲住在××村,无缘目睹部队凯旋的热烈场面。不过,在小县城和乡下,那种全民的欢腾的场面或许还要热烈。一个军官只要露露面,对他来说,那就等于一次胜利的进军,穿大礼服的情郎跟他一比,只得甘拜下风。

我们上面已经指出,虽然玛利亚·加夫里洛夫娜冷若冰霜,但她的身旁还是照样有一批批爱慕者。不过,这帮人终于一个个悄悄引退,因为她家里有个骠骑兵少校露面了。他叫布尔明,脖子上挂一枚格奥尔基勋章。用本地小姐们的私房话说,他还有一张白净可爱的脸蛋。他二十六岁左右,回到自己的田庄休假,他正好是玛利亚·加夫里洛夫娜的近邻。玛利亚·加夫里洛夫娜惟独对他另眼相看。有他的时候,她平素的那种闺愁消逝了,并显得特别活泼。我们不能说她向他卖弄风情。不过，倘若有位诗人看了她的举止，定然会说：

"如果这不是爱情，又是什么呢？……"

布尔明的确是个不错的小伙子。他正好具有赢得女人欢心的才智：殷勤机敏，体贴入微，落落大方而无半点矫饰，可又带点儿无所谓的嘲弄神色。他跟玛利亚·加夫里洛夫娜的交往显得纯朴诚恳和潇洒自然。可是，无论她说啥干啥，他的心神和眼睛肯定都会紧追其后。看起来，他是个性情谦逊和文静的人，但纷飞的流言却常常传说他以前是个荒唐的浪子。不过，在玛利亚·加夫里洛夫娜的眼里，这也无损于他的名誉，因为她也跟一切年轻女士一样，能够欣然饶恕他的胡闹，那正好说明他天生勇敢，具有火辣辣的性格。

可是，这年轻的骠骑兵沉默时，却胜过他的殷勤体贴，胜过他愉快的谈吐，胜过他动人的苍白的脸，胜过他缠着绷带的手。因为，他的沉默比什么都易于挑动姑娘的好奇心和激发她的想像力。玛利亚不能不默认，她喜欢他。而他本来就聪明机灵，阅历不浅，大概早已看出她对他那种不同一般的眼神。为何事到如今她还不见他跪在她脚下，还没有听见他表白呢？他是否是有所顾虑呢？那他又在顾虑着什么呢？那是采花贼在玩弄欲擒故纵的惯伎吗？她很想知道自己对于一切猜疑的答案。她好好想了想，认定胆怯是惟一的原因，因而，她对他更为关怀体贴，倘使环境许可，甚至对他顾盼含情，她想用这种办法来给他鼓劲。她甚至为自己编好了一个大团圆的结局，并且着急地等待着罗曼蒂克式的表白。秘密，不论其属于何种类型，终归是女人心上的一块石头。她的策略终于取得预期的胜利：至少，布尔明不由得悄然凝神，一双黑黑的眼珠火辣辣地盯住玛利亚·加夫里洛夫娜的脸。看起来，她为自己计划的美丽爱情该有个结果了。邻居们已在谈论结婚的事，好似事情已成定局，而善良的普拉斯可维娅·彼得洛夫娜也喜在心头：女儿终于找到了如意郎君。

一天，老太太坐在客厅里，一个人摆纸牌卜卦，布尔明走进来，开口就问玛利亚·加夫里洛夫娜在哪儿。

"她在花园里哩！"老太太回答，"进去吧！她见到你会很高兴的！我在这里等你们。"

布尔明去了。老太太在胸前划了个十字，许下心愿："希望事情今日就有个结果！"

布尔明在池塘边一株柳树下找到了玛利亚·加夫里洛夫娜。她手里捧一本书，身穿洁白的连衣裙，俨然是浪漫小说里的女主角。互相问候之后，玛利亚·加夫里洛夫娜故意中断谈话。这样一来，便加剧了两人之间的窘态，或许只有陡然的、决定性的表白才能打破这个僵局。事情就这样发生着，布尔明分明感到自己处境的尴尬，于是便说道，他早就想找个机会向她披露自己的情怀，并请她倾

昔日重现

听一分钟。玛利亚·加夫里洛夫娜合上书本,垂下眼睛表示同意。

"我爱您,"布尔明说,"真的,我已疯狂地爱上了您……"

玛利亚·加夫里洛夫娜脸红了,头垂得更低。

"我行为不慎,放纵自己天天见您,天天听您说话——这真是醉人的幸福啊!……"

"可我们之间有一个无法克服的障碍。"玛利亚·加夫里洛夫娜赶忙打断他的话,"我是不可能做您的妻子的……"

"我知道,"他低声回答她说,"我知道,您曾经爱过一个人,但是他死了,您为他死守贞洁……亲爱的玛利亚·加夫里洛夫娜!请别再剥夺我最后这个自宽自解的机会:我想,您或许会成全我的幸福,如果您听了我的故事……等一下,看上帝的份上,您别岔开我的话题。您使我痛苦。是的,我知道,我觉得,您或许会成为我的妻子,但是——我想我必须告诉你……我已经结过婚了!"

玛利亚·加夫里洛夫娜惊恐地盯着他的脸。

"我结过婚,"布尔明接着说,"算起来,这已经是结婚的第四个年头了,可是现在我却不知道,谁是我的妻子,她在哪儿,今后会不会见她一面!"

"噢!天啦,这是为什么?"玛利亚·加夫里洛夫娜大声说,"怎么会有这种事?说下去!等下我也给你讲关于我的……别停嘴呀!你快讲下去!"

"1812年初,"布尔明说,"我赶路去维尔纳,我必须和那里的团队接上头。有一天晚上到达一个小站,时间已经晚了,我吩咐赶快套马,突然起了暴风雪,驿站长和车夫劝我再等等。我听了他们的话,但是,一种说不出的焦躁不安的情绪控制了我,冥冥中仿佛有人推我前进。我等了许久,雪也不见停。我不耐烦了,便吩咐再套马,冒着暴风雪上路了。车夫想把雪橇沿着河面赶,那样要缩短三公里的路程。河岸堆满了雪。车夫错过了拐上大道的路口,这一来我们发觉走到了一个陌生的地方。暴风雪没有停,我看见远处有一点灯火,于是吩咐往那儿赶。我们驶进了一个村子,木头教堂里有灯光。教堂大门开着,栅栏门外停了几辆雪橇,有人在教堂门前台阶上走来走去。

"'快点!快点!到这里来!'几个声音招呼着我们。

"我吩咐车夫赶过去。

"'啊!我的老天,你怎么现在才来?'有人对我说,'新娘都晕过去了,神父不知道怎么办,再不见你的影子,我们就要回去了。赶快下车吧,老兄!'

"我默默地从雪橇里跳出来走进教堂,教堂里燃着两三只蜡烛。一位姑娘侧卧在昏暗的角落里的一张椅子上,另一个姑娘正在给她擦太阳穴。

"'谢天谢地!'后一个姑娘说,'您终于还是来了!您差点儿送了我们家小姐的命!'

情话突然消失

"老神父走到我面前问:'现在就开始吗?'

"'好吧!就这样,开始吧,神父!'我漫不经心地回答。

"他们把小姐搀扶起来。我看她长得非常漂亮……我犯了个错误,真是不可理喻、不可饶恕的错误呀!……我贴近她站在讲经台前面,神父匆匆忙忙,三个男子汉和一个贴身使女搀扶新娘,只顾照料她去了。接着,神父给我们举行了婚礼。

"'她现在是您的妻子了,您可以吻她了!'他们对我说。

"那位姑娘转过苍白的脸看我。我的嘴刚要放下去……她大叫起来:'哎呀!不是他!不是他!'

"她颓然倒地,失去知觉。所有的目光都集在我身上,并且都惊恐地睁大了眼睛。我转头便跑,出了教堂也没有人跟上来,我赶紧跳上雪橇,大声说:'快走!'"

"呀!我的上帝!"玛利亚·加夫里洛夫娜惊叫起来,"您不知道,您那可怜的妻子最后怎么样了吗?"

"不知道,不知道……"布尔明面色痛苦地摇着头,"我甚至不知道我结婚的村子叫什么名字,我也记不得是从哪个驿站出发的。那时我把我那犯罪的恶作剧根本不放在心上,出了教堂,我便在雪橇上睡着了。第二天早晨醒过来,已经过了三个驿站。我过去的跟班在行军时也死了,因此我已经没有希望找到那个姑娘了,我对她残酷地开了个玩笑,现在,她又残酷地报复着我。"

"上帝呀!上帝呀!"玛利亚·加夫里洛夫娜喊着,一把抓住他的手,"是您吗?真的是您吗?……那么,请您仔仔细细地看看我……"

布尔明眼睛睁得大大的……一时脸色发白……双腿一软瘫软在她脚下……

生病的故事

——［前苏联］左琴科

我因伤寒住进了一家特别的医院。
在那里，事事都出人意料，
使病人的精神和肉体受到极大的伤害。
后来，我竟然活着离开那家医院。

实话告诉你，生病的时候，我宁愿躺在家里。

不用我说，大家也知道，医院里或许敞亮点，也文明点，就连饮食该含多少卡路里也想得比较周到。不过正如俗话常说的，在家千日好，出门一时难啊。

有一次我因伤寒进了医院。家里人以为这样就可以减轻我极度难忍的痛苦。出乎家里人的预料，他们这种期望落了空。因为我碰到了一家十分特别的医院，那里并非一切都尽如人意。

病人刚送来，正给他登记呢，他突然发现墙上挂着一块牌子："领尸时间：三点至四点。"无论如何，病人心里的恐惧加深了。

我一看到这张告示就不由得天旋地转起来，恐怕别的病人也有同类感想。主要是我正发着高烧，也许生命已经危在旦夕，在这个节骨眼上忽然来这么张告示，心里的阴影更深了。

于是，我对正在给我登记的那个汉子说：

"我说医生同志，你们是怎么搞的？怎么挂这样一个缺德牌子？不管怎么说，这不更增添病人的痛苦吗？"

这位医生，也许该叫医助吧，听了我的话，不禁大为惊讶。他说：

"你们瞧瞧，一个病人，走路摇摇晃晃的，烧得嗓子眼差点儿冒出烟来，还到处挑毛病。等你病好了——我看难好了——到那时你再批评吧；要是好不了，我们可真要把你的名字写在上面了，在三点到四点的时候让人来领走，到那时就够你受了。"

我真想打这位医助一记透彻云霄的大耳光，可我已经高烧到三十九度了，根本就没有力气和他吵下去，只对他说：

"等着瞧吧，你这巫医，我的病会好的，到那时再和你算帐，医生能用这种话刺激病人吗？你这是在精神上坑害病人嘛。"

医助见一个重病号能如此自如地同他吵架，大为吃惊，就不说什么了。接着跑过来一个小护士，冲着我说：

"来吧，病人，到洗刷间去。"

一听这句话，我心里又一阵发紧，我说：

"最好叫浴室，别叫什么洗刷间，"我说，"这听着文雅一点，对病人也显得尊敬嘛。再说，我又不是头牲畜，干么要洗刷呀。"

护士说：

"你哪像个病人呀，对什么事你都提意见。说句实话，恐怕你的病多半是好不了啦，因为你管闲事管得太多了啦。"

说着，她把我带到浴室，吩咐我脱衣服。

当我把上衣脱掉时，忽然发现浴池水面上露着一个脑袋。再仔细一看，好像是个老太太坐在浴池里，大概也是个病人。

我对护士说：

"你们简直太混帐了，你们把我送到哪儿来了？这是女浴室呀，有人正在里头洗呢。"

护士回答说：

"那是个病老太太。她正发高烧，什么都稀里糊涂的了。你不用管她。你放心大胆地脱吧。我们马上就把老太太从浴池里捞出来了，给你重新换上水。"

我说：

"老太太糊涂了，可我还是清楚的吧。眼看浴池里有个女的，我心里实在不舒服。"

正在我与护士僵持之时，那位医助走了进来。

"我还是头一回看见这么难侍候的病人，"他说，"简直是蛮不讲理，这也不顺他的心，那也不合他的意。一个快死的老太婆洗个澡，跟你有什么关系呢？这老太婆说不定已经烧到了四十度，稀里糊涂什么都顾不得了，恐怕连看东西都像腾云驾雾似的。退一步说，凭你这副尊容，难道就能让她在这个世界上多留五分钟？说实在的，我还是比较喜欢那些不省人事的患者，至少他们对我们所安排的事不提任何意见，不会挑毛病，也不会和我们搞学术讨论。"

正在洗澡的老太太这时开了腔：

"快把我扶上去，要不我就自己上去，看我不狠狠地揍你们。"

他们立刻就去张罗老太婆出浴池、吩咐我快脱衣服。

昔日重现
XiRiChongXian

趁我脱衣服的工夫，他们把浴池放满热水，根本没冲洗一下，就要我坐进去。

他们已经摸透了我的脾气，所以不管什么事，都尽量顺着我，不再同我争辩了。可是等洗完澡，却给了我一套不合身的大号衣服。我以为这是对我报复，有意拣了尺码不对的衣服给我穿。不过后来我发现，这在那里是司空见惯的事情，而且已形成了规矩。他们这儿的规矩是小个儿穿大号，大个儿穿小号。

再说，我那套衣服比别人的还好些。我那件衬衣上医院的印章在袖口上，还无伤大雅。其他病人衬衣上的印章有的在背上，有的在胸前。这在精神上很伤患者的自尊心。

由于我体温不停地往上升，就没有去和他们争辩这些事。

我被送进一间病房，面积不算大，里面却住着三十来个各种各样的病人。有几个看来病情很重，有些相反已经快好了。有的人在吹口哨，有的在下棋。还有的在病房里窜来窜去，念着各个病床床头上写的字。

我对小护士说：

"我别是进了精神病医院吧，我以前也进过医院，可从来没见过这个样子的。人家医院到处都安安静静，有条不紊。你们这里简直像个菜市场。"

护士说：

"也许您想让我们把您送到单间去，再给您派个警卫赶苍蝇捉跳蚤是吗？"

我再也无法忍受了，于是嚷嚷着要找主治大夫，但来的却偏偏又是那位医助。我当时的身体已经非常虚弱了，一看见他竟昏了过去。

大概过了三天，我才醒过来。

小护士告诉我：

"哦，您可真是命大。您经受住了所有的考验，有一次我们不小心把您放在敞开的窗子旁边，可您竟没有掉到外面去。现在如果不再从周围的病人那里感染上别的病，那就可以衷心祝贺您恢复健康了。"

我这体质真还算过硬，除了传染上一次，再没什么毛病了。眼看就要出院了，突然得了小儿百日咳。

护士说：

"您大概是从隔壁的病区传染上的。那是儿科。您准是不小心用了百日咳病孩用过的餐具，通过这个媒介传染上的。"

我的体质总体上还算不错，没多久，我又开始康复。可是快要出院时，我又吃了不少苦头，又病了。这次的病是神经性的。皮肤上出了许多神经性小疹子，像斑疹似的。大夫说："你神经别再紧张了，慢慢会褪下去的。"

大夫说不让紧张，可我能不紧张吗？因为他们不放我出院。他们一会儿说把出院的事忘了，一会儿说缺点什么手续，再不又是某某人不在，无法注销。后来有一回病人的家属全都拥来探望，医务人员忙得脚底朝天。那位医助说：

"我们医院里挤得满满登登的，根本没有时间给病人办出院手续。再说你才过期六天，就吵得四邻不安。我们还有好了三个星期没出院的呢，人家都耐心等着。"

在我不断的寻问下，他们很快就让我出院了。

我回到了家，妻子对我说：

"你知道吗，别佳？一个礼拜以前，我们还当你已经去了极乐世界呢。那天我们收到了医院的通知，上面写着：'接到通知后速来医院领取您丈夫的遗体。'"

我妻子魂不守舍地赶到医院，看了死者以后，才知不是我。那里的人向她道了歉，说是会计室弄错了。他们那儿另一个人死了，不知为什么却当成是我。其实那个时候我已经痊愈了，只不过出了一身神经性的疹子。由于这件事，我不知道什么缘故感到很不是滋味，真想跑到医院打一架，可一想起那里的情形，我又打消了此念头。

从那以后，我生病就呆在家里。

回　报

——［俄罗斯］格·叶·雷克林

在谢肉节上，
阿列克谢·伊万内奇长官向众人讲起他以前所遭受的各种痛楚，
他最痛恨的两个人：
一个是库里岑；一个是我父亲。

爸爸告诉我，他星期五的谢肉节要到阿列克谢·伊万内奇·科祖林家去吃发面煎饼。我没吃过发面煎饼，也不清楚那个科祖林为什么要请爸爸去他家，但不管怎样，我吵闹着，一定要去，非去不可。

星期五到来了，我终于吃上了发面煎饼。感觉好吃极了，简直无法用语言表达，它松软、酥脆、颜色鲜红。拿起一张煎饼，往上面抹点滚烫的奶油吃下去，鬼晓得是怎么回事儿，然后，会使你忍不住去拿第二块。还有什么酸奶酪啦、鲜鱼子酱啦、鲑鱼啦、切碎的干乳酪啦，这些只不过是当做点缀和陪衬的小零碎而已。葡萄酒和伏特加酒多得犹如汪洋大海。吃完煎饼，大家就喝鲟鱼汤，又吃浇了汁的山鹑。一个个吃得那么饱，以致我父亲悄悄地解开肚皮上的上衣纽扣，为了不让别人看到他的这种自由派作风，便用餐巾把肚皮盖上。这时候我已知道科祖林了，原来他是我们的长官，他现在恐怕也吃得够饱了，把自己的坎肩和衬衫都解开来，露出他的肚皮，一抖一抖的。午餐以后，大家也不离座，在长官的恩准下，又抽起雪茄烟，闲聊起来。我们都洗耳恭听，阿列克谢·伊万内奇大人滔滔不绝地讲起来，话题幽默风趣，但都是有关谢肉节的。长官侃侃而谈，分明想显示一下他的机智幽默和说俏皮话的本领。我不理解他讲了些什么，可我的爸爸不停地捅我的腰轻声说：

"快笑呀！"

于是，我"哈哈"大笑起来，弄得大伙都把注意力集中到了我身上。

"对！对！棒极了，"爸爸小声说，"你瞧，你已引起他的注意了，他老人家正瞧着你呢，他也在笑……这样做很好，说不定他老人家真的会赏给你个助理文书的位置呢！"

"嗯，是呀！"我们的长官科祖林在说过一些别的话以后，呼哧呼哧地喘着大气继续说道，"我们现在有发面煎饼吃，有新鲜的鱼子酱就饭吃，还有温柔漂亮的老婆陪伴着。我还有个十分漂亮的女儿，不要说你们这等人物，就连公爵和伯爵见了她也都赞不绝口。住宅怎么样？嘿——嘿——嘿……瞧呀！你们且不要怨天尤人，也不要伤心难过，你们恐怕一辈子也住不上这样的好房子！不过话又说回来，什么情况都可能发生，世间万物都在不断地发生着变化……就假定说你现在还是个微不足道、无足轻重的小人物，不过是一粒灰尘、一小粒葡萄干罢了——可是谁知道呢？也许将来有那么一天……你也会交上好运的！什么情况都可能发生！"

阿列克谢·伊万内奇沉默片刻，摇摇头，然后继续说：

"回想以前的日子，可真让人心寒！啊！我的天哪！我真有点儿不敢相信自己的记忆。没有靴子穿，身上只穿着一条破裤子，整天战战兢兢，提心吊胆……为了挣钱，我得拼命地干活，干两个星期，才能挣到一卢布。就连这一卢布，老板也不好好给我，他把这一张卢布的票子揉成一团，往我脸上一扔：'拿去吧！'他妈的，他算个什么东西呀！可是，那个日子就那样呀，任何人都可以欺负我、刁难我，使我难堪……有一回，我有件事要去向长官报告，可是他家门口卧着一条狗，我刚要走近那条狗，想握握它的小爪子，对它说：'对不起，你让我过去吧。早安！'可那条狗却冲着我狂吠起来：汪汪汪……看门人用胳膊肘撞了我一下——想把我推走！我只好对他说：'我没带零钱，伊万·波塔佩奇……对不起啦！'最经常给我罪受的要数这条熏黑的白鲑鱼了，他是个残暴无比的家伙，他随意骂我、打我、污辱我，你们大家看，就是这个假装谦逊的家伙，就是这个库里岑！"

阿列克谢·伊万内奇用手指着一个跟我爸爸坐在一起的拱腰驼背的小老头。那个小老头一双疲倦的眼睛正瞅着科祖林长官，嘴上还漫不经心地抽着一支雪茄。他平时从来不抽烟，不过要是长官请他抽雪茄，他认为回绝有失礼貌。他看到那个向他指着的手指头后，感到十分困窘，在椅子上坐不住了。

"就是这个吃人的鳄鱼，他使我受尽了人间的苦楚！"科祖林接着说，"我很不幸，开始就做他的手下。我当时老实巴交，土头土脑，一副寒酸相，人们把我安置在他的办公桌旁，他就开始虐待我……他的每一句话如同一把尖刀，他看我的每一眼如同一颗子弹射进我的胸膛。他现在看起来弱不经风、风烛残年，想当初他可威风啦！他就像海神波塞顿一样！一发起怒来，就如同狂风暴雨！他折磨了我好长时间！我除了包揽了他的抄写工作，还得为他买包子、削铅笔、洗衣服，替他送他丈母娘去戏院。我处处博取他的欢心，还学会了闻鼻烟！嗯，是的……一切都是为了他……我心里想：'不行呀！我得随时随身带着鼻烟盒，万一他老人家要闻呢！'他是个毫无人情味的家伙，记得有一次，我的母亲亲自到他那恳求他准我两天假，好让我到我伯母那里去分遗产。他却向我母亲猛扑过去，瞪着眼睛，大喊大叫：'要知道你儿子是个懒汉，是个寄生虫，你这个丑陋的老家伙，干嘛要这样瞧着我！……他会被送上法庭受审的！'我那老母亲回家就病倒了，还差一点儿就死去……"

阿列克谢·伊万内奇用手绢擦擦眼睛，一口气把杯中的葡萄酒喝干。

"他想把他的女儿许配给我，是一场热病拯救了我，我一病就长达半年之久，但却因而逃避了这场可怕的婚姻。从前的生活就是这个样子！现在呢？现在已完全不一样了，他得送我的老丈母娘到剧院去看戏，他得随时为我准备好鼻烟盒，他自己则抽雪茄烟。嘿——嘿——嘿……我要给他的生活撒上点胡椒面……胡椒面！喂，库里岑！！"

"敬听教诲，长官！"库里岑站起来。

"你给大伙表演一段悲剧吧！"

"遵命！"

库里岑挺直身子，皱起眉头，向上举起一只手，做了个鬼脸，接着便用嘶哑发颤的声音唱道：

"你去死吧，变心的女人！我要亲眼看着你死去！"

众人哄堂大笑起来。

"库里岑！把这块面包就着胡椒面吃下去！"

酒足饭饱的库里岑拿起一块黑面包，撒上胡椒面，在众人的哄笑声中咀嚼起来。

"人世间的事谁又能说得清呢？"科祖林继续说，"坐下，库里岑！等我们起身离座时，你要准备点儿搞笑节目，懂吗？……那时候是你，现在轮到我了……是的……我那位老母亲就那样死去了……是的……"

科祖林站起来，身体摇晃了一下……

"当时我忍辱偷生，因为我渺小、寒酸……他们是杀人不见血的刽子手……是吃人的生番……现在不同了，我出人头地啦——嘿——嘿——嘿……现在轮到你啦！喂，轮到你啦！我在跟你说话呢，你这个没留胡子的家伙！"

情话突然消失

科祖林伸出手来,向我爸爸这边指了指。

"你给我绕着桌子跑几圈,一边跑一边学公鸡叫!"

爸爸极不情愿地站起来,但仍高兴地迈着小碎步绕着桌子跑起来,但我发现他的脸红得像熟透的苹果。

之后,我也跟了上去,并使出全力大叫着:"咯——咯——咯!"

我的叫声引得在场的人哄堂大笑,我瞟了一眼科祖林,他也笑得东倒西歪。我的心里更是美滋滋的:这一回我可要当上助理文书了!想到这我跑得更快了。

大公无私的判决

—— [英国] 帕 克

> 检查员在一次执法时销毁了他父亲所有的不合法称具，并处以了罚款和刑罚，他的大公无私赢得了民心和升职。从此，他的生活发生了巨大的变化。

这个食品商店的老板可是个出名的"机灵鬼"，他常常用假秤来哄骗顾客。他之所以如此，是因为他有一个当检查员的儿子，儿子的工作便是检查市场上零售的商品是否足秤。这个老板满脸笑容，因为他觉得儿子不会羞辱自己的父亲。"把你的称具拿出来吧，我们要验一验哩。"他的父亲并不照办，却嬉皮笑脸来打岔。不过很快他就看出，他的儿子这次要动真格的，因为他已听到儿子命令他的随员去搜查他的店铺，查看那些进行欺诈的秤具。经过一番最严格的检查以后，这些秤具被宣告没收，并当场砸得粉碎。这太让父亲吃惊，他不知所措地盯着自己的儿子，心里很不是滋味，他想一会儿该可以恳求儿子免除处罚了吧，谁料他这次又打错了算盘，检查员宣布的处罚，完全没把他这个父亲当做一回事，恰恰相反，把他的犯罪行为当做陌生人似的处理。他必须缴纳50块钱的罚款，还要在他的脚底打若干板子，而且立即执行。

检查员宣布完刑罚后，从马上跳下，急忙跪在父亲脚下："父亲，我对上帝、我的国王、我的国家和我的工作单位，已经尽职尽责了。现在，用我对您的敬意和谦逊态度，请求允许我，付清我对一个父亲的欠债。父亲，你要知道，法官是不能徇私情的，他的权力是神圣的，它不考虑是父亲，也不考虑是儿子。上帝的权利、我们街坊邻里的权利，都是高于情面关系的。您触犯了公正的法律，您就应该得到这样的处罚。从您那方面来说，您会想通的。我很抱歉，您从我这儿受到处罚，是您命中注定了的。另外，我的良心也不能阻止我那样做，这是为了您将来表现得好一些，您不要怪我，您该可怜我才是，因为我是被迫陷入如此不近人情的处境。"他说完以后，又上马了，全城人都为了这种不寻常的、大公无私的行为而欢呼喝彩。在喝彩声中，他的父亲受到了应有的惩罚。当然，上级也没有少给他报酬。

  这件事很快传到了苏丹王的耳朵里，接着，这个食品店老板的儿子被升职当上了法官。然后，由于他的出色表现，他被任命为伊斯兰教法典说明官，从此过着高官厚禄的生活。尽管如此，作为法律的监护人，他仍然忠于自己的祖国，忠诚地奉献自己的一切。

情话突然消失

——[英国] 詹姆斯·米尔尼

受伤返家的士兵在打电话时无意结识了一位女士，
从此，他们开始了长达一年多的电话情缘。
但有一天，士兵却联系不上这位女士，
她和她的电话都突然消失了。

事情发生在第二次世界大战时期，当时，我奋斗于紧张的战争中，直到我被空袭击中才无奈地离开战场。从医院出来的我被迫结束了军人生涯，这使我感到灰心丧气，而我又为战争的转折忧心忡忡。惟一可以称为幸运的是，恰在这其间我尝到了那种生活中的甜情蜜意。

一天，夜已很深了，我打电话找一个朋友，朋友没找到，却跟一位女士的电话串了线。她也在打电话。只听她跟电话员说："我电话是格拉斯文诺8829，要的是哈姆斯戴德，而您却给接到一个叫福莱科斯曼的人的电话上了。这个有缘人，他压根就不愿跟我说话。"

听到她那柔和又清脆的声音，我不禁插话说："噢，小姐，我不是不愿和您讲话，而是喜欢听您讲话。"对我鲁莽的插话，她没有生气，而是友好相待。于是彼此说了些对不起之类的话，便放下了电话。一两分钟后，我又重新挂起自己的电话来。这次，像有人在作怪似的，又跟她的电话串上了，这使我迷惑不解，须知她的电话号码跟我要的那个并没有什么相似之处呀。看来我们的电话命中注定要串到一起了。我们索性谈了起来，而且一谈就是20分钟。"冒昧问你一句，你怎么这么晚还给朋友打电话呢？"她问道。我把原因告诉她，不过现在我自己也记不清到底是为什么了。"那么您呢？"我反问道。

"哦！我母亲的睡眠不好，她必须每晚要我给她解闷。"她解释说。接着我们的话题转到彼此正在读的书，当然也谈到了战争。最后我说："我已经好多年没有这样痛痛快快地跟朋友谈话了。"

"是吗？我也有同感，但是，已经很晚了，我们改天再聊吧。"她说。

"好吧，晚安，祝您做个好梦。"

第二天，我整天都在寻思这件事情。时而想起我们对话的内容，时而回味起流露在她言谈话语中的那种自然优雅、聪慧睿智，特别是她十足的热情和适度的幽默，更让我佩服得不得了。想着想着，耳际回荡起她的声音，那韵律抑扬顿挫，别有一种风格，具有迷人的魅力，却没有丝毫的矫揉造作。

到了晚上，我看不进书，也根本睡不着觉，我不知道自己到底是怎么了。直到子夜时分，我的脑子里始终闪烁着格拉斯文诺8829这个号码。我终于不能自持，从床上爬起来，用颤抖的手指拨起了电话，接着传来电话的铃声。对方随即拿起电话筒："喂，你好！"

"您还记得我吗？"我有些紧张地说，"我一定让您讨厌了。是这样，我们能不能接着昨天再谈谈呢？"她没给我一个确切的答复，但自己抢先说了起来，内容是接她上次那篇关于巴尔扎克《贝姨》一书妙趣横生的评论。一会儿，我们就又谈笑风生滔滔不绝地谈起来，好像多年的老朋友一样。

我们越谈越投入，由于未曾谋面，再加上又是晚上，这样便完全消除了男女初次相识那种传统的拘谨和羞涩感。她的言谈风度更加使我神往，我不禁提出要与她认识，互相做个自我介绍。她却断然拒绝，说那样会把一切都弄糟的。在我再三要求下，她做的惟一让步是把我的电话号码记下来。

最后她答应我，等到战争结束，彼此就把身份公开。从言谈中，我得知，她当年36岁，17岁时嫁给一个脾气暴躁的男人，现已离婚多年，这段不成功的婚姻留给她的惟一的纪念是她18岁的儿子，不久前，在一次空战中她的儿子被打死了。但我从她的话语中，丝毫感觉不到她的儿子已经离她远去了。据她说，她的儿子十分英俊潇洒，与她十分相似，无形中她的影像在我的脑海中清晰地勾画出来，而且始终不变。我对她说，她的容貌一定非常漂亮，她只是轻声笑了一下，说："是吗？你如何得知？"

随着时间的推移，我们变得互相依恋起来，而且已经达到无所不谈的程度。每一次的谈话总让我们感觉非常愉快，在多数问题上，特别是对战争形势的看法分析，我们的意见更是体现了高度统一。不少事，我是从她的谈话中得到启发，获得力量的。后来，我们又决定看同样的书，以便相互交流。我们都在伦敦图书馆借阅图书，我们答应对方，绝不到图书管理员那儿查询对方的姓名。这样，我们的友情愈深，以至心心相印，却不知对方何人。这样的对话成了我们之间惟一的交流方式，只要在伦敦，不管天有多晚，便没有一夜不通话的。如果我有事外出未通电话，而再次通话时，她一定怨我把寂寞留给了她。

有一回通话时，我感情激动起来，达到非见她不可的程度，便一次又一次地威胁她要立即跳上汽车，找到她的住处，但她不作让步。她说，倘若见面后发现

昔日重现

对方并不如想像得那样可爱，她会悲痛欲绝的。我们虽相隔不见，却彼此时刻感觉着对方的存在，关心着对方的生死冷暖。每一次的空袭，我表示都为她担惊受怕，总是打电话问候她，这使她很高兴。同时我也发现，只要她得知我们彻尔西方面有空袭，她也必来电话询问我的情况。

在那一年时间里，我过得非常愉快，也特别充实，我这样说是有一定道理的，因为当时岁月虽然艰辛严峻，但我们的爱情之花却别有一种脱俗圣洁的意味。它含苞丰满，却坚守不放，而这一点，也是有一定好处的：这爱情的航船，完全免除了暗礁与浅滩的威胁，因为往往正是感情放纵的急流使爱情的航船偏离航程而触礁、搁浅。从这个角度上看，我们感情的航船是没有理由不在这风平浪静的航程上永远向前的。更何况，纯粹语言的倾述比眼睛的注视和手的抚摸所表达的感情更为真切、有力、持久。

然而，不幸终于降临在我们两人身上。有一天夜里，我从外地匆匆赶回，一进家门，我便抓起电话打给她，这次我听到的既不是清晰、稳健的铃声，也不是嘀嘀作响的占线讯号，而是一种深长的、令人揪心的鸣叫。直到现在，每当我听到类似的声音，仍然觉得头晕目眩。那种声音意味着电话线路发生了故障或者电话本身已经不复存在。

第二天，我依然听到的是这种揪心的鸣叫，我简直要发疯了，我向电话局发出询问，恳求他们帮助我查找格拉斯文诺8829的地址。这对电话局来说是要困难些，我知道她没登记地址，目的是避免她前夫的骚扰。

所以，我遭到了电话局的拒绝。我猜想他们以为，连电话用户的姓名都不知道，却死乞白赖地询问人家的地址，其中不是有点蹊跷吗？后来，总算遇到一位助人为乐的女电话员，同意把电话地址告诉我。"这有什么不好说的，"她说，"我们随时可能被炸弹送上西天，又怎么能管得了那些呢，其实您问的那所房子，三天前已经被炸平了。现在我可以把地址连同姓名一起告诉您。"

"什么！"我大声喊道，这声音似乎伴有突来的霹雷，使对方戛然而止，接着是很长的沉默。我终于接着说道："好了，谢谢您的帮助，我宁愿这一切都没发生！谢谢！"我无言地放下了电话。

瞎 子

——［法国］莫泊桑

> 一个瞎了眼的人在父母离世前后，
> 生活上发生了翻天覆地的变化，
> 他所受到的照料一日不如一日，
> 最终做了乌鸦的盘中餐。

太阳就要升起来了，对于它的到来，我们心中充满着无限喜悦，为什么会有如此这般的喜悦？因为每天的太阳都是新的，它给我们带来的不仅是新的光明，更有新的生活、新的空气。我们是多么地热爱阳光、热爱蔚蓝的天空、热爱碧绿的田野，是它们为我们带来了心灵的快乐，让我们想要跳舞、高歌。

这所有的一切都是那么美妙与神奇。然而，他们却无法看到这美好的一切，那些永远不能见到光明的人——盲人，对于太阳的升起，只有他们无动于衷，在这个新的欢乐气氛中，他们仍旧是安安静静地呆坐着，只是不时地吆喝身边的狗，叫它们安静，不明白为什么它们老想蹦蹦跳跳。

一天就在他们呆坐之中悄然过去，然后他们在小孩子的领引下回家，那孩子如果说："今天的天气真好啊！"瞎子就会回答："我早感觉出来了，今天天气好，小狗也不肯老实待着了。"

像他们这样瞎了眼的人，我曾经见过一个，他过着难以想像的最残酷的苦难生活。

他住在乡下，家里还算有钱，父亲是一个农庄主，在他父母还活着的时候，他得到了必要的照料。他感觉苦痛的只是他那可怕的残疾。可当他的父母离世后，残酷的生活就开始了。有一个姐姐收留了他，农庄里的人待他像待一个白吃饭的穷鬼，每顿饭都要怪他吃得太多，叫他懒虫、饭桶。尽管他的姐夫把他那份遗产夺到了自己手里，但对他仍十分刻薄，连下人也比他强，每天吃的东西也就能保证他不饿死。

他脸上没有一点血色，两只白色的大眼睛好像两块小面团，他挨了辱骂总是

昔日重现

声色不动,他深沉得令人害怕,以致他是否感觉到挨了骂,别人也无从知道,而且他也从来没得过温暖,他的姐姐不喜欢他,对他总是恶言恶语的。因为在乡间,没用的人就是有害的人,母鸡遇到它们中间有了残废的就要把它啄死,乡下人如果可能也很愿意这样办。

他每天的饭食就是一碗"刷锅汤",喝完了,他就坐到大门口去,要是冬天,他便靠到壁炉边。一直到天黑时,他都一动不动的坐在那里,犹如一根大木头,而谁也不会去问他:"饿了吗?渴了吗?冷吗?"或者,人们根本就忘了他。

几年里情况都是这样。不过他什么事也不能做,再加上老是冷冰冰地不声不响,最后惹恼了他的亲戚们,于是他成了受气包,成了一种供人发泄怨愤的小丑、一种牺牲品,专供周围那些心灵歹毒的人发泄他们的兽性,惨无人性地取乐。

所有能够开在瞎子身上的恶作剧,全都在他身上上演过。为了叫他为吃了的东西付出代价,他的几餐饭就成了邻居们散心、恶作剧的消遣。

那些愚昧、无人情味的邻居也总是结群来开心,他们聚集在农庄厨房里,在桌上舀汤喝的盆子前边放一只猫或者一只狗。这只动物根据它的本能嗅出了这个人的残废,慢慢地走近,津津有味地用舌头舔着他的汤,一声不响地吃起来了,有时舌头吧啦响了一点,引起那个可怜虫的注意,他便举起勺子朝前面胡乱打一通,赶走喝汤的动物。

这时候,那群无人情味的乡亲忍不住大笑起来,你推我搡,还不停地跺脚。他呢,从不说一句话,用右手又吃起来,同时伸着左手保护着他的汤盆。

有时候他们还弄些瓶塞子、木头、树叶子,甚至垃圾让他嚼,他也不哼一声。

久而久之,人们对这种玩笑失去了兴趣,于是,他的姐夫出了个花样,他不停地抽瞎子的嘴巴,看见他躲躲闪闪或是举手还击时的那种瞎费气力的样子,不禁笑了起来。这种玩法引起了人们的效仿。那些长工、短工、女仆高兴起来就给他一巴掌,打得他眼皮直眨巴。他不知道往哪儿躲,只好不停地伸着胳膊阻挡别人的攻击。

所有的玩法都玩尽了,他的姐夫也不愿养着他了,没办法,他只能去要饭。赶集的日子,他坐到大道中央,一听到有车轮声或脚步声,他便摇着帽子结结巴巴地叫喊:"求求您,给点儿吃的吧!"

遗憾的是,乡下人太穷了,他们才不愿把东西给一个瞎子。这样一连几个星期,他一个铜子也带不回来。

也许他们已经想不出更好的办法来戏弄他了,于是,他们对他产生了一种强烈而又残忍的憎恨。

情话突然消失

在一个滴水成冰的早晨，天空飘着绵绵白雪，他姐夫把他领到离家很远的路上叫他行乞，然后自己离去了。到了晚上，他姐夫当着他那些雇工的面说他没有找着瞎子。随后又说："不会出什么事的，一定是有人因为他冷把他带走了，丢不了，明天早上他一定会回来喝汤的。"

第二天，不见瞎子出现。

原来，瞎子在雪里行乞几个钟头，身体已经支持不住了，于是决定回去。路埋在大雪底下，他认不出来，瞎碰瞎撞地走着，一不留心跌进沟里，他努力企图站起来，想就近找一人家暖和一下身子，不过大雪冻得他渐渐麻木起来，两条腿发软，再也支持不住，他在一片平原中间坐下，再也无力起身了。

雪越下越大，似要把他埋葬，最后他僵硬的身体在不停堆积起来的大雪底下消失了，没有留下一点痕迹标明尸首所在的地方。

他的亲戚们在一个星期里假装到处打听他的消息，到处找他，有的还虚情假意地哭了起来。

时间过得很快，漫长的冬天终于过去了。一个星期日，农民们上教堂做弥撒，发现一大群乌鸦在平原上空不停地盘旋，然后像一阵黑糊糊的雨点集中落在同一个地方，一会儿飞走，一会儿又飞回来。

这种奇怪的景像一直持续了一个星期，乌鸦越聚越多，简直可以说四面八方的乌鸦都聚集在这里了，它们常常落到亮闪闪的雪地上，在上面铺上一片怪里怪气的黑点子，顽固地搜寻着。

这引起人们的怀疑，一个小伙子忍不住跑去看了看，这才发现了瞎子的尸体，尸体已经支离破碎，被吃掉了一半。他那双无光的眼睛已经不见了，让乌鸦的长喙啄走了。

现在，我只要一见到阳光灿烂的日子，就会为那个可怜的人难过。他死后，我的心里反倒舒适了一些。像他那样的人，即使阳光也不能为他带来光明，那么活着还有什么意思呢？

换 头 记

——［日本］星新一

"特殊外科"医生帮助很多断肢的人重新长出了新胳膊、新腿，还帮助一个断头的总经理长出了一个与原来一模一样的脑袋。手术做完后，总经理却只会抬起胳膊，向众人说："汪汪……"

一天，一位缺了一只胳膊的人来到了这家号称"特殊外科"的专科医院。他一进门便说："久仰，久仰，我们工厂出了事故，我被锯掉了一只胳膊，你看有办法治吗？"身兼院长的医生对他说："没有问题，我保证你长出一只新的胳膊来。"

接着，这位医生请他看了一节录像，画面上显示：插在土里的树枝生出了根须，被砍断了前足的鲵鱼又长出了双脚，和原来的一模一样。而后，医生说："既然植物、鱼有再植的可能，那么，应用于人类也就毋庸置疑了。我致力于这项研究，发明了特效荷尔蒙和刺激剂。就使用这两种药品，您的胳臂一定能复原！在这事故频繁的年代，我的发明会受大众欢迎的。当然，如果是心肝出事，那我就没有办法啦！"

"您是说，您有把握使我的断臂再长出来？"

"将这种混合药剂注射到被切断的部位，一个月后请您再来，结果保您满意！"

医生做了处置。嘱咐他要进行按摩等等，便打发他走了。

断臂患者刚走，又来了一位乘轮椅车的患者。

"我是一个月前经贵院注射过的一名患者。也许你会说有胳膊总比没有强，但是，这只胳膊丑陋无比，实在难堪。你看，我这个样子怎么见人？"这个患者在医生眼前挥舞着拳头。原来那只胳膊长在左腿的大腿根儿上。如此这般模样，医生却丝毫不惊慌。

"不要发怒，发怒对你没好处，要知道，这种事不时出现，有时候缺鼻子的地方长出耳朵，掉牙的齿床生出了指甲。碰上这种情况，就再次切除或拔掉，重新注射后就会圆满成功，请不必担心！"

"噢！是这么回事！"

"可是，您是大名鼎鼎的漫画家，多一只手不是可以画得更快些吗？不如切除右腿，倘若运气好，说不定从那儿就能生出一支胳膊来，你就愈发成为多产画家啦！"

"你说什么鬼话！要是那样，那我不成了怪物了吗？"

"开个玩笑嘛！何必当真呢！"

医生给这个患者做了第二次手术。手术结束时，一个男人闯了进来。

"大夫，求求您。请您务必……"

"这是我应该做的，不必言谢。不过，看您手足俱全，既不缺鼻子、耳朵，也没掉牙。"

"不，不是我。我是想请您为我们公司的经理治病。"说罢，他提了一个金融界实业家的名字。

"他怎么啦？"

"是脑袋……"

"脑袋怎么啦？……"

那个表情严肃的男人对若有所思的医生说："是这么回事儿：经理从楼窗探出头，不幸被上面落下的重物砸掉了脑袋，剩下的躯干已做了应急处置，储放在速冻室。恳求您把经理的脑袋再给安上吧！"

"如果是低级生物，确有再生头的先例，但是人嘛，只好死了那条心吧！"医生遗憾地说。

"但是，您知道，像我们那种企业，如果缺了这个经理，势必酿成大乱，酬金不论多少，我们都悉数奉送，好歹都要试一下，请您多费心吧！"

"那么，我试一试……"

医生被高额的酬金所诱惑，竭尽全力为其进行了治疗。

没有想到，经理的头果真又重新长出来了，而且和原来的一模一样。他的下属们纷纷前来探望，带着许多积压文件等着经理做出处理，所有的人都等候着他的回答。他坐在病床上，还是总经理的派头，缓缓抬起手臂，向着众人说："汪汪……"医生急忙解释道："要想让他说些别的，恐怕还要等一段时间……"

缺拇指的姑娘

——［日本］山本雅一

一个富翁为了帮助一个求职的中年人，
谎称自己想找一个缺拇指的私生女，
中年人欣然前往，
并于几个月后带回一个缺拇指的女孩。

这样气派的豪宅，到底谁是主人呢？哦，一位老翁住在这里。

来客是中年男子，面对这家主人，他装出假笑，翻来覆去地说：

"先生，请您一定给我点儿活干！"

老翁皱了皱眉头：

"以你我的交情来说，我非常想帮助你，但是，不久前我让你调查的那件事，让我很不满意，干秘密调查这一行'准确'是必须要做到的。有一件事本想交给你办，但现在看来恐怕是不行了。"

"这一次一定……"

那男子鼎力相求。老人闭着眼睛想了一会儿，说：

"要你办的事不是没有。我想找一个人，但是一想起这件事就痛心，几乎失眠。如果可能，很想找出这个人来……"

"找人这种事包在我身上，一定不负您的期望。那么，那是个什么样的人？"

那男子急切地探出身子。

"是件难于启齿的事！是我的孩子，我的另外一个孩子，是我在二十年前和一名女子生下的一个女孩。"

"您有过这样的经历吗？以前没听您提起过，但，您为什么现在才找她呢？"

"我要把这个房子交给她。"

"咦？把这个房子……"

那男子将这间房子、这个家以及庭院重新打量，叹息一声。

"在我的遗产之中，打算把事业交给儿子；把这个家交给那个女孩。"

那男子被这意外的一番话弄得紧张和激动,目光发亮,尖叫着问道:

"把这么大的宅子交给她?您放心吗?她长得什么样?"

老人以低缓、宁静的语气谈起:

"当年,我和那女人分手后不久,就听说她意外地死去了,留下一个女孩。哎,如今已经没必要再翻老账,以至家丑外扬。但也许由于年龄的缘故,近来常为这件事牵肠挂肚,以致彻夜失眠。恐怕那女孩现在出现,我也认不出她的长相了吧?"

"那么,凭什么说有这样一个人呢?"

"噢,有两个很大的特征,一是左手没有大拇指。"

"咦?怎么会没有大拇指呢?"

"啊,是呀,另外,臀部应该有很大一块烧伤的疤痕。两者都是由她生下来不久连续发生意外事故造成的,所以,一想到她现在也许正由于此事而烦恼,我心中就难受不已。好了,至于你,想找到这位具有两个特征的二十多岁的女孩,不是不可能的,多费些时间也可以。调查费每周都付给你,怎么样?"

"你真把这事交给我办吗?那么好吧!我一定全力以赴,帮您找到女儿,您静候佳音吧!"

那男子欢欢喜喜地从房间走了出去。

过了几个月,老人接受了那名男子的来访。

"从接受您给我的任务后,我一日不闲,终于不负您所望。"

"是么?没想到你能找到,而且这么快……"

"我可是花了很多时间,并且今天就把人带来了。"

那男子指点着屋门,一位女孩拘谨地站在那里。

"父亲!"她怯怯叫一声,但是由于不习惯,还是有点紧张,声音极低。

"喂,让父亲看看你的左手。"

女孩将背在身后的左手胆怯地伸到前面。那只手展示了与此豪华住宅相媲美的价值,没有大拇指。

"那么,烧伤伤疤也……"

那男子刚说出口,老人却挥手说:

"好了,不用看了,你这几个月来辛苦了。好吧,这是约定的报酬。"

老人将钞票付给他。

"谢谢,看见你们父女团聚,我非常高兴。那么,你二位慢慢谈,我这就告辞。"

他对女孩边使眼色边往外走,老人却喊住了他。

"等等,把这个女人也带走吧!"

昔日重现

"咦？您……这是为什么？"

"其实，"老人脸上浮上一种笑容，一种难以形容的笑容，老人说，"我根本就没什么女人，更别说什么女孩，我实在没什么事要你去做，但又不忍心告诉你，没想到……"老人看着那个没有大拇指的女孩，陷入了沉思。

老 两 口

——［日本］都筑道夫

一个推销员在上门推销时受到一家老两口的捉弄，
致使他狼狈而逃，
当他将计就计准备再去时，
等待他的依然是失败。

他"咚咚咚"地敲着门，有人应了，开门的是一白发老头。

"我……"他说。

"啊！洋儿，我的儿呀！你可终于回来啦……"不由分说，老头子一把抓住他的手，把他往屋里拉。

接着，从里屋出来一老太太，她快步来到他面前，抓住了他的另一只手，激动地说："儿子，我的儿子，真的是你吗？我做梦都想你回家呀，你可回家了，想死妈妈啦，这些年你都做了什么……回来就好，回来就好……"

他一下子慌了手脚，急忙后退了几步，可那老两口也跟着前进了几步。他想挣脱二老的手，可他们却抓得更紧了，他毫无办法，只能使出吃奶的力气，大声叫着："我不是你们的儿子，请放开我！"

"哎呀！你这个臭小子，居然连爹妈也不认了，老头子，把我的鸡毛掸子拿来，我非教训他不可。"

趁着那老头松手的时候，他快速挣脱，拼命夺门而出，留下后面叫喊的声音。

一进公司，他就嚷道："天啊！你们猜我今天遇到了什么鬼事？那老两口……"

"早告诉你就好了，那是个小康之家，只有老两口，因为无聊，所以这样戏弄推销员。"公司的老前辈不等他说完，便打断了他的话。

"什么？上当了！"他眼睛睁得大大的，然后嘴角露出了笑容说，"那么，我

昔日重现

明天再去,假装儿子,来个顺水推舟,伤伤他们的脑筋。"

"得了吧!他们这回又该说是女儿回来了,拿出女人的衣服来给你穿。结果,你还是要逃跑的。"老前辈说完哈哈大笑起来。

离婚的条件

——［罗马尼亚］拉·巴拉斯基

>一对夫妇来到非常拥挤的小饭店谈离婚问题，
>为了避免被服务员和顾客打扰，
>他们不断地拥抱、热吻。
>最终，二人以热吻结束了这场谈判。

咖啡馆门口，男人在那里跺着脚，焦躁地说："这里不行，我们还是去别处吧！"

他向女人做了个手势，然后一齐走向大街。

在马路上，女人忿忿地说："你想，现在正是高峰时期，哪儿有空位置？"

男人没答话。他们犹豫不决地徘徊了一阵，后来女人又说："我们去柴奇·渥尔查莎小饭店，也许，那儿还有空房间。"

可是小饭店也挤满了人，在4个人的房间里都挤着6个人。

餐厅领班把他们带到一个里边已经坐了3个人的房间说："这儿有个空位，二位可否坐这？"

"噢，不行，我们还有朋友！"一个坐在那里的顾客站起来说。

领班客气但坚决地回答："很遗憾，必须安排客人。您的朋友来时，我们会想法给他们再弄一个房间。"

但男人和女人并没有坐下，他们等着。很快房间空出来了，他们马上占据了它。

"呶，现在我们能安静地谈谈离婚的事了。"男人做了个手势说。

"也许……恐怕不行，待会还会有人进来的，他们会在一旁偷听，等我们走后，他们就会议论我们：为什么我们性格不合？为什么想离婚？这可是他们不错的消遣！"

"真会如此吗？"男人不太相信地问，"那么，我们就告诉领班，说我们在等朋友。"

"哦，这是不可能的，难道你没看见，即使告诉他们说位子有人，服务员还是要把房间塞得满满的。"

"那怎么办呢？"

"你太愚蠢了！"女人讥笑说，"海边那次你就是这样，那时我头一次对你感到失望。"

"得了。"男人的脸变得阴沉起来。

"你听着，我想出一个办法。我们装着发疯似地彼此相爱。你懂吗？没有谁会打扰热恋的人。你能装假吗？"

"这也是没办法的事啦！"

"那么，我们开始吧。卧室给我，餐厅给你。"

"那可不行，卧室要贵两倍。"

"外加地毯归我。"

"如果是那条旧的，我就同意！"

"你总是这个样子，吝啬鬼！"

"什么！你说我……不好，他们来了！"

女人钟情地弯腰向男人扑去，而他开始不时地抚摸她的手。

"对不起，打扰了，请继续。"新来的人中间有一个说。

他们走远些了。

"怎么样？"男人又开始了。

"卧室归我。你可以拿落地台灯。"

"连收音机！"

"别做梦了，收音机我要！快接吻！他们来了！"

他们接了吻，又救了这个房间。

"要卧室肯定是你妈的主意。"男人冷笑着。

"是她的主意又怎么样？"女人忿忿的声音响了起来，"她有权过问！"

"那个老太婆不该过于频繁地过问我们的家庭生活！"

"你说什么？你这个……"不等女人说完，男人的嘴已滑向她的脖颈，而她只能温情脉脉地望着他的眼睛。

这个把戏又成功了。他们激烈地争吵了一会，辱骂与拥抱、热吻交替进行。终于谈妥了卧室和餐厅怎么分。然而，在谈到玻璃橱时，他们又无法达成协议了。

"难道你真想叫我一无所有？"男人像雄火鸡一样涨红了脸抱怨。可女人却搂住他的脖子以亲一下嘴作为回答。

服务员生气地望了他们一眼，与新来的客人继续向前走去。

情话突然消失

这个吻使男人稍稍有些发窘，这里面看不出是迫不得已的，它是真的。他渐渐习惯了这样的吻，并返回到夫妻生活的最初年月中去了。

女人开始变得有些羞涩，她心中很清楚，她和男人的接吻虽说是做给服务员看，但它并不全是在服务员在场时进行的。要知道客人们已经走开了，可接吻还一直在继续。

"那那，玻璃橱，"男人在一阵慌乱和片刻沉默之后说，"你听我说，它和所有的细瓷摆设你拿着吧。"

"不，你比我需要它，还是你用吧！"

"绝对不行，难道你能同那个芭蕾舞女演员或者同那个红花瓶分开么？要知道你非常喜欢它们！"

"可难道你不喜欢么？"

"为了你，我牺牲一点儿也值得！"

"而那幅里帕·罗那的画呢？我们甚至没谈到它！我们是怎样经常欣赏它呀！"

"而《达特拉的风景》呢？"

"我们曾多么向往在旅游时到那里去玩一阵啊……"女人的眼中充满了憧憬。

"是啊！已说过多少次了，但毕竟……很遗憾！"

女人问："我们现在不谈离婚的条件了？"

一阵寂静。服务员的出现又把他们赶入互相拥抱之中。

当他们放开握紧的手时，男人轻声说："6周后有一次旅游，在达特拉待8天，你会和我一起去吗？"

女人凑上她的嘴唇，作为回答。

向往乡村的鞋匠

——[西班牙] 布拉斯科

> 鞋匠终于实现了自己的梦想
> ——做一个自由自在、享受阳光和田野的赶驴人。
> 但是,他不但没享受到田野和阳光,
> 却一丝不挂地被农夫送回家。

嗨,我亲爱的朋友,爱听故事吗?这可不是一般的故事,它能让你彻底改变。什么?你不相信,那就听我仔细道来。

从前有一个鞋匠,他住在一间阁楼里,墙上有一扇窗户。每天,他一边干活,一边透过这扇窗户望着太阳,也惟有这扇窗户,才给这位不幸的鞋匠师傅送来光明。

忘了告诉你,这个故事发生在南方的一个城镇,那里有普照大地的太阳,但一天里只有两三个钟头的时间给穷鞋匠的家送进去一条窄窄的阳光。

这个贫穷的鞋匠师傅经常用无奈的眼光遥望着蔚蓝的天空,一面做活,一面叹息,他向往着未曾见过面的大自然。

他时常自言自语:"这么好的阳光,我能出去走走那该多好!"

当某位顾客给他送来住在对面的马车夫的一双肮脏的皮靴时,他总要问:"外面天气如何?"

"好极了!四月艳阳天,冷暖适宜。"

鞋匠师傅的叹息声更加深沉了,他接过靴子,狠狠地往角落里一扔,说:"我真羡慕你们,星期六来取靴子吧。"

他试图用歌声来解闷,他不停地哼哼呀呀,一直唱到天黑下来:

向往自由,

而又与自由无缘的人,

死亡是他的身影,

其实他早已不复存在了。

情话突然消失

每天他都深情地凝视着天空，长吁短叹，直到夜幕降临。对他而言，黑夜比白天更值得眷恋，因为他那悲惨的命运使他在黑夜来临之前是呼吸不到新鲜空气的。

有一次偶然的机会，他向一个与他同住一幢楼的主顾诉说他对乡村的向往，那人便对他说：

"是啊，加斯帕尔，所以我认为赶驴的人是世界上最幸福的人。"

"赶驴的人？"

"对！他们来来往往，呼吸着新鲜的空气，闻着芳馨的花草。他们是大自然的主人。那确实是一种最美好的工作。"

主顾走后，加斯帕尔久久不能平静，他彻夜失眠，第二天一清早就下定了决心：

"把店交给侄子料理，我要用攒下的50元钱买一头驴，做一个赶驴人。"

于是他便照着想的做了。8天后，加斯帕尔成了一个搬运夫。

"啊！生活原来真的如此美好，空气这般清新，我幸而做了最明智的选择，才使我没有在那屋顶下的黑洞里枉过一生的大好时光。"加斯帕尔开始了第一次出行，他一边采撷路旁的花朵，一边放声歌唱。

他走了将近一英里也没有见到一个人。真如他以前所愿，他成了田野的独一无二的主人。

正当他忘乎所以的时候，突然窜出3个人来，大声喊道："不许动！"

鞋匠吓坏了，一动不敢动，一个劫匪抢去了他的驴，另一个抓住他，把他剥了个精光，怕他追赶，又用棍子狠狠打了他数十下，打得他浑身青一块紫一块的。要是在城里，肯定会有人听到他的呼救声，然而这里是广阔而人烟稀少的田野。

在光天化日之下，歹徒竟敢这样胆大妄为。

他拼命地呼喊："救命啊！救命啊！谁来救救我！"

五分钟过去了，一个农夫赶着马车从这里经过，把他救起来，用毯子裹上，拉进城去，送到他家门口。

他的侄子和邻居见状大吃一惊，纷纷前来询问，但他什么也没说，以后的一连几天都不讲一句话。

有一天下午3点多钟的时候，楼梯上忽然传来这样的声音："多好的天气！不如我们去乡间旅行吧，要不要叫上表兄呢？"

加斯帕尔一个人呆在阁楼里，抬头望了一眼天空轻蔑地说："都滚蛋吧！小心光着屁股回来！不知死活的家伙们！"

才华横溢的狮子

——[阿根廷] 莱·H. 派克

> 一头狮子被传教士发现后便交上了好运。
> 它接受了正规的学校教育后变得才华横溢,成了社会的宠儿。
> 哪知就在这头狮子倍受重视之时,它却吃掉了一名教师。
> 最后,众人在一名通兽语的教授那里找到了它吃人的答案。

我认识一头狮子,它可不是一般的狮子,它具有近似人类的智慧。它是一位传教士从世界的角落里找到的。传教士回忆当时的情形,说:"当我看见它的第一眼,我就觉得它不是一般动物。后来,我发现它一直都不睡觉,它一直都用心地倾听着我讲解的经文。哦,我的上帝!你知道吗,那时我就决定,我要把它带回美国,送它上学,创造一个世界奇迹!"

传教士说做就做,他把狮子装进笼里运到港口,同他的所有行李一起托运了回来。

到了大陆,问题就来了:没有哪个学校愿收一头狮子当学生。这一问题难住了他。

但是,传教士并非一遇困难就气馁的人。他把情况对一位善打官司、好吹牛的律师讲了一遍。

这个律师的回答令传教士既高兴又惊讶。律师说:"没问题,就看你有没有本事和运气,还有信心。咱们找一所在校规中没有明确规定学生必须是人的学校,把你的狮子塞进去,使它成为他们当中的一员。"

那位律师倒是没有使传教士失望,两周以后,他在城东北找到一所中不溜儿的学校,校规对学生的人性水平没有任何说明,这就使律师钻了空子,他叫来传教士得意地说:

"朋友,学校有了,咱们需要的学校找到了。现在咱们得请校长千万不要在'学生必须是人'的制度方面做任何革新,把报名所需要的文件寄给咱们。"

这样,传教士很高兴地感谢了他一番,回家准备下星期日的讲道了。

情话突然消失

狮子终于如愿以偿进了学校，但教师给它做了如下规定：刻苦学习；不能同姑娘出去玩儿，因为它会吓坏她们的；也不能出席酒宴和联欢会，因为宴会会因此而混乱。所以它像所有聪明的狮子一样，白天黑夜都扑在学习上。

在所有功课中，狮子对代数最感兴趣，它很可能对它的狮子毛十分得意，想同爱因斯坦比个高下。狮子的努力终于有了回报，它用了别人一半的时间学完了所有的课程，被获准毕业了。

这件新闻很快使它名声大噪，现在几乎所有人都知道有一头博学的狮子，能解释最复杂的定理，是微积分计算专家、三角学的天才。

这头狮子很快成了人们吹捧的对象，人们都以曾见过这头狮子为荣，正因为如此，这头妙不可言的狮子竟变成了国家的象征：到处请它去讲学，做公开或不公开的报告，参加电视台组织的令人厌倦的圆桌会节目。在一次这样类似的节目中，有人郑重请教：代数对治愈脱发是否真的有效。不管怎么说，爱因斯坦是个狮子头发型的人，而它……对，它并不比他差。

狮子很快适应了这个会、那个演讲，也听惯了人们的奉承之词，它那乱蓬蓬的狮发也成了人们的关注焦点，有人请它做推销发油的广告："我用卷发油梳头……卷发油是我的头发和思想的好友。"或者是："由于使用卷发油，我显得更美，思路更广。"用发油滋润狮子毛同思维究竟有何联系，这只有起草广告的老练作者才知道，有一点可以肯定的是狮子的知名度更大了。

随着时间的流逝，这头富有才干的狮子在社会上站住了脚，其地位之坚实，由不得众人怀疑。谁都知道有这么一头狮子，尽管对它的言论有些不明就里，也不知道它干什么营生，但都十分尊敬它。神秘感确有其妙用。

人们在谈话时，无论话题是哪一方面的，最终总少不了提到这头有数学天才的狮子。甚至有人建议改变代数方程的写法，例如写为：狮＋子＝0。

哪知，就在这狮子呼声越来越高的时候，发生了一件意外的事：这头才华横溢的狮子、数学的天才、长爪子的爱因斯坦、电台及电视节目中令人愉快的客串演员，把它从前的一位老师吞进了肚子。

这次巨变又一次引起全国哗然，甚至全世界都知道发生了此事，再仔细一想，其影响无法估量。

人们开始研究这件事。电台和电视台组织心理学家们讨论，但进展不大：狮子心理学刚刚起步，谁也不清楚是这头雄狮做梦娶雌狮，还是在梦里啃羊腿。

医学界人士对此也不能作出令人信服的解释，因为这样的事，他们也是首次碰到。此外，这些大夫、专家们属于不同学派，什么天派、地派、天地派，分歧严重，各执一词，争得面红耳赤，都凶得同狮子一般。一遇到这般情景，谁还能明白他们各自的高论呢？

昔日重现

那头吃了人的狮子在自己母校的校长办公室里吼叫着,谁也不知道它是在发怒,还是大嚼一顿人肉之后乐得嗷嗷叫。

那些狮子的校友和师长们也正吵得不可开交,一位学心理学的学生说,这头狮子患的是劣等感综合症,漂亮的教育会议厅,以至洗澡间,同它黑乎乎的洞穴相比,有天壤之别,这强烈的反差使它病发,攻击并吞噬了一位老师。另一位学生的意见与此相反:狮子患的是优等感综合症,过去从来没有一头有才华的狮子,而它却具有清醒的头脑和满头狮发,可与尼采相匹敌。这头狮子读过这位德国疯子的著作,吸收了关于"超人"的思想。"超人"是不受任何道德规范约束的,何况它是位超狮。

这帮半瓶子醋学者的辩论倒也不算太凶,没有闹到天塌下来的地步,但其势也不可小觑,简直像当初在越南战场上那样,拼个你死我活。

学校领导面临的问题比起学生、电视台上的专家学者以及知名人士的辩论来,要困难许多倍。所在街道的居民已被吓破胆,纷纷要求对狮子绳之以法,但校领导不愿意对这个非凡人物采取暴力措施,不能把这位学者推到狮子一边去呀……为此,校方发出了求援呼吁:凡对此天才狮子的性格有深刻的了解者,请前来报名。

有一位和这头狮子有着深切情谊的文学教授兴冲冲地赶来了,他极力向校长要求见狮子一面。校长没有办法,只得同意。

他一进屋,便说:"狮子兄,近来可好吗?"随即关上房门。

后来发生的事,比咱们至此所见的一切更为惊人,除了听到吼声和叫喊声外,没有别的任何声音。屋外边的人不知如何是好,敲了一通门,但是屋里的声音太大,听不见。

"不好,教授会不会被狮子吃了!"有人叫道,开始砸门。门打开了,眼前的情景把他们都弄糊涂了。教授和狮子在那里正面对面地哈哈大笑。教授看着闯进来的人们还以为外面发生了什么事,当他了解到众人是为他担心后,说:

"这头狮子会吃我?决不会的!我们是最要好的朋友。"

"可是刚才你们为什么吵得厉害?"众人问。

"我们从来都是这样聊天的,"教授说,"我学过狮子语,现在跟它练习谈话。"

"可你们为何不讲人话,那样不是更好吗?"

"绝对不行,首先,它是狮子,不是人;再次,你们教了它许多很好的知识,使它才华横溢,可你们忘了最重要的一点,就是教它如何做人,因为狮子是会吃人的,而人却不会。"

来自正方体的声音

蚂蚁探险队员打开一个巨大的立体的盒子,
从盒子里突然传出求救的声音,
探险队员却毫无反应。

小春天气

——［中国］郁达夫

> 镜子里反映出来的,
> 是别一个站在我后面的没有到四十岁的半老人。

回想起来这一年的岁月,实在是悠长的很呀!绵绵钟鼓初长的秋夜,我当众人睡尽的中宵,一个人在六尺方的卧房里踏来踏去,想想我的女人,想想我的朋友,想想我的暗淡的前途,曾经熏烧了多少支的短长烟卷?睡不着的时候,我一个人拿了蜡烛,幽脚幽手的跑上厨房去烧些风鸡糟鸭来下酒的事情,也不止三次五次。而由现在回顾当时,那时候初到北京后的这种不安焦躁的神情,却只似儿时的一场恶梦,相去好象已经有十几年的样子,你说这一年的岁月对我是长也不长?

这分外的觉得岁月悠长的事情,不仅是意识上的问题,实际上这一年来我的肉体精神两方面,都印上了这人家以为很短而在我却是很长的时间的烙印。去年十月在黄浦江头送我上船的几位可怜的朋友,若在今年此刻,和我相遇于途中,大约他们看见了我,总只是轻轻的送我一瞥,必定会仍复不改常态地向前走去。这一年的中间,我的衰老的气象,实在是太急速的侵袭到了,急速的,真真是很急速的。"白发三千丈"一类的夸张的比喻,我们暂且不去用它,就减之又减的打一个折扣来说罢,我在这一年中间,至少也的的确确的长了十岁。牙齿也掉了,记忆力也消退了,对镜子剃削胡髭的早晨,每天都要很惊异地往后看一看,以为镜子里反映出来的,是别一个站在我后面的没有到四十岁的半老人。腰间的皮带,尽是一个窟窿一个窟窿的往里缩,后来现成的孔儿不够,却不得不重用钻子来新开,现在已经开到第二个了。最使我伤心的是当人家欺凌我侮辱我的时节,往日很容易起来的那一种愤激之情,现在怎么也鼓励不起来。非但如此,当我觉得受了最大的侮辱的时候,不晓从何处来的一种滑稽的感想,老要使我作会心的微笑。不消说年青时候的种种妄想,早已消磨得干干净净,现在我连自家的女人小孩的生存,和家中老母的健否等问题都想不起来;有时候上街去雇得着车，坐在车上，只想车夫走往向阳的地方去——因为我现在忽而怕起冷来了，慢一点儿走，好使我饱看些街上来往的行人，和组成现代的大同世界的形形色色。看倦了，走倦了，跑回家来，只想弄一点儿美味的东西吃吃，并且一边吃，一边还要想出如何能够使这些美味的东西吃下去不会饱胀的方法来，因为我的牙齿不好，消化不良，美味的东西，老怕不能一天到晚不间断地吃下去。

昔日重现

电线杆子的喜剧

——［中国］苏叔阳

夫妻结婚十五年，
过着"牛郎织女"式的生活，
为了结束这场持久战，
双方不约而同地求助于电线杆子。

"信不信由您，您要想瞧点儿新鲜，出门先瞧瞧电线杆子！"这是东屋里老孙师傅对我的忠告。

可不，细一思量，确乎如此。记得小时候，电线杆子都是木制品。挺长的大杉篙顶着几个白瓷瓶儿。电线杆子上贴着戏单儿、花花绿绿的广告和"天皇皇、地皇皇，我家有个夜哭郎……"的歌诀，好像那时候的孩子都特别爱哭，非得让人千数落、万唠叨才能费劲儿地活着。前些年，电线杆子上贴的是"火烧、炮轰、油炸、千刀万剐"之类，足见人的生命是够顽强的，不遭够了罪是不死的。现在不同了，水泥电线杆子已经兼任劳动介绍所、人事局与房屋交换管理处了。甚而至于您想治治痰喘咳嗽、风湿骨痛都可以求教于它，它大公无私地告诉您祖传秘方、药物服法。这就是进步。老孙师傅有概括生活的能力，一针见血地指出了这个进步。

我和我爱人却是傻子。我们结婚十五年老是这么"牛郎织女"地过日子，总是依赖双方的人事科长，愣没想到求求电线杆子。您瞧电线杆子上那一张张动人的调换工作广告，说明一定有人这么办成过，不然，谁费那个纸呢？我在山区搞勘探，六年了，没回北京，不知道这个。这回，我也想贴张广告，求求善心人到我们那山沟去，让我换回北京。

贴广告之前，我想先察访一下门路，于是从和平里向南走，逐个审查所有的电线杆子"文学"。

哈，好极了！在由北新桥向南路西第十三根电线杆子上，我发现了一则油印广告。一位具有高尚情操的同志自愿由北京换到我们那山区去。愿换者请拨电话

××××××找王同志，或至王宅面谈。

我高兴得差点儿没背过气去，把那宝贝广告念了五遍，手舞足蹈。一位卖冰棍儿的老太太以为我要买那凉玩艺儿吃，推车走过来招呼我。这不是存心吗？想让我透心儿凉。不吃！我撒腿就跑，直奔王宅。

找到王宅。好熟的门口儿，仿佛来过。甭管，找王同志。出来了，是一位胖大姐。哟，认识：我爱人的好朋友，王姐。更好了！

王姐让我进屋，端茶，送葵花籽，寒暄一番。我憋不住了："快说，谁托您调换工作？帮我办办。我得谢谢您，谢谢他，谢谢电线杆子。"王姐扑哧一笑："哎哟，是她，你媳妇儿！"得，玩儿完！唉，电线杆子！

昔日重现

来自正方体的声音

——[美国] 纳尔逊·邦德

蚂蚁探险队员打开一个巨大的立体的盒子,
从盒子里突然传出求救的声音,
探险队员却毫无反应。

斯库息尔城此时正处于巨大的狂热之中,在公共广场上,成千上万的居民正用他们的全部精神关注着这一空前盛举,而在首都其他地方,还有上百万的人,无法亲眼目睹这个实况,焦急地在他们的感应器旁等待进一步的消息。

这个让全世界震惊的立体盒子的大门已经打开了,这块巨大的大理石石块,光滑、整齐、透明,比最高的斯库息尔人还要高上几百尺,它的每一边都超过一百间房子的宽度。几个小时前,这个方块盒子被打开了——一块光滑、上油的石块向后斜着,一个黑乎乎、深不见底的洞口呈现在人们面前。

斯库息尔城科学机构已组织了一支最强、最有开拓精神的探险队进入到这个巨大的立体盒子中,他们即将要出来了,并且要作公开的说明报告,而这件事就是目前全斯库息尔人聚集于此,屏息以待的事情。

谁也说不清这个巨大的立体盒子从何而来,也没人知道它在这个世上已存在了多少年,据斯库息尔博物馆档案的最初记载,他们预测此物在创世纪时就可能已经存在了,原因是从古至今,没有一种种族有能力建造这么人的建筑物。它一定是泰坦巨人族所建,或者是上帝给人类开的一个玩笑。

靠着感应器,这些斯库息尔人紧张地拨号到公共广场去,以便接收探险队员所传送来的"心灵影像"。

突然,一种绿色的微光在感应器上出现,看到的人都尖叫着:"探险队回来了。"

杜尔——这支探险队的领头人,站上了圆形讲台。他宽阔的前额上布满着一道道皱纹,他睿智而有光芒的眼神,现在看起来暗淡至极。杜尔站在影像设计机前,无论是谁站在这架设计机前,影像机上一幕幕的影像便会开始复印到这个人的脑子里，而且随着他和机器的心灵感应愈强，影像愈清楚。

在场的每个斯库息尔人都有这样的身临其境的感觉：他们在一个火把的指引下，沿着长长的好像永无尽头的大理石台阶，穿过一扇门，这扇门是由光滑的石头所建造成的。数世纪之久的蜘蛛网和灰尘在地上轻轻扬起，空气中传来阵阵霉味和腐尸的臭味。突然，火把在到达顶层时熄掉了。

最终，他们来到了这个通道的尽头，那是一个面积很大的竞技场。这个巨大无比的空间，使得原本看来宽广的斯库息尔广场看起来是那么小。

透过心灵感应，每一个人都和杜尔一样正看到自己小心慎重而又激动地迈步向前，突然，他们发现一个他们一生中所见到的最奇怪的景象，他们高举火把围了上去，那是一排排嵌在墙里的抽屉，这些抽屉都是铜制的，而且上面都雕刻着很怪异、无法理解的花纹。整个奇怪方盒就装满了这些抽屉，找不到其他东西。

最后，所有的影像都消失不见了，杜尔的思想取代了这些景像跟观看者直接沟通。他告诉他们：

可以肯定的是，这个巨大的立体盒里面有着许多我们无法了解的秘密，这些抽屉代表着什么意义呢？我们无法确切得知，但从这些消失民族的方盒档案中，我们可能推测到某些东西。但遗憾的是，要打开这些巨大的柜子似乎是不可能的事。这么说吧，即使尽我们最大的力量，也只可能打开其中的一个。而这些方盒错综复杂的结构对我们来说更是难题，另外，假定这些方体是由某种生物建造而成，那这种生物体积之庞大是无法估量的，而他们的结构也是我们不能了解的。在这奇怪的正方体中，只有一件东西跟我们现在的机械相类似，是我们会操作的。

说完杜尔回过头对一名助手低低说了说，然后在一块巨石上蹒跚前进，这块石板是椭圆形的，包在一块纤维质的方巾中，后面紧上一条巨大有弹性的绳索。杜尔继续说：“这条弹性电缆非常的长，而且通到这方盒中心的每个角落。显然，与这块被紧固着的石板关系重大，但它到底关系着什么，我们目前还不知道，必须要等到我们的工程师把它肢解后，我们才能设法找出答案。”杜尔站上这块石板……

此时，从奇怪的方盒深深的底处，传来了电动控制记录器的声音。

"拯救我们吧！"一种人类的声音在说话，"第五十世纪的人类啊！我们第二十五世纪的人类需要你们的帮助，看在同处一个星球的份上快拯救我们吧！

"在我留下这些话时，我们星球正与一团氯气云团相撞，在这氯气中，我们可保几百年不会消失。所有的人类正面临世界末日的审判，在这特殊设计的地窖中睡着，我们被迫睡在这里，直到五十世纪的来临。我们才有可能重新苏醒过来。

昔日重现

"当五十世纪到来时,这地窖的门会自动打开,如果此时有任何人存活,而且空气够新鲜的话,请这位人类拉下我们坟墓大门上的门把,然后我们就会苏醒。

"如果人们不愿帮助,或者没有听到我们的请求,那么,永别了,亲爱的世界,我们这些睡在地下的残骸,将永远睡在地下了。"

杜尔重复一次地表示:"这个固体如你们所见的已越变越轻了。"

杜尔的面容越来越沉重:"充满爱心和好奇心的斯库息尔人,原谅我们吧,我们这群科学家对于这些事的迷惑并不下于你们啊!但你们必须相信我们科学委员会的成员将会尽我们所有的力量把这一切令我们迷惑的秘密搞清楚,让大家得知真相。"

感应器上蓝色的影像已经消失。斯库息尔人困惑、惊奇地回到他们的工作岗位上,他们变得快快不乐,因为他们没有得到任何答案。在街角或在大厅上,在家里或在办公室,他们都避免去谈这件事。

请不要奇怪为什么杜尔以及斯库息尔人没有拉下大门门把,其实,他们根本就是聋子,他们也不用嘴讲话,当然,如果一定要交流的话,就请用小触角传递信息。你一定又会奇怪为什么他们会有小触角,那我就告诉你吧,第五十世纪的统治者是一群蚂蚁。

私有财产

——［美国］威·德米勒

> 为了惩罚偷酒贼，
> 贾德森执意在酒中下了毒，
> 可他在摔昏之后却喝下了有毒的酒。

贾德森先生在乡下有一幢别墅。每年的夏天，他都会带着他的太太去那里度假。别墅修建在一座小山坡上，那里的景色十分美丽，满山绿树成荫，空气清新自然，最妙的是，山脚下的小湖乃是天然的游泳池。但现在秋天到了，该是他们回城的时候了。他的妻子马西亚正在卧室里打点包裹，贾德森自己站在室中端详着手中的一瓶酒。

"我收拾完了，"马西亚在卧室里边说，"亚历克取钥匙回来了没有？"

亚历克是替他们看守别墅的仆人，家住在别墅附近。

"他到湖边找船去了，半小时后能返回。"贾德森回答说。

马西亚进屋来拿她的皮包，当她看见丈夫手中的酒瓶时，愕然地停住了脚步。

"贾德森！"她大声叫着他的名字，"你不是答应我开车前不喝酒的吗？"

"噢！太太，不要误会。"他望着她笑眯眯地回答道，然而她并不喜欢他这种笑脸，"我不是想喝酒，而是要往里面放点儿什么。"

为了证明没有说谎，贾德森摊开自己的手，把手掌上的白色粉末给妻子看，这使马西亚感到有点害怕，尽管她还不清楚自己究竟怕什么。但从丈夫说话的声调，她感觉出一定要有可怕的事情发生。她对他的判断不曾错过一次，因为每当丈夫要做对人不利的事情时，总是那样地说话，这次看来也不是什么好事。

"这是什么？"马西亚问。

"毒药，"贾德森平静地回答，"我们放在这里的酒总被人偷喝，这个可恶的偷酒贼！这就是我要往瓶子中放毒药的原因，我们走后，那个偷酒喝的贼还会来的，这回让他再喝就……"

昔日重现

马西亚的脸一下变得苍白起来,"你不能这样做,贾德森!"她大声地说,"这会遭报应的!"

"要是我毒死了一个用暴力进入我的住宅的贼,按法律不能定我犯有杀人罪吧!"贾德森回答道,"我们的别墅是上了锁的,如果有谁采用暴力开门进得屋来,偷喝了这瓶毒酒,那我可就不管了。"说完他把粉末倒进瓶子里,然后将瓶子和一个杯子放到桌子上,他看着瓶子笑了起来,"啊!真过瘾!"

"那样做是不适宜的,贾德森,"马西亚又说了一遍,"法律也不能判一个小偷死刑啊,你有什么权利……"

"当我不得不保护自己的财产的时候,我要采用我自己的方法。"他现在说话的那种腔调就好像一条大狗在向另一条前来抢肉的狗狂吠一样,她了解他,他有时就是这样一条恶犬。

"他们充其量不就是喝了你一点儿酒吗?"她说,"那可能是在附近滑雪的孩子们干的,他们又没有拿你别的东西。"

"我可不管他是谁!"他说,"假如一个人截住我,抢我五元钱或是五百元钱,我认为都是一样的,贼都是一个样!"

马西亚知道不该放弃努力:"我们明年春天才能到这里来,把这个瓶子放在这里,我会整日担心的,你再想想,要是我们出了什么事,别人又不知道,那样的结局你满意吗?"

贾德森又说了一遍他管不了那么多,而且斥责她不要再说废话了。

马西亚知道自己不能使丈夫改变主意,他一贯一意孤行。她朝门口走去,一边走一边说她要去和亚历克的妻子玛丽告别。一定要把这事告诉给玛丽。她边走边考虑着:千万叫玛丽帮我换掉那瓶酒,她肯定会理解我的。她决定这么做了,于是乐滋滋地往山下走去。

贾德森出去取他晒的猎靴,他看见亚历克正从湖边上山来,他喊亚历克快一点,然后便拿起靴子回屋。当他走到门口,他只感觉脚下有什么东西一滑,他急忙想要抓住些什么,头却一下又撞到了门,这下,这个可怜的人昏过去了。他半梦半醒半睁眼想弄明白怎么回事,只听见亚历克说:"没事,老爷,你只是摔了一跤。"说完递了杯东西给他。噢,很对,就是那杯酒,贾德森接过来,"咕噜"一口气喝个精光。

来自正方体的声音

劝诱推销

——[美国] 布赫瓦尔德

> 我的一个开服装店的朋友招聘了一个主修心理学的女大学生做售货员。女大学生利用所学的专业给顾客提供了许多中肯意见，获得了顾客好评，但我的朋友却毅然辞掉了她。

在发达的当今社会，要想找一个出色的专业技术人才并不难，但要找一个优秀的售货员可就要费些心思了，因为许多大学生只对顾客的购物心理比较感兴趣，而对卖出一件物品并不关心，再者他们的性情也太直率，以至于无法卖出货品。

我的一个在乔治敦开服装商店的朋友对我谈了这样一件事，我觉得很有意思，便记录下来，有兴趣的朋友可以读一读，作为消遣。

事情是这样的：

不久前，我的这位朋友雇佣了布兰普顿小姐作为售货员，她是一个主修心理学的大学生。第一天，有个女士来到商店，布兰普顿小姐问她想要什么。

"我想要一套秋天穿的套装。"女士说。

"那么，你打算用多少钱来买这套衣服呢？"布兰普顿小姐问。

"价钱无所谓。"女士答道。

"那好。我向你提出一个问题：你要这种套装是因为需要，还是因为你刚刚与丈夫干了一仗，想买一件昂贵的东西对你丈夫进行报复？"

"无可奉告。"女士说。

"也许你怀疑他有什么不忠的行为，所以你认为买一套套装是你能报复他的惟一方式？"

"不，不是这样的……"顾客说。

"生气花钱是一种很可悲的敌意行为。我劝你好好想几天，努力消除你们的隔阂。我认为买一套新服装并不能挽救你们的婚姻。"

昔日重现

"哦，我不买了，可以吗？"顾客冷冰冰地说，然后转身离开了商店。

"现在她生我的气，"布兰普顿小姐对我的朋友说，"但是一周后她就会感激我对她的劝告。"

我的朋友认为她的话有一定道理，也就没说什么。那天下午又来了一个顾客，布兰普顿小姐迎上去问她想要什么样的衣服。

这位女士说："我要一件令看到它的人都为之惊叹的服装。我要去肯尼迪中心，因此我想穿一件能使人人为之倾倒的衣服。"

布兰普顿小姐说："这边有很漂亮的晚礼服，是为没有安全感的人准备的。"

"没有安全感的人！"

"哦，是的，难道你不知道服装是女人补偿不安全感的主要方式之一吗？"

"可我并不缺乏安全感。"女士生气地说。

"那么你为什么要在那样热闹繁华的地方穿这种衣服呢？你为什么不能用自我承认来代替你的穿着呢？你是一个很有魅力的人，而且你有着内在的美，但你却舍本逐末，如果你选择了这样的衣服，那你就永远不会知道是你本人还是衣服使人们驻足了。"

到这时，我的朋友决定进去。

"布兰普顿小姐，如果这位女士要一件晚礼服，你可以把我们的晚礼服介绍给她看。"

"不，"顾客说，"她说得很有道理，细想一下，花五百美元买几句真正不在乎我穿什么的人们的恭维话，是毫无意义的。感谢你的指点，年轻的小姐。这倒是真的，近几年来我一直有一种不安全感，我没有想到是这个原因。真的谢谢你，小姐。"

令我朋友更生气的事情一小时后发生了。有一个男女合校的女学生来买一件超短紧身裤。布兰普顿小姐给她讲了三十分钟有关妇女解放的知识，然后说："一旦你买了超短紧身裤，你所做的一切都变成了勾引与诱惑。"

当天晚上，我的朋友便炒了布兰普顿的鱿鱼。第二天，服装店门口贴出一张广告：招聘助手——但不包括主修心理学的大学生。

来自正方体的声音

遗 嘱

——［美国］布拉克福德

一个赤着脚的小男孩被一个素不相识的老太太领到家中，老太太让小男孩替她写遗嘱。

可是，小男孩却在纸上写下"可口可乐，请喝可口可乐"几个字。

　　昏暗的夜色里，从乔治·华盛顿·卡佛街上传来了一阵凄厉的歌声，隐约中觉得歌名应该叫做《与耶稣同行》，但它却被微风吹得零零散散，以至于听上去像大树叶子在"哗哗"作响。

　　从街的尽头出来一个小男孩。他赤着脚，低着头，在人行道上走着。他的两只脚已脏得不成样子，可他却总想在这裂缝横生的人行道上找平整干净的地方走。他不停地向前走着，突然，一阵阵迷人的花香味使他抬起头，原来这花香是路旁一片金银花散发出来的。这花密密地爬满了整个栅栏，并延伸到人行道上。栅栏上的粗细蔓条有的叶已开始脱落，花已开始凋谢了，有几根光秃秃的蔓条在风中不断呻吟、呼喊。这孩子顺手抄起一束蜷缩在一起的花朵，摸了摸，又让其慢慢地从指丫中滑去。街对面的一幢建筑物上的女像傲然耸立。这女人碧眼金发，手中拿着一个巨大的瓶子。她快活地笑着，嘴张得足有五尺宽。巨像下面有一行醒目的题字："可口可乐，请喝可口可乐！"这塑像看来耸立这儿很久了，本来的面庞已有些模糊不清了。

　　这孩子慢悠悠地走到雕像下边，用他那脏兮兮的小手摸着最下面那行字，轻轻地、慢慢地、重复地读着："可——口——可——乐，请喝——可——口——可——乐。"

　　"哎——"

　　这声音把专注念字的孩子吓了一跳，他急忙向四周看了看，发现栏杆旁站着一位老妇人，手扶栏杆，身子向前倾着，正目不转睛地瞅着他。老太太名叫杰克逊，身体一向不好，独自一人生活。

　　"瞧什么呢？孩子，来呀。"

昔日重现

这孩子又瞧了瞧老太太,又向四周看了一下,才确定是在叫自己。他把破烂的衬衫下摆朝裤子里塞了塞,慢慢地向老人走去,脚下的石板冷冰冰的。

"快点儿!别磨蹭。"老太太看着他,分明嫌他走得太慢。这孩子来到了台阶上,仍是低着头,默默地瞅自己的脚。

孩子刚刚走近,那老太婆便伸出一只干瘪的手,一把将他抓住。孩子一时之间吓坏了。

"别怕,孩子,把我搀进屋去。"

老太太的身子好像一根弯曲干枯的树干。她的皮肤也正像包着这树干的粗糙的树皮。她弯着腰,扶着这孩子,拖着沉重的脚步,吃力地来到了屋里。

"帮我搀上床行吧?好孩子,你叫什么?"老太太上下打量着他。

"约瑟夫。"

老太太点着头说:"好,好,好,我的好孩子约瑟夫。"上了床,她又开始粗声粗气地吆喝着:"过来,孩子,我说,你能扶我躺下吗?啊,椅子上那条毯子拿过来吧!对!给我盖上吧。把那椅子挪一挪,面向我这边,你坐下来,让我看着你。好极了,你真是个听话的好孩子!"

孩子没有说话,只是不安地在地毯上搓自己又脏又黑的小脚。由于这些房子盖得非常拥挤,所以,光线显得不足。床是靠着墙角放的。墙上贴着几张巨型电影巨照和一些西班牙宠物狗的画像,但都早已褪了色。壁炉架上摆满了瓶瓶罐罐和小雕像,正中央放着一个胖洋娃娃。洋娃娃的红羽饰早已凌乱不堪了。约瑟夫的身旁有一张桌子,桌上放着几张纸和一个铅笔头。

老太太忽然动了动,把双臂用力向后撑,努力向约瑟夫这边倾斜。她胳膊上的血管都一根根地显露在外,像一条条的蚯蚓伏在表面上慢慢地蠕动,脸上的皱纹上层挤着下层垂挂在面部的骨架上,眼里流着泪水,嘴角挂着口水。

约瑟夫用他那小眼睛直勾勾地望着这个老妇人,觉得胃里有什么东西在翻滚着。

"我……我不久就要去天堂了,约瑟夫,想必你也能看得出来。"老太太面容枯槁地躺在那块薄毯子下面。但不一会儿,她的眼睛却又突然一亮,最后说:

"其实今天请你来,是想让你为我写份遗嘱,你看,东西我已经准备好了,就在桌子上呢,怎么样?"

约瑟夫斜靠在椅背上,从桌上拿起那个铅笔头,用拇指与食指来回搓动着。

"我告诉你,我的教名是玛丽,我叫玛丽·杰克逊。你可以先写上:玛丽·杰克逊太太的遗嘱。对,就这样写就行,快写上吧。"

约瑟夫低下头,瞅了瞅面前的纸。

"你怎么不写呀?快呀!好孩子,我说你写,我很快就要死了,约瑟夫,你可要帮我这一次，怎么也得替我写个遗嘱呀。你总不能眼睁睁地看着我就这样死去吧？"

"可我……"

"我是一个老——老太婆，"她低吟着，呼吸的粗细不均使她身体颤动不止。过了一会儿，她又继续说，"我老了，没用了，你不帮我谁帮我呀？"

在老太太说话的当儿，这孩子又转身向外看了看，月光比先前又暗了些，但街对面的女塑像仍可见，她手中举着瓶子，一直向他招着手，他仿佛听她在说："可口可乐，请喝可口可乐！"

"我把我的银胸针留给我的女儿。这胸针一直陪伴着我，从柯林斯到这儿，一直没离开过我，原来是闪亮的，可时间久了，便慢慢地暗了。以前，我总擦它，让它放出光来，但现在却不再擦了。我老了，没用了，哎！我女儿住在圣西蒙岛，好歹要把这胸针交给她。"

约瑟夫又低下头，看了看眼前的纸，继而又抬头望了望窗外。

"你怎么了？孩子，写呀！"老太婆催促着他，"快点儿写吧！"

孩子把他那瘦小的身体伏在桌上，终于动了笔。

"除了这胸针，我还能给女儿留什么？噢！我还有本《圣经》，孩子，它在五斗柜上，也把它一块交给我的女儿吧。另外，再写上：我想要一个基督徒的葬礼，一定要，这是我多年的梦想，到时候，要给我唱好多的哀歌。这就是我这个老——老太婆的遗嘱，除了这些，再没别的什么了。"

孩子吃力地在纸上写着。

"写好了吧？孩子，来，我来签个字。"

约瑟夫把纸拿起来，战战兢兢地递给了她。老太婆接过纸，又要过铅笔，手抖个不停，勉强在底下画了一个"X"，然后，便身子一歪，倒在了床上，呼吸也跟着急促起来。

又过了好半天，她才气喘吁吁地说道："约瑟夫，先把它夹在《圣经》里。把《圣经》拿过来，放在我的床边。"

约瑟夫听话地把《圣经》放在了老太太的床头。

"好了，谢谢你，孩子，你可以走了。"她叹息着说，"我实在不行了。"

孩子急忙跑了出去。他那光着的脚拍打着地面，发出一串响声。天越来越黑了，孩子再没回头。

一阵冷风从窗孔钻进来，撩起了盖在老人身上的毯子。老太太没有任何反应，仍一动不动地在那儿躺着。

风把《圣经》一页页地掀开，那张写着遗嘱的纸被刮落，几个歪歪斜斜的字隐约可辨："可口可乐，请喝可口可乐！"

变色龙

——［俄国］契诃夫

> 奥楚蔑洛夫在没有确定这只咬人的狗是否是席加洛夫将军家的狗前，不时改变着自己的态度。当狗的身份确定后，他的态度也确定了。

　　巡官奥楚蔑洛夫穿着新的军大衣，手里提着一个小包，穿过市场的广场。他身后跟着一个火红头发的巡警，端着一个筛子，那上面盛满了没收来的醋栗。四下里一片寂静……广场上一个人也没有……商店和饭馆的敞开的门无精打采地面对上帝创造的这个世界，就跟许多饥饿的嘴巴一样。在那些门口附近，就连一个乞丐也没有。

　　"好哇，你咬人，该死的东西！"奥楚蔑洛夫忽然听见了喊叫声，"伙伴们，别放走它！这年月咬人可不行！逮住它！哎哟……哎哟！"

　　传来了狗的尖叫声。奥楚蔑洛夫往那边一瞧，看见商人彼楚金的木柴场里跑出来一条狗，用三条腿一颠一颠地跑着，不住地回头瞧。它身后跟着追来一个人，穿着僵硬的花布衬衫和敞着怀的坎肩。他追它，身子往前一探，扑倒在地上，抓住了狗的后腿，于是又传来狗的尖叫声和人的呐喊声："别放走它！"带着睡意的脸从商店里探出来，木柴场四周很快聚了一群人，仿佛从地底下钻出来的一样。

　　"仿佛出乱子了，长官！……"巡警说。

　　奥楚蔑洛夫把身子微微向左一转，往人群那边走去。在木柴场门口，他看见前面已经提到的那个敞开了坎肩前襟的人举起右手，把一根血淋淋的手指头伸给那群人看。在他那半醉的脸上好像出现这样的神气："我要揭你的皮，坏蛋！"就连手指头本身也像是一面胜利的旗帜。奥楚蔑洛夫认出这人是金银匠赫留金。闹出这场乱子的罪犯坐在人群中央的地上，前腿劈开，浑身发抖——原来是一条白毛的小猎狗，脸尖尖的，背上有块黄斑。它那含泪的眼睛流露出悲苦和恐怖的神情。

"这儿到底出了什么事儿?"奥楚蔑洛夫挤进人群中去问道,"你在这儿干什么?你究竟为什么举起那根手指头?……谁在嚷?"

"长官,我好好地走我的路,没招谁没惹谁……"赫留金开口了,拿手罩在嘴上,咳嗽一下,"我正跟密特里·密特里奇谈木柴的事儿。忽然,这个贱畜生无缘无故把这个手指头咬了一口……您得原谅我,我是做工的人……我做的是细致的活儿。这得叫他们赔我一笔钱才成,因为也许我要有一个礼拜不能用这个手指头啦……长官,就连法律上也没有那么一条,说是人受了畜生的害就该忍着……要是人人都这么给畜生乱咬一阵,那在这世界上也没个活头儿了……"

"嗯!……不错,"奥楚蔑洛夫严厉地说,咳了一声,皱起眉头,"不错……这是谁家的狗?我绝不轻易放过这件事。我要拿点儿颜色出来给那些放出狗来到处跑的人看看!那些老爷既是不愿意遵守法令,现在也该管管他们了!等到他,那个混蛋,受了罚,拿出钱来,他才会知道放出这种狗来,放出种种的野畜生来,有什么下场!我要好好教训他一顿!叶尔德林!"巡官对巡警说:"去调查一下,这是谁的狗,打个报告上来!这狗呢,把它弄死好了。马上去办,别拖!这多半是只疯狗……请问,这到底是谁家的狗?"

"这好像是席加洛夫将军家的狗!"人群里有人说。

"席加洛夫将军?哦……叶尔德林,替我把大衣脱下来,……真要命,天这么热!看样子多半要下雨了……只是有一件事我还不懂:它怎么咬着你的?"奥楚蔑洛夫对赫留金说,"难道它够得到你的手指头吗?它是那么小!你呢,说实在的,却长得这么魁梧!你那手指头一定是给小钉子弄破的,后来却异想天开,想得到一笔什么赔偿损失费了。你这种人啊……是出了名的!我可知道你们这些东西是什么玩意儿!"

"长官,他本来是开玩笑,把烟卷戳到它脸上去,它呢——可不肯做傻瓜,就咬了他一口……他是个荒唐的家伙,长官!"

"胡说,独眼鬼!你什么也没看见,你为什么胡说?他老人家是明白人,看得出到底谁胡说,谁像当着上帝的面一样凭良心说话……要是我说了谎,那就让调解法官审问我好了。他的法律上说得明白,……现在大家都平等啦。不瞒您说,……我的兄弟就是当宪兵的。"

"少说废话!"

"不过,这不是将军家里的狗,"……巡警深思地说,"将军家里没有这样的狗。他家的狗,全是大猎狗……"

"你拿得准吗?"

"拿得准,长官……"

昔日重现

"我自己也知道嘛。将军家里都是些名贵的纯种狗,这只狗呢,鬼才知道是什么玩意儿!毛色既不好,模样也不中看……完全是个下贱胚子,谁会养这种狗!这人的脑子上哪去啦?要是这样的狗在彼得堡或者莫斯科让人碰见,你们猜猜看,结果会怎么样?那儿的人可不来管什么法律不法律,一眨巴眼的功夫——就叫它断了气!你呢,赫留金,受了害,那我们绝不能不管……得惩戒他们一下!是时候了……

"不过也说不定就是将军家的狗……"巡警把他的想法说出来,"它的脸上又没写着……前几天我在他家院子里看见过这样的一只狗。"

"没错儿,将军家的!"人群里有人说。

"哦!……叶尔德林老弟,给我穿上大衣……好像起风了……挺冷……你把这只狗带到将军家里去,问问清楚。就说这只狗是我找着,派人送上的……告诉他们别再把狗放到街上来了……说不定这是只名贵的狗。要是每个猪猡都拿烟卷戳到它的鼻子上去,那它早就毁了。狗是娇贵的动物……你这混蛋,把手放下来!不用再把自己的蠢手指头伸出来!怪你自己不好!……"

"将军家的厨师来了,问他好了……喂,普洛诃尔!过来吧,老兄,上这儿来!瞧瞧这只狗……是你们家的吗?"

"瞎猜!我们那儿从来没有这样的狗!"

"那就用不着白费工夫去问了,"奥楚蔑洛夫说,"这是只野狗!用不着白费工夫说空话了……既然他说这是野狗,那它就是野狗……弄死它算了。"

"这不是我们的狗,"普洛诃尔接着说,"这是将军哥哥的狗,他是前几天才到这儿来的。我们的将军不喜欢这种猎狗,他哥哥却喜欢……"

"难道他哥哥来啦?是乌拉吉米尔·伊凡尼奇吗?"奥楚蔑洛夫问,整个脸上洋溢着感动的微笑,"哎呀,天!我还不知道呢!他是上这儿来住一阵就走的吗?"

"是来住一阵的……"

"哎呀,天!……他是惦记他的兄弟了……可我还不知道呢?这么一说,就是他老人家的狗?高兴得很……把它带走吧……这小狗还不坏……怪伶俐的……一口就咬破了这家伙的手指头!哈哈哈……得了,你干什么发抖呀?呜呜……呜呜……这坏蛋生气了……好一只小狗……"

普洛诃尔喊一声那只狗的名字,就带着它从木柴场走了……那群人就对赫留金哈哈大笑。

"我早晚要收拾你!"奥楚蔑洛夫向他恐吓说,裹紧大衣,接着穿过市场的广场,径自走了。

一根琴弦

——[前苏联] 卡邱申科

> 我的小提琴断了一根琴弦，
> 我四处求助，想尽了办法，
> 但由于种种原因，终无功而返。
> 就在我绝望之际，
> 我的小儿子却帮我解决了这个问题。

老总告诉我们，下个礼拜要举行一个由协作机关主办的音乐会。我高兴得合不拢嘴，表示一定要出个节目来助兴。拉小提琴是我的强项。一下班，我立马回家一头扎进小提琴房中。当我沉浸于喜悦的氛围时，突然一根琴弦断了。我觉得弓子握得很正确，压的力气也不大，但琴弦还是断了。我无可奈何地叹了一口气，完了，我怎么有脸去面对下个礼拜。

"断了一根琴弦，"我对妻子说，"这下可怎么办？老总一定会说我社会活动不积极，住房排队又要推迟了。"

"嗨，你真笨！"妻子毫不客气地说，"到商店去买一根不就行了。还有好多天呢，千万别泄气呀……"

我转身跑到了商店，但那儿没有琴弦卖。"我只要一根！"我恳求售货员。

"没有。最近也不会有。"

"那么，平常什么时候有呢？"

"很少。货到马上就被抢空了，现在拉小提琴的人可多啦！"

我暗自庆幸，幸亏没有，因为我来得匆忙，把钱包忘在家了。我整整一个晚上在小提琴旁徘徊。我拿起来试着拉了拉，但是小提琴缺一根弦就像牛叫一样难听。

我废寝忘食地干自己的工作，试着忘记此事。我的同事们纷纷议论道："我们的瓦日达耶夫真勤劳啊！"

我的一个朋友的熟人，叫彼得·彼得罗维奇，他曾给我的朋友弄到过一双长

昔日重现

筒靴。我的妻子建议找他想想办法,尽管我迟疑着不愿意,但还是打了电话。

"我想请你帮个忙,"我说,"我非常需要一根琴弦。"

"什么'琴弦'?是要吸尘器吧?"

"不,是演奏要用的,小提琴上的弦。我有这样的爱好,难道……"

"这可是个缺门货呀……不过我应该有办法的。我想我得找一个朋友帮忙才行,明天答复你吧!"

第二天,我又打电话给他:

"关于琴弦的事……"

"噢,是这样,您按这个号码打过去,就说是彼得·彼得罗维奇叫您打的。她一定会帮忙的……"

我打了电话。回答我的是一个女人的声音。我说:"有人给我打电话说琴弦的事……"

"我知道,"对方回答,"那我的事您是否答应帮忙?"

"什么事?"

"看来,彼得·彼得罗维奇忘记告诉你了。可以弄到琴弦的那个人需要把女儿安排在游泳部或者花样滑冰学校,您的琴弦……"

我一听就明白,这是个交易,我刚要告诉她,我没有能力帮她办成这件事,但是她显然很忙,挂上了电话。这时,我回忆起我的朋友沃夫卡,同体育运动有点关系。我找到他的电话号码,打了电话。我没有跟他客套什么,直接就说:

"沃夫卡,我是××,你是否能帮助我把一个小姑娘安排在游泳部或者花样滑冰学校。否则,我的下场会很惨,你懂吗?快帮帮我吧!"

"我一点儿也不明白,"沃夫卡说,"你干嘛要答应这种事?"

"你就别问了,我的朋友!"我说道,"我很需要安排一个小姑娘。"

他踌躇起来。

"现在大家,"他说,"都想把自己的孩子安排去花样滑冰或是去游泳。我告诉你,你是这个礼拜第五个打电话要我帮这个忙的人,可这事得等我们首长签字才行,除非……"

"除非什么?"

"他急需一张陀思妥耶夫斯基的订书单。要是你能帮忙取得,或者他会帮忙。"

我叹了一口气:"好吧。"

离演出还有三天半了。

这时,我妻子又想起她的堂兄弟有个侄女在书店工作。她已经去找电话号码了,可是却突然说道:

"哎呀，不好，她曾请你帮她弄一套……可你说这件事不好办……她现在会帮忙吗？……"

"够了！"我手在桌子上一拍，"我已经够了，我决不在任何地方演奏任何东西了，那个破小提琴呢？"

我在屋子里跑来跑去，寻找那把小提琴，想着要把它摔个稀巴烂。然而，就在这时，我的儿子跑了进来。

"爸爸，"他叫着，"找到琴弦了，就在隔壁海卡家，只是他要交换……"

小家伙上气不接下气地跑到我跟前。

我歪着头，懒洋洋地问："他要交换什么？……"

"一张《波尼·米》的唱片和一头孤种狗。"我儿子竖起一根食指。

"什么？真的吗？"

我露出几天来第一个笑脸，紧紧抓住儿子的手。

女人的福气

——［俄罗斯］索洛杜布

普罗布金和斯韦斯特科夫带着妻子去参加陆军中将扎普佩林的葬礼，结果两个妻子被获准参加了葬礼，而他俩却被拦在了外面。

有两位官员，一位叫普罗布金，另一位叫斯韦斯特科夫。他们带着自己的妻子，向陆军中将扎普佩林家跑去。那里正在为这位英勇的将军举行葬礼，门口已被前来观看的人堵得水泄不通。

当他们四人好不容易挤进了散兵线时，却被一位警察分局副局长拦住了。"不许进去，先生们！嘿，说你呢，别挤啦，别挤啦！"这位副局长的面庞很和善，而且招人喜欢。他继续说道："请你们稍微往后站一下！先生们，这事由不得我们做主！请往后站！"这时，他看见了两位女士，便说："夫人们，你们可以进去，请你们进去吧……你们二位先生，请看在上帝份上……"

普罗布金和斯韦斯特科夫的妻子听了这位副局长的话后，脸腾地一下红了，但既然被准许了，那还客气什么，她俩急忙从散兵线中间钻了过去，她们的丈夫却不得不留在挤得水泄不通的人墙那边，只能从那里望着步兵警官和骑兵警官的后背。

"为什么准许她们过去而我们不能？"普罗布金无比愤慨却又无可奈何地说，"真的，这些头上挽着发髻的女人真有福气！男人从来就享受不到女士们常常享受到的这些特权。可她们又怎么能跟我们男人比，她们是再平凡不过的了，而且往往带有偏见，却把她们放进去了，你我纵使是五品文官，又有什么用呢？"

"您这番怪论很让人不解！"区警察分局副局长目光中露出责备的神情，望着普罗布金说，"要是把你们放进去，你们马上就会到处乱推乱挤瞎胡闹，而女士们天生就懂得礼仪，凡事都有分寸。"

"一派胡言，闭上你的嘴！"普罗布金生气地说，"在人群中，首先乱推乱挤的便是这些女士。一个男人站在那里，正望着某处，而女士到处走动，走动时，还总推别人，以防把她们漂亮的时装弄脏。还有女士们在各个方面总是交好运。女人用不着去当兵，她们可以免费参加跳舞晚会，可以免受体刑……而这一切是她们应得的吗？一位姑娘把手帕掉在地上——马上就会有人替她捡起来，她走进房间——就会有人站起来给她让座，她离去时，几乎全屋的人都去送……再拿官衔来说吧！为了升到五品文官，我们要付出多少努力，可是，一个姑娘在半小时之内就可以跟一位五品文官举行婚礼——她一下子就成为一位要人，成为五品文官夫人了。如我想晋升伯爵或公爵，我就要把全世界征服，就得攻下希普卡老山口，就得做多年的内阁大臣，可是那个乳臭未干的毛丫头瓦里娅或卡佳，只要搔首弄姿地在伯爵面前摆动一下她的衣裙，或者深情地望他几眼——她马上就可以成为伯爵夫人……拿你来说吧，你的十二品文官是不是你用你的汗水，甚至鲜血换来的，可是你的那位玛丽娅·福米什娜呢？她有什么资格被称为十二品文官夫人？她由神甫的女儿一下子就直接当上了官太太，就这么简单，你把咱们的工作交给她干试试看，她一定把这一切弄得一团糟。"

"可你不要忘了女人生产时所遭受的痛苦！"斯韦斯特科夫说。

"那件事更不值一提，你我都无法猜测，在我看来，她也许还觉得生孩子是件最快活的事情呢。女人在各个方面、各种事情上都享有特权！我们这个阶层的某位小姐或太太，可以在一位将军面前大发脾气，想说什么就说什么，但是你我在一位庶务官面前都得毕恭毕敬，是的……你的那位玛丽娅·福米什娜可以大胆地挽着一位五品文官的胳膊走路。可是，你敢这样做吗？你敢吗？你去试试看！

"我们楼房里，正好在我们下面，住着一位教授和他的妻子……你知道吗？那个教授级别很高，曾被授予一级勋章，可是常常会听到他妻子在楼下大喊大骂：'你这个混蛋！该死的！你这个混蛋！'而她不过是个普通小市民罢了。但她是合法妻子，所以才敢那么放肆……这种事情古时就有，合法的夫妻可以打打骂骂，不合法的夫妻更别说了！她们什么事情做不出来啊！我就亲身经历过这样的事，它几乎使我永劫不复，多亏我的父母祷告，我才得以幸免于难。

"去年，你还记得吗，咱们那位将军回乡下去休假，他把我也带去了，我的任务是写信给他的朋友以联络感情，还有……这点工作很容易完成，每天只要花上一个钟头就足够了。我干完自己的工作，闲着无事，便到树林里去转悠，或者到下人住的房间去听他们唱歌。你知道这个将军孤身一人，没有妻妾，更别说子女了，但他是个百万富翁，仆人极多，有百十来人。家里的仆人都被他娇纵坏了，难以控制……发号施令指挥一切的是一位婆娘，也就是女管家薇拉·尼基季什娜。她亲自给老爷沏茶端水，安排饮食，差遣仆人……这个女管家简直是个魔鬼，她开口就骂，动手就打，十足一个泼妇。她身体肥胖，满面红光，说起话来

昔日重现

尖声尖调，非常刺耳……她从来不会小声说话，每当她唤人时，那种尖刻的语调令人心惊肉跳，一听见她的怒喊声，仆人们都离得远远的。

"最使人难以忍受的还不是这种刺耳的喊叫声，而是那些难听的骂人话。哦，我的天哪！简直无法跟她生活在一起。这个女魔鬼，她把打骂仆人当成了家常便饭，对仆人呼来唤去，而且她有时也向我示威，找我的过失，我心里想，你就等着瞧吧，一有机会，我就会把你干的一切坏事告诉将军。我心里这样想：他老人家公务繁忙，每天埋头于工作，所以才没察觉你肆意挥霍他的钱物，欺下瞒上，总有一天，我会让他擦亮眼睛的。嘿，老弟，我也确实让他擦亮了眼睛，而且擦得那么明亮，弄得我差一点儿永远闭上自己的眼睛。直到现在，我一回想起来，仍不寒而栗。有一天，我在走廊上走着，突然听到一阵尖叫声。起初我还以为有人在宰猪呢，后来仔细一听，才听出来，这是薇拉·尼基季什娜在跟谁吵架：'坏蛋！你这个狗东西！你这个魔鬼！'——她这是在骂谁呀？我心里想。突然，我的老弟，我看见这么一个场面：房门打开了，我们那位将军从房间里飞跑出来，他满脸通红，两只眼睛瞪得很大，头发蓬乱不堪。她在他身后仍骂个不停：'你这个坏蛋！魔鬼！'"

"这不可能吧！"

"天地良心，我说的全是实话。我还记得我当时的感觉：既震惊，又气愤。震惊将军怎么能容她那样，气愤这婆娘竟如此嚣张，气得我不知该怎么办才好。一个普通的没有受过教育的婆娘、一个厨娘、一个仆人敢放狂到如此地步，恣意妄为！当时我还以为可能是将军想跟她结账，要解雇她，她却利用没有见证人这一点，痛骂将军。我心里想，反正早晚都得离开，我豁出去了！我火冒三丈……便走进她的房间，对她说：'你这个恶妇，连将军这号大人物你也不放在眼里，随意辱骂，你以为他老人家年纪大了，性格软弱了，就无人站出来保护他吗？'——我越说越来气，便抡圆了手掌，朝她那胖乎乎的脸颊上扇了两个耳光。哎哟，你想像不到，你简直想像不到她当时怎样扯着嗓门大声喊叫，简直拿她没有一点办法！我败下阵来，仓皇逃进屋外的树林里，大约一个时辰过后，童仆迎着我跑过来说：'老爷请您到他那里去一趟。'我就去了。我走进将军的房间一看，他正皱着眉头坐在那里，形似一只败下阵的花火鸡，连看也不看我一眼。

"他说：'您是怎么搞的？看把这里闹成这个样子！''如果您是指尼基季什娜那件事，大人，我那是在替您打抱不平呀。'他说：'这与您毫无关系，您完全不必那样做。你明白吗？这是我的家务事！'于是他开始怒气冲冲地训斥起来——差一点儿没把我气死！他唠唠叨叨地说个没完，后来又无缘无故地哈哈大笑起来：'你怎么能这样做呢？虽然我很佩服你的勇气与胆量！不过我希望，我的朋友，这件事只有我们两个人知道……你的大发雷霆我可以理解，不过你得同

意，你不能再在我家待下去了……'

"瞧，没想到我落得了这个结局，他甚至感到吃惊，无法理解我怎么敢把那个傲慢自大的雌孔雀毒打一顿。他被那个婆娘蒙住了眼睛！一位三品文官，获得过白鹰勋章，拥有无限的权力，却在一位婆娘面前屈服投降了……你瞧瞧，女人竟有这等威势，真不可思议。不过，快脱帽子吧！将军的灵柩抬过来了……啊！那么多勋章，上帝！你瞧，真的，走在前面的都是些女士太太们，难道这些勋章真有她们一半？"

昔日重现

一个幸运的贼

——［法国］莫泊桑

三个人把偷进画室的贼捉住，
并抬到警察局，
但最后又把他抬回并请他喝了酒，才送他走。

一个老画家向我讲述了一件他亲身经历的事情，虽然这件事听起来有些匪夷所思，但他一再向我承诺，它是完全真实的。

"那是个晚上，我们三个伙伴相约在索里尔家喝酒，酒过三巡，我们都已显出醉态，我们这三个年轻的狂徒是：我、索里尔和海景画家普瓦特文，但他们俩现在已不在人世了。

"我们喝酒的地方紧挨着一间画室，我们三人中惟有普瓦特文头脑还比较清醒点儿，索里尔总是那么疯疯癫癫的，他把双脚搭在一把椅子上，仰面朝天地躺着，讨论什么战争和皇帝的服装之类的事情，说着说着，他突然兴奋起来，马上翻身起来，翻出一套轻骑兵制服穿上，然后又拿出一套掷弹兵的制服让普瓦特文穿上。普瓦特文说什么也不肯穿，于是我们俩硬给他套上了，衣服太大，几乎把他包起来。我把自己打扮成一个甲胄骑士，我们三人组成一个混合部队，索里尔大声地说：'既然我们都当了军人，就要具备军人的素质和风范。'

"我们又一次兴奋起来，又重新畅饮，边喝边唱我们所知道的军歌。到后来普瓦特文也已喝得酩酊大醉，我突然举起一只手说：'静一静，我敢保证我听见有人进了画室。'

"'有贼！'索里尔晃晃摇摇地站起来说，'太棒了！'他开始唱起马赛进行曲：'拿起武器，公民们！'

"我们三人各自寻找称手的兵器，普瓦特文操起了一把带刺刀的长枪，而我则取过一柄长剑和一把火枪。索里尔没有找到称心的武器，抓起一把手枪插到皮带上，又拿了一把大板斧，我们小心翼翼地打开了画室的门。当我们走到画室中央的时候，索里尔说：

来自正方体的声音

"'我是指挥官,甲胄骑士,你负责切断敌人的退路;掷弹兵,你作我的护卫。'

"我们各自遵照指令行事。正当我往后走的时候,突然听到普瓦特文和索里尔那儿传来巨响,我急忙返回,只见普瓦特文用刺刀向那个地方乱刺,索里尔也用斧子狂砍一通,当弄明白是搞错了以后,'指挥官'下达了命令:'要慎重点儿!'

"画室的每一个角落我们都查了一遍,足足查了有20分钟,也没有找到任何可疑的东西,后来普瓦特文认为应该检查一下碗橱。由于碗橱很深,里面很暗,我端着蜡烛过去查看。一看吓了我一跳,一个人,一个活人站在里面往外看我,我马上镇定下来,忽的一下子就把柜门锁上了,然后我们退后几步商量对策。

"索里尔想用烟把贼呛出来,普瓦特文想用饥饿制服那个家伙,我的主意是用炸药炸死那个贼。考虑来考虑去还是普瓦特文的主意最好。于是,我们把酒和烟拿到画室来。普瓦特文警惕地拿着枪,我们三人坐在碗柜前,摆上酒开怀畅饮。我们又饮了很长一段时间后,索里尔建议把俘虏押出来瞧一瞧。

"'行!好主意!'我和普瓦特文一致同意。我们抓起武器,一起朝碗橱疯狂地冲去。索里尔端着没有上弹的手枪冲在前面,普瓦特文和我像疯子似叫嚷着跟在后面。出乎我们的意料,那个俘虏没有反抗。我们把他押了出来,发现他竟是个长着满头白发的脏老头,身上穿着破烂衣服。我们捆上他的手脚,将他放在椅子里,他仍然不吭一声。

"'我们审讯入室贼,'索里尔厉声地说。普瓦特文被任命为辩护人,我被任命为执行人。最后俘虏被判处死刑。

"'现在就枪毙他,'索里尔说,'但是,在处死他以前,得让他作忏悔。'他又有所顾虑地加了一句:'我们去给他请一个神父来。'

"我没有同意,理由是深夜打扰神职人员会让他不高兴。于是我充任起神父,代神父行使职责,命令俘虏向我忏悔罪过。老人早已吓得魂不附体,他不知道我们要把他怎样处理,他开口讲话了,声音空洞沙哑:

"'你们要杀死我吗?'

"索里尔逼他跪下,由于心虚,他没有给俘虏施洗礼,只向他头上倒了一杯朗姆酒,然后说:'把你所犯下的罪行——向这位神父坦白,好说清你的罪过。'

"'我不想死,你们放过我吧!求求你们!'那老头在地板上大呼小叫起来。怕他吵醒邻居,我们塞住了他的嘴。

"'你这糟老头,让我送你去见上帝。'索里尔不耐烦地说。他用手枪对准老头勾动了扳机,我也勾了扳机,可惜我们俩的枪里没有子弹,只放了两声空枪。这时,在一旁看着的普瓦特文说:'我们真有权力杀死这个人吗?'

299

昔日重现

"'他不是已经经过审判了吗?'索里尔说。

"'是,他是经过了审判,不过我们没有权力枪毙一个公民,我们还是把他送到警察局去吧。'

"索里尔想了想觉得有道理,于是同意了普瓦特文的建议。由于这个老头死活不走,我和普瓦特文把他绑在一块木板上,抬着他走,索里尔在后担任警戒。我们把他抬到了警察局,局长认识我们,知道我们爱搞恶作剧,他认为我们闹得有点太过分,笑着不让我们把在押犯抬进去。我们坚持要进,最后警长大发雷霆,警告我们说我们酗酒闹事,如不离开,就把我们全关进监牢。无奈,我们只好把他再抬回索里尔的家。

"'我们如何处理他?'我问道。

"'这个老家伙也挺可怜的!'普瓦特文怜悯地说。

"我也不禁来了恻隐之心,把他嘴里塞的东西掏了出来。

"'喂,我说你感觉怎么样啊?'我问他。

"'哎呀!我实在受不了。'他呻吟着说。

"索里尔也大发善心,他亲自把老头从木板上解下来,像对待一个知心朋友。我们马上斟满了几碗酒,递给我们的俘虏一碗,他连让都没让,端起碗一饮而尽。我们几个都显得非常激动,又一次痛饮起来。那老人真是海量,比我们三个人加在一起还能喝。天快亮的时候,他站起来心平气和地说:'我有事,我要先走了。'

"我们苦苦留他再住一段时间,可他一再拒绝,我们怀着惋惜的心情送他至门口,索里尔高举着蜡烛说:'祝您的晚年过得幸福快乐!'"

来自正方体的声音

残破的钞票

——［日本］村田浩一

我发现市场上流通的残票越来越多，而且特征相似。
直到有一天，我来到药房买药才得以了解内幕，原来这竟是商家推出的一种新的促销手段。

　　我的心里很不是滋味，甚至开始诅咒老天。真见鬼了，昨天居然收到一张破票，那可是一张一千元的钞票，它足够我两天的伙食费。而它又那么与众不同，像是被人故意撕破而又粘上去的。不过，粘就粘吧！却一点水平也没有。首先，接缝不齐；再有，票子的开头也斜歪着，真是难看得要死、要死！
　　那张残票躺在我的兜里，我感觉它似有千斤重，我心中琢磨着：这张票子，恐怕自动售货机上是不能用的。它可能被当成假钞没收，机器可不通融。交给人也许会好对付一点，在毫无察觉的情况下，我就这么一递。
　　听说到银行去倒是可以兑成新票，可是，这钞票又不是我扯的，特地为它跑一趟银行不值得。它是夹在许多零散钞票里而蒙骗我的，我是受害者，难道还要让我再当一次受害者吗？
　　不过，赤裸裸地把一张残票给人家那一定是行不通的。即使把它叠成四折交给店里，恐怕售货员交到收款机时也是要展开的。
　　如果人家发现我递的钞票是残破的，人家会给我白眼，说不定还会拒绝收它。最让我难以忍受的是，人家还可能认为是我把票子粘个七扭八歪的呢。
　　思索了半天，我也没找出最好的办法，最后一赌气，直奔到离家不远的饭馆，就这样我一人坐在那里一口气吃掉了一千二百元。付账时，我豁出去了，将那张一千元残票上放了一张崭新的一千元，递给女收款员，而那个女孩子似乎全然没有留意她收进了什么样的钞票。
　　哈、哈、哈、哈，我心里乐，终于大功告成。
　　过了几天，我订了份报纸，当收报纸订金的人离开后，我猛然发现，在他找

昔日重现

给我的零钱里竟不露痕迹地掺着一张残破的千元钞票。眼前这张虽然不像是上次我手里的那张残票，但是，那种随便贴法太相似了，我断定一定是同一人所为。

我懊悔地跑出去，可那收款人早骑了摩托车一溜烟儿没了人影。

我马上出门在书店买了一摞周刊杂志、新书什么的，照旧是用二张千元钞票蒙混过关。这些读物对我来说并不是非买不可。然而，我用这残票换回这些我并不需要的读物时，那种被骗的感觉会减轻许多。

从那以后，每个星期我都会收到那么一两张残破的千元钞票。这些钱经常巧妙地混迹于零钱之中，藏身于整齐的钞票之下，我甚至怀疑售货员就是故意把残钞给我的。

每当收进了这样的钞票我就到站前的商店街去花一千几百元买些东西或吃顿饭。

虽然每次我都把残票花出去了，但是，我总是在琢磨这些残票为什么越来越多，如果是同一人所为，那么这家伙一定不正常。他为什么要把这样多的纸币扯破？是不是对撕钞票有特殊爱好？

想归想，说归说，我依然还会收到残票，而每次我又成功地把它们花出去。其中最关键的是使用它们时如何不被对方发现。在这种时候我总是倍加小心，同时也随时提防售货员在找零钱时大模大样地把破票塞给我。

前几天，我不幸摊上了流感，于是我去附近的药房买了药，在售货员找钱时我不禁失声叫了出来。售货员竟然把一张残破的千元钞票放在最上面！这下子可让我抓了个人赃俱在。

售货员也马上发现了自己的失误，正当她惊慌地想把那张票子收回去时被我一把按住。

"告诉我这是怎么回事？……"

"对……对不起。"售货员的话音里带着哭腔。

"请您到这里来一下好吗？"

我被引进里面的一个小房间。不一会儿，进来一个胖墩墩的中年人。

"让您见笑了。"

"你是哪位？"

"我是商会会长。"

"噢，可是，为什么那种人……"

"是这么回事，她是勤工俭学的学生。我曾经千叮咛万嘱咐地提醒她一定要多加小心，可是……"

"你这话是什么意思？难道你们故意使用残票？"

"是呀，您感到吃惊？"

来自正方体的声音

"喔,就算是吧。"我点了点头,"最近,破钞票好像一下子多起来了。"

"实话告诉您吧!这些残票都出自我们这里。"

"什么?"我简直不相信自己的耳朵。

"先生,别激动,这是商场促销的一种手段,商会为商品促销大伤脑筋,最后想出来的办法就是这个残破千元钞票战术。一张这种贴歪了的钞票是不容易花出去的吧?"

"嗯,的确如此。"

"一般持有这种票子的人都会把它掺在其他钞票里面花出去的,这样一来,顾客就会多花去几千元的钞票,买一些实际生活中并不必需的东西,正因为如此,商业街总的销售额已大为增长。"

"不过,银行可以把破票兑成新钞。"

"不错,是这么回事。可是,您这样做过吗?"

"没……"

"就是嘛,谁也不会去找那个麻烦。钞票又不是自己撕的,能花出去就可以了。这跟打扑克时甩废牌的心理一样。同时,它又关系着活跃地方经济的问题。"

"天哪,这种花招是谁想出来的?"我尖叫着。

商会会长神秘地一笑,接着说:

"我看您挺有悟性,想不想从中取点儿利,这事很简单,但收入可观。我给您一部分一千元一张的钞票,您只要把它撕开再粘上就行了,但要故意把它贴歪。每天您在家里抽出一个小时就能干了。这活儿没多少人愿意干,所以我们的人手很紧张。你可以趁此良机,赚些外快。但此事只准你一人进行,不可张扬出去,懂吗?"

被开玩笑的劫匪

——[西班牙]塞 拉

> 他原本想抢劫一家饭馆里的客人,但在客人们的玩笑声中不知不觉地饮起酒来,最终他发觉自己上当了。

这家饭店几乎每天都是顾客满堂,里面坐着的大多是有钱人,他们个个打扮得珠光宝气,每个人的脸上都喜气洋洋。

有一天,一个长得瘦瘦高高、手持一挺机关枪、蒙着脸的男人出现在饭馆的门口。他用低沉而细弱的声音说:"喂!屋里的人听着,你们举起手来。"

然而,他的声音被淹没在乐队正演奏的《第三个人》里。侍者穿梭于饭桌之间,忙着收盘送茶开瓶子,脸上堆满了笑。餐厅总管点头哈腰,请每位新到的顾客入座,这个蒙面男人感到自己面罩里的脸红了。他想:这群蠢驴,难道不见我拿着机关枪?于是,他鼓足气力又喊了一声:

"喂!全部的人听着,你们赶快举起手来!"

有几个人终于扭过头来朝他看。

"多潇洒的强盗!"有人说了一句。"真是个棒小伙子!"一位女士叫着。

他真是又气恼又吃惊。"举起手来!我已经说过了,我是来抢劫的,不是来听你们开玩笑的,再不举手,我可要开枪了!真他妈的见鬼!"

从一张桌子旁发出一声大笑:

"多可爱的劫匪!喂,劫匪,跟我们一道喝一杯吧。服务员,服务员!给这位先生拿杯香槟来!"

他被气得使劲跺脚。

"您听着,别跟我开玩笑啦,把手举起来!"

这位先生又发出一阵大笑,声音响得连几个街区之外都可以听到。

"好了,小伙子,你演得棒极了,过来休息!休息!"

"什么演戏?我是来打劫的,看来你们不但不把钱包、首饰放在桌子上,倒反而哈哈大笑,拿我当笑料。您这位先生,不认真对待此事,反而从中取乐?"

乐队奏完了《第三个人》,又开始演奏《谁害怕凶残的狼》这支进行曲。

他感觉自己想喝水,但仍高叫着:

"举起手来,喂,举起手来!"

"不,小伙子,这里不是课堂,说话不需要举手的。"

众人闻言,又是一阵大笑,有的人笑得不得不扶住桌子,笑过后,几个食客站起身,把他围了起来,手拉手翩翩起舞,仿佛一群印第安人围着白人跳舞。

他竭力振作精神,说:

"好!你们闹够了没有?你们到底举不举手?"

大家笑得前俯后仰。他们都说,这个劫贼简直是个活宝。在他周围跳舞的人越来越多。他发觉自己的情绪越发低落。

"真拿你们没办法!"他无可奈何地说道,音调里已带有少许无奈与疲惫,"把那杯香槟递给我,我渴死了。"

饭馆里的食客们个个心醉神迷,容光焕发,对刚才突发的这出戏,感到心满意足。

"这肯定是老板的主意,"有人开始猜测,"他可真是个机灵鬼,想出如此绝妙的点子!"

这个蒙面男人泄气地坐上了椅子,一口吞下了那杯香槟。他面前桌子上的花瓶、酒杯、扇子,以及搁在它们旁边的机关枪,构成了一幅有趣的静物图。

两分钟过后,从饭馆门外进来两个警察,他们给他戴上了手铐。他一边软绵绵地被警察们拖着,一边振振有词:"为什么抓我?我什么也没抢到啊!我和他们开玩笑呢,开玩笑你懂吗?……"

美丽的邻居

——［印度］泰戈尔

> 我把对美丽寡妇的敬爱之情通过帮奈宾写诗倾泻出来，
> 而正是这些诗帮奈宾赢得了美丽寡妇的爱情，
> 而我却被蒙在鼓里。

我的邻居是一位非常年轻、非常漂亮的寡妇。不知从何时起，我对她产生一种敬慕之情，但对任何人也不曾流露过，就连我最知心的朋友奈宾也一无所知。我对能把这种真情深藏心底永葆其完美而感到自豪。在我心中，她是一朵世界上最美的花。

然而激情有如山涧一样，一定要寻一条出路发泄出去，这是我写诗的最大动力，而且完完全全是主动的，可是我的拙笔却不肯亵渎我所崇拜的对象。

令我感到惊奇的是，我的朋友奈宾对诗也发生了兴趣，这个可怜的家伙以前从未写过诗，连韵脚和韵律都不懂，然而他却无法抑制这种突如其来的写诗的欲望。

因此，我便成了他求助的对象，他那些诗仍是那种永恒的主题：全是献给某位心上人的。我打趣地拍拍他的肩膀问："喂，老朋友，你该不会有心上人了吧！"

奈宾笑着说："哪有的事。"

可以这么讲，我在帮助朋友写诗的过程中，得到了极大的安慰，我把内心所积蓄的热情，全都倾注在那些抒情诗中了。我认真地对他那些不成其为诗的诗稿加以修改、润色，最后使每首诗都变成了我自己的作品。

奈宾非常惊讶："这正是我想说而又表达不出来的话，你究竟有什么特殊的办法能表达出这样美好的感情呢？"

而我是断不能告诉他我真实的想法，于是我便说："要知道真理是死板的，惟有想像力才是永远活泼的；现实有如沉重的岩石，阻挡着情感的奔放，惟有想像力才是可以腾云驾雾，不受任何阻碍的。"

这席话说得奈宾连连点头,连声说"对!对!"他停了一会之后,又喃喃自语地说:"说得不错,是这样。"

正像我已说过的,在我心底的爱念中有一种敬慕的情感,不允许我把它变成文字,但为人代笔,就再也没有什么妨碍我的文思了。我热情激昂地把我真挚的感情像流水一样倾泻到了我的诗行间。

有一次,奈宾对我说:"这些诗完全是你思想的体现,还是签你的名发表吧?"

"哪里的话呢!"我说,"明明是你写的,怎么说是我写的呢?我只是偶尔添上一两笔罢了。"

渐渐地,奈宾以为是真话。

不可否认,我有时像天文学家仰视星空一样怀着无限渴望的心情,把目光投向邻家的那扇窗户,然而那回敬的流动的纯洁无瑕的目光,使我心中那一点点杂念荡然无存。

然而有一天,我发现情况有了根本性的变化,变化之巨令我瞠目结舌。万里晴空的下午,突然卷来一大片乌云,刹时天空变得黑暗起来,那美丽的寡妇站在窗前向外眺望。从那晶莹的黑眸子闪现出的恍惚神情里,我读出了那种无限企盼的心情。那种无限渴望的眼神,就像一只穿云破雾的小鸟,要寻找的不是上苍,而是某人心灵的窝巢。

这种传神的难以言喻的幽情,使我已经平复的心湖又起波澜,我渴望以某种有实际意义的行为表白我的心迹,而不能局限于拙劣的诗句。最后我决心为促成这位孤孀的美事而不遗余力。

奈宾激烈反对我的意见,"她要终身守寡,"他说,"要保持贞节和宁静。那种沉静的美,有如仙境,倘若改嫁,那种美岂不破坏无遗?"

奈宾的这种腔调、言论让我很恼火。可以设想一下,一个酒足饭饱之徒,大谈特谈对吃喝的蔑视,奉劝一个快要饿死的人用风花雪月去充饥,这是一种什么理论。我当时忿忿地说:"奈宾,你听着,对一个画家来说,废墟也是美妙的景物,然而建造房屋是为了人住的,不仅仅是为了供画家入画的,不能为了艺术上的需要而不顾实际。你超然地把孀居加以理想化,固然很妙,但是你不要忘了,她首先是一个凡人,有着自己的感情,有着凡人的七情六欲。"

我一向认为奈宾很顽固,要想使他改变看法,非一朝一夕之事。但是,这次出乎我的意料,他沉思了片刻以后,竟完全同意了我的看法。

一周以后,奈宾跑来找我说,如果我能帮助他,他准备娶一个寡妇。

我表示了我的祝愿,满口答应全力以赴地支持他,奈宾于是向我透露了全部实情。

直到那时，我才明白奈宾的诗是有感而发，他也在向往着一位孀妇，只不过从未吐露真情而已。原来，经常刊载奈宾的诗作——莫不如说是我的诗作的杂志，被那位美人看到了，看来这些诗算没有白写。

奈宾用这种方式表白自己的心迹，原来并没有什么特殊的用意。据他说，他根本不知道那位遗孀识文断字。他经常把杂志匿名邮给那位遗孀的兄弟，这只是他呼天不应的一种无奈之举，这就像给上帝奉献花环一样，至于上帝是否感恩，那就不是爱慕者的事了。

奈宾一再向我申明，他当初千方百计与孤孀的兄弟套近乎，并无特殊的用意，心上人的任何亲属对他来说都必然具有一定的吸引力。

奈宾与那孤孀的相见得益于那位兄弟的一场病，诗人的出现，自然而然会引起一番对诗歌的评论，当然也会涉及到其他方面。

也就是我的"孤孀有情论"使他有所顿悟之后，他向那孤孀表达了爱意，起初她未能应允，但当他借用了我那一套有说服力的话语，再加之自己的一两滴泪水，这位佳人便无条件地投降了。现在，需要的就是筹办婚礼了。

"那么需要我做什么？"我说。

"事情遇到了一点儿麻烦，"奈宾说，"你知道，我父亲现在还不同意这门亲事，等他同意时，不就一切都晚了吗？"

我又一次表现了我的慷慨，在给他开完支票后，我说："现在，你可以告诉我她是谁了吧？你不必担心我会成为你的情敌，我可以发誓我不会写诗给她，只能给你。"

"省省吧！"奈宾说，"我没告诉你她是谁，难道是怕你不成！是她让我不向朋友们谈及此事的，她对自己的这种抉择深感不安。不过，我不想瞒你。她住在十九号，就是你的那位邻居。"

假如我的心是一个锅炉的话，我相信它当时就会爆炸。"这么说，她已不坚持终生守寡了？"我直截了当地问。

"她改变主意了。"奈宾微笑着答道。

"那些诗句有这么大的魔力吗？"

"可以这么说，我的诗本来就写得很动人，"奈宾说，"你不认为是这样吗？"

我心里诅咒起来。

可我该诅咒谁呢？诅咒奈宾，诅咒自己，诅咒她？我不知道。

事情看来已成定局，我只能沉默。

版权声明

我方策划出版的《中外名家精品荟萃》图书中，部分作品无法与权利人取得联系，为了尊重作者的著作权，特委托北京版权代理有限责任公司向权利人转付稿酬。请您与北京版权代理有限责任公司联系并领取稿酬。联系方式如下：

吴先生
北京版权代理有限责任公司
北京海淀区知春路23号量子银座1403室
邮编：100191
电话：（010）82357058/57/56　　　传真：（010）82357055
网址：www.bookpod.cn